KB001807

인간에 대하여

인간에 대하여

율리 체

권상희 옮김

은행나무세계문학 에세 • 3

은행나무

차례

1부 시골

2부 씨감자

3부 암

1부

시골

일러두기

* 본문 하단의 각주는 모두 옮긴이의 것이다.

1장

브라켄

계속해. 깊이 생각하지 말고.

도라는 땅에 박은 삽을 다시 빼 들고 힘껏 내리쳐 단단한 뿌리를 두 동강 내버린다. 이어 모래땅에 박힌 뿌리를 파 뒤집는다. 그러고는 삽을 옆으로 내던지고 양손으로 허리를 꽉 누른다. 허리 통증이 몰려온다. 그녀는 잠시 자기 나이를 계산해보는 듯하다— 서른여섯. 스물다섯 이후 나이 얘기가 나오면 늘 세어봐야 한다.

깊이 생각하지 마. 계속해. 파 뒤집어놓은 좁은 이랑은 아직 성공과는 거리가 멀다. 주위를 둘러봐도 살아남을 기회가 없는 느낌이 강하게 든다. 땅이 넓어도 너무 넓다. 도저히 '정원'이라고 부를 만한 모습이 아니다. 주사위 모양의 집 한 채가 들어서 있는 이 풀밭이 정원이라니. 도라가 자란 뮌스터 근교 정원이나 가장 최근까지 살았던 베를린 크로이츠베르크의 가로수 나무 주위에 만든 미니어처 꽃밭 같은 것이라니.

지금 그녀가 서 있는 곳은 정원도 공원도 들판도 아니다. '땅덩이'에 가깝다. 토지 등기부등본에 그렇게 명시되어 있다. 도라는 등기부등본을 보고 4000제곱미터 땅이 이 집에 딸려 있다는 것을 알고 있다. 다만 4000제곱미터가 얼마나 넓은지 정확히 알지 못할 뿐이다. 축구장 절반 정도 크기의 땅, 그 위에 오래된 집 한 채가 서 있다. 납작하게 눌린, 황폐해진 휴한지, 오지도 않은 겨울로 희뿌옇다. 텃밭이 있는 낭만적인 시골집 정원으로 애를 써서 변신시켜야 할 저참한 모습이다.

그게 도라의 계획이다. 근방 70킬로미터 내에 아는 사람도 없고 집 안 가구도 없이 지내야 한다면, 최소한 자신이 직접 키운 채소만이라도 갖고 싶다. 그녀가 모든 걸 올바르게 하고 있다는 걸 토마토, 당근, 감자가 날마다 알려줄 테니까. 갑자기 도시 외곽의 주거지역에서 멀리 떨어진, 보수공사가 필요한 옛 대농장 관리인의 집을 구매한 건 신경질적인 흥분상태에서 저지른 짓이 아니다. 삶의 여정에서 당연한 다음 단계였다. 시골집 정원이 있으면 주말에 베를린에서 친구들이 찾아와 높이 자란 풀밭에 놓인 낡은 의자에 앉아 탄식조로 말할 테지. "세상에, 여기 아주 좋네." 그때까지 누가 친구인지 생각난다면, 언젠가 다시 서로를 방문할 수 있다면.

도라가 정원 가꾸는 일을 전혀 몰라도 별문제가 안 된다. 유튜브가 있으니까. 다행히 그녀는 난방계량기를 측정하려면 기계공학을 공부해야 한다고 생각하는 부류에 속하지 않는다. 걱정이 많은 완벽주의 성격의 로베르트 같은 사람이 아니다. 그녀와의 관계를 내던져버리고 세계 종말과 사랑에 빠진 로베르트. 세계 종말은 도라가 받아들일 수 없는 연적으로, 집단 운명을 극복하는 상태가 정점에 다다를 때까지 복종을 요구한다. 한데 도라는 복종하는 데 서툴다. 그녀가 도망친 건 봉쇄령이 아닌 다른 이유 때문이라는 걸 로베르트는 이해하지 못했다. 그는 짐을 들고 계단을 내려가는 그녀를 정신 나간 사람을 보듯 쳐다보았더랬지.

깊이 생각하지 마. 계속해. 그녀는 인터넷 검색을 통해, 4월에 파종기가 시작되지만 올해는 온화한 겨울 날씨 덕분에 그 시기가 많이 앞당겨진 걸 알게 된다. 벌써 4월 중순이라 서둘러 땅을 파야 한다. 2주 전 이곳에 온 직후에 갑자기 눈이 내렸다. 올해 처음이자 유일하게 내린 눈이었다. 커다란 눈송이가 날리는 모습이 자연이 자아내는 특수효과처럼 다소 인위적으로 보였다. 땅덩이가 얇고 하얀 눈 이불 속으로 사라져버렸다. 마침내 세상이 깨끗해지고 조용해졌다. 도라는 한순간 깊은 고요함을 느꼈다. 눈이 내리지 않으면 대지는 영원한 황무지이자 영영 잊힌 존재가 된다. 모든 걸 당장 바로잡으라는, 계속되는 명령.

도라는 대도시를 버리고 도망치는 사람들과는 다르다. 유기농 토마토를 기르며 여유롭게 살려고 이곳에 온 건 아니었다. 당연히 도시 생활엔 종종 스트레스가 따른다. 도시고속전철은 초만원이고 거리엔 온통 미치광이들이 득실댄다. 또 회사에선 마감 시간, 미팅, 엄청난 시간 압박과 경쟁에 시달린다. 근데 그런 걸 좋아하는 사람도 있고, 도시의 스트레스는 적어도 어느 정도는 체계화되어 있다. 반대로 이곳 시골 마을엔 혼란스러운 일이 가득하다. 도라 주변엔 제멋대로 돌아가는 일이 천지다. 그뿐인가. 보수가 필요하고 기능이 반만 작동되고 더럽혀지고 황폐해진 것들, 아니면 완전히 망가지거나 아예 없는 것들이 수두룩하다. 지금 당장 필요한 섓돌인데도, 도시에서는 이런 것들이 어느 정도 통제가 된다. 도시는 세계를 통제하는 센터 기능을 한다. 그곳엔 각각의 물건을 책임지는 사람이 적어도 한 사람은 있고, 원하는 물건을 얻을 수 있으며, 그 물건이 더는 필요하지 않으면 갖다 놓을 수 있는 장소도 있다. 반대로 덩굴 손아귀에 잡히는 만물을 뒤덮어버리는 거만한 자연 같은 이곳 이 땅덩이를 책임지는 사람은 오직 도라뿐이다.

지빠귀 몇 마리가 날아와 파 뒤집어놓은 흙 속에서 지렁이를 찾는다. 그중 한 마리가 뻔뻔스럽게 삽자루에 앉자 도라가 키우는 요헨데어로헨이라는 이름의 작은 강아지가 고개를 치켜든다. 사실 추운 시골집에서 밤을 보낸 요헨데어로헨은 지친 몸을 봄햇살에 쬐며 회복 중이었다. 그런 요헨데어로헨이 지금 대도시 동물답게 우아하게 일어나 깃털 달린 촌색시에게 불만을 터뜨린다. 그러고는 햇볕이 따뜻하게 내리쬐는 자리로 돌아와 바닥에 배를 대고 눕더니 뒷다리를 벌려 몸통을 삼각형 가오리 모양으로 만든다. 요헨데어로헨이라는 이름은 이 몸통 덕택이다.*

가끔 도라는 어디에선가 읽은 문장들에 넋을 잃고 있을 때가 있다. 아니, 더 정확히 말하자면 그 문장들이 벗겨지지 않는 껍데기처럼 마음속에 박혀 영혼에 와닿는다. 이 껍데기는 열역학 제2법칙이다. 이는 질서를 재구축하기 위해 엄청난 에너지를 만들어내지 않으면 항상 무질서가 최고의 가치가 된다는 것, 즉 엔트로피를 의미한다. 이 집 땅덩이에 있든 마을로, 란트크라이스**로 나가든 어디서든 이 말이 떠오른다. 산산이 부서진 도로들, 절반은 무너져 내린 창고들과 마구간들, 담쟁이덩굴로 뒤덮인 옛 주점들. 휴한지에 쌓인 고물 더미, 숲속에 나뒹구는 터진 쓰레기봉투들. 새 울타리와 새로 페인트칠한 집들이 자리한 정원들은 섬과 같은 곳으로, 거기서 사람들은 엔트로피에 맞서 싸우고 있다. 마치 각 개인의 힘이란 게 몇 제곱미터에 지나지 않는 세계에만 미치기라도 하는 것처럼. 도라는 아직 그런 섬이 없다. 지금 그녀는 창고에서 발견한 녹슨 장비로 무장한 채 뗏목 위에 서서 엔트로피 쪽으로 기울고 있는 게 분명하다.

---

* '로헨'은 '가오리'라는 뜻이다.
** 우리나라의 군(郡)에 해당하는 행정구역.

6개월 전, 지금과는 다른 시기, 다른 세상에서 이베이 서너 줄짜리 광고를 찾아보던 그녀는 구글에서 이 마을을 검색해본 적 있다. 위키피디아에 의하면 "브라켄은 브란덴부르크주 프리그니츠 란트크라이스에 위치한 플라우지츠 근교 가이비츠 게마인데* 지역 주택지이다. 사람이 살지 않는 정착지 슈테가 속해 있다. 이 마을은 1184년 지크프리트 대주교의 문서에 처음으로 언급된다. 그곳에서 발견된 슬라브족 유물 때문에 브라켄은 슬라브족 부락에서 유래한 것으로 추정된다".

전형적인 동독식 가촌(街村)이다. 마을 한가운데에 광장과 더불어 교회가 들어서 있고 버스 징류장, 소방대, 우체통도 있다. 마을 주민은 284명이다. 아직 주민센터에 가서 전입신고를 하지 않은 도라까지 합하면 285명이다. 코로나 때문에 주민센터가 폐쇄되어 현재 민원 업무가 중단된 상태다. 가이비츠 구청 홈페이지에 그렇게 공지되어 있다.

도라는 자신이 관객인지 전혀 몰랐다. 그럼, 배우는 누구일까? 거기에 대해 생각하지도 말고, 그런 생각에 너무 오래 매달려 있지도 말자. 지금은 새로 생겨난 개념들이 너무 많다. **사회적 거리두기**. 기하급수적 증가. 지나치게 높은 사망률과 비말 차단 마스크. 몇 주 전부터 도라는 세상을 더는 이해할 수 없다. 어쩌면 몇

---

*   우리나라의 읍, 구에 해당하는 행정구역.

달 전부터 혹은 몇 년 전부터 이해하지 못하고 있는지 모른다. 그런데 코로나로 인해 세상을 더는 이해할 수 없는 게 확고해졌다. 아무리 심하게 팔을 흔들어대도 쫓아낼 수 없는 파리 떼처럼 새로 생겨난 개념들이 머릿속을 맴돌고 있다. 그래서 도라는 이 모든 단어들이 이제 자신과는 아무 상관도 없다고 마음먹었다. 이 단어들은 어느 낯선 나라의 낯선 언어에서 유래한 거다. 그에 대한 보상으로 그녀는 '브라켄(Bracken)'이라는 단어를 얻었다. 이 단어 역시 아직 낯설게 느껴진다. 휴한(Brachen)과 판잣집(Baracken)을 합쳐놓은 것처럼 들리기두 하고, 점점 심해지는 소음 속 공사장 중장비 작업 소리처럼 들리기도 한다. 내일 정리 정돈될 거다. 그러려면 일용직 일꾼 몇 명이 더 필요하다. 기초공사를 하기 전에 여기 이곳을 다시 한번 더 꼼꼼하게 정리 정돈해야 한다.

엔-트로-피, 엔-트로-피, 머릿속 생각이 점점 커진다. 계속해, 하고 도라는 의식적으로 반대로 말한다. 설령 불가능하게 느껴져도 그녀는 계속해나갈 수 있다. 광고 회사에서 계속해나가는 건 일상에 속한다. 새 마감 시한, 새 광고. 부족한 인력, 부족한 시간. 프레젠테이션은 대성공이고, 대실패였다. 예산 획득, 예산 손실. 우리는 좀 더 디지털적으로 생각할 필요가 있고, 회전목마 광고를 시작으로 라디오 광고, 소셜 비디오에 이르기까지 360도로 모든 방향에서 생각해봐야 한다고, 매주 **먼데이 브렉퍼스트**(Monday

Breakfast) 때마다 아침 식사를 가장한 두 시간짜리 회의에서 Sus-Y사 창립자인 주자네는 말한다. 창의적인 탁월함을 가지고 우리 고유의 포지셔닝을 구축하는 게 이득이 된다고. 고객을 진심으로 이해하고 고객의 문제를 지속적으로 해결하는 데 도움을 주는 것도 우리에게 이득이라고—도라는 이 **먼데이 브렉퍼스트**를 그리워하지 않는다. **먼데이 브렉퍼스트** 때문에라도 코로나가 영원히 계속될 것이다.

불가능하다고 느끼는데도 계속해나가면 구역질이 날 때가 종종 있다. 씹었지만 삼켜야 하는 음식을 접시에 받기라도 한 것처럼 말이다. 그럴 때면 눈을 감고 코를 틀어막기만 해도 도움이 된다. 땅에 삽을 꽂는다. 엔트로피. '엔'에 푹 찔러 넣고, '트로'에 발로 차 넣은 다음, '피'에 또 흙 한 삽을 퍼낸다.

도라는 이제 막 수줍게 피어나기 시작하는 벚나무 한 그루와 사과나무들, 배나무들 사이에서 아름다운 장소를 한 군데 찾아냈다. 집에서 한 블록 떨어져 있지만 주방 창문 너머로 화단이 보일 만큼 가까운 편이다. 바닥도 꽤 고르고 평평하다. 하지만 사방에 엄지손가락 굵기만 한 나무줄기로 만든 울타리가 세워진 듯한 집터 앞부분처럼 어린나무들이 빽빽이 들어서 있진 않다. 단풍나무, 아까시나무. 도라는 나무 전문가다. 생물학을 전공한 로베르트는 티어가르텐*에서 산책할 때마다 그녀에게 나무 이야기를 하나하나 들려주었다. 나무들이 어떻게 자라고 번식하고, 무엇을 생각하고 느끼는지를 말이다. 도라는 이런 이야기 하는 걸 좋아했고, 나무에 대해 몇 가지 새로운 사실도 배웠다. 아까시나무는 외래식물로 '이주 나무'다. 번식이 빠르고 다른 식물 종을 배척하는 이 아까시나무를 벌들은 엄청 좋아한다. 무수히 자란 어린 아까시나무를 정원용 가위와 톱을 사용하여 제거하는 데 몇 주는 걸린다.

아까시나무는 과일나무 사이에서 무성하게 자라지 못하지만 나무딸기들이, 더 정확히 말해 작년에 심은 덩굴이 서로 뒤엉켜 무성하게 자라나, 도라가 왔을 땐 땅바닥을 거의 완전히 뒤덮고 있었다. 도라는 낡은 큰 낫을 다룰 수는 있지만 유튜브에서 관련 영상을 봐도 제대로 갈지 못한다. 그래서 무딘 칼로 나무딸기를 마구 내리쳤다. 마치 큰 낫을 들고 가지를 쳐내며 정글 숲을 지나가듯이. 이사 온 첫째 날 덜덜 떨며 추운 밤을 보낸 그녀는 겨울용 긴 면내의, 두꺼운 스웨터, 안감을 댄 재킷을 걸친 채 집 밖으로 나갔다. 15분이 지난 후, 그녀는 양파 껍질 벗기듯 입은 옷을 하나씩 벗더니 이내 속옷 차림으로 수북이 쌓인 옷 무더기 옆에 서 있었다. 그때부터 아침 날씨가 얼마나 춥든 상관없이 티셔츠만 입고 집 밖으로 나가곤 한다. 상쾌한 아침 공기 속에서 닭살 돋는 느낌이 기분 좋아서다. 한낮에도 집 안은 서늘하지만 바깥 온도는 거의

---

*   베를린 중심부 미테 지구에 있는 공원.

20도 가까이 올라간다. 새 거주지인 이곳으로 옮겨 온 이후 밤마다 도라 침대에 들어와 함께 자려고 고집부리는 요헨에겐 엄청 반가운 일이다. 태양 빛을 전기에너지로 변환하는 태양전지처럼, 요헨은 낮엔 가장 강한 햇빛을 찾아 온 정원을 돌아다닌다.

부활절이 조용히 지나갔다. 봉쇄령이 수많은 차이를 더 크게 만든다고들 한다. 평일과 공휴일의 차이도 사라지게 한다. 개간 작업 이후 도라는 과일나무 사이 10×15미터 크기의 직사각형 땅에 아무것도 심지 않고 줄만 팽팽하게 둘러 경계선을 표시해두었다. 직사각형 네 모서리는 반듯하나 각도는 심하게 오른쪽으로 기울어져 있다. 사방에 빙 둘러쳐진 빨간 줄 때문에 텃밭 공사장은 진짜같아 보이고 나머지 일들은 완전히 형식적으로 보였다.

그건 착각이었다. 며칠 전부터 도라는 커다란 땅덩이 바닥에 바싹 붙어 자란 풀을 제거하려고 삽을 들고 빨간 줄을 따라 땅을 파고 있다. 사실 풀이라고 할 게 아니라 '잡초'라고 해야 할 판이다. 땅에 단단히 뿌리를 내리고 있어 도라는 삽을 땅에 쑤셔 넣으려고 삽 위에 올라가 몇 차례 펄쩍펄쩍 뛰어야 했다. 그건 힘든 육체노동이자 문제의 시작일 뿐이다. 진정한 도전은 좀 더 깊은 곳에서 시작된다. 그녀는 아무도 엔트로피에 맞서 싸우겠다고 생각하지 않는 시스템의 유산 속에 존재하는 인간이다. 동독 시절 대농장 관리인이 살던 집에 살아본 사람이라면 누구라도 정원에 돌덩이, 고물, 쓰레기를 버리는 게 당연하다고 생각했다. 땅에 박는 삽에 깨진 벽돌, 녹슨 금속부품, 낡은 플라스틱 양동이, 깨진 병, 신발 한 짝, 녹슨 냄비 같은 게 부딪혔다. 그중에 가지각색의 모래 놀이, 작은 자동차 바퀴 같은 어린아이 장난감도 섞여 있고, 심지어 땅 밖으로 솟구쳐 있는 인형도 있다. 도라는 이 물건들을 주워 정원 가장자리에 모아서 흙을 파 뒤집어놓은 이랑을 따라 쭉 늘어놓는다.

도라가 삽을 들어 올리더니 손잡이에 몸을 기댄다. 서서히 팔다리에 다시 힘이 생겨난다. 시골 생활을 한 지 2주 만에 그녀의 손은 빨개지고 굳은살이 박였다. 도라는 손을 앞뒤로 뒤집으며 마치 자기 몸의 일부가 아닌 것처럼 바라본다. 예전부터 그녀는 손이 엄청 컸다. 이따금 도라는 아무것도 하지 않는데도 손이 저절로 움직일지 모른다는 불안감을 느낀다. 자기보다 덩치가 더 큰 사람이 등 뒤에 서서 소매 안에 팔을 집어넣고 있기라도 한 것처럼 말이다. 어릴 때 남동생 악셀이 손을 가지고 그녀를 놀리곤 했다. 그녀는 악셀이 "도라표 물갈퀴 손!"이라고 외쳐대는 소리에 항상 불같이 화를 냈다. 어머니가 돌아가실 때까지 그랬다. 어머니가 돌아가신 이후로 남매는 더는 상대방을 화나게 하지 않고 내내 상냥하게 대했다. 마치 모든 것이, 심지어 도라의 커다란 손마저도 깨지기 쉬운 유리가 돼버린 것처럼.

로베르트는 항상 그녀의 손이 마음에 든다고 했다. 그나마 그 것도 그녀가 CO_2 문제에 이어 잠재적인 코로나 바이러스 확산체의 화신으로 변신하기 전까지 뭐가 됐든 그녀에게 아직 좋아할 만한 점이 남아 있던 시절 얘기다.

도라는 오래 쉬어선 안 된다는 걸 경험상 잘 알고 있다. 쉬는 시간이 너무 길어지면 상상의 나래를 펼치기 시작하고, 이러한 상상에 이어 본질적인 질문이 뒤따르게 된다. 약 2주 전에 개간 작업을 시작한 그녀는 며칠 전부터는 땅 파는 일에 진이 빠진 상태였다. 작업이 끝난 이랑의 가로 면적이 1.5미터쯤 된다. 그러니까 전체 면적의 6분의 1도 작업하지 못한 셈이었다. 이 속도로 계속하다가는 5월의 질반이 지나서야 씨를 뿌릴 수 있을 것이다. 문제는 그렇게 해도 나쁘지 않다는 거다. 채소라면 슈퍼마켓에서 살수 있으니까. 용수 비용을 넣어 계산하면 개인 텃밭에서 기른 채소보다도 값이 더 쌀지 모른다. 봉쇄령이 끔찍하긴 해도 감자를 직접 재배해야 할 정도로 위기 상황은 아니다. 그러니까 텃밭을 가꿀 아무런 이유가 없는 것이다. 시골의 낭만을 느껴보고 싶다거나 혹은 친구들이 찾아오기 때문이 아니라면 말이다. 다만 도라는 시골집의 낭만이라곤 알지 못할뿐더러 찾아올 친구도 없다. 베를린에 살 땐 텃밭을 가꾼다는 건 생각지도 못한 일이었다. 직장 일로 시간도 별로 없었고, 상대할 로베르트 친구들도 충분했으니까. 그러나 여기 시골 마을에선 친구가 없다는 걸 알고 외로움을 느낀다.

이 넓은 땅에 곧장 경계선을 그어놓은 건 멍청한 짓이었다. 초보자의 전형적인 실수였다. 텃밭 초보자는 150제곱미터가 아니라 15제곱미터만으로 충분했을 테니까. 하지만 도라는 팽팽하게 잘 쳐놓은 빨간 줄을 다시 걷어낼 마음이 없다. 어찌 됐건 몇 년 전부터 그녀는 얼마나 황당하든 상관없이 한번 시작한 프로젝트를 끝내버리는 능력으로 생계를 이어오고 있다. 매일 의견을 바꾸고 늘 새로운 사항들을 요구해대며 자기모순에 빠지고 상사가 무서워 결정을 못 내리는 고객들을 상대하는 것이 텃밭 일보다 훨씬 더 힘든 건 당연하다.

계속해. 도라는 이 텃밭 일을 제대로 못 해낼 거면 왜 이 집을 샀는지 스스로 물어봐야 한다.

이미 작년 가을에 코로나가 들이닥쳤다는 예감을 했더라면 대답은 간단했을 거다. 이 시골집이 코로나가 끝날 때까지 숨어 지낼 수 있는 피난처가 됐을 거다. 그러나 그녀는 아무것도 예감하지 못했다. 도라가 인터넷에서 부동산 광고를 보기 시작했을 때는 기후변화와 우익 포퓰리즘이 가장 큰 문제처럼 여겨졌다. 12월에 베를린 샤를로텐부르크의 공증인을 몰래 찾아갔을 시기에 아시아에서 발생한 코로나가 신문 헤드라인을 장식했고, 그녀도 아시아에서 발생한 그 코로나라는 것이 뭔지 알아보려고 기사 목록을 끊임없이 스크롤 했다. 이 집 구매가의 일부를 이체하려고 어머니가 남긴 얼마 안 되는 유산과 저금한 돈을 전부 긁어모을 때까지만 해도 도라는 정말로 시골로 이사 올 줄 몰랐다. 그저 이 집이 필요하다는 것만 알았다. 하나의 아이디어로, 정신적인 생존 방책으로, 자신의 삶에서 탈출할 비상구로 말이다.

도라는 지난 몇 년 동안 사람들이 시골집을 구입한 이야기를 줄곧 들어왔다. 대부분 별장으로 사용하려고 산 집이었다. 그들은 프로젝트의 쳇바퀴에서 벗어나는 꿈을 꾸며 별장을 사들였다. 도라가 아는 사람은 누구나 그런 쳇바퀴에 익숙해져 있다. 그들은 프로젝트를 하나 끝내자마자 바로 다음 프로젝트를 시작하는 사람들이다. 한동안 그들은 현재 진행 중인 프로젝트가 세상에서 가장 중요한 일이라고 생각해서 기한 내에 성공적으로 끝내기 위해 갖은 애를 다 쓴다. 그저 프로젝트가 끝나는 순간 의미 있던 모든 것이 허망해지는 게 어떤 건지 느껴보기 위해서. 그와 동시에 더 중요한 다음 프로젝트가 시작된다. 그러니까 그들의 일은 도착지가 없다는 의미다. 엄밀히 말하자면 발전도 없는 일이다. 모든 사람은 멈춰 있는 것에 대해 불안감을 느끼기 때문에 쉼 없이 돌아가는 쳇바퀴 안에서 열심히 움직인다. 그사이 어느덧 대부분은 이 모든 게 의미 없다는 걸 깨닫는다. 그것에 대해 말하고 싶어 하지 않아도. 도라는 동료들의 눈빛에서, 불안 가득한 시선에서 그것을 느꼈다. 신입 사원들만 여전히 '이 일'을 해낼 수 있다고 믿고 있다. 여기서 '이 일'은 달성될 수 없다. '이 일'은 생각해볼 수 있는 모든 프로젝트를 나타내고, 또 실제로 다음 프로젝트가 생기는 게 아니라 생기지 않는 게 추측 가능한 가장 큰 재앙이기 때문이다. '이 일'이 달성 가능하다는 건 현대 삶과 노동 세계에서 기본적으로 하는 거짓말이다. 집단적 자기기만, 이것이 그 사이 조용히 터져 나왔다.

이러한 깨달음을 얻은 후, 대도시의 좁은 지하철 칸에 몸을 싣고 커피 자판기 앞을, 엘리베이터 안을, 고층 빌딩 층을 쳇바퀴 돌다 보면 사람들은 기진맥진해진다. 바로 그때 쳇바퀴는 점점 더 빨리 돌아간다. 점점 더 빨리 달리면, 달리는 무의미함에서 벗어날 수 있을 것처럼 말이다.

실제로 탈출도 가능하다. 암튼 도라는 언제라도 탈출할 수 있었다. 그녀는 프로젝트의 쳇바퀴에 한 번도 저항해보지 않은 게 아니라 시대에 적합한 삶의 모델로서 그 쳇바퀴를 받아들였던 거다. 그런데 이후에 변한 게 있었다. 도라 내부가 아닌 바깥 주변에서 변화가 일어났다. 도라는 더는 함께할 수 없었다. 더는 함께할 수 없다는 이러한 생각은 시골집을 구입하는 아이디어로 인해 확고해졌다. 그런 생각을 한 건 지난가을이었고, 지금 그녀는 여기 브라켄 마을의 본인 소유 휴한지 한가운데에 서서 불안에 떨고 있다. 끊임없이 돌아가는 프로젝트라는 쳇바퀴는 통제 불능 상태가 될 수도 있었다. 넓은 집터를 바라보고 있으니 더 분명해진다. 이 땅이 빌어먹을 다음번 프로젝트인데, 이번엔 그녀가 감당하기 힘들 수도 있다.

불쑥 화가 난 그녀는 땅 파는 걸 잠깐 멈추고 30분 동안 아무것도 하지 않으려 애를 쓴다. 그녀는 삽을 내려놓고, 보리수 그늘 아래 앉을 의자가 있는 집 방향을 따라, 작년에 난 쐬기풀을 밟고 다닌다. 이어 창고에 들어간 도라는 앞으로 시골집에 필요한 생필품들을 비롯해 흔들거리는 정원용 가구를 찾아냈다. 부동산 중개인이 뭐라고 했지? "편안한 게 전원적인 거죠." 이 지역에서 훼손된 집을 팔려면 꼭 필요한 말 중 하나겠지.

도라는 의자에 앉아 다리를 쭉 뻗는다. 그러고는 마음의 여유를 찾으려고 요가 수업과 명상을 빽빽한 일정표에 집어넣는 프렌츨라우어베르크 사람들처럼, 그사이 자신도 미쳐버린 건 아닌지 자문해본다. 그녀는 프로젝트의 쳇바퀴가 쉽게 탈출하지 못하는 덫이라는 걸 잘 안다. 그런데 이 쳇바퀴가 프로젝트만 좇으며 살지 않는 인간도 새로운 프로젝트로 만들고 있다. 그렇지 않다면 이 쳇바퀴는 수백만의 희생자를 요구하지 않겠지. 도라는 숨을 깊이 들이마시며 자신의 문제는 완전 다르다는 생각을 한다. 그녀는 프로젝트가 아닌 로베르트와 문제가 있다. 어떤 일이 일어났고, 그녀는 그저 함께할 수 없을 뿐이다.

2장

로베르트

도라는 그런 생각이 언제부터 시작됐는지 기억나지 않는다. 로베르트가 기후보호전문가로 활동하던 시절에 이미 이따금 지나치다고 생각한 건 기억난다. 그는 정치가들을 심각한 명청이라고, 동료들을 이기적인 무식한 사람들이라고 욕하거나 혹은 도라가 쓰레기 분리 시에 실수를 하면 마치 범죄를 저지른 듯 흥분하곤 했다. 그럴 때면 가끔 그가 광적이고 타협할 수 없는 사람처럼 보였다. 그래서 노이로제에 시달리고 있거나 혹은 신중하고 온화한 사람을 광인으로 만드는 일종의 '정치적인 청결강박증'을 앓고 있는 게 아닌가, 라는 생각을 해본 적은 있다.

만난 지 얼마 안 된 초반에 그녀가 무엇보다 그를 존경한다고 느끼는 것에는 일말의 양심의 가책이 섞여 있었다. 로베르트는 자신이 하는 일에 진지하게 임하고 정치활동에도 적극적이었다.

과거 몸담았던 온라인 신문에 기후 문제를 다루는 독자적인 공간도 신설했다. 또한 자신의 삶을 바꾸기 시작했다. 채식을 하고 친환경 소재의 옷을 구입하고 금요 시위에도 빠지지 않고 참여했다. 시위에 함께 가고 싶어 하지 않는 도라에게 당황한 기색을 내비치기도 했다. 그녀는 인간이 만든 기후변화를 믿지 않는 걸까? 세계가 멸망으로 치닫는 걸 보지 못하는 걸까? 로베르트는 대화에 통계자료를 끌고 들어오고 수치, 전문가들, 과학을 언급했다. 그럴 때면 도라는 절대로 설득당하지 않으려는 무지한 군중의 대표자 자격으로 그의 앞에 앉아 있었다. 그는 제대로 흥분하기 시작하면 그녀의 직업마저 비난해댔다. 그녀가 하는 일이 소비를 촉진한다는 둥 원하지도 않을뿐더러 필요하지도 않은 물건을 사람들에게 사게 한다는 둥 과소비 사회의 스파이라는 둥 에너지를 소비하고 쓰레기 더미를 쌓이게 한다는 둥 하면서. 그녀는 광고업계를 옹호할 마음이 추호도 없었다. 그런데도 로베르트가 그런 식으로 얘기하는 게 마음이 아팠다.

어찌 보면 그녀는 확신이 없다. 물론 기후변화를 중대한 문제로 생각하지만 그녀를 위축시키는 건 "나에게는 꿈이 있습니다(I have a dream)"라는 말 대신 "어떻게 감히 그럴 수 있나요(How dare you)"라는 말이다. 목표에 대한 온도 차를 두고 갑론을박을 펼치는 대신 차라리 그들의 생각대로 본질적인 것, 그러니까 화석연료 시대의 종말에 집중해야 한다. 그건 시민교육을 개선한다고 되는 게 아니라 사회기반시설, 유동성, 산업 개편을 통해서만 이루어질 수 있다. 그녀는 이런 과제에 직면한 로베르트가 자동차 운전을 하지 않는 걸 자랑스러워하는 게 이상하다.

도라는 절대적인 진리와 그 진리에 의존하는 권위를 좋아하지 않는다. 마음속에 거부감이 있다. 그녀는 자신의 주장이 옳다며 옥신각신 싸우고 싶지도 않고 어느 한 여론단의 일원이 되고 싶지도 않다. 보통 그녀가 갖는 거부감은 자기방어는 아니다. 그건 사람들 눈엔 보이지 않는다. 그녀는 환경에 적응하여 살아간다. 거부감은 일종의 반항심, 즉 관계에 대항하는 내적 투쟁심을 불러일으킨다. 그래서 어느 날 그녀는 로베르트에게 언제부터 깊은 우려 때문이 아니라 자신이 옳다고 주장하기 위해 통계자료를 언급하느냐며 주의하라고 말한 적이 있다. 그 말에 그는 놀란 표정으로 쳐다보며 도널드 트럼프의 대안적 사실*을 선호하느냐고 되물었다.

그때 처음으로 도라의 생각에 문제가 있다는 게 드러났다. 그녀의 생각은 이제 이해받기는커녕 비난받아 마땅한 듯했다. 하지만 그녀는 그 말을 할 수 없었다. 여하튼 더는 로베르트와 말이 통하지 않았다. 그는 그 모든 착각과 의구심도 개의치 않는다는 듯

* 2017년 1월 도널드 트럼프 미국 새 행정부와 미국 언론이 취임식 인파를 두고 설전을 벌이는 가운데 등장한 신조어.

이 재판관처럼 환한 표정으로 당당하게 그녀 앞에 앉아 있었다. 결점이 있는 인간을 초월한 어느 한 집단의 일원. 그 대목에서 도라는 함께할 수 없었다.

동시에 그녀는 자신이 가진 거부감과 반항심이 부끄러웠다. 로베르트의 주장이 정말로 옳다면, 그가 옳은지 틀린지는 문제 되지 않았다. 기후 정책은 과거에도 지금도 중요한 사안이었으니까. 도라가 자주 자책감에 시달릴 때에도 로베르트는 만족스러워 보였다. 중요한 일을 위해 싸우는 건 기분 좋은 일인가 보다. 로베르트는 이제 본질적인 문제를 제기할 필요가 없었다. 그는 이룰 수 있는 수많은 작은 목표를 이룰 수 없는 큰 목표와 바꿔가면서 프로젝트라는 쳇바퀴마저 극복해냈다. 기발한 전략적 움직임이자 노련한 위치 변경이었다.

도라는 노력하기로 결심했다. 그녀는 육식을 포기하고 유기농 식품점에서 장을 보았다. 로베르트를 위해 다니던 에이전시마저 옮겼다. Sus-Y사는 지속 가능한 상품과 비영리기관을 전문으로 상대하는 중견 회사로, 사회생태학적 아이디어를 실현하는 책임감 강한 기업들을 지원하는 곳이었다. 도라는 통조림 수프나 호화로운 크루즈 여행, 보험상품을 광고하는 대신에 Sus-Y사에서 식물성 소재로 만든 신발, 비닐 봉투 없는 날이나 공정무역 초콜릿 홍보를 위해 아이디어를 개발했다. 그녀는 명함에 '시니어 카피라이터' 대신에 '카피'라는 단어 하나만 덩그러니 찍혀 있어도,

예전보다 좀 더 적게 벌어도 아무렇지 않았다. 그러나 로베르트 기준에서는 이 모든 노력이 충분하지 않았다. 아니, 한참 못 미쳤다. 마침내 도라는 그가 뭘 원하는지 알았지만, 그걸 줄 수 없었다. 그는 복종을 원했고 그녀가 가진 저항심을 제압하고 싶어 했다. 또 세계 종말에 충성을 맹세하길 원했던지라 그녀의 은밀한 반항심에, 함께 앞장서서 행진하지 못하는 무능함에 점점 더 격분했다. 그는 그녀가 못마땅했고, 그들은 예전보다 함께 웃는 일이 줄어들었다. 이 모든 것에도 불구하고 어쨌든 그들은 아직 한 팀이었다.

그리고 얼마 후 코로나가 들이닥쳤고, 로베르트는 자신의 진정한 소명을 찾아냈다. 이미 1월에 그는 재앙 같은 지진을 감지하는 예민한 지진계의 감수성으로, 코로나 사태가 전 세계적으로 심각해질 거라고 말한 바 있다. 서구 세계 대부분의 나라가 또다시 중국에서 일어난 문제라고 치부할 때에도, 그는 온라인 신문에 기고한 칼럼에서 정부에 대고 마스크를 공급할 것을 권고했다.

처음엔 동료 기자들이 불길한 예언을 한 그를 비웃었다. 그러나 얼마 후 그는 예언자 위치에 서게 되고 코로나 전문가가 돼버렸다. 마치 그가 수년 전부터 남몰래 이 바이러스를 기다리고 있었던 것처럼 말이다. 마침내 그 기다림은 끝났고 재앙이 닥쳐왔다. 배에 물이 새는 바람에 마침내 뭔가 할 수 있게 된 것이다. 모두가 명령을 따르고 모든 의심은 폭동이 돼버리는 상황에서 마침내 모든 사람이 같은 생각을 하고 같은 이야기를 한다. 그뿐인가. 마침내 통제 불능에 빠진 세계에 구속력 있는 규칙도 생기고 망할 놈의 세계화는 무릎을 꿇고 항복하고 사람, 물건, 정보가 국경을 초월하여 돌아다니는 것도 끝난다.

도라는 로베르트를 이해한다. 기후변화 투쟁은 힘든 일이다. 그 누구도 진창에서 빠져나오지 못한다. 근데 지금은 단번에 모든 게 가능하다. 방금 전까지만 해도 불가능하다고 생각된 일이 갑자기 문제 되지 않는다. 육식동물 같은 자본주의에 제동이 걸리고, 임격힌 이동 제한이 따른다. 코로나도 신속하게 선명한 모양으로 극적이고 멋지게 이미지화된다. 코로나의 영향력은 가늠 가능하다. 게다가 이 바이러스에는 거의 성경에 나오는 불가피성이 내재되어 있는 것 같다. 이 아슬아슬한 순간이 얼마나 오래 지속될까? 언젠가 커다란 난관에 봉착할 테고, 그것을 모든 사람이 알고 있었고 예감하고 있었다. 오래전부터 서양 문화가 이미 쇠퇴하지 않은 거라면 언젠가 쇠퇴할 거라는 예감이 짙게 들었다. 그리고 이제 그 예감이 적중하고 팬데믹이 들이닥치고 모든 죄, 탐욕과 착취, 완전 자유분방한 라이프스타일에 대한 형벌이 내려진다.

2년 전부터 로베르트가, 행동하지 않는다고 비난한 모든 사람들은 그 형벌을 피해 갈 수 없다. 그들은 겁에 질려 허둥대며 이곳저곳 뛰어다니더니 갑자기 전문가들의 말을 귀담아들으려 한다. 정치가와 일반인, 좌파와 우파, 부자들과 가난한 사람들 모두 한꺼번에 패닉 상태에 빠져버렸다.

　도라는 광범위하게 확산된 이 공포가 로베르트에겐 명예 회복의 기회가 된다는 느낌을 떨쳐버릴 수가 없었다. 그는 세계 종말 게임에 푹 빠져 있었다. 베를린의 **워킹 데드**[*]. 그는 주방 찬장을 가득 채우고 인터넷으로 화장지와 손소독제를 주문하고 쉴 새 없이 최악의 상황을 각오해야 한다고 말했다. 도라도 불안했다. 이따금 극도의 불안감마저 느꼈다. 하지만 그녀는 평정심을 잃지 않는 것이 최선이라고 생각했다. 일단 기다려보자. 정치가들이 상황을 똑바로 직시하고 올바른 지침을 권고할 거라고 믿자. 로베르트는 그런 그녀뿐 아니라, 자기 눈에 아무것도 제대로 못 하는 것으로 비친 정치가들도 비웃었다. 너무 부족하고 너무 늦어버렸다. 도라가 그 사람들은 의사결정과정에서 일정 시간이 소요되는 민주주의 국가에서 살았다는 점을 상기시키기라도 하면, 그는 엄청 화를 냈다. 그는 일찌감치 주문한 마스크로 입과 코를 가린 채 도시를 돌아다니며 관청과 거리에서 여러 의견을 수집했다. 그는 낮엔 자전거를 타고 다니고 밤엔 컴퓨터 앞에 앉아 늘 새로 올라오는 뉴스, 수치, 예측에 열중했다. 그는 광란에 빠진 듯했다. 그의 칼럼은 나날이 인기가 높아졌고, 도라는 그가 점점 낯선 사람처럼 느껴졌다. 그는 모든 텍스트, 이메일, 문자메시지에 대중운

[*]　좀비를 다룬 미국 텔레비전 드라마 제목.

동이 되어버린 비밀결사단의 구호 같은 "건강하세요!"라는 상투적인 말을 갖다 붙였다.

이미 작년부터 로베르트와 함께 사는 게 힘들어지기 시작했다. 1월에 신경이 극도로 날카로워졌고 2월엔 참을 수 없을 정도였다. 그리고 3월에 학교, 레스토랑, 상점이 문을 닫았다. **봉쇄령, 폐쇄, 감염병 확산 속도 완화 조치**. 점점 더 많은 새로운 개념이 널리 퍼져나갔다. 사망률, 이환율*, 환자 중증도 분류. 마치 질병과 죽음이 재창조되기라도 한 듯 공포가 점점 커져갔다.

하루아침에 노라는 또다시 재택근무를 했다. 처음엔 전혀 나쁘지 않다고, 오히려 장점도 있다고 생각했다. 거의 모든 다른 에이전시와 마찬가지로 Sus-Y사에도 창의적인 직원들을 위한 개별 사무실은 없다. 그 대신 이른바 '개방형 사무실'에서 직원 약 25명이 함께 일을 하기 때문에 사무실 전체가 아주 소란스럽다. 특히 상담 직원은 하루 종일 전화기에 매달려 고객의 정보를 알아내고 좋은 분위기를 퍼뜨리려고 애를 쓴다. 따지고 보면 그들은 그 어떤 부가가치도 창출하지 않으면서 쉴 새 없이 떠들어낸다. 그 때문에 아이디어 개발에 집중해야 하는 카피라이터는 힘들어한다. 재택근무를 하면 주변 환경은 확실히 더 조용하다. 물론 응석을 부려도 마스코트라고 잘 받아주는 에이전시 사무실을

---

* 어떤 일정한 기간 내에 발생한 환자의 수를 인구당 비율로 나타낸 것.

그리워하며 요헨이 골을 내긴 했지만. 도라가 사무실 커피 메이커 앞에 서서 하루의 첫 에스프레소를 내리는 동안, 요헨은 습관적으로 책상 사이를 뛰어다니며 팬들에게 인사를 한 다음 특별히 작은 주머니에 넣어 가져온 레케를리 쿠키**를 받아 챙기곤 했다.

재택근무를 시작하고 며칠은 아주 좋았다. 도라는 왓츠앱을 사용하여 동료들과 브레인스토밍을 하고 화상회의를 통해 회의에 참석했다. 사실 그녀가 그리웠던 건 다름 아닌 사무실 냉장고에 가득 든, 일을 마치고 마시는 공짜 유기농 파이어아벤트*** 맥주였다. 냉장고는 Sus-Y사가 크뢰허 양조장 예산을 얻은 후 마련한 물건이었다.

그런데 얼마 후 크로이츠베르크의 그들 집이 점점 좁아졌다. 프리랜서 기자로 활동하며 예전부터 재택근무를 해온 로베르트가 하나뿐인 서재를 독차지하고 있었다. 이사 들어올 때만 해도 도라는 집이 엄청 크다고 생각했지만 지금은 그녀 주변의 모든 것이 작아져 있었다. 접촉 제한 조치로 로베르트는 환경보호에 중요한 도시 탐방을, 그러니까 베를린 시를 돌아다니는 일을 하루에 한 시간으로 줄였다. 나머지 시간은 도라, 요헨, 로베르트가 80제곱미터 공간 안에서 서로 부딪치며 지냈다. 거실엔 긴 소파

**   스위스 바젤의 명과.
***   '퇴근'이라는 뜻.

용 탁자만 놓여 있어서 도라는 주방에다 노트북을 펼쳐놓고 일을 해야 했다. 요헨을 데리고 산책도 자주 나갔다. 기르는 개를 산책시켜야 하는 개 주인의 의무는 이제 특권이 되어버렸다.

텅 빈 거리는 음산한 분위기를 풍겼다. 자동차도 적고 지나가는 사람들도 거의 없었다. 빅토리아파크에는 보행 보조기를 끌고 다니는 사람도 사라지고 없었다. 약국 진열창 뒤, 흰 마스크로 가려진 얼굴들. 로베르트는 이들을 코로나 최전방에서 싸우는 사람들이라고 했다. 그런 표현에 그녀는 당황했다. 이 모든 상황에도 불구하고 팬데믹은 전쟁이 아니었다. 전쟁은 사람을 상대로 하는 것이었으니까.

어느 날 거리에서 우연히 마주친 남자가 끌고 가던 개를 황급히 옆으로 잡아당겼다. 그렇게 하지 않으면 요헨데어로헨이 바이러스를 옮길지도 모른다는 듯이. 하지만 네발 달린 개가 헐떡거리며 앞발로 아스팔트를 긁는 행동 또한 당황스럽기는 마찬가지였다. 또 어떤 젊은 엄마는 조깅하는 사람에게 숨을 거칠게 몰아쉬지 말라고 소리치기도 했다. 집 창문에 "우리는 집에 있습니다!"라고 쓴 깃발을 내걸고 집 안에 있다는 사실을 알리는 사람도 많았다. 뭔지는 모르겠지만 뭔가의 일부인 그들은 깃발 뒤에 숨어서 베를린이 다른 지역처럼 심각해지지 않기를 바라고 있었다.

산책을 나가면 우울함과 안도감이 동시에 느껴졌다. 잠깐 폐소공포증에서 탈출하는 기분이었다. 그러나 로베르트는 도라가 요헨을 데리고 하루에 세 번이나 집 밖으로 산책 나가면 안 된다고 했다. 사실 그는 시민들이 정부의 조치를 제대로 따르지 않는 걸 두고 엄청 화를 냈다. 그녀가 주방 식탁에 앉아 고객의 희망 사항을 창의적인 아이디어로 바꾸려고 애쓰는 사이, 그는 집 안을 돌아다니며 사람들이 얼마나 멍청한 짓을 하느냐며 큰 소리로 욕을 해댔다. 그러면서 그는 도라가 동의의 표시로 고개만이라도 끄덕이길 기다렸다. 하지만 도라는 사람들이 멍청한지 아닌지 모르겠어서 그렇게 할 수 없었다. 한데 정확히 어떤 사람들이 멍청하다는 걸까? 맞은편에서 오는 개를 피해 자기 개를 멀찍이 떨어뜨려 놓는 사람들이? 혹은 보란 듯이 심야 가게 앞에 모여 앉아 맥주를 마시는 사람들이?

누가 착한 사람이고 누가 나쁜 사람일까? 도라는 잘 모르겠고 알고 싶지도 않다. 그녀는 그런 질문은 아주 위험하다고 생각한다. 전 세계에서, 대개 다른 지역이라 하더라도, 훨씬 더 심각한 일들이 끊임없이 일어나지만, 그녀는 '역대급'이니 '전환기'니 하는 말을 좋아하지 않는다. 그녀는 이런 사태에 대해 간단한 해결 방안이 없다면, 굳이 명확한 견해를 갖지 않아도 된다는 소신을 굽히지 않는다. 그리고 그 어느 때보다 지금은 해결 방안이 훨씬 더 부족하다. 정치가들도 바이러스 학자들도 따르기만 하면 다 좋아질 진리를 알지 못한다. 보통 **시행착오**로 이루어진 삶은 인간이 믿고 있는 것보다 이해하고 통제할 수 있는 부분이 훨씬 더 적다. 이러한 딜레마에 대한 정답은 무위도식도 행동주의도 될 수 없다. 도라는 거래 땐 안목이, 소통 땐 최대한의 솔직함이 중요하다고 생각한다. 솔직함의 전제 조건은 정확히 모르는 것에 대해 모른다고 고백하는 것이다. 그래서 그녀는 규정 자체가 아닌 오로지 '생각의 강제'에만 저항심이 든다. 도라는 규정을 따를 수 있다. 다만, 그 규정이 좋은 게 아니라고 생각한다. 그녀는 자신이 자유로운 존재나 중요한 존재라는 걸 증명하기 위해 심야 시간 가게 앞에서 열 명의 사람들과 맥주를 마실 필요는 없다. **사회적 거리두기**가 우리 사회가 결정한 전략이라면, 그녀는 거기에 동참할 준비가 돼 있다. 물론 이성적인 방법으로, 맨 앞에 앞장서지 않고. 어쩌면 스웨덴식 접근법이 그녀에게 더 적합할지 모른다. 하지만 그녀는 스웨덴이 아닌 여기 이곳에 있다. 그녀는 규정을 지키나 생각은 자유롭다. 아무도 그녀에게 심야 가게 앞에서 맥주를 마시는 사람을 공공질서를 해치는 매국노라고 생각하게 강요할 순 없다.

로베르트는 예외다. 그는 그녀가 동조해주길 바랐다. 그런데 그녀는 또다시 복종하길 거부했다. 세계 종말에 대한 맹세도 하지 않았다. 그는 자신이 내뱉는 심한 증오의 말에 동의하지 않아서가 아니라 줄곧 노트북 화면만 멍하니 쳐다보고 있다는 이유로 도라를 향해 점점 더 자주 공격을 해댔다. 노트북이 하루에 최소한 번은 다운되는 바람에 전체 프로그램을 종료할 수밖에 없어서 그랬던 건데 말이다. **실행시간 오류 0×0. 불편을 드려 죄송합니다.** 도라는 이게 로베르트와 관련 있다는 사실을 문득 깨달았다. 그녀는 하마터면 울 뻔했다. 그는 그녀의 파트너이자 배우자이고 가장 좋은 친구였다. 하지만 이젠 그의 아우라가 노트북을 다운시켰다고 그녀는 믿고 있었다.

어느 날 그녀는 산책 중에 거리 측정기를 착용하고 있는 남자를 보았다. 측정기가 '삑' 소리를 내자 그 남자는 팔을 흔들며 외쳤다. "가까이 오지 마세요!"

그녀는 이전에 일어난 그 어떤 일보다 그 소리에 더 경악했다. 한 사회가 집단적으로 이성을 잃는다는 게 가능할까? 그 이야기를 하자 로베르트는 무식하게 그런 것도 잘 모르냐며 질책했다. 위험에 눈 감아버리는 짓이라고. 그는 '삑' 소리 나는 작은 상자를 달고 다니는 남자가 이성적이라고 했다. 도라는 자신이 뭐가 문제인지 이해 못하는 아이 같다는 느낌이 들었다.

그런 것도 모르냐는 로베르트의 질책은 그녀의 약점을 건드렸다. 사실 도라는 팬데믹이 발발한 이후 뉴스를 거의 보지 않았다. 그녀는 눈 감아버리려는 게 아니다. 하지만 갑자기 세상에 코로나만 존재하는 게 싫다. 시리아 전쟁, 난민의 고통, 나치-테러리스트, 빈곤처럼 세계 곳곳에서 일어나는 문제는 진짜가 아닌 듯하다. 지루해하는 미디어 소비자들을 위한 시간 때우기용 인포테인먼트*일

*   교양 오락 프로그램.

뿐이다. 그러나 팬데믹이 돌고 있는 지금은 다른 헛소리가 더는 필요 없다. 이 때문에 도라는 당황스럽다. 뉴스 헤드라인을 읽을 때면 속이 메스꺼워지는 동시에 최신 확진자 수를 모르고 있는 자신이 내심 부끄럽게 느껴진다. 마치 미디어 소비에 참여할 의무가 있는 듯이. 그녀의 절제가 죄악이라고 생각하는 로베르트처럼 말이다.

올바른 생각을 하려고 노력하는 것을 제외하고, 그들은 분명 서로 상대방의 길을 막고 있었다. 도라가 창문을 닫으려고 하는 순간, 로베르트는 더 활짝 열려고 했다. 그녀가 화장실에 앉아 있을 땐, 문을 두드리며 얼마나 더 걸리냐며 묻는 로베르트의 목소리가 들린다. 그녀가 마침 여러 페이지에 달하는 청구서를 작성하거나 혹은 장기적인 캠페인에 적합하고 앞으로 많은 상을 받을 수 있을 것 같은 라디오 광고 방송 기법을 찾고 있을 때, 그녀의 팔꿈치에서 옆으로 20센티미터 떨어진 곳에 앉아 있던 그는 식기세척기에 들어 있는 그릇들을 치울 생각으로 걸어가다 요헨에 걸려 비틀거렸다. 그러더니 결국 식탁에 놔둘 자리가 없어 도라가 바닥에 늘어놓은 서류 더미 위로 넘어지고 말았다. 그녀가 냉장고로 가려고 하면 어김없이 그가 그 앞에 서 있고, 커피를 내리고 있으면 옆에 와서 커피를 다 내릴 때까지 대놓고 기다리고, 발코니에서 담배를 피우면 집 안 곳곳에 냄새가 난다며 나오지도 않고 안에서 소리쳤다. 또 그는 칼럼을 쓸 때 복도를 왔다 갔다 하며 낮은 목소리로 중얼거렸다. 도라가 그만 멈추라고 부탁하면 그는 안 그러면 창의력이 떨어진다고 우겼다.

그들은 집세를 절반씩 나누어 냈다. 그런데도 모든 공간이 그 혼자만의 것인 듯했다. 그래서 결국 그가 집에서 일을 하고, 도라는 에이전시 사무실에 나갔다. 게다가 그녀는 세계 종말에 대한 생각을 받아들일 준비가 돼 있지 않다는 이유로 생존권을 박탈당한 처지였다. 마음속에 저항심이 미친 듯이 끓어오른 도라는 재활용병과 관련된 일을 시작했다. 근데 지금은 그 일을 딱히 떠올리고 싶지 않다.

더욱이 그녀는 집 밖에 나가 있는 시간이 점점 길어졌다. 폐쇄된 놀이터 옆에 있는 공원 벤치에 앉아 요헨을 무릎 위에 올려놓고 휴대폰으로 전자책을 읽으려 애썼다. 그러나 몇 분쯤 읽다 포기하고 그저 멍하니 허공을 바라보기 일쑤였다. 그때 갑자기 목소리가, 생각이, 헤드라인이, 불안이, 그 모든 것이 침묵 속에 빠져들었다. 그녀의 큰 손은 따뜻한 강아지 털을 쓰다듬고 있었다. 그 순간 그녀 주위로 그 누구에게도 속하지 않는 공간이 점점 커져갔다. 도라는 잠시 그 공간 속에 조용히 앉아 있다가 집으로 돌아갔다. 그러면 로베르트가 왜 그리 오래 나가 있었는지, 뭘 했는지 캐물었다. 그녀는 마음속으로 그를 '로베르트 코흐'*라고 부르

---

* 독일의 의사·세균학자. 결핵균과 콜레라균을 발견했다. 1905년에 노벨 생리·의학상을 받았다.

기 시작했다. 그리고 마침내 바이에른주 경찰이 공원 벤치에 앉는 걸 금지한다고 발표했다. 얼마 후에 로베르트는 그녀가 산책 나가는 걸 더는 허용하지 않겠다고 했다. 마치 도라가 이해력이 떨어지는 것처럼, 천천히 그러나 분명하게 말했다. 공공장소에서 이루어지는 모든 행동에는 감염 위험성이 존재한다고. 그녀가 비이성적으로 행동하면서 그도 위험에 빠뜨리고 있으며, 그는 더는 그런 위험을 감수할 용의가 없다고. 결론적으로 요헨은 나무 원반 찾기 놀이를 하루에 세 번 하면 충분하다고.

처음에 노라는 만우절 농담이라고 생각했다. 그녀는 베를린엔 전면적인 외출 금지령이 내려지지 않은 점을 지적했다. 특히 개를 데리고 혼자 산책하는 것은 여전히 허용된다고.

로베르트가 논점은 그게 아니라고, 현 상황에서는 바이러스 확산을 막기 위한 모든 걸 하는 게 중요하다며 모두가 할 수 있는 한 잘 협조해야 한다고 대답했다. 불필요한 모든 행동은 제발 하지 말아야 한다고도 했다.

도라는 매일 한 시간이긴 해도 아직까지 그도 자전거를 타고 베를린을 돌아다닌다는 점을 상기시켰다.

로베르트는 그건 일이라고 화를 내며 말했다. 그는 위기에 관한 글을 쓰고, 그사이 그가 쓴 칼럼이 온라인 신문에서 가장 많이 읽히는 글이라고. 그의 일은 현 시국에 꼭 필요하다며, 미안하지만 그녀가 하는 일은 내세울 만한 게 아니라고.

그녀는 정말로 외출을 금지시키려고 하는지 재차 물었다.

로베르트는 잠깐 생각해보더니 당황한 표정으로 싱긋 웃으며 고개를 끄덕였다. 주방 식탁 위 도라의 노트북이 작동하다 다운되었다. **0×0. 불편을 드려 죄송합니다.**

그 순간 도라의 머릿속에서 온오프 스위치가 바뀌었다. 그녀는 검은 화면을, 그리고 아직 눈앞에 서 있는 로베르트를 차례로 쳐다보았다. 더는 이 남자를 모르겠다는 생각이 들었다. 그녀가 할 수 있는 일은 세 가지였다. 황당무계한 영화에 빠져 대본도 읽어보지 않고 어떤 역할을 연기하는 것. 그게 아니면, 로베르트가 미치는 것 혹은 그녀 자신이 미쳐버리는 것이었다. 도라는 그 셋 중 아무것도 원치 않았다. 그저 멀리 떠나고만 싶었다. 그녀의 머리가 방금 일어난 일을 더는 따라가지 못했다. 아무런 고통도 느껴지지 않았다. 당혹감과 도망가고 싶다는 생각뿐이었다. 그녀는 로베르트에게 한동안 다른 곳에서 살겠다고 말하고 짐을 쌌다.

그녀는 아직 그에게 시골집에 대해 그 어떤 이야기도 하지 않았다. 그렇다고 지금 그 이야기를 할 적절한 타이밍도 분명 아니었다. 그는 심지어 그녀가 어디로 가려는지 묻지도 않았다. 어쩌면 그는 놀랐을지도 모르고 혹은 그녀가 떠나는 걸 기뻐했을지도 모른다. 아니면 그녀가 한동안 샤를로텐부르크에 있는 아버지 집에 가 있을 거라고 생각했을지 모른다. 도라의 아버지 요요가 2주일에 겨우 한 번 정도 수술을 하러 베를린으로 오기에 그 집은 대개 비어 있다. 로베르트는 그녀가 짐을 아래로 내리는 걸 도와주지 않았다. 어쩌면 그는 그녀가 짐을 전부 챙겨 가는 걸 눈치채지 못했는지 모른다. 옷, 책, 침구류, 수건, 몇 가지 주방 도구, 업무 서류, 전문 장비가 든 여행 가방 두 개와 이사 상자 세 개. 도라는 자신이 자던 쪽 검은색 침대 매트리스도 질질 끌고 미끄럼틀에서 내려오듯 계단을 내려왔다.

렌트한 콤비 차를 타고 베를린을 빠져나왔다. 그녀는 1킬로미터를 내달릴 때마다 홀가분해지는 기분이었다. 로베르트뿐 아니라 대도시, 답답함, 끊임없이 쏟아지는 정보와 감정의 폭격을 뒤로한 채 그곳을 벗어났다. 마치 친숙한 세계를 떠나 우주선을 타고 은하계로 가고 있는 듯한 느낌이었다. 그게 어떤 느낌인지는 작년 가을에 몰래 집을 둘러보러 다녔을 때 이미 알고 있었다.

탈출했다. 도라는 '상자 밖으로 빠져나온다'라는 말처럼 들리는 이 단어를 좋아했다. 집을 보러 다닐 때 중개인들만 괜찮다고 하면 대개 그들 없이 혼자 갔다. 거리도 너무 멀고 수수료도 너무 적었으므로. PDF 파일, 여러 장의 사진, 주소, 집 외관 둘러보기. 진짜 집 한 채를 구입할 수 있다는 생각에 전율을 느꼈다. 충분하다고 생각할 정도로 멀리 나오면 집값도 적당한 편이었다. 그녀 나이에 안정된 일자리가 있어 대출을 받는 데 문제가 없었다. 금리는 바닥이고 비상금도 있었다. 어머니가 물려준 유산에, 시니어 카피라이터로 일하며 학교 교감 선생님만큼 받는 월급에서 매달 조금씩 떼어 저축해둔 돈이었다. 자연 속에 자리한 집, 어머니는 이런 집을 마음에 들어 했을 테고 사랑했을 거다. 또 도라가 아무에게도 자신의 계획을 이야기하지 않은 걸 알고 싱긋 웃으며 "우리 산적의 딸"이라고 한 다음 머리를 쓰다듬어주었을 테지. 이따금 도라는 마음속에서 꿈틀대는 저항심이 어머니로부터 물려받은 유산이라는 생각이 들곤 했다.

몰래 집 보러 다닐 때 양심의 가책을 느꼈다. 로베르트는 왜 옆에 없었을까? 왜 그와 함께 오지 않고 몰래 왔을까? 마치 그녀가 그를 기만하고 그걸 즐기기라도 하듯이. 어쨌든 마음이 좋지 않았다. 드넓게 펼쳐진 들판, 옅은 색깔, 거대한 하늘. 도라가 마음껏 즐겨본 건 오래전 일이었다. 설령 그녀가 둘러본 집들이 마음에 들지 않았을지언정. 둘러본 집들은 너무 작거나 너무 크고 너무 영혼이 없었다. 나뭇가지들이 떨어질 때쯤엔 마음에 드는 집을 찾을 수 있을 거라는 생각이 들지 않았다. 그런데도 주말이면 어김없이 집을 보러 다녔고, 로베르트는 그녀가 워크숍에 갔다고 생각했다.

그러다 그녀는 브라켄의 대농장 관리인 집을 발견하게 되었다. 렌터카를 타고 가다가 흔들거리는 울타리 앞에 멈춰 선 그녀는 이 집이라는 걸 대번에 알았다. 큰 나무들, 황폐한 집터, 회색빛 석고 장식품들. 마을 외곽에 자리한 위치. 6주 후, 그 지역 공증인 사무실에 앉아 매입 계약서에 서명했다.

얼마 후 크리스마스, 12월의 마지막 날이 이어지고 마침내 코로나가 찾아왔다. 그리고 지금 도라는 렌터카에 물건을 가득 싣고 다시 브라켄으로 향하고 있다. 은근히 그 집이 현실 속에 존재하지 않을지 모른다는 걱정이 들었다. 집을 구입한 지 석 달이 지났다. 우선 집값을 이체하는 데 6주나 걸렸다. 그러고도 봉쇄령 때문에 베를린에 발이 묶여 있었다. 어쩌면 경찰이 통행금지용 바리케이드 앞에서 차를 막아서며 베를린으로 다시 돌려보낼지 모른다. 혹은 브라켄에 도착해보니 마을 외곽에 자리한 집터가 텅 비어 있을지 모른다. 그 모든 게 그저 상상에 지나지 않았던 거다. 이런 생각을 하자 도라는 식은땀이 났다. 다행히 바리케이드는 보이지 않았다. 마침내 브라켄에 도착한 그녀 앞에 처음 왔을 때와 마찬가지로 넓은 집터에 옛 대농장 관리인 집이 서 있었다.

도라는 자동차에서 뛰어내린 후 멈춰 서서 집을 바라보았다. 그녀는 믿어지지 않아서가 아니라 흘러내리는 눈물 때문에 눈을 비벼댔다. 너무나 아름다웠다. 늦가을 형형색색으로 물들어 있던, 나무에 달린 볼록한 꽃부리들이 지금은 흩뿌려놓은 듯한 은은한 연두색으로 뒤덮여 있었다. 기억하고 있던 그대로 도로에서 멀찍이 떨어진, 마음이 편안해지는 좌우대칭으로 지은 집이 나무 아래 서 있었다. 집 왼쪽과 오른쪽에 창문이 각각 세 개씩 있고 그 사이에 쌍여닫이문으로 된 출입문이 있으며 창문과 문은 삼각형의 작은 지붕이 달린 벽토 기둥 틀에 들어 있었다. 집 1층은 중이층 위치에 있고 계단이 여섯 개인 옥외계단은 현관문으로 이어져 있다. 이 옥외계단을 올라가면 중간에 층계참에 이르는데, 탁자 하나와 의자 네 개를 놓아둬도 될 만큼 널찍하다. 층계참은 발코 니처럼 사방에 주철 난간이 설치돼 있다. 대농장 관리인의 집 지 붕이 1층 바로 위에 놓여 있는데, 마치 검은 모자를 깊숙이 눌러 쓴 듯한 모습이었다. 브라켄의 대농장 관리인은 집을 한 층 더 올 릴 만한 돈이 충분하지 않았던 모양이다.

중개인을 통해 도라는 이 집이 통일 이후 '상속자 공동체'*에 넘 어갔으며 매각하기로 합의하는 데 몇 년이 걸린 사실을 알게 되 었다. 이후 한 젊은 부부가 이 집을 사들였고, 망설이다 보수공사 를 시작했다. 그러나 얼마 못 가 싸움이 일어나 사이가 틀어지는 바람에 결국 집을 내놓고 말았다. 도라가 오기 전까지 이 집은 오 랫동안 비어 있었다. 정확히 얼마나 오래 비어 있었는지 중개인 은 말하지 않았다. 그는 이 집을 "무수한 가능성을 지닌 보석"이라 불렀지만, 이는 '절망적인 상태'의 다른 표현이다.

도라는 개의치 않았다. 그녀는 이 집이 자신에게 어울린다는 걸 곧바로 느꼈다. 어딘가 모르게 집 크기에 비해 석고 세공품과 지붕이 너무 작은 것 같다. 그런데도 자기 행동에 엄숙하게 주의 를 기울이는 익살스러운 노신사처럼, 이 집도 고집스럽게 엄숙함

---

* 공동 상속자 그룹.

을 드러내고 있다. 각 창문 위로 보이는 삼각형 모양이 위로 치켜 세운 눈썹처럼 보이니 말이다. 한 가지 분명한 건 이 집은 주변에 많은 공간이 필요하다는 거다. 집 오른쪽에 높이가 최소 2미터나 되는, 흔들거리는 이웃집 담장이 엎어지면 코 닿을 거리에 있다. 도라가 어린아이였으면 옥외계단을 가리키며 "봐, 집이 혀를 내밀고 있어"라고 말했을 것이다.

처음엔 옛 대농장 관리인 집에 대해 고정관념이 있었다면, 지금은 이 집이 당연하게 느껴졌다. 피난처라고나 할까. 하지만 도라는 아직도 이런 큰 집을 갖게 된 게 여전히 믿어지지 않는다. 그녀가 집을 바라볼 때면 집이 "여기 누가 누구를 가진 걸까?"라고 묻는 것 같다.

3장

고테

대농장 관리인 집 뒤쪽에는 석고 세공품이라곤 없다. 뒤쪽에서 바라다보이는 집은 그저 오래된 상자 같다. 회색 벽은 마맛자국 같은데, 특히 위쪽 절반은 동그란 이끼에 뒤덮여 있다. 도라는 집 뒤쪽에 앉아 대지를 바라본다. 어느 한 여자와 그 여자의 땅. 앉은 자세로 다리를 자유롭게 움직일 수 있을 만큼 공간이 넓다. 생각을 멈추니 수많은 새소리가 들린다. 헛간 안으로 날아든 딱새들이 둥지 트는 데 정신이 팔려 도라가 정원 의자에 앉아 있는 걸 전혀 눈치채지 못한다. 키 큰 아까시나무 꼭대기에 찌르레기 한 마리가 웅크리고 앉아 목청껏 노래 부르는데, 그 소리가 프롤레타리아 스타일의 깃털로 추측할 수 있는 것보다 훨씬 더 아름답다.

주변엔 인적이라곤 없고 이따금 자동차 소리만 들린다. 마을에 CNN 뉴스를 요란하게 전하는 텔레비전도 없고, 팟캐스터와 유튜버가 재택근무를 하며 하루하루를 어떻게 보내는지 늘어놓는 스마트폰도 없다. 도라는 휴대폰을 집에 두고 나왔다. 어차피 정원에선 수신도 잘 안 된다. 브라켄 마을에는 코로나가 들어오지 않은 거 같다. 깨끗한 공기 향이 나고, 매일매일 그 향이 다르다.

도라는 모든 게 순조로울 거라고 생각한다. 잘됐어. 운이 좋았어. 암튼 에이전시 사무실에 안 나가도 된다면 브라켄 마을에서도 베를린에 있을 때만큼 일을 할 수 있다. 여기선 할 일도 별로 없으니까. 보통 그녀는 에이전시에서 하루 열 시간 업무를 보고, 퇴근 후 집에 가는 길에도 전화 통화를 하고, 잠자리에 들기 전엔 그사이 새로 도착한 이메일에 답장을 보냈다. 한 직원이 고객에게 새 헤드라인 버전들을 보내고 나면 또 다른 직원은 벌써 어머니날 광고를 브리핑할 준비를 하고 있다. 그사이 뒤에서 지켜보고 있던 열정 넘치는 젊은 직원들은 또 다른 업무를 준비해놓고 기다리고 있다. 그런데 지금은 코로나로 모든 것이 변했다. 더욱이 광고계에도 변화가 일어났다. 고객인 광고주들이 예산을 동결하는 바람에 장기적으로 계획한 다양한 광고 캠페인이 취소되었다. 그 여파로 Sus-Y사는 조업단축을 신청했다. 도라는 이제 탁자 위에 두 개의 일거리만 남아 있는 상황에서 거의 실업자나 다름없다. 그 일거리라는 게 틈틈이 작성할 수 있는, 유기농 맥주 제조업자를 위한 얇은 팸플릿과 '공정무역 의류'라는 타이틀이 달린, 재생섬유 생산자를 위한 론칭 캠페인이다.

공포에 떨 아무런 이유가 없다. 도라는 여전히 월급의 상당 부분을 받고 있다. 유리섬유에 연결된 무선랜이 작동한다―아마 이 무선랜이 브라켄 마을에서 유일하게 작동하는 인프라일 것이다. 어쩌면 그녀는 조만간 책상을 마련할 수 있을지 모른다. 못 구하면 노트북을 들고 주방에 가거나, 벽에 등을 기대고 매트리스 위에 앉거나 혹은 여기 집 밖 정원 의자에 앉으면 된다. 문제없다. 언젠가 요헨도 이 집을 좋아할 거고, 언젠가 이 땅도 지금보단 좀 더 봐줄 만해질 것이다. 그녀는 집 안을 좀 더 꾸밀 테지만, 그렇다고 많은 게 필요하진 않다. 벽난로 외에 난방기라곤 없다. 한데 겨울은 아직 한참 남았다. 도라가 이곳에 와 있을 거라고 누가 짐작이나 할까? 어쩌면 겨울이 오기 전까지 모든 게 정상으로 되돌아갈지 모른다. 코로나가 사라지고 로베르트가 예전의 모습으로 돌아와 다시 함께 대화하고 웃고 사색할 수 있을 것이다. 되돌아보면, '대도시 휴식기' '시골 안식기'처럼 보일 수도 있는, 브라켄 마을로의 도피는 팬데믹을 받아들이지 않은 덕분에 가능했다. 도라는 다시 에이전시로 돌아가 커리어를 위해 열심히 일해 앞으로 몇 년 내에 국제적인 상을 몇 개 손에 넣을 것이다. 그리고 마침내 크리에이티브 디렉터로 승진해서 야근할 때 에이전시 비용으로 동료들과 유기농 스시나 비건 피자를 주문할 것이다. 그뿐인가. 평일엔 베를린 크로이츠베르크에 살면서 주말엔 로베르트와 함께 집을 수리하고 전원생활을 즐길 수 있는 브라켄에서 지낼 것이다. 많은 대도시 사람들이 꿈꾸는 즐거운 전원생활의 로망에 걸맞게, 정상적인 세상의 행복한 사람들처럼 말이다.

겨우 10분이 지났다. 도라는 30분간 아무것도 안 하기로 작정했다. 땅 파는 작업을 재개하려면 아직 20분이 남았다.

"당신 개요?"

도라는 깜짝 놀라 주변을 둘러본다. 낮지만 강한 어조의 남자 목소리다. 행동하지 않으면 아무것도 얻지 못한다. 도라가 일어서보지만 주변엔 아무도 없다. 요헨데어로헨도 보이지 않는다. 녀석은 단풍나무 새순 속에 비친 태양의 흑점 안에 누워 있을 거다. 아, 아닌가? 도라가 녀석을 마지막으로 익식한 건 언제였을까? 요헨이 지빠귀들을 향해 짖어댔을 때? 아님 그 후에?

"헤이! 망할 놈의 당신 개냐고!"

마침내 도라는 남자의 위치를 파악한다. 그는 구멍 뚫린 콘크리트 블록으로 쌓은, 대지를 가르는 높은 담장 너머에 서 있다. 대머리로 민 둥근 머리가 담장 너머로 보인다. 공 같은 그의 머리가 담장 끄트머리 위에서 균형을 잡고 있는 것처럼 보인다. 보아하니 남자의 키가 최소 2미터 50센티는 될 거 같다.

도라가 보기에 이웃 관계란 강제 결혼의 한 형태이다. 사람들은 더불어 행복해질 수 있으나 그럴 확률은 그리 높지 않다. 그녀는 지난 2주간 곁에 아무도 없다는 걸 깨달았다. 이웃집도 비어 있다고 생각했다. 집 안에서 보면 이웃집은 위쪽 절반만 보인다.

그 집은 대농장 관리인 집이었던 도라네 집보다 길가에 더 바짝 붙어 있고 앞으로 튀어나와 있어서, 늘 잠겨 있는 널찍한 나무 대문이 달린 높은 담장에 가려져 있다. 또 2층의 창문 하나는 합판 판자로 가려져 있어 그 모습이 애꾸눈을 하고 있는 것처럼 보인다. 어느 날 도라는 의자 위에 올라가 담장 너머를 들여다보았다. 잡초가 무성할 줄 알았던 옆집 땅은 예상과 달리 꽤 잘 가꿔져 있어 그냥 땅덩이가 아니라 정원이었다. 풀은 잘 깎여 있고, 여기저기 널려 있는 고철 덩어리도 없었다. 자동차 정비대 위에 진한 녹색과 흰색으로 예쁘게 도색된 트레일러 한 대와 제라늄 화분들로 꾸며놓은 출입구가 보였다. 낡은 흰색 픽업트럭 한 대도 집 바로 옆에 잘 주차되어 있었다.

도라는 베를린에서 온 사람이 가끔 트레일러를 캠핑카로 이용하는 게 아닌가 하고 생각했다. 정원을 손질하고 픽업트럭을 타고 이곳저곳을 다니는 거라고. 코로나 때문에 브란덴부르크 주민들이 베를린 사람들의 출입을 막고 있는 지금, 베를린 사람은 이곳에 들어올 수 없다. 아마 프리드리히샤인*에서 온 크리에이티브일 것이다. 어쩌면 그녀와 친해질 수 있는 사람인지 모른다. 이웃과 친하게 지내는 건 그저 차선책이다. 이웃이 아예 없는 게 더 낫다.

그런데 지금 담장 너머에 서 있는 인간은 프리드리히샤인에서

---

* 베를린 동쪽에 있는 지역.

온 크리에이티브는 아닌 것 같다. 도라는 잠시 망설이다 남자 쪽으로 걸어간다. 담장에 이르러서는 고개를 뒤로 젖혀야 한다. 남자가 상자 위에 올라가 있는 거라면 좋으련만.

"귀가 먹었소?" 그가 박박 민 머리를 긁는다. "내가 물었잖소."

도라가 질문을 이해했다고, 근데 어떤 대답이 나오느냐는 그가 정확히 어떤 개를 말하느냐에 달려 있다고 대꾸하기도 전에, 요헨 데어로헨이 허공을 가르며 날아왔다. 그 와중에 팽팽해진 뒷다리 쪽 살이 도움이 되는 것처럼 네발을 쭉 뻗는 바람에 거의 붙잡는가 싶던 요헨의 몸통이 도라 손에서 미끄러져 땅바닥에 떨어진다. 바닥에 떨어진 요헨이 만화 캐릭터처럼 공중제비를 반 바퀴 돈다. 이어 수년간 못 보기라도 한 듯 반갑게 도라를 향해 뛰어오른다.

"미쳤어요?" 도라가 소리치며 요헨의 다리를 만져본다. 강아지에게 아무 일도 일어나지 않은 걸 알면서도 말이다. 혹여 요헨이 조금이라도 아프면 그녀는 프리마돈나의 표현력에 맞먹을 정도로 고통스러워한다.

"당신 개가 내 감자밭을 파헤쳐놨소."

실제로 흙이 묻은 짙은 양말을 신고 있는 요헨의 모습에 도라는 마음이 동요한다. 요헨은 생전 땅을 파헤쳐본 적이 없었다. 도라가 지금껏 살았던 곳엔 땅을 파헤칠 만한 장소가 없었다. 대신 나무토막, 보행자 도로, 울타리를 친 놀이터에 자갈길과 화단들, 목줄 착용 의무, 길가에 버려진 쓰레기를 주워 담은 비닐봉지만 있었다. 어쩌면 요헨의 마음 깊은 곳에 일종의 약탈 본능이 잠자고 있는지 모른다. 분명 요헨의 조상 중 다리가 길고 몸체가 유선형인 사냥개라곤 없었는데도 말이다.

"감자밭을 파헤쳐놓은 건 미안합니다." 도라는 똑바로 서서 두 손을 허리에 댄다. "근데 요헨이 다칠 수도 있었다고요!"

"당신이 똑바로 붙잡고 있지 않았잖소." 이웃 남자가 대꾸한다.

요헨은 흥분된 분위기에 기분이 좋은 모양이다. 미친 듯이 헉헉거리며 도라 앞에 앉아서 가느다란 꼬리로 바닥을 치며 격려하듯 그녀를 쳐다보고 있다. 발라버려요! 겁먹지 마요, 어서 계속해! 날 위해 싸워요! 한동안 그들은 담장을 사이에 두고, 도라는 이쪽 담장에서, 이웃 남자는 담장 너머에서 함께 요헨을 내려다본다.

"개가 엄청 못생겼군. 안 그렇소?" 그가 침묵 끝에 입을 연다.

그 말을 부인하지 않는다. 퍼그, 프랑스산 불도그, 아마도 치와와 품종의 특징이 요헨의 외모에 크게 영향을 끼친 게 틀림없다. 요헨의 털은 노란색을 띤 흰색으로 길지도 짧지도 않고 체격은 땅딸막하고 다리는 휘었다. 얼굴은 커다란 눈, 늘어진 귀, 툭 튀어나온 아래턱이 특징인데 그 아래턱 때문에, 가능성은 엄청 희박하지만, 어느 날 갑자기 사람을 물어야겠다고 결심하면 물 순 있는지 물어보는 사람들이 있다. 놀랍게도 요헨을 알게 되는 사람들 대부분은 그 모든 결점에도 불구하고 녀석의 매력에 푹 빠진다. 그들은 요헨이 못생긴 게 아니라 우스꽝스럽다고 여기고, 도

라는 그런 요헨이 일본 장난감 산업이 고안해낸 것과 닮았다고
생각한다. 버튼을 누르면 깜박거리며 움직이고 음악이 나오는 물
건 말이다. 그래도 상관없다. 도라는 느닷없이 밀려드는 행복감
에 잠깐의 불쾌감을 사라지게 하는 요헨을 사랑한다. 굳이 요헨
이 예쁘다고 생각할 필요는 없다.

"완전 못생겼군." 이웃 남자가 같은 말을 되풀이한다. 마치 처음
에 했던 말이 분명치 않았다는 듯이.

"암컷이에요." 도라가 당당한 어조로 대꾸한다.

"내가 듣기론 요헨이라고 한 것 같은데."[*]

도라는 어깨를 으쓱거린다. "재밌어서 그랬나 봐요."

"당신네 도시 사람들은 참으로 지루한 모양이군."

도라는 그 자리에서 바로 자신이 왜 도시에서 왔다고 생각하는
지 되묻고 싶어진다. 그녀는 최근까지 베를린에, 그 전에는 함부
르크에 살긴 했지만 '도시'라는 타이틀을 조건부로 획득한 뮌스
터 근교에서 성장했다. 그런데 브라켄 마을 사람들 관점에서 보
자면, 언급할 가치가 있는 주거 밀집 지역은 모두 '도시'라는 범주
에 포함되는 것 같다. 또 한 가지 분명한 사실은 도라가 이곳 사람
이 아니라는 것이다.

"아주 지루하죠. 특히나 지금 같은 시기엔." 도라가 '도시와 시

---

[*]　'요헨'은 남자 이름이다.

골'이라는 주제를 가벼운 농담으로 마무리 지으려 애쓰며 말한다.

그러나 이웃 남자는 그녀의 농담을 이해하지 못한 듯하다. 어쩌면 그는 코로나나 베를린에 대해 아무것도 모르거나, 아니면 코로나나 베를린이 어찌 돼도 상관없는 건지 모른다. 말없이 그들은 서로를 바라본다. 그는 그녀의 머리부터 발끝까지, 그녀는 담장에 가려져 있는 몸통 부분을 제외한 그의 목 위쪽 머리 부분을 말이다. 말끔하게 면도한 그의 머리는 볼링공처럼 반짝반짝 빛이 나지만 얼굴 아래쪽 절반은 까칠한 수염으로 뒤덮여 있다. 사시 눈. 도라는 곧바로 못생긴 농부라는 쓸데없는 말로 화답할 수도 있었다. 남자 나이를 추측하기가 쉽지 않다. 사십대 중반이라면 그녀보다 열 살가량 많다.

"고테." 이웃 남자가 내뱉는다.

도라는 당황한 표정으로 이 이름을 가질 만한 존재가 가까이 다가오는지 보려고 거리 쪽을 쳐다본다.

"고테." 이웃 남자가 힘주어 다시 말한다. 도라가 귀가 어둡거나, 아니면 암튼 이해력이 딸리기라도 한 듯이. 그게 성인지 이름인지 분명하지 않지만 보아하니 이름인 듯하다.

"서고트요, 아님 동고트요?" 도라가 묻는다.

이번엔 이웃 남자가 당황한 표정으로 쳐다본다. 그는 담장 위로 집게손가락을 내보이더니 자신의 오른쪽 관자놀이를 가리킨다.

"고테." 그가 재차 말한다. "고트프리트의."

누가 로빈슨이고 누가 프라이데이인지 모른 채 로빈슨과 프라이데이가 나누는 대화 같은 느낌이 좀 든다. 도라도 집게손가락을 들어 올려 자신을 가리킨다.

"도라." 그녀가 말한다. "시골 변두리의."

그녀는 이 말이 즉흥적으로 떠올랐다. 가끔 광고 쪽으로 발달한 그녀의 머리는 이런 돌발적인 말을 생각해낸다. 하지만 이웃 남자는 이 말을 무시해버리고, 복잡하게 이어지는 행동 패턴을 드러낸다. 그는 기지개를 펴고는 몸을 옆으로 구부리다 균형을 잃는가 싶더니 다시 균형을 잡는다. 그러고는 오른쪽 어깨에 이어 오른쪽 팔을 완전히 담장 위에 올려놓는다. 그는 담장 상단의 구멍 뚫린 콘크리트 블록을 떨어뜨리지 않으려 애쓰면서 조심스럽게 도라 쪽으로 손을 내민다. 보아하니 브란덴부르크주에 사는 사람들은 악수 금지를 제대로 지키지 않는 거 같다. 어쩌면 슈바벤 사람들에게 청소 주간*을 금지시키는 게 더 쉬울지 모른다. 도라는 흥을 깨는 사람이 되지 않겠다고 마음먹고는 그가 이 형식적인 절차를 끝낼 수 있도록 담장 가까이 다가가 팔을 위로 뻗어 재빨리 고테와 악수한다.

이 모습을 보고 로베르트가 무슨 말을 할지 생각하니 그녀는

---

* 슈바벤에서 건물 내 공동 구역의 질서와 청결에 대해 개별 가구에 의무를 부과한 것을 뜻한다.

웃음이 터져 나올 거 같다.

"반갑소." 고테가 말한다. "난 이 마을 나치요."

광고 에이전시에서 일하는 사람들은 줄곧 이런 장면들을 연출해낸다. 시골 마을로 이사한 젊은 여자. 그녀는 새로운 주변 환경에 살짝 불안감을 느끼면서도 모든 게 멋지다는 생각이 강하게 든다. 그러다 새 이웃 남자를 만난다. "반갑소, 난 이 마을 나치요." 그리고 충격으로 **얼어붙는다**. 차갑게 얼어붙은 장면. 너무 놀라 밀랍 인형처럼 굳어버린, 완전 넋이 나간 여주인공의 얼굴이 서서히 클로즈업된다. 그 순간 그 위로 도라가 개발한 슬로건 '새로운 도전 ― 새로운 한기'가 지나간다. 차(茶) 광고. 아니, 드롭스 광고.

아쉽게도 지금 도라가 있는 곳은 자신이 만든 광고 속 세계가 아니다. 찻잔도 없다는데 하물며 담배가 있겠는가. 지금이야말로 담배 한 개비에 불을 붙이기에 아주 적당한 순간인데.

"울타리를 고쳐야 할 거요." 고테가 집터 뒤쪽을 가리킨다. 담장이 끝나는 그곳은 기울어진 철조망 울타리로 분리되어 있고, 땅속 깊숙이 말뚝 여러 개가 절반쯤 박혀 있다.

문득 도라 머릿속에 '브라켄에 눌러앉는다'라는 광고 문구가 떠오른다.

"당신 개가 또다시 내 감자밭을 파헤쳐놓으면 짓밟아버릴 거요." 새 이웃 남자가 으르렁거린다.

사실 자신을 재치 있고 프로페셔널한 사람이라고 생각하는 도라지만 지금은 멍청이 같은 고테를 쳐다보며 아무 말도 하지 못한다. 전화를 걸어 충동적으로 시골로 이사 간다고 했을 때 요요가 한 말을 떠올리지 않을 수 없다.

"프리그니츠로? 극우주의자들이 득실거리는 데서 뭘 하려고?"

요요가 틀렸다는 생각은 도라에게 가장 중요한 자극제가 된다. 요요는 의학과 법학을 공부하는 것만이 진정한 교육이라고 생각했다. 그래서 그녀는 커뮤니케이션학을 공부했고, 요요가 졸업하는 게 중요하다고 해서 학업을 중단했다. 또 요요가 광고업계 전체를 싸잡아 쓸모없는 거라고 했지만, 그녀는 광고업계에서 일하는 걸 좋아한다. 다행히 요요는 로베르트를 좋아했는데, 그렇지 않았으면 그녀는 그와 영원히 함께 살았을지 모른다.

다음으로, 그녀는 브라켄으로 옮겨 오겠다는 생각이 탁월하다는 걸 증명해야 한다. 이상적인 망명지인 이곳의 가장 좋은 점은 나치가 단 한 사람도 없다는 거다. 그런데 지금 이 순간 일이 복잡해질 거 같은 느낌이 든다.

이제 무슨 말이든 할 때다. 그녀가 네오나치와 강제로 결혼해 살아야 한다면 당하고 살지 않으리라는 걸 지금 당장 보여줘야 한다.

"본인한테나 그러시죠." 그녀가 근엄한 어조로 말한다.

"아니." 고테는 이를 드러내고 히죽 웃는다. "난 우익의 이웃이오."

"그건 내가 장담하죠." 이렇게 되받아치는 걸 도라는 재치 만점이라고 여긴다. 물론 고테에겐 아무런 인상도 남기지 못한다. 그는 대도시 사람의 머릿속에 뇌 같은 게 들어 있기는 하는지 궁금하다는 듯 그녀를 쳐다본다.

"길에서 보면, 당신은 왼쪽, 난 오른쪽에 살고 있소. 알겠소? 왼쪽에 사는 사람은 늘 오른쪽에 울타리를 치지." 그는 잠시 생각에 잠긴다. "그러니까 당신은 집 사방에 울타리를 쳐야 할 거요. 당신 집 왼쪽엔 울타리가 없으니까."

그 말을 남기고 고테는 인형극 무대의 인형처럼 담장 상단 부분에서 얼굴을 감춘다.

'시골 변두리'라고 부동산 광고에 쓰여 있었다. 도라는 고적한 시골 변두리가 얼마나 좋을지 상상해봤다. 실제로 왼쪽 울타리 너머에 드넓은 들판이 펼쳐져 있다. 그런데 지난 며칠간 쟁기질과 써레질에 동원된 트랙터와 파종기가 위협적으로 윙윙대며 들판을 이리저리 돌아다녔다. 그 외에도 마을 표지판이 서 있는 곳에 산다는 건 플라우지츠에서 오는 차들이 시속 100킬로미터 풀 스피드로 집 옆을 쌩하고 지나가는 걸 의미한다. 브레이크를 밟는 건 있을 수 없는 모양이다. 브레이크를 아무리 밟아도 시속 50킬로미터를 유지하며 마을 중심부까지 내달린다.

도라는 돌아서서 휘파람을 불어 요헨을 부르며 집 쪽으로 터벅터벅 걸어간다. 커피를 마시기에 가장 좋은 때다.

4장

쓰레기 섬

집 뒷문을 통해 작은 출입구 통로에 들어선 도라는 운동화를 벗어 내던진다. 거기서 아래쪽 계단은 지하창고로 향하고, 위쪽 계단은 중이층과 거실 복도로 이어져 있다. 복도의 첫 번째 문을 열고 들어가면 왼쪽에 주방이 있다.

주방은 도라가 이 집에서 가장 좋아하는 장소다. 그녀는 옅은 녹색 덩굴무늬와 장밋빛 꽃들이 박힌, 오래된 알록달록한 타일 바닥을 사랑한다. 부동산 중개인의 말로는 수집가라면 바닥 타일 하나하나에 거금을 지불할 거라고 했다. 타일 바닥이 깔린 주방은 설비가 다 갖춰진 듯 보인다. 집 안 다른 방들과 비교하면 특히 이곳엔 가구가 더 많이 있다. 도라가 창고에서 작은 식탁 한 개와 낡은 나무 의자 네 개를 찾아내어 이곳 창문 아래 옮겨놓았다. 개수대, 원반 유리가 달린 낡아 삐걱거리는 찬장, 오래된 냉장고는 옛 집주인에게 물려받았다. 탁자, 의자, 찬장은 돈을 조금만 들이면 오리지널 빈티지 장식품으로 바꿀 수 있다. 일을 그만둘 결심을 하지 않았으면 도라를 미쳐버리게 할 천 개의 프로젝트 중 하나다.

로베르트 집에서 나온 도라는 크로이츠베르크에 있는 셋집 지하창고에서 대학 다닐 때 쓰다 남은 물건들이 들어 있는 상자를 발견했다. 축복과도 같은 상자였다. 상자 덕분에 여러 가지 색과 크기의 많은 접시와 찻잔을 갖게 된 그녀는 그 물건들을 원반 유리가 달린 찬장에 넣어 정리했다. 그 외에도 짝이 맞지 않는 유리잔 서너 개, 수플레 컵 한 개가 있고, 찬장 서랍에 식기 세트도 여러 벌 있다.

그녀는 만족해하며, 대학 다닐 때 커피를 따라 마셨던 파란 찻잔을 찬장에서 꺼내 향이 나는 검은 가루 두 숟가락을 넣는다. 옛 물건들을 다시 사용하니 좋다. 눈을 감고 향을 맡는 커피가 있다는 게 좋다. 무엇보다 도라는 꼭 필요한 물건만 갖는 게 기분 좋은 일인 걸 깨닫는다.

그녀는 냉장고에 남아 있는 H-우유* 한 팩을 찾아낸다. 나머지 비축품은 찬장 아래쪽 초보자용 프라이팬 세트와 바가지 더미 옆에 쌓아두었다. 바가지는 과일을 보관하고 요헨에게 사료를 주고 빨래를 물에 담가 불릴 때 아주 긴하게 쓰인다.

---

* 멸균우유, 장기 보존이 가능하다.

새 물건들은 베를린 외곽 쇼핑센터에서 사 온 것들이다. 이 마을로 옮겨 오는 날, 도라는 베를린을 완전히 벗어나기 전에 그곳에 차를 멈춰 세웠다. 그녀는 사람들이 사재기한다고 질책할지 몰라 시종일관 불안해하며 초조한 모습으로 쇼핑 카트에 통조림, 스파게티 면 봉지, 커피, 와인, 샤워 젤, 세제, 강아지 사료, 압축 포장된 통밀빵을 잔뜩 담았다. 두루마리 휴지도 두 팩이나 잽싸게 집어 담았다. 계산대 앞 비식품류 진열대 앞에선 빗자루, 대걸레, 프라이팬 세트, 캠핑 코펠을 살 행복한 생각도 했다. 아크릴판 너머 여점원이 계산대 위에 산더미처럼 쌓인 물건들을 지겹다는 듯 바라보다 시선을 돌려 손톱을 들여다보는 사이에, 도라는 EC카드*를 단말기 홈에 꽂아 넣었다. 여점원은 사재기 문제에 대해 쓸데없는 말을 하지 않았다. 때론 말로만 듣던 평판보다 브란덴부르크 사람들이 더 나을 때도 있다.

도라는 냄비에 수돗물을 담아 캠핑 코펠 위에 얹어놓고 끓기를 기다린다. 익히 알고 있듯 시간이 꽤 오래 걸린다. 그사이 찬장에 몸을 기댄 그녀는 머릿속으로 기다리는 시간을 의미 있게 채울 만한 것을 찾아서 코를 킁킁거리는 테리어처럼 집 안 곳곳을 돌아다닌다. 창턱에 죽어 있는 파리 떼를 닦아내야 할까? 이메일을 잠깐 체크할까? '공정무역 의류' 론칭 캠페인에 대한 아이디어를 몇 가

---

* 독일의 직불카드.

지 적어볼까? 아님 텃밭 가꾸는 유튜브 영상이라도 볼까?

멈춰. 깊이 생각하지 마. 멀티태스킹은 안 돼. 도라는 버릇을 고치려 한다. 멀티태스킹은 집중력을 떨어뜨리는 요인이다. 게다가 시간이 없는 것도 아니고 엄청 많지 않은가. 틈틈이 집과 정원을 돌보더라도 저녁에 할 일이 아무것도 없을 공산이 크다. 한꺼번에 열 가지 일을 하지 않고 그저 커피를 내리고 마시는 걸 배울 가장 좋은 시간이다. 어떤 사람이 차 한 잔을 들고 창가로 가서 밖을 내다보는 것 외에 아무것도 하지 않는 건 소설책에서 줄곧 보는 장면이다. 그렇게 하는 게 그리 어렵진 않을 것이다.

도라는 바닥에 맺힌 거품이 보글보글 올라오기 시작하는 냄비 속을 들여다보며, 기대고 서 있는 찬장에서 몸을 떼지 않으려고 애쓴다. 똑같은 일이 몸속에서도 일어난다. 배 속 깊은 곳에서 스멀스멀 이는 거품이 목구멍을 지나 머리로 올라와서는 그녀를 갈기갈기 찢어놓고 두통이 날 정도로 혼란스러운 느낌을 준다. 오래전부터 도라는 특히 아무것도 하고 있지 않을 때, 특히 밤에 스멀스멀한 불안감에 휩싸이곤 한다. 그럴 때는 가끔 몇 시간을 누워 있어도 몸이 과도한 흥분 상태에 빠져들어 잠을 이룰 수 없다. 공연히 불안감에 떨듯 신경이 바짝 곤두선다. 참기 힘들 정도로 더 심해지면 자리에서 일어난다. 베를린에서 살 땐 이런 밤을 맞이하면 발코니로 나갔는데, 브라켄에선 집 앞 옥외계단 층계참으로 나간다. 담배를 피우며 고개를 뒤로 젖혀 별들을 바라보면서 우주를 날아다니는 상상을 한다. 어둠, 추위, 정적에 휩싸여 무중력 상태로 떠 있으면 어떨까. 밤이면 도라는 멀리 떠나고 싶다. 로베르트를 버리고 시골로 도망치는 걸 넘어 진짜 멀리 떠나고 싶다. 싹 사라지고 싶다. 죽음의 길로. 아님 알렉산더 게르스트*가 있는 우주로. 코로나에 관한 기사가 나오기 전만 해도 가끔 그에 대한 소식을 신문 기사로 접할 수 있었다.

도라는 언제 처음으로 몸속에서 스멀거림을 느꼈는지 기억하고 있다. 로베르트가 '미래를 위한 금요일'** 여름 회의를 마치고 기분 좋게 막 돌아왔을 때다. 거기서 그는 그레타 툰베리***와 짧게 얘기도 나눈 터였다. 그 시기에 그는 기분이 좋은 편이었다. 그녀도 마찬가지였다. 새로 옮겨 온 Sus-Y 에이전시에 만족했고 동료들도 편안하고 친절했는데, 에이전시가 독창적인 웰니스 시스템을 갖춘 덕분이기도 했다. 게다가 직원들은 휴가 일수를 직접 선택할 수도 있었다. 평소보다 휴가를 적게 쓰는데도 모두 좋게 생각했다. 매일 신선한 과일에 매주 한 번 요가 시간과 연수 프로그램도 다수 제공되고, 광고의 진부함도 지속 가능한 콘셉트 개발로 어느 정도 줄어들었다. 로베르트는 에이전시를 옮긴 게 자

---

*   독일의 우주비행사, 지구물리학자, 화산학자.

** 기후변화 대응 행동을 촉구하며 시위에 나선 세계 청소년들의 연대 모임.

*** 스웨덴의 환경운동가로, 2019년 전 세계적으로 기후 관련 동맹휴학 운동을 이끈 인물.

기 아이디어였다며 기뻐했다. 그들은 다시 발코니에 앉아 와인을 마시는 횟수가 늘어났다. 와인은 로베르트가 프랑스 유기농 와이너리에서 사 온 것으로 진짜 맛있었다.

'미래를 위한 금요일' 회의가 열린 저녁에 로베르트는 쓰레기 섬에 대해 열변을 토하고, 도라는 어이없는 표정으로 듣고 있었다. 러시아와 아메리카 사이 바다 위에 플라스틱 쓰레기가 모여 이루어진 섬이 하나 떠 있는데, 그 섬의 크기가 유럽만 하다는 얘기다. 지난 몇 세기에 걸쳐 해양에는 물고기보다 플라스틱이 더 늘어나고 있다는 거다.

여섯 번째 대륙인 쓰레기 섬. 현대문명의 복사판. 도라는 이때 몸속에서 처음으로 기포가 스멀스멀 올라오는 것을 느꼈다. 그녀는 한 손으로 머리를 움켜쥐며 로베르트가 와인을 더 따르지 못하도록 잔 위에 다른 손을 올려놓았다.

얼마 후, 그녀는 주방을 청소하면서 면 에코백을 여러 개 발견했다. 서점이나 유기농식품 가게에서, 도시 축제와 대규모 회의를 비롯하여 도라의 에이전시 광고주나 로베르트의 온라인 잡지 광고주에게 받은 거였다. 혹은 도라가 쇼핑백을 잊어버리고 장보러 가서 에데카****에서 산 면 에코백이었다. 면 에코백은 재활용이 가능한 물건이라 집어 들었다. 최소한 이론적으로는 그렇다

***** 독일 최대의 슈퍼마켓 체인.

는 거다. 재활용병과 마찬가지로 면 에코백은 과소비 사회에 대한 저항의 산물이었다. 쓰레기 섬 해체에 일조하는 거라고나 할까. 주방 찬장엔 최소 서른 개의 에코백 한 무더기가 구겨져 마구 뒤섞여 있었다.

도라는 라디오에서 비닐봉지보다 면 에코백을 생산할 때 에너지가 더 많이 소모된다는 이야기를 들은 적이 있다. 비닐봉지보다 더 친환경적이 되려면 면 에코백 한 개당 최소 130번은 사용해야 한다는 거다.

그녀는 냉장고 앞에 서서 계산해보았다. 서른 개의 면 에코백을 각각 130번씩 사용한다고 치면 환경보호 실천을 위해 앞으로 3900번이나 장 보러 가야 한다는 결론에 이른다. 평균적으로 일주일에 세 번 장 보러 간다고 치면 25년 안에 서른 개의 면 에코백을 다 사용할 수 있다. 앞으로 더 이상 면 에코백이 추가되지 않는다는 전제하에 말이다.

도라의 위를 뒤집어놓은 스멀거리는 기포가 머리에서 터져버렸다. 그녀는 절벽 앞에 서 있기라도 한 듯 현기증을 느꼈다. 가상의 절벽이었다. 로베르트는 세상을 구하려고 했지만 세상은 아무래도 상관없었다. 세상은 3900번 장 보러 가기를 요구했다. 그렇지 않으면 그녀는 세상의 멸망을 주장할지 모른다. 현기증은 끔찍했다. 그보다 더 끔찍한 건 로베르트가 옆에 다가와 어깨에 팔을 두르고 무슨 일이냐고 물어본 거였다. 그는 도라의 상상 속 절벽을 보지 못한 듯했다.

그날 밤 도라는 발코니에 앉아 담배 반 갑을 피웠다. 어디선가 담배 한 개비가 여과 집진기를 장착하지 않은 디젤 자동차가 한 시간 달릴 때보다 미세먼지를 더 많이 배출한다는 걸 읽은 적이 있다.

가끔 도라는 삶을 살아가는 데 적합하지 않은 사람들이, 재능이 없는 사람들이 있다는 생각을 한다. 모든 사람이 축구를 하거나 피아노를 연주하도록 만들어진 게 아닌 것처럼 말이다. 대부분의 사람들은 삶을 살아가는 데 재능이 없고, 어쩌면 도라도 그 사람들의 범주에 포함될지 모른다. 문득 생각나거나 관심이 가는 것과 정반대되는 게 항상 존재한다. 자세히 살펴보니 모든 타당성이 허물어지고 모든 아이디어는 저절로 사라진다. 그녀의 회의적인 사고방식은 사방에서 반대에, 부조리에, 논리적 오류에 직면하고, 동참하고 싶은 충동을 도전적인 저항심으로 바꾸어버린다. 그 때문에 한가로울 뿐 아니라, 그녀의 예상대로 오랜 세월 외롭기도 하다. 어쩌면 그녀는 인간 존재의 전반적인 개념에 적합하지 않을지 모른다.

물이 끓는다. 그녀는 냄비를 불에서 내려놓은 다음 찻잔에 부글부글 끓는 물을 조심스럽게 따른다. 커피 가루를 터키식으로 찻잔에 바로 넣어 찌꺼기와 함께 마시는 게 건강에 좋지 않다는 얘기를 읽은 적이 있다. 하지만 그녀는 그런 식으로 마시는 커피가 가장 맛있다. 도라는 알렉산더 게르스트에 관한 소문을 다시 듣고 싶다. 그는 또다시 저 멀리 우주에 가 있을까. 커피가 가득 든 찻잔을 들고 식탁에 앉는다. 첫 모금을 넘기다 잘못 삼켜 사레가 심하게 들리는 바람에 자리에서 일어나 재채기를 하려고 개수대 위로 몸을 구부린다. 재채기를 하고 나자 커피를 마시고 싶은 마음이 더는 들지 않는다. 그녀는 또다시 제멋대로 솟구쳐 오르는 생각을 가라앉혀야 한다. 제발 제멋대로 굴지 말라고 수없이 경고하는데도 생각이란 녀석이 무시하고 달아나더니 그녀가 좋아하는 장난감을 찾아 들고 머릿속을 완전히 엉망으로 만들어버린다.

그녀는 찬장에서 Sus-Y사 문구가 찍힌 재활용 머그 컵을 꺼내 들며 앞으로 이 컵을 얼마나 자주 사용해야 할까, 라는 질문을 내려놓고 컵에 커피를 옮겨 붓고 요헨을 부른다. 요헨은 차가운 타일 바닥에서 올라오는 냉기로부터 몸을 보호하기 위해 마분지 상자 위에 웅크리고 있다. 요헨이 들어가 잠자는, 표범 무늬의 작은 인조가죽 바구니는 에이전시 사무실에 놔두고 왔다. 도라가 문으로 향하자 요헨이 마지못해 따라온다.

질책하는 듯한 요헨의 눈빛이 "벌써 또 일하게?"라고 묻는 것 같다. "동네 한 바퀴 산책 나갈 때 가끔 안겨서 계단을 내려가는 베를린으로 돌아갈 수 없을까?"

5장

구스타프

도라의 첫 번째 직업은 견습생이었다. 방학 때 그녀는 뮌스터에 있는 작은 에이전시에서 인턴 기간 중 좋은 성과를 내어 곧바로 주니어 카피라이터로 채용되었다. 그 바람에 학업을 포기하고 부모님 집에서 나와 시내에 작은 집을 구했다. 이후 함부르크 소재 '카피라이터 양성 학교'에 들어가 '광고 카피라이터' 1년 과정을 마치고 여러 대형 광고 에이전시에서 경력을 쌓아나갔다. 그기간 계속 견습생으로 불리며 일했지만 광고 분야 전문교육을 받고 난 이후엔 처음으로 작은 인맥을 갖게 되고 '노터 앤드 프렌즈'라는 정상급 광고 에이전시에서 일자리 제안도 받았다. 당시 그녀는 프랑크푸르트 출신의 사회학 교수인 첫 번째 남자 친구 필리프와 사귀고 있었다. 바람피우는 걸 알게 될 때까지 그와는 행복한 장거리 연애를 했다.

그와 헤어지고 난 후 처음엔 혼자 지내다 강아지 한 마리를 데리고 왔다. 당시 그녀는 미친 듯이 일하고 야근도 마다하지 않았다. 다른 팀 업무인 촬영 현장 근무도 유일하게 혼자 자발적으로 신청했다. 야간에 광고 에이전시 대표와 의논하여 헤드라인 두 개를 결정하고 난 후 택시를 타고 인적 없는 도시를 달려 퇴근하는 걸 즐겼다. 뭔가 증명하기 위해서가 아니라 할 일 없이 빈둥거릴 때보다 몸을 움직일 때 더 평온함을 느꼈기 때문이다. 그녀는 이른 시간에 사무실로 출근하고 한밤중에 재차 전화가 걸려 와도 개의치 않았다. 미팅 중이든 지하철 안이든 화장실이든 상관없이 이메일을 받은 후 아무리 늦어도 5분 이내에 답장했다. 한번은 대형 보험사 기금 광고 일을 맡아 대성공을 거두어 스포트라이트를 받기도 했다. 자연 다큐멘터리 단편 광고로, 절반쯤 지어놓은, 비둘기 두 마리의 둥지가 자꾸 나무에서 떨어져 내리는 거였다. 광고는 입소문이 나고, 급기야 '만일을 대비해'*라는 슬로건은 러닝 개그**가 되었다.

이후 한동안 도라는 광고계에서 가장 핫한 카피라이터 중 한 명이었다. 당시 베를린 소재 광고 회사에서 좋은 제안이 들어왔는데, 유일한 단점이 당장 일을 시작해야 한다는 거였다. 첫 몇 주

---

*   für alle Fälle라는 관용적 표현으로, '떨어짐'이라는 뜻의 Fälle를 이용한 광고.
**   영화에서 반복적으로 연출되는 희극적 대사나 동작.

는 요헨과 함께 임시로 호텔에서 묵었다. 그 후엔 직장인들이 모여 사는 공동주택으로 옮겼는데, 사실 반려동물을 키울 수 없는 곳이었다.

수도 베를린에 안착하는 건 쉬운 일이 아니었다. 그처럼 밤낮으로 일에 파묻혀 지내지 않았으면 불행했을 거라고 시인했을지 모른다. 그녀는 베를린이 낯설고 자신과는 어울리지 않는 곳이라고 느꼈다. 그녀에게 베를린이라는 도시는 너무 요란했다. 이따금 그녀는 다른 사람들 모두 미쳐가고 있는 사이에 이 도시에서 출근하는 유일한 사람처럼 여겨졌다. 또 그녀는 베를린으로 이사한 지 수 주일이 지났는데도 전입신고를 하지 않고 미뤘는데, 이유는 힘든 직업 탓도 있지만 내적 저항심 때문이기도 했다.

어느 가을 오전에 마침내 두 시간의 자유 시간이 주어졌다. 에이전시에서 함께 일하는 동료에게 요헨을 맡기고 '구스타프'라고 이름 붙인, 신델하우어***에서 만든 신상 자전거를 타고 판코****에 자리한 주민센터에 갔다. 한데 자전거가 꽉 들어찬 보관대를 보자, 바로 혈압이 올라갔다. 바깥 보관대와 마찬가지로 주민센터 내부도 사람들로 넘쳐난다면 전입신고 하는 데 몇 시간은 걸릴 것이다. 그녀는 각양각색의 전동 킥보드, 자전거 대여소에서 빌린 자

*** 자전거 제조 회사.
**** 베를린의 세 번째 자치구.

전거들, 어린이용 자전거들 사이에서 구스타프를 안전하게 자물쇠로 채워둘 만한 곳을 찾아 헤맸다. 벨트 전동장치와 자전거 앞부분에 바구니 하나가 달린 민트그린색의 구스타프는 제발 훔쳐가달라고 애걸복걸하고 있었다. 마침내 도라는 적당한 기둥을 찾아 크립토나이트*의 쇠사슬 자물쇠로 구스타프를 안전하게 채우고 난 다음 주민센터 입구에서 대기 번호표를 뽑았다.

대기실 안에는 바닥에 앉아 있는 사람도, 벽에 기대어 있는 사람도 있었다. 도라는 땀이 났다. 한 시간 반이 지난 후, 그녀는 조금 늦게 사무실에 도착하겠지만 오후 2시 미팅 때까진 무슨 일이 있어도 돌아갈 거라는 문자를 보냈다. 사실 그녀는 다른 날 다시 오더라도 당장 일어나 여기서 나가야 한다는 걸 알고 있었다. 근데 언제 다시 오지? 다시 온다고 그날은 지금보다 사람이 적을까? 지금까지 기다린 시간은 또 어쩌고?

이건 **매몰비용의 오류**였다. 이미 멀리 와버렸다는 이유만으로 잘못된 길을 계속 가야 하는 어쩔 수 없는 기분. 도라는 **매몰비용의 오류**가 어떻게 작동하는지 정확히 알고 있었다. 그녀는 그 오류로부터 자신을 지키기 위해 '직원 코칭 과정'을 이수했다. 그 이후로는 읽기 시작했다는 이유만으로 마음에 들지 않는 책을 끝까지 읽진 않았다. 그녀는 가상의 농장을 구축하는 데 엄청난 시간이

* 자전거 용품이나 부품 등을 만드는 회사.

들어갔다는 이유만으로 죽을 때까지 '팜빌' 게임**을 하진 않을 것이다. 또 고객이 조율과는 거리가 먼 사람이라고 생각되면 공이 잔뜩 들어가는 캠페인을 추구해나가지 않았다. 도라는 '오류 문화' '비용 편익 계산'에도 해박했다.

그러나 그날 그녀는 주민센터에 그대로 앉아 있었다. 포기하는 데에, 늘 그렇게 더럽게 똑똑한 데에 저항심이 생겼다. 베를린이 시키는 대로 따르고 싶지 않았던 거다.

마침내 그녀가 갖고 있던 대기표 번호가 호명되었다. 기다리는 데 두 시간 넘게 보냈다. 그녀가 가장 가까이 있는 그 누구라도 거뜬히 때려눕힐 수 있을 만큼 공격적인 상태로 베를린 주민센터를 나왔을 땐 1시 45분이었다. 지금 그녀가 세계 챔피언이나 된 듯 힘차게 자전거 페달을 밟아댄다면 조금 늦은 정도로 양해를 받고 미팅에 참석할 수 있을지 모른다.

도라는 종종걸음으로 자전거 보관대 쪽에 있는 작은 광장을 가로질러 가면서 구스타프 위로 허리를 구부리고 있는 한 남자를 보았다. 자신이 잘못 본 게 아니라는 걸 곧장 알아챘다. 분명 자전거 보관대는 비어 있었다. 번쩍거리는 민트그린색의 구스타프는 1000유로가 훌쩍 넘는 비싼 신상 자전거였다. 그 남자는 도라가 맞춰놓은 숫자 자물쇠를 만지작거리고 있었다.

** 미국 모바일게임 회사 징가가 개발한 농업 시뮬레이션 소셜네트워크 게임.

깊이 생각해볼 겨를도 없이 그녀는 걷는 속도를 높이다 급기야 뛰기 시작하더니 오톨도톨한 소가죽 핸드백을 움켜쥔 손까지 치켜들었다. 뛸 때 팔이 흔들리는 건 물론이고 가방 안에 꽤 두꺼운 소설책 한 권이 들어 있는 것도 잊고 있었다. 마침내 남자에게 가까이 다가간 그녀는 가방으로 머리를 내리쳤고, 이어 쾅 하는 끔찍한 소리가 났다.

이내 남자는 구스타프에게서 떨어지더니 두 손으로 관자놀이를 눌렀다. 도라는 그가 등을 보이며 일어서다 심하게 휘청거리며 쓰러질 거라고 생각했다. 정확히 말하자면 그가 쓰러지길 바랐다. 그가 비틀거리는 걸 바라보는 것만으로도 그녀는 만족감을 느꼈다. 마치 판코로 나들이 와서 기분 잡친 보람이 이제야 나타나기라도 한 것처럼 말이다. 남자는 키가 1미터 90센티쯤 돼 보였다. 그런데도 그녀는 그를 해치우고 구스타프를 지켜냈고, 베를린은 물론이고 베를린에 사는 미친 사람들에게 굴복당하지 않았다.

남자는 쓰러지지 않았다. 도라는 돌아서서 쳐다보는 그 남자가 자기보다 나이가 많지 않다는 걸 알았다. 아주 정상적으로 보였다. 마약중독자로도 미친 사람으로도 자전거 도둑으로도 보이지 않았다. 일부러 헝클어놓은 듯한 머리카락, 깔끔하게 다듬은 '열흘 기른 수염'의 남자는 치노 바지와 운동화를 착용하고 있었다. 근데 자전거 도둑이 어떻게 생겼는지 누가 알겠는가? 그녀는 재차 가방을 치켜들며 꺼지라고 위협했다. 그가 지금 도망친다면 신고하진 않을 것이다. 그녀는 이 남자, 이날 하루, 이 도시를 상대로 싸워 이겼다. 그것으로 충분했다.

그러나 남자는 도망치지 않았다. 대신 그는 도라를 향해 두 걸음 다가와서는 소리쳤다.

"미쳤어요?"

그녀는 너무 놀란 나머지 처음엔 어찌 행동해야 할지 몰랐다. 미쳤나 보다. 어쩌면 위험할지 모른다. 도망쳐야 할 사람은 그녀였는지 모른다. 그래도 그렇지. 그건 말도 안 되는 일이었다. 다행히 그녀는 대답 정도는 할 수 있을 만큼 공격적이었다.

"내 자전거라고!" 그녀가 외쳤다.

"내 말이!" 남자도 따라 외쳤다.

"꺼져, 이 멍청아!"

이 말에 남자는 당황한 것 같았다. 그는 도라를 머리부터 발끝까지 훑어보았다. 그의 시선에 그녀는 옷을 점검하고 정돈했다. 조금 더 고상한 스타일이긴 해도 그와 마찬가지로 그녀 역시 대도시 사람들의 옷차림을 하고 있었다. 비싼 청바지에 작은 비즈니스 재킷을 입고 기스바인* 제화의 메리노 울 소재로 만든 샛노란 운동화를 신고 있었다. 양말은 신지 않고 머리는 느슨하게 하나로 묶은 포니테일에 옅은 화장을 하고서 말이다.

---

* 신발 제조 회사.

"당신이 내 머리를 거의 박살 낼 뻔했어요." 남자가 약간 누그러진 목소리로 말했다.

"당신은 내 자전거를 훔치려고 했어요." 도라도 즉각 맞받아쳤다.

갑자기 남자가 웃기 시작했다. 엄청 심하게 웃어댔는데, 말 그대로 배를 잡고 웃는 모양새였다. 도라는 핸드백에서 담배를 꺼내 불을 붙였다.

"당신은⋯⋯." 남자는 웃으며 내뱉었다. "당신 멍청이군!"

오랫동안 누군가 그녀에게 '멍청이'라고 말한 사람은 없었다. 그 말에 유년 시절, 작은 도시, 서독, 80년대 후반이 머릿속에 떠올랐다. 자신도 모르게 도라도 같이 웃었다. 갑자기 남자가 시계를 보았다.

"제기랄." 그가 말했다. "진짜 중요한 편집부 일정이 있어요. 2시에. 지금 가도 늦겠군."

"나도 일정이 있어요." 도라가 말했다. "2시에."

그녀 자신이 들어도 미쳐서 하는 말 같았다. 미친 건 분명 그였다. 설령 그가 호감 가는 외모를 가졌다 하더라도 말이다.

"한 시간 전부터 당신을 기다리고 있었어요." 그가 설명했다. "심지어 구청 안에 들어가 물어보고 다니기까지 했어요. 근데 망할 놈의 건물이 너무 크지 뭐예요."

도라는 담배를 한 모금 더 깊이 빨고는 포장도로에 내던졌다. 이 상황을 끝낼 시간이 되었던 거다.

76

"아직도 이해가 안 됐어요?" 남자가 물었다.

그가 구스타프를 가리켰다. "당신이 망할 놈의 내 자전거도 함께 채워버렸어요."

비상탈출 시 비행기에서 튕겨 나가는 사출좌석처럼 무슨 상황인지 깨닫는 데 오래 걸렸다. 실상을 알게 된 도라는 캐터펄트로 어떤 한 은하에서 다른 은하로 발사되는 느낌이었다. 그녀는 머뭇거리며 구스타프에게 다가가 철통같은 사슬 자물쇠 쪽으로 허리를 구부렸다. 남자의 목소리가 저 멀리서 들려오는 듯 했다.

"비밀번호 조합을 찾아내려 애써봤죠. 대부분의 사람들은 자전거 바퀴만 비틀어놓는데."

구스타프의 몸체와 기둥이 남자의 낡은 중고 자전거와 함께 사슬에 묶여 있었다. 도라는 얼굴이 화끈거리는 듯했다.

"좋아요." 그녀가 말했다. "점심 먹을래요?"

이후 몇 주에 걸쳐 그들은 여러 번 점심이나 저녁을 함께했는데, 이미 그때부터 고기를 먹지 않는 로베르트 때문에 일식집이나 비건 레스토랑에 갔다. 주말에는 숲으로 산책 나갔고, 어떤 날은 춤추러 베르크하인 나이트클럽에 간 적도 있었다. 그들은 벼룩시장도 가고 함께 잠도 잤는데, 필리프와 함께였을 때보다 훨씬 좋았다. 게다가 로베르트와는 책, 텔레비전 시리즈물, 세계 상황에 대해 끝없는 대화가 가능했다. 이윽고 로베르트가 함께 살자고 했고, 도라도 찬성했다. 그는 오래전부터 집을 찾고 있던 터라 그녀는 살던 공동주택에서 급하게 나와야 했다. 그들은 함께 살 꿈의 궁전을 발견했다. 크로이츠베르크 중심부에 자리한, 발코니가 딸린 80제곱미터 넓이의 리모델링한 오래된 집으로, 거리가 멀긴 했으나 집세가 적당했다.

그 당시 그들은 오래 알고 지내온 사이가 아니었다. 한집에 같이 살기 시작한 초기에 도라는 둘만의 아름다운 집이라는 무대에서 '어른들의 관계'라는 제목의 연극에 등장해 연기하는 것 같았다. 그리고 언젠가 그 연극이 진짜가 되었다. 필리프와는 늘 싸웠고, 로베르트와는 의견 차이가 약간 있었다. 비슷한 또래인 로베르트는 그녀와 마찬가지로 서독 지역의 중간 규모 도시 출신이었다. 그의 아버지는 의사가 아닌 지방법원 판사였다. 여동생도 한명 있었는데, 특별히 사이가 좋은 건 아니었다. 도라와 악셀처럼 말이다. 저녁에 퇴근해서 현관에 들어설 때부터 그녀는 그가 노트북 자판 두드리는 소리를 들었다. 그녀는 그의 열정을 좋아했다. 잠잘 시간이 한참 지난 한밤중에도 발코니에 함께 앉아 얘기하는 것도 좋아했다. 항상 이야깃거리가 있었다. 둘은 자기 생각에만 빠져 있지 않았다.

주변 사람들이 아이 갖는 얘기를 꺼내면 불안감이 살짝 돌았다. 어느 순간 저녁에 로베르트 지인들과 호프집에 가는 게 힘들어졌다. 로베르트는 아침 먹으려면 이제 아기를 데리고 들어갈 수 있는 카페에 가야 하느냐며 불평했다. 아빠가 된 친구와 함께 놀이터 가장자리에 앉아 있어달라는 건 무리한 요구라고 생각한 모양이다. 그러면서 유치원 문 닫는 시간과 유아기 발달단계 이외에 다른 주제라곤 더는 아는 바가 없는 엄마와 아빠로 변해버린 옛 친구들에게 욕을 해댔다. 또 젊은 부모들이 집중하지 못하는 버릇에 대해서도 분노했다. 특히 자유 시간은 더 많을지 모르나 진짜 삶을 도통 모른다고 말하는 듯한 그들의 동정 어린 시선을 싫어했다. 아이가 화제로 떠오르면 로베르트가 다른 사람들의 운명적인 삶에 아니꼬워한다는 걸 도라는 처음으로 알았다.

그녀 자신도 아이를 원하는지 몰랐다. 어머니를 여읜 그녀는 자기 자신이 엄마가 된다는 걸 상상할 수 없었다. 그렇다 하더라도 로베르트의 열정적인 장광설엔 놀라지 않을 수 없었다. 그는 인구가 넘쳐나고 기후변화로 위협받는 세상에 아이를 낳는 건 미친 짓이라고 했다.

아이가 없어도 도라는 그와 함께하는 삶이 완벽에 가깝다고 느꼈다. 바꾸고 싶은 건 아무것도 없었다. 여전히 발코니에서 함께 보내는 저녁 시간이 좋았고, 대화하며 서로 세상을 설명해주는 게 가능했다. 그녀는 로베르트와 요헨뿐 아니라 크로이츠베르크에 있는, 그와 함께 사는 집도 좋아했다. 돈도 충분히 있고 마음에 드는 직업도 있었다. 부족한 것, 성가신 것은 없었다. 그레타 툰베리가 그녀의 삶에 들어오기 전까지는.

6장

재활용병

도라는 숲 가장자리와 들판 사이로 난 모랫길을 따라 걷는다. 지금껏 브라켄을 벗어나 이리 멀리까지 나와본 적이 없었다. 자기 소유의 땅이 있는데도 왜 산책하러 나가는 걸까? 다른 마을 주민들도 비슷한 이유로 그러는 것 같다. 모래 위 낯선 발자국이라곤 없지만 나무 그늘이 만들어내는, 바람에 살랑거리는 예쁜 무늬는 있다.

도라는 예전부터 늘 숲을 사랑했다. 생기 넘치고 왕성하게 활동하면서도 태연자약하게 숨 쉬는 이 거대한 존재를 말이다. 숲은 그녀에게 아무것도 바라지 않는다. 아무런 지지도 필요 없다. 그래도 스스로를 잘 돌본다. 사람 키보다 더 크고 나이 많은 나무에 둘러싸인 도라는 그저 하찮은 존재로 느껴진다. 그녀는 곤충들이 윙윙대는 소리 때문에 숲의 적막감이 깨지지 않고 한층 더 짙어지는 걸 사랑한다. 살랑거리는 은빛 나뭇잎과 달콤한 향이 나는 솔잎도, 또 분주히 날아다니는 새들도 사랑한다. 새들은 활짝 핀 나뭇가지에 앉아 봄의 업무를 보는 데 여념이 없다. 요헨마저 그녀의 불편한 심기 따윈 잊어버리고 앞장서서 신나게 달린다. 그때 갑자기 길가 무성한 덤불 속에서 바스락거리는 소리가 들린다. 그러자 요헨이 움찔하며 우스꽝스러운 모양으로 껑충 뛰어오른다.

공기가 서늘하다. 몸을 따뜻하게 유지하려고 도라는 힘찬 발걸음으로 성큼성큼 걷는다. 발밑에서 모래가 부서진다. 오른쪽에 펼쳐진 들판 위엔 경사진 밋밋한 언덕이 솟아 있고, 방금 파헤쳐 놓은 짙은 갈색의 언덕 모양이 마치 두건 같다. 주변에 긴 다리로 성큼성큼 돌아다니는 두루미도 몇 마리 보이는데 아마 씨감자를 찾고 있는 듯하다.

길이 휘어지며 들판 가장자리를 벗어나 숲으로 이어진다. 이곳 숲 바닥에 산악 트랙터가 지나간, 파인 흔적이 깊게 남아 있다. 그때 도라가 가까이 다가오는 걸 경고하는 어치의 비명 소리가 들린다. 그 소리에 그녀는 멈춰 서서 나뭇가지에 앉아 있는 알록달록한 새를 찾는다.

어린 시절 어머니는 종종 도라를 주방 창가로 데리고 가서 특이한 새 한 마리를 가리켰는데, 산비둘기나 굴뚝새 혹은 멧새였던 것 같다.

"놀랍지 않니?" 어머니가 속삭였다. "마치 숲 한가운데 사는 것처럼 여기서 엄청 많은 새들을 보네."

까치는 물론이고 새라는 새는 모두 좋아한 어머니는 큰 소리로 손뼉 치면서 새들을 쫓아다녔다. 하지만 어머니가 좋아하는 새는 어치였다. 어치 한 마리가 정원에 모습을 드러내면 어머니와 도라는 아이처럼 창가로 달려갔다. 몸통 옆에 파란 무늬가 있는 붉은 깃털을 가진 어치는 숲의 파수꾼이었다. 어머니를 사랑한 도라는 어떤 새를 좋아하느냐는 질문에 "어치"라고 대답했다.

어머니가 살아 있던 마지막 몇 주간 요요는 테라스 문 앞에 침대를 옮겨 비스듬히 두었다. 그 덕분에 어머니는 고개를 조금만 돌려도 밖을 내다볼 수 있었고 숨을 거두는 마지막 순간에도 새들을 관찰할 수 있었다. 사랑하는 사람을 지키려고 죽은 사람이 돌아온다면 도라 어머니는 어치로 환생할 게 틀림없다.

마침내 너도밤나무 가지에 앉아 있는 아름다운 새를 찾아낸 도라는 조심스럽게 손을 치켜들며 인사한다. 그러나 어치는 그녀를 의심쩍게 쳐다보고는 날개를 퍼덕이며 숲속으로 날아가버린다.

로베르트도 숲을 사랑했다. 도라를 사귀기 훨씬 전에 그는 졸업논문을 위해 지하 75센티미터 땅의 온도 변화를 측정하려고 몇 달간 슈프레발트*에 있는 오두막에서 지낸 적이 있었다. 가끔 그

---

*   베를린에서 남동쪽으로 100킬로미터 지점에 있으며, 1991년 유네스코에 생물권 보전지역으로 등록된 곳이다.

는 도라를 데리고 예전에 자신이 연구하던 지역으로 가곤 했다. 그에게 숲은 천 개의 이야기를 들려주는 책 같은 존재였다. 그는 나무의 이름과 성을 잘 알고 있고 딱정벌레의 습관도 설명해주었다. 또 도라에게 토끼와 여우의 흔적을 보여주고 어느 개미 무리의 부지런함에 대한 수수께끼도 풀었다. 그 순간 그가 아주 친밀하게 느껴졌다.

언제부턴가 그는 산책 나갈 시간이 없었고, 그 때문에 도라는 마음이 아팠는데, 쓰라린 아픔이라기보다는 처음엔 그녀 자신도 거의 못 느끼는 은은한 아픔이었다. 시간이 갈수록 기후 보호에 대한 로베르트의 관심이 높아졌고, 그레타 툰베리가 금요 시위를 시작한 이래 다른 많은 사람들도 그와 마찬가지로 점점 더 많은 관심을 가졌다. 텔레비전에 비친 로베르트는 환영을 보듯 둥근 얼굴, 꼭 다문 입술, 땋은 긴 머리의 소녀를 바라보고 있었다.

기후 시위가 열릴 때마다 로베르트는 통신원이자 활동가 자격으로 참석했다. 그는 그레타가 닿을 수 있을 만큼 가까이 올 때면 그 뒤를 쫓아다녔는데, 이 한 가지 목적을 위해서라도 시위 현장으로 날아가곤 했다. 그녀와 만날 때마다 그의 동기부여가 강화되고 충성심도 한층 더 높아지는 것 같았다. 이제 그에게 남은 주제라곤 단 하나였다. 밤이 되어 도라와 함께 레드와인을 마실 때도 그는 기온 상승, 평균 해수면, 사막화 확대, 홍수, 파괴적인 폭풍과 그 외 다른 자연재해에 대해 얘기를 늘어놓았다. 도라가 롤

란트 에머리히 감독 영화에 나오는 장면 같은 '재난으로 인한 피난 행렬'과 '슬럼가의 형성'을 눈앞에 그릴 때까지. 그는 동물의 멸종에 대해 글을 쓰고 기후변화로 인한 민족이동을 밝은색으로 표시하곤 했다. 자연에 파괴적인 최후의 공격이 가해지기 전에, 자멸을 불러오는, 끊임없이 계속되는 인류 시작의 내전은 피할 수 없었다.

항상 그랬듯이 도라는 그의 얘기를 경청했다. 그중 세계 종말 시나리오는 그녀의 마음을 짓눌렀다. 세계은행에 따르면, 향후 30년 내에 1억 4천만 명의 기후 망명자들이 생겨날 거라고 했다. 도라는 그 수치에 망연자실했다. 이런 상황에서 세계를 구하는 건 인간에겐 불가능한 일이다. 그녀는 재차 다른 일에 대해서도 얘기하고 싶었다. 그녀가 현재 하고 있는 업무나 책에 대해서. 정 안 되면 트럼프나 브렉시트 혹은 AfD(독일대안당)*에 대해서라도. 그러나 로베르트는 그 모든 건 그리 시급한 사안이 아니라고 생각했다. 그는 "12시 5분인데 아무도 모르는군"이라고 말하곤 했는데, 도라에게 '아무도'라는 건 좀 과장되게 비쳤다. 그레타가 매일같이 마이크를 잡고 전 세계 사람들에게 소리 높여 위험성을 경고한 사실을 고려해보면 말이다.

도라의 마음속에 반박하고 싶은 충동이 커져갔다. 기본적으로

---

* 2013년에 창당된 극우 정당.

그와 의견이 달랐기 때문만은 아니었다. 그녀도 지구에서 행해지는 무분별한 개발이 멈추길 바랐다. 하지만 그녀는 그가 요구하는 논리를 더는 따라가지 못했다. 인구가 수십억인 나라들이 뒤늦게 산업화를 이뤄내고 있는 가운데, 마카로니를 사용해 콜라를 마신다는 게 말도 안 되는 소리라고 도라는 생각했다. 거대한 컨테이너 선박들이 바다를 항해하고 있는데 디젤 자동차를 차고에 세워두는 게 얼마나 의미가 있을까? 그리고 로베르트가 항상 끌어오는 명확한 사실이라는 건 어디에 존재할까? SUV 승용차를 타고 사무실에 출근해 동료들과 밥을 먹고 따뜻하게 난방하고 전등을 사용하는 직장인이, 자전거를 타고 다니고 미니멀한 스타일의 가정집에서 매일 세끼 식사를 만들고 이른 아침부터 늦은 밤까지 음악을 스트리밍하고 혼자 사는 집에 전등을 켜고 따뜻하게 난방하는 베를린 크로이츠베르크에 사는 프리랜서보다 더 효율적으로 CO_2를 배출하지 않고 살 수 있을까? 정말로 면이 플라스틱보다 나은가? 기후변화와 관련하여 중립적 입장을 취하는 사람은 누굴까? 유럽 곳곳을 다니며 시위에 참여하는 활동가일까? 아니면 쓰레기 분리를 하지 않는, 생전에 비행기라곤 타본 적 없는 지각없는 할머니일까? 모든 걸 의심하고 모든 것에 대해 말하고 싸워야 했다. 절대적 확신이란 건 존재하지 않는다는 것에서 무엇이 확실해졌을까? 도라는 로베르트가 어떻게 자신의 라이프스타일에 대해 그렇게 명백한 우월감을 갖는지 이해할 수 없었다. 그녀는 함께할 수 없었다.

얼마 전 Sus-Y사가 모든 직원에게 플라스틱병에 든 물을 회사에 가져오지 못하게 금지시켰다. 그래서 모든 직원이 스테인리스 텀블러를 마련해야 했다. 도라는 그 사안을 결정한 회의에서 어떤 근거로 스테인리스 텀블러가 페트병보다 더 환경친화적이라고 생각하는지 알고 싶어 했다. 스테인리스 텀블러와 마찬가지로 페트병에도 물을 다시 채워 넣을 수 있는데 말이다. 마치 도라가 정신이상으로 문제점을 이해하지 못하기라도 한 듯, 몇몇 동료들은 동정 어린 시선으로, 또 다른 몇몇은 비난 어린 시선으로 쳐다보았다.

도라는 자신이 당한 이 일을 로베르트에게 털어놓고 싶었다. 그러나 그는 그녀의 일에 더는 관심이 없었다. 버릇처럼 눈썹을 치켜올리는 그의 제스처는 "당신 지금 기후변화를 부인하는 거야, 그런 거야?"라는 의미였다.

로베르트는 다니는 신문사에서 단번에 몇 단계를 건너뛰고 높은 직위로 승진했다. 자연히 예전보다 기사도 더 많이 쓰고 편집회의에서 주요 발언도 하고 특파원 신분으로 환경부 기자회견에 파견되어 '불편한 질문' 부문에서 발언 신청도 자주 했다. 그렇지 않아도 빠른 그의 활동 속도가 거의 두 배 정도 더 빨라진 것 같았다.

일이 술술 풀려가는데도 불구하고 로베르트는 밤잠을 설쳤다. 도라는 그가 불안해한다는 사실을 알았다. 그의 집착은 정치적 입장 때문이 아니라 세계 멸망을 진짜로 믿는 데서 생겨났다. 그레타가 "나는 패닉에 빠지기로 결정했습니다"라고 말했고, 로베르트는 그런 그녀의 말을 흉내 냈다. 도라는 로베르트가 세상을 보는 관점에서 생각하려고 애썼다. 그는 어디로 시선이 가든 자동차, 비행기, 디젤 선박을 쳐다보았다. 사방에 플라스틱, 싸구려 장난감, 싸구려 가구, 싸구려 옷가지가 널려 있었다. 하루하루가 생산과 소멸의 원칙에 기반을 두고 있었다. 로베르트가 비닐봉지 너머로 토네이도를, 전구 너머로 홍수를, 오프로드 차량 너머로 내전을 주시한다면, 도라는 그가 앞으로 어떤 삶을 살아갈지 어렴풋이 알 수 있을 것만 같았다.

　로베르트는 자신이 뭘 두려워하는지 정도는 알고 있었다. 도라도 불안하긴 마찬가지였으나, 그녀의 두려움은 좀 더 불분명했다. 그렇다고 구호를 외치고 캠페인을 열고 정치참여를 하진 않았다. 그러니까 행동으로 옮긴 건 아무것도 없었다. 게다가 그녀는 전 세계가 이 문제에 동요하는 게 두려웠다. 정의를 위한 투쟁과 말할 수 있는 필요성을 둘러싼 싸움이 광적인 규율만을 좇아가는 것도 두려웠다. 도널드 트럼프, 비요른 회케*, 브렉시트 지지자들이 완전히 제정신이 아닌 건 분명했다. 그런데 로베르트마저 조용히 대화하고 함께 사실관계를 꼼꼼히 살피고 절대적 진실인

---

*　AfD 소속 정치인.

지 모를 모든 걸 계속 의심해볼 준비가 돼 있지 않다면 그들 사이에 뭐가 더 남아 있단 말인가? 도라는 그 누구와도 어떤 한 여자의 세계관을 공유할 수 없었다. 시간이 지날수록 미쳐버릴 것 같은 느낌이 점점 더 심해졌다.

로베르트를 좋아하는 마음은 남아 있었으나 그와 함께 사는 건 점점 더 힘들어졌다. 그들이 함께하는 삶이 규정에 따른 속박으로 변해버렸다. 특정 제품만 구입하고 특정 식료품만 먹는 게 허용되었다. 택시 타는 건 금지되고 휴가 여행을 가는 건 고려 사항이 아니었다. 해가 저물면 로베르트는 집 안을 돌아다니며 그녀가 켜놓은 전등을 꺼버렸다. 또 허용 가능한 옷 가게 리스트를 건네며 겨울용 장화를 한 켤레만 사라고 애원하기도 했다. 도라가 난방을 세게 틀면, 그는 여지없이 다시 낮췄다. 11월이 오고, 집안은 추웠다. 도라는 퇴근 시간이 지난 저녁에도 오래도록 에이전시에 남아 있었다. 집에 들어가고 싶은 마음이 없었다.

그때부터 도라는 재활용병을 모으기 시작했다. 처음엔 실수였다. 도라는 베를린에서 열린 트랙터 시위 관련 라디오 뉴스를 들으며 딴생각을 하는 바람에 그만 일반 쓰레기통에 재활용병을 던져버린 일이 있었다. 그 사실을 안 그녀는 이상한 해방감을 느꼈다. 너무 기분이 좋아 재차 똑같은 행동을 했다. 유럽의회가 기후비상사태를 선언할 땐 유리병을 욕실 쓰레기통에 담아 버린 적도 있었다. 런던 브리지에서 암살범이 여러 사람을 찔러 죽일 땐, 서재에 있는 휴지통에 유기농 레모네이드 페트병 여러 개를 쑤셔 넣은 적도 있었다. AfD가 하필 브라운슈바이크에서 정당 대회를 개최할 땐, 요구르트 유리병을 노란 봉투* 안에 집어넣은 적도 있었다.

　그 사실을 안 로베르트는 거의 이성을 잃었다. 그 뒤로 하루에도 몇 번씩 집 안 쓰레기통을 샅샅이 뒤지고, 심지어 건물 마당에 있는 공동 쓰레기 수거함도 점검했다. 그는 그런 행동을 그만하라고 애원하기도 했다. 도라는 평정심을 유지하려고 애썼다. 그러나 재활용병 수집 놀이에 중독이 돼버린 그녀는 벗어날 수 없었다. 노르베르트 발터-보르얀스와 사스키아 에스켄이 SPD(사민당)의 공동대표로 선출되었을 땐 와인병을 파란 수거함**에다 던져 넣기도 했다. 또 미국이 바그다드에서 가셈 솔레이마니***를 죽이고, 이란이 실수로 우크라이나 여객기를 격추하고, 호주가 불길에 휩싸였을 땐 맥주병을 음식물 쓰레기통에 넣어둔 적도 있었다. 로베르트와 그녀 사이에 점점 격렬한 논쟁이 일어났다. 급기야 그는 집에서 도라를 쫓아내겠다고 위협했다. 브라켄을 처음 찾던 날 아침에 마지막으로 도라는 쓰레기 분리수거 규정을 어겼다.

---

*　금속, 플라스틱, 합성물로 된 포장지를 버리는 봉투.
**　재활용 종이 분리수거함.
***　이란의 군 장교로, 이란 혁명수비대 쿠드스군 사령관이었다.

낡은 대농장 관리인의 집을 둘러보고 나서야 그녀는 멈출 수 있었다. 그 이후로 더는 재활용병을 잘못된 장소에 버리지 않았다. 그들 사이에 흐르던 긴장된 분위기도 다소 진정되었다.

그리고 바이러스가 들어왔다. 로베르트는 기후보호 활동가에서 감염병 연구자로 변신했고, 세상은 혼란에 빠져 어찌할 바를 몰랐다. 사람들은 좋은 시절이 끝났다고, 우리의 삶이 다시 예전으로 돌아갈 수 없을 거라고 외쳤다. 바이러스 학자들은 일약 미디어 매체 스타가 돼버렸다. 언론사들은 유명 인사들에게 어떤 기도를 하는지 물었다. 대규모로 동참하는 뷰위기가 팽배했다.

갑자기 도라는 로베르트가 버터 빵을 한 입 베어 물며 눈을 크게 뜨는 모습이 거슬리기 시작했다. 또 음식을 먹으며 내는 소리에도 미칠 것만 같았다. 심지어 자신이 씹는 음식물 소리도 참기 힘들어 액체로 된 음식을 먹어야 했다. 머릿속으론 줄곧 파리가 윙윙대는 소리를 상상하기에 이르렀고, 한밤중에 깨어나 파리를 찾아 침실을 샅샅이 뒤지기도 했다. 그 바람에 로베르트도 잠을 이루지 못했다.

로베르트는 바이러스가 지구를 사회의 이동성으로부터 해방하므로 어떤 점에서 보면 축복이기도 하다고 했다. 그때 도라는 그를 떠날 거라는 걸 깨달았다. 그 후 어느 날 요헨과 함께 산책 나가는 걸 금지하자, 그녀는 그의 곁을 떠났다. 서른여섯 살의 그녀와 함께한 모든 것들이 렌터카 한 대에 다 들어갔다. 벨트 전동

장치가 달린 자전거 구스타프만 베를린에 남겨두고 와야 했다.

숲속으로 더 깊이 들어가자 모랫길이 넓은 오솔길로 바뀐다. 단단히 다져진 땅에 이끼와 소나무 잎들이 뒤덮여 있어 뿌리에 걸려 넘어지지 않게 주의해야 한다. 무성한 나뭇가지가 지붕이 되어주고, 나무줄기 사이에서 자라는 어린 새싹이 영원한 재생을 약속한다. 앞서 뛰어가던 요헨이 슬슬 지치기 시작한다. 하지만 거기서 산책이 끝나지 않을 걸 알고 낑낑거린다. 혀를 내밀고 헉헉대며 어슬렁어슬렁 뒤따르면서 도라가 가장 좋아하는 '죽어가는 개'의 상태에 이를 준비를 한다. 그러다 풀밭에 주저앉아 바닥에 배를 대고 뒷발을 쭉 뻗더니 더는 한 발짝도 움직이지 않는다.

오솔길이 T자형 삼거리 교차로에 다다르자 도라는 놀라 멈춰 섰다. 교차로 구석에 벤치가 놓여 있었다. 통나무 두 개에 판자를 대어 못으로 박아 만든 소박한 양식의 벤치는 등받이와 팔걸이도 없고 표면이 매끄럽지도 않은 데다 래커 칠도 안 돼 있었다. 이렇게 소박하게 벤치를 만들 수 있는 그 사람은 주문을 받아서 한 일도 아니고, 이곳이 유럽연합이 지원하는 관광 프로그램에 들어 있어서 한 일도 아닐 것이다. 게다가 보수조차 받지 않은 것 같았다. 사실 벤치는 특별한 게 없었다. 그녀가 여기서 뭘 하고 있느냐는 질문만 빼놓고 말이다. 도라가 판단하건대, 브라켄 마을 사람들은 여기로 산책 나오지 않는 듯하다. 잡종 셰퍼드와 아마도 같은 종으로 보이는 개들을 비롯하여 마을 개들이 날마다 울타리를 따라 달린다. 혹 고양이가 보이거나 사람이 차 없이 움직이려고 하면 흥분해서 짖어댄다. 개들은 주인과 함께 산책 나가는 게 도통 이해가 안 되는 모양이다. 산책 가는 건 오히려 시골 생활을 상상하는 도시 사람들에게나 해당되는 것 같다. 브라켄 마을 사람은 버섯을 찾으러, 나무하러 1년에 한 번 숲으로 간다.

그런데도 여기 벤치가 놓여 있다. 어떤 행복한 사람이 이 벤치를 만든 게 틀림없다. 지금껏 숲길 교차로 옆에 앉아볼 기회가 없던 사람에게 그 기회를 주려고 기분 내키는 대로 나무 조각 몇 개를 짜 맞춘 모양이다. 도라는 한 번만이라도 그런 일을 해보고 싶다. 질문도 의심도 없이 그냥 해보고 싶다. 가능하니까.

물론 벤치가 편하진 않다. 앉는 자리가 좁고 평평하지 않고 울퉁불퉁하다. 몸을 뒤로 기대는 건 불가능하다. 그런데도 도라는 이 교차로를 자신이 좋아하는 새로운 장소라고 말할 수 있다. 4월 햇살이 내리쬐는 이끼 가득한 자그마한 땅을 찾아낸 요헨도 도라의 말에 동조한다는 몸짓을 한다. 도라는 고개를 뒤로 젖히고 나뭇가지 사이를 떼 지어 날아다니는 새들을 바라본다. 집에 두고 온 담배가 아쉽다.

도라 주위에서 봄이 살아 움직이며 본연의 의무를 다하고 있다. 모든 생물 유기체가 성장하고 만발케 하고, 살아 있는 생명이 최대한의 생산력을 뽐내도록 몰아대고, 봄의 전령들이 재생산을 하도록 돕는다. 그 어떤 존재도 평가받지 않을뿐더러 모든 존재가 이용된다. 죽어가는 생명 또한 활용된다. 세상의 어떤 한 종이 사라지면 새로운 종이 그 틈을 메운다. 죽음과 탄생은 드라마가 아니라 생명 역학의 고리라 할 수 있다. 여기서 인간의 흥분은 별로 중요하지 않다. 인류가 파멸하느냐 하지 않느냐에 진박새보다 더 무심할 수 있는 사람은 없다.

도라는 바이러스 균주를 제외하고 우리를 필요로 하는 생명체는 없다고 생각한다. 한데 슬픈 생각이라 그런 생각을 떨쳐버리려 애쓴다.

그때 어떤 물체가 등 뒤에서 대각선으로 움직이는 바람에 그녀는 놀라 움찔한다. 바스락거리는 소리와 딱 하고 뭔가 부러지는 소리. 요헨도 펄쩍 뛰어오른다. 뭔가 있다. 분명 커다란 뭔가가 급하게 소나무 숲으로 되돌아가고 있다. 멧돼지이거나 사슴일지 모른다.

도라가 형형색색의 물체가 번쩍이는 걸 보았다는 건 거의 분명하다.

7장

R2-D2

커다란 낫이 바닥에 떨어지고, 길 건너편에 있는 집에서 R2-D2가 밖으로 나온다.

마지막 순간 도라는 발을 빼 피한다. 유튜브에서 DIY 동영상을 몇 편 더 보고 나자 낫 가는 일이 좀 낫다. 하지만 그 때문에 부상의 위험은 더 커진다.

그래도 도라는 만족한다. 날을 간 낫으로 집터 앞 땅바닥에 돋아난 단풍나무 새순을 베어낸다. 이른 아침부터 이 일에 매달린 덕분에 빈 공간을 마련한다. 예상을 뒤엎고 지난 며칠 만에 집 뒤쪽 텃밭의 흙 가는 작업도 해치워버린 그녀는 이제 죽을 듯이 아픈 근육통이 생긴 것도 안다. 대신 단단한 흙을 잘게 부수고 말뚝으로 표시해둔 직사각형 모양의 땅이 새로 생겨났다. 그것도 도라가 원하던 대로, 모퉁이가 반듯하고 표면이 평평한 땅 말이다.

땅 가장자리에 쓰레기 더미가 수북이 쌓여 있어도 그걸 쳐다보는 그녀의 시선에는 뿌듯함이 가득하다. 그 쓰레기 더미에 수많은 잔해와 돌조각을 비롯하여 냄비, 인형 머리, 누더기 곰 인형에다 놀랍게도 온전한 작은 금속 장난감 자동차도 여러 개 섞여 있었다. 그 광경을 본 도라는 이따금 다음번 삽을 뜰 때 어린아이 해골을 파내기라도 할까 봐 두려웠다.

쓰레기 더미보다 더 불안하게 하는 건 파헤쳐놓은 땅이 벌써 마른 먼지로 변하기 시작했다는 사실이다. 미풍에도 먼지구름이 일어난다. 도라는 텃밭에 물을 좀 줘야 한다는 걸 어렴풋이 깨닫기 시작한다. 어쩌면 거름도 주고 경작기를 사용해 산성화된 모래를 걷어내어 비옥한 토양으로 만들어야 할지도 모른다.

아쉽게도 도라네 집엔 알맞은 상수 시설 연결도 안 돼 있고 정원용 물뿌리개 호스도 없다. 하물며 경작기는 말할 것도 없다. 그뿐인가. 건축자재 마트에 갈 때 몰고 갈, 늘 타고 다니던 자동차조차 없다. 그래서 그녀는 급하게 대중교통 수단을 찾아볼 수밖에 없다. 이 브라켄 마을에는 상점도 빵집도 가스트호프*도 없다. 이곳에 옮겨 온 후, 처음 장 보러 가서 구입한 물품 중 남아 있는 건 면과 딱딱한 통밀빵뿐이다. 곧 슈퍼마켓에 가지 않으면 채소 재배 프로젝트가 엎어질 뿐 아니라 그녀도 굶어 죽을 것이다.

---

*   우리나라의 모텔, 여관에 해당되는 숙박업소.

그렇다고 이런 생각 때문에 지금의 이 기분을 망치고 싶지 않다. 땅 위에 처음 돋아난 단풍나무 새순도 있고, 텃밭도 일궈져 있다. 게다가 에이전시 일도 꽤 잘 풀리고 있다. 그녀의 의뢰 업체인 '공정무역 의류'는 생긴 지 얼마 안 된 베를린 패션 상표로, 신상 재생 청바지 상품을 출시할 예정이다. 문을 닫고 수익이 줄어드는 상황에서 소매상들이 간신히 버텨나가야 하는 시기인 지금, 보통 섬유 분야에 종사하는 많은 고객들이 주문을 동결하고 있다. 그 와중에 '공정무역 의류' 창립자들은 포스트 코로나 시대를 앞두고 중요한 모든 경로를 통해 대중의 이목을 끄는 상품을 신보이려는 계획에 매달린다. 도라는 기뻐할 만한 소식이라는 걸 안다. 지금 광고 분야에서 일하는 적잖은 동료들이 일자리 걱정을 하고 있다. 대규모 예산이 사라지면 열 명 혹은 스무 명의 직원이 일자리를 잃게 된다. 이런 일이 동시에 여러 에이전시에서 일어나면 고급 크리에이티브 인력들이 노동시장으로 몰려들 거다. 보통 시니어 카피라이터는 그 수가 많지 않아서 정규직을 찾을 수 있다. 그러나 사방에서 대량 해고가 일어나면 이런 법칙은 맥북이 종료되는 것보다 더 빨리 바뀐다. 다행히 주자네는 줌 화상회의를 할 때마다 맨 먼저 Sus-Y사는 지속성을 최우선 순위에 둔다는 점을 강조한다. 이는 직원들에 대한 처우에서도 마찬가지로, 도라의 일자리도 보장된다는 의미다.

전날 그들은 고객과 화상회의를 했다. 줌으로 베를린과 안전하게 연결되는 사이, 도라는 이런 일이 진행될 때 자신에게 부여되는 책임감을 재차 자각한다. '공정무역 의류'는 마케팅 예산을 전부 이 유기농 면을 사용한 청바지 제품 하나에 쏟아붓는다. 비금속 단추가 달린 이 제품은 무염소 처리 세탁용으로 생산된다. 일이 잘못되면 문을 닫을 수도 있다. 신상 바지가 청바지 시장을 점령하느냐 재고가 잔뜩 쌓이느냐, 그것은 도라에게 달려 있다. 승패를 가를 수 있는 번뜩이는 아이디어가, 20년이 지나도 사람들이 기억하는 기가 막히게 어울리는 광고 문구가 그녀 머릿속에 떠오를까? 광고 카피라이터라는 직업의 매력은 자신의 아이디어로 멋진 승리를 거둘 수 있다는 거다. 혹은 반대로 완전히 실패할 수도 있다.

베를린과 화상회의가 연결되자 주자네의 짤막한 소개에 이어 도라가 30페이지나 되는 파워포인트를 하나하나 넘기며 광고 전략을 제시했다. 우선 도시의 젊은 고객들을 위한 지속 가능성이 더는 예외가 아닌 정상적인 새로운 스타일이 되어야 한다는 점에서 자신감을 갖고 의뢰인을 설득하는 게 관건이었다. 지나치게 점잖은 색깔과 갈색 포장지 분위기로 인식되는, '공정무역 상표'의 비더마이어*식의 전통적인 답답함을 자아내지 않는 **지속 가능한 스타일**에 대해 모두가 고개를 끄덕일 수밖에 없었다.

---

* 　1815년~1848년에 성행한 독일의 예술 사조.

이 자리에서 주자네는 '공정무역 의류'의 미디어 예산이 국내적 가시성을 높이는 데 충분하지 않다는 걸 재차 강조했다. 바이러스처럼 확산되려면 과감하고 도발적인 디지털 캠페인만이 가망이 있다면서 핵심은 감정을 격앙시키는 소셜미디어 동영상이라는 거다. "우린 **장안의 화제**가 되어야 합니다." 주자네가 말했다. 그 말에 수긍하듯 모두 고개를 끄덕였다. 다시 도라가 말할 차례였다.

최대 난관은 새 청바지 상표명을 찾는 거였다. 도라는 컴퓨터 앞에 앉아 네이밍 시안이 들어 있는 열두 개 차트를 쉴 새 없이 클릭하다가 가장 마음에 드는 '선한 사람'*을 찾아냈다. 이 단어가 나타나자 화면 너머 반대편에선 침묵이 흐른다. 그 같은 반응을 예상한 도라는 이런 논쟁적인 개념을 사용하면 확실히 관심을 끌거라고 설명하기 시작했다. 2015년 최고의 망언이자 흥분케 하는 단어. 모두가 쳐다볼 거라고. 동시에 '선한 사람'을 이용하는 모든 사람은 신봉자가 될 거라고. 진정한 지속 가능성을 일관성 있게 지지하는 사람이 '선한 사람'이고, 그 사람은 대개 이를 자랑스러워할 거라고. 고객들이 자신에게 꼭 맞는 이 바지를 선택함으로써 바로 이런 점을 온 세상에 곧 보여줄 수 있을 거라고.

베를린 출신의 '공정거래 의류' 창업자들이 엄청 큰 소리로 알

---

* '공상적 박애주의자'라는 뜻으로, 정치·문화적으로 아이러니하고 냉소적인 용어.

아들었다고 말했다. 그 바람에 도라는 브라켄 마을에서 충돌 소리를 들은 것만 같았다. 그녀는 정곡을 찌르는 자신의 발언에 보이는 의뢰인들의 환호 소리를 이용해가면서 창의적인 건 모두 상품 네이밍에서 나온 거라고 털어놓았다. 당연히 고객 감사 캠페인의 주인공 역시 '선한 사람'이다. 근데 이 '선한 사람'은 도덕심 많은 완고한 사람이 아니라, 영화 속 선행 장면에 항상 나타나 우스꽝스럽게 선행을 망쳐버리는 호감 가는 사람이라고. 또 이 '선한 사람'은 안티히어로로, 자신의 부족함이나 결함을 자조적으로 보여준다고. 우리는 온라인 쇼핑에 익숙한 소비자들에게 어울릴 만한 독창성과 유머를 추구할 용기가 필요하다고. 어차피 지속 가능성이란 주제는 그 자체로 이미 충분히 진지하다며, 요지는 '선한, 사람!'이라고.

나머지 문제는 저절로 풀렸다. 도라가 모든 플래카드 시안과 프린트 시안에 등장하는 '선한 사람'이라는 이 문구가 캠페인의 면모를 보여줄 거라는 걸 설명할 때쯤 이미 의뢰인은 설득에 넘어온 상태였다. 이후 그녀가 스스로를 '선한 사람'이라고 여기는 진정한 청바지 구매자들과 함께 서포터즈 캠페인을 개시할 거라는 말로 회의를 마무리할 때는 화면 너머 반대편에서 박수가 터져 나왔다.

마침내 의뢰인이 미팅을 마치고 화면에서 사라지자 주자네가 "당신은 재택근무가 제격이네요"라고 확신에 찬 어조로 말했다.

R2-D2는 아직 거기 있다. 이제 길을 건너온다. 도라는 잘못 본 건 아닌가 하고 생각해본다. 외로움, 육체적 피로, 저혈당으로 생긴 환각인가. 근데 분명 눈에 보이는 그 물체가 그녀 집 정원 출입문 쪽으로 가까이 다가오고 있다. 혹시 코로나 때문에 방역복을 입은 순박한 편집증 환자일까? 기껏해야 1미터 60센티밖에 안 되는 그 물체는 투명 고글과 귀 보호대가 부착된 방역 헬멧에 무릎까지 닿는 방역 조끼와 고무장화를 각각 착용하고 있다. 한 발짝씩 내딛는 보폭이 너무 작아 뛰어오는 게 아니라 굴러오는 듯한 모습이라, 〈스디워즈〉에 나오는 그의 새하얀 친척과 엄청 비슷해 보인다. 양쪽 옆구리엔 레이저 광선을 쏘거나 방패 역할을 하는 광선 막을 만들어낼 수 있는, 미래에나 볼 법한 무기를 하나씩 차고 있다.

"도움이 필요한가요?"라고 도라가 묻는 사이, R2-D2는 무기를 찬 채 그녀를 지나 정원 출입문을 열고 들어간다. 그는 귀 보호대에 붙어 있는 게 뭐냐는 질문엔 답하지 않은 채 정원에 들어올 때까지 그녀와 옥신각신한다.

"풀 베는 데 아랍인 몇 명이 필요하시오?" R2-D2가 환하게 웃으며 주위에 아무것도 못 듣는 귀머거리만 있는 것처럼 엄청 큰 소리로 묻는다.

입을 열어보지만 도라 입에선 아무 말도 나오지 않는다. 상관없다. 어차피 R2-D2는 자기가 한 질문에 자기가 대답하니까.

"한 사람도 필요 없겠군. 우리 스스로 할 수 있으니."

그는 연신 진심 어린 웃음을 지었다. 처음으로 갖게 된 비밀 무기에서 귀가 멍해질 정도로 뿜어져 나오는 총성에 그 웃음소리가 묻힐 때까지. R2-D2는 양손으로 총을 잡고 이리저리 흔들어댄다. 이곳에 도라는 필요 없는 존재다. R2-D2는 무성한 풀을 헤치며 정원을 돌아다닌다. 우수한 기술로 만든 무기 앞에 전멸하는 군대처럼 어린 단풍나무들이 우르르 쓰러지고, 쐐기풀과 나무딸기 줄기가 잘려 사방으로 날아간다. 근데 좀 더 큰 어린나무는 그대로 남겨둔다. 어쩌면 R2-D2는 나중에 두 번째 비밀 무기를 사용해 그것들을 날려버릴지 모른다. 케이스에 든 전기톱엔 '마키타'라는 문구가 새겨져 있다.

도라는 양손으로 귀를 막으며 대학살의 광경을 지켜본다. 그녀는 지난 2주 반 동안 이 땅을 좋아하지 않는다는 걸 깨달은 것으로 만족하지 못한다. 도라가 낫을 들고 탁구대 크기의 땅에 난 풀을 베는 데 소요하는 시간에 R2-D2는 비밀 무기를 사용해 테니스장 크기만 한 땅의 풀을 벤다. 불공평하다. 무기 평등의 흔적은 없다. 유기물질과의 결투도 없다. 대신 무자비한 섬멸전만 있을 뿐이다. 도라는 계속되는 절규를 더는 듣고 있을 수 없어 집 안으로 도망친다.

커피 끓일 물을 불에 올려놓은 도라는 잠시 순간적인 정신착란에 빠져 원예 회사에 전화를 한 건 아닌지 생각해본다. 근데 그 원예 회사 건물이 하필 집 맞은편에 있을 리 만무하다. 부동산 중개인 역시 정원 보수공사를 의뢰할 사람이 아니다. 집 매매가는 분명 보수공사가 필요한 현 상태의 물건에 해당되는 금액이었다. 그러니까 R2-D2의 행동은 일종의 이웃 간의 도움으로 보면 될 것 같다.

울부짖는 소리가 그치자 도라는 찻잔을 손에 들고 다시 집 밖으로 나간다. R2-D2는 주문한 커피가 나오기라도 한 듯 자연스럽게 커피를 받아 든다. 그는 무기를 울타리에 기대놓고 방역 헬멧을 이마 위로 들어 올린 후 한 모금 들이켜고는 만족한 듯 고개를 끄덕인다.

"난 블랙으로 마셔요." 그가 말한다. "재무부와 별문제 없길 바라야지."

"괜찮던데요." 도라는 예의상 웃는다. 그렇게 웃어주는 게 그녀가 할 수 있는 최소한이다. 어쨌든 그 작은 남자는 조금 전에 집터 앞쪽에 나 있는 풀 제거 작업을 마무리 지었다. 게다가 그녀도 외국인의 유머를 더는 듣지 않아도 돼서 엄청 기쁘다.

"계속 피곤한 걸 보니 커피 메이커가 고장 난 거라 생각되는데." R2-D2가 말을 이어간다.

도라는 재치 있게 대답하려고 마음먹는다. 어쩌면 이렇게 하는 게 R2-D2와 대화하는 방법일지 모른다.

"난 햄스터를 많이 샀어요." 그녀가 설명한다. "이제 그 햄스터들을 가두어 기를 우리가 필요할 뿐이죠."

R2-D2는 이해가 안 된다는 표정으로 그녀를 쳐다본다. 어쩌면 그는 코로나와 관련된 유머를 좋아하지 않는지 모른다. 아니면 기본적으로 자신이 하는 유머만 좋아하는지도.

"난 건강하게 살지." 그가 마침내 대꾸한다. "매일 물을 3리터씩 마시는데 그 전에 커피 메이커로 걸러내지."

도라는 마지막 말이 나쁘지 않다고 생각한다. 어쩌면 수시로 물 얘기를 하면서 하루 온종일 충분한 양의 물을 마시며 보내는 악셀에게 이 남자를 데리고 가서 시험해봐도 될 것 같다. 그를 다시 볼 수 있다면 말이다. 악셀은 사회적 거리두기와 외출 금지를 아주 엄격히 지키는 유형인데, 집에서 하루 종일 소파에 누워 지내는 게 타고난 성향에 꼭 맞기 때문이다.

금발 머리 여자는 멍청하다는 유머는 전염성이 강하지만 그래도 아랍인들의 유머보다는 낫다. 도라는 **정치적 올바름**을 적극 옹호하지 않는다. 그렇다고 외부인에 대한 적대적 발언을 두고 보진 않는다. 그러나 이내 인종차별에 무감각해져 말없이 숨을 가쁘게 몰아쉬며 대화도 하지 않고 소리 높여 민주주의와 인류애를 옹호하지도 않은 걸 부끄러워한다. 도라는 언젠가 인종차별 반대자가 인종차별주의자의 행위가 얼마나 어리석은 짓인지 설득할 수 있을지 알 수가 없다. 그래도 최선을 다해야 한다는 도덕적 의무를 느끼긴 하나 현실에선 그게 쉽지 않다. 그녀는 다수의 우익들이 대화할 준비가 안 돼 있다는 말이 맞는지 의구심이 든다. 그녀 역시 대화할 준비가 안 돼 있으니 말이다. 사실 그녀의 전략은 우익 성향의 발언을 자랑삼아 하는 사람들을 무조건 피하는 거다.

"커피가 너무 진해서." R2-D2가 말을 이어간다. "당장 목화를 따기 시작하겠군."

어쩌면 그녀는 자신의 전략을 다시 생각해봐야 할지 모르겠다.

8장

꽃 꺾기

도라는 구글에서 브라켄 마을에 대한 통계자료와 정보를 찾아보았다. 최근 주(州) 의회 선거에서 이 지역 AfD의 득표율이 약 27퍼센트에 달했다. 이는 주 평균 득표율보다 몇 퍼센트 더 높은 수치였다.

그녀는 그것이 가장 불안했다. 닷거미도, 수도관 파손도, 적은 문화행사도, 시골이 주는 외로움도 아닌 바로 그것, 새 이웃들의 정치적 성향이었다. 아직도 귓가에 요요의 목소리가 들리는 듯하다. "극우주의자가 가득한 곳에서 뭘 하려고?"

브란덴부르크주 AfD는 몸통이 아닌 날개다. 그럼에도 불구하고 극우주의자들뿐 아니라―도라가 믿고 있듯이―특히 나약한 남자들이 AfD를 뽑는다. 수십 년 전부터 정치와 미디어 매체는 인간의 가장 저급한 본능―불안, 시기, 이기주의 같은―에 호소

하는 데 특화되어 있었다. 사람들이 어느 순간 자신들처럼 엄살을 부리며 징징대는 정당을 뽑아도 놀랍지 않다. 그렇다 해도 브라켄 마을이 나치의 중심지라는 건 절대 아니다.

사전에 자멸을 시도하는 한해서.

동독 출신의 옆집 고테는 어떤 생각을 했을까?

"반갑소. 난 이 마을 나치요." 다른 사람들 역시 나치라면, 그 말은 아무 의미가 없다. 고테가 의미론을 잘 안다고 하지 않았어도 말이다.

그러니까 브라켄 마을에 나치는 없다. 다만 R2-D2가 보이는 세련된 평범한 극우주의만 조금 손색할 뿐이다.

도라는 바로 그 부분이 신경 쓰인다. 나치처럼 보이는 외모에 나치처럼 행동하는 나치의 속내 정도는 알고 있다. 그러나 평범한 인종차별주의자들은 느닷없이 사람을 공격한다. 방금 전까지 상냥하게 이야기를 나누다 갑자기 부당한 말을 내뱉는다. 그래서 그다음은? 대화를 중단하고 부당함을 비난할까? 혹은 아무것도 못 들은 것처럼 아무 말 없이 넘어갈까?

인종차별 무감증은 신경이 고장 났을 때 느껴지는 충격과 같다. 가끔 도라는 일이 일어나고 사흘이 지난 후에야 그때 그 상황에서 되돌려줘야 했던 현명한 대답을 머릿속으로 그려보곤 한다.

도라는 종종 인종차별 무감증 그 이면에 뭐가 숨어 있는지 생각해보곤 했다. 어쩌면 도덕적인 사람과 겁쟁이 사이에서, 개인의 신념, 사회적 임무와 갈등 회피 사이에서 결정을 내릴 수 없는 딜레마일지 몰랐다. 게다가 인종차별은 엄청 창피한 일이라 부끄러움도 더해진다. 공공장소에서 소변보는 사람을 붙잡았을 때처럼 말이다. 그런 상황에서 사람들은 그에게 다가가 노출한 신체부위를 집어넣고 꺼지라고 하려다 너무 부끄러워 황급히 시선을 돌리며 자리를 뜨고 말 거다.

도라는 그런 일을 경험해본 적이 없다. 다행스럽게도 지금껏 주변엔 꿈에서조차 외국인 혐오 유머를 하는 사람은 없었다. 로베르트는 우파들을 기후와 코로나를 부정하는 사람들이라 생각한다. 악셀은 프롤레타리아를 우익 포퓰리즘이라고 치부한다. 우아한 사람들은 이런 데에 관여하여 손을 더럽히지 않는다고. 요요도 AfD에서 에트라빌*로 치료해야 될 남성 우울증의 발현을 목도한다. 그리고 Sus-Y사에서 일하는 거의 모든 직원도―에이전시 내부 설문조사를 통해 알게 된 바에 의하면―도라와 마찬가지로 녹색당을 뽑는다. AfD를 끔찍하게 여기는, 도라가 아는 모든 사람들은 유럽 요새**에 반대하고 기후보호와 국제협력을 요구하며 독일의 역사적 책임을 강조한다. 또 5만 명의 난민이 유럽으로 들어올 경우 구체적으로 어떤 일이 일어날지 궁금해야 하는

---

* 항우울성 약물.
** '유럽연합의 경제통합에 의해 단일화된 강력한 유럽'이라는 뜻이 있다.

대목에서 늘 대화를 중단한다. 국경을 접하고 있는 나라들이 '환승 노선' 폐쇄에 몰두해 있는 가운데, 마음속으로 독일 자유주의와 인간애를 전하는 것이 정당할까.

이런 질문은 오히려 로베르트의 주변 사람들이 제기했다. 2015년 이후 언제부턴가 지인들끼리 서로 싸우고 공격하는 시기가 있었다. 처음의 환영하던 단계에서 문제의식을 갖는 단계로 바뀌고, 여기서 더 나아가 과도한 외국인의 영향으로 불안감이 조성되는 단계로 이어졌다. 이와 함께 해난구조 관련 대화를 단 몇 초 사이에 첨예한 진흙땅 싸움으로 뒤바꿔버리는, 독극물 같은 인종차별 의혹도 제기되었다. 누군가 다른 사람이 참기 힘든 말을 하는 바람에 오랜 우정이 증오로 뒤바뀌었다. 이런 상황에서 도라 역시 공격성이 얼마나 커질 수 있는지 자각했다. 또 인종 차별에 무감각해질 때 느닷없이 얼마나 불같이 화를 내고 나중에 후회할 말을 얼마나 할지도.

언제부턴가 지인들은 편이 갈렸다. 특정한 사람들은 만나지만 다른 사람들은 만나지 않았다. 페이스북, 트위터, 인스타그램에서 연락이 끊어지고, 그 자리는 다른 관계로 채워졌다. 그사이 '사회 초년생' '출산'의 회전문이 지나가고, 이제 사회생활을 여러 결로 나누는 정치가 찾아들었다.

그럼에도 도라는 인종차별 무감증 그 이면에 어떤 폭발력이 숨어 있는지 잊지 않았다. 그 어떤 다른 주제도 평화로운 사람들을 그 정도로 이성을 잃게 만들진 않는다. 그건 그들이 어느 편이든 상관없다. 단 몇 초 만에 이성을 잃고 세상 사람들 절반 혹은 마을 사람들 전체와의 관계를 망쳐버릴지 모른다는 남모를 불안감이 엄습하는 상황에서 인종차별 무감증은 그저 방어 장치에 지나지 않는다.

이런 생각에 잠겨 있던 도라가 사레들려 기침을 심하게 해댄다. 그러자 R2-D2가 장갑을 벗고 등을 두드려준다.

기침을 해대면서 "대체 저게 뭐죠?"라고 물으며 도라가 담장을 가리킨다.

R2-D2가 "어?" 하는 소리를 낸다. 그는 어디까지나 농담을 할 때만 말을 하고, 간단한 질문엔 대답하도록 설정돼 있지 않는 것 같다. 게다가 귀 보호대도 벗지 않고 그대로 끼고 있다.

"고테 씨 쪽 말이에요"라고 외치며 도라가 재차 맞은편을 가리킨다.

고테는 처음 모습을 드러낸 이후로 나타나지 않았다. 요헨은 씨감자를 파내려고 세 번이나 사라졌지만 세 번 모두 밟혀 죽지 않고 돌아왔다. 어느 날 도라는 정원 의자를 담장 쪽으로 옮겨놓고 그 위에 올라가 담장 너머 옆집을 바라보았다. 그 순간 고테도 담장 너머로 고개를 내밀지 모른다는 생각에 심장이 점점 빠르게 뛰었다. 그러나 건너편엔 아무도 없었다. 집터는 깔끔하고 황량해 보였다. 도라는 하나하나 찬찬히 자세히 살폈다. 손질된 잔디 위에 흰색 플라스틱 탁자와 의자들이 있고 트레일러 차창엔 줄무늬 커튼이 쳐져 있으며 트레일러 발판 위엔 제라늄꽃이 핀 화분들이 놓여 있다. 그리고 격자무늬 난간이 있는 계단 옆에는 통나무를 깎아 만든, 실물보다 큰 늑대 조각상이 있다. 낡은 구형 픽업트럭 한 대도 집 옆에 주차돼 있는데, 80년대에 생산된 토요타 하이럭스 모델처럼 보인다. 트럭 밑으론 무성하게 자란 잔디도 보였다. 한동안 트럭을 사용하지 않은 게 틀림없었다. 운전을 그만뒀는지도 모르지. 여하튼 고테는 다른 차를 타고 나간 모양이다.

도라는 그가 왜 차를 수리하지 않는지 궁금하다. 집은 또 왜 비워두고 트레일러에서 사는 걸까. 좀 더 자세히 집을 살펴보니 유리창이 더럽긴 해도 폐허처럼 보이진 않는다. 집 정면엔 깃발도 두 개 걸려 있다. 하나는 빨간색과 흰색 깃발로, 어느 나라 깃발인지 정확히 알 수 없다. 또 다른 하나는 독일 국기로, 정부 청사 건물 하나를 뒤덮을 만큼 큼직하다. 축구에서 여름 동화*를 쓴 지 14년이 지난 지금도 여전히 검은색, 빨간색, 황금색이라면 더는 보고 싶지 않다. 더군다나 옛 동독 지역의 어느 집 앞마당에선 더 그렇다.

어쩌면 고테는 어디선가 휴가를 보내고 있을지 모른다. 아니면 조림을 하고 있거나. R2-D2도 모르는 모양이다. 어쨌든 그는 어

---

* 2006년 독일 월드컵 대회를 말한다.

깨를 으쓱하더니 총을 양어깨에 메고 길을 나선다.

도라는 요헨을 안고 R2-D2를 따라 반대편 거리로 간다. 우편함 앞을 지날 땐 그의 이름이 뭔지 알아내려고 슬쩍 쳐다본다. 이름을 알아내면 계속 R2-D2라고 부르지 않아도 되니까.

길 아래쪽 한 블록 떨어진 곳에 흰색 패널 밴 세 대가 옛 대농장에 딸린, 하얗게 페인트칠한 건물 앞에 주차돼 있다. 그 집터가 도라의 시선을 끈다. 꽤 넓은 집터엔 지붕에 태양광 패널이 설치된 주거용 집 한 채와 별채 두 채가 있다. 그때 검은 머리의 젊은 남자 운전자들이 차에서 뛰어내리더니 웃으며 얘기를 나눈다. 근데 그 소리가 엄청 커서 도라가 그들의 언어를 이해한다면 쉽게 알아들을 수 있을 정도다. 그녀는 그들이 어떤 언어를 사용하는지조차 모른다. 웃음소리에 섞인, 노래하듯 흘러나오는 이야기 소리에 귀를 기울이고만 있어도 감동이 몰려든다. 사람들이 어울려 웃는 소리를 듣는 게 얼마 만인가? 브라켄 마을에 소수의 외국인들이 살고 있다는 걸 아는 건 이 얼마나 멋진 일인가! 그녀는 요요에게 이 이야기를 해주고 싶어 벌써부터 입이 근질거린다. 그런데 속마음과 달리 손을 내저으며 짐짓 무심한 척 쳐다보다 입을 뗀다. "문제 있어요? 우린 없어요."

R2-D2가 그녀의 시선을 좇는다.

"꽃 꺾기요." 그가 변명조로 말한다.

도라가 되묻는다. "뭐라고요?"

"그들은 슈테펜과 톰을 위해 일하고 있소."

그가 처음으로 진지하게 내뱉은 말이다. 도라는 머릿속으로 '브라켄에서 꽃을 꺾어요'라고 운율에 맞춰 읊어본다. 그녀는 운율에 얽매이지 않도록 조심해야 한다. 그럴 바엔 차라리 R2-D2와 좀 더 얘기를 나누고 싶다. 인종차별 무감증을 없애는 프로그램을 제공하는 차원에서 말이다. R2-D2는 그런 사안에 대해 대화를 나누기에 좋은 파트너다. 커다란 오렌지색 헬멧 아래로 보이는 다정한 눈빛으로 그녀를 바라보고 있다. 도라는 외국인에 대한 적대감이 석개심을 의미하는 게 아닐 수 있는지는 잘 모르겠지만, 만약 그럴 수 있는 사람이 있다면 바로 R2-D2일 것 같다. 그녀는 그의 왼쪽 귀 보호대를 조심스럽게 잡고 어린애처럼 그를 뒤로 밀어버린다.

"꽃 꺾기가 뭐죠?"

"꺾기, 꽃을. 슈테펜과 톰을 위해."

언젠가 도라는 아스파라거스 수확의 어려움에 대한 신문 기사를 읽은 적이 있다. 또 독일 사람들이 직접 심은 아스파라거스를 캐내는 일에 서투른 나머지 코로나 시기인데도 루마니아 출신의 사람들이 이곳에 들어온다는 기사도. R2-D2가 지어 보이는 다정한 표정에 용기 내어 선제공격을 날린다.

"잔인하지 않아요?"

"뭐?"

"꺾는다는 그 말."

"모두가 그렇게 말하는걸."

"상처받을 수 있어요."

"왜?" R2-D2는 헬멧을 벗고 머리를 긁는다. 그는 도라 생각보다 나이가 많아 보이는 것이 분명 오십대 후반은 된 거 같다. 그래도 새치가 약간 있는 머리숱은 풍성하다. "그들은 전혀 이해 못할 테지."

그는 초조해한다. 기필코 집 안에 들어가 보고 싶은 모양이다. 햇볕 아래 완벽한 방역복 차림으로 비밀 병기를 메고 서 있는 모습이 어쩐지 불편해 보인다. 도라의 난처한 질문으로 인해 갑자기 농담 같은 대화가 뚝 끊겼다. 요헨 역시 불안해하더니 버둥거리며 도라의 품에서 내리려고 한다. 불행히도 도라는 멈출 수가 없다. 반(反)인종차별 훈련 프로그램이 잘 돌아가고 있다. 그녀는 새로 획득한 자신의 의사소통 능력에 완전 감동받았다.

"저 사람들은 어디서 왔어요?"

"여기 출신은 아니오."

"무슨 문제 있어요?"

"그들은 톰과 슈테펜을 위해 일하지."

R2-D2가 세 번째로 반복해서 말하며 단어 하나하나에 힘을 준다. 마치 도라가 이해력이 딸리기라도 한 듯이. 그녀 이외에 지구상의 모든 사람이 톰과 슈테펜이 누군지, 왜 그 두 사람에겐 전

혀 문제 될 게 없는지 알고 있는 것 같다. 심지어 꽃 꺾기조차 말이다.

그 말을 끝으로 R2-D2는 고개를 끄덕이며 작별 인사를 하고 돌아선다. 몸에 온갖 장비를 착용한 그가 도라 집 정문 출입문보다 더 좁고 자그마한 출입문 사이로 빠져나가는 동안, 그녀는 우편함을 슬쩍 쳐다본다. 거기에 '하인리히'라고 적혀 있다.

9장

손전등

저녁이 되자 도라는 정원 의자 하나를 집 앞 옥외계단의 층계참으로 가져간다. 발코니라도 되는 듯 그곳에 앉아 길을 바라본다. 도라는 맞은편 하인리히 씨 집을 쳐다보다 고개를 돌려 이웃집 담장으로 시선을 옮긴다. 그 담장 너머엔 살아 움직이는 건 아무것도 없이 쥐 죽은 듯 조용하다. 껴입은 두툼한 재킷이 스멀스멀 올라오는 한기를 막아준다. 도라는 노트북을 무릎 위에 올려놓고 일한다. 그러면 일이 잘된다. **실행시간 오류**도 꽤 오랫동안 일어나지 않는다. 아마 시골 공기가 노트북에도 좋은 것 같다. 근데 요헨데어로헨만 집 안에 있겠다고 고집을 부렸다.

발이 근질거리면 도라는 집 주위를 한 바퀴 뛰어다닌다. 하인리히 씨가 출동한 덕분에 이 땅덩이에서 일하기가 한층 더 편할 듯하다. 베어낸 어린나무 더미만 빼놓고 보면 말이다. 도라는 그

나무 더미로 뭘 해야 할지 막막하다. 있지도 않은 픽업트럭에 신고 정원용 쓰레기 처리장으로 가야 할까? 그런데 그런 쓰레기 처리장도 없긴 마찬가지일 거 같다. 아니면 성 마태오 등불 축제 때 쓰레기를 몰래 소각해버릴까? 어쩜 이 지역에선 베어낸 풀 조각들을 담장 너머로 던져버리는 게 관습일지 모른다. 도라는 히죽 웃는다. 고테가 집으로 돌아와 놀란 표정으로 쳐다보겠지. 그때 그녀는 옆집에서 소리가 몇 차례 나는 걸 들은 것 같았다. 그래서 의자 위로 올라가 담장 너머를 살펴봤지만 사방이 고요했다. 한 시도 집에 붙어 있는 날이 없는 자칭 나치인 이웃 남자는 이제 나치가 아니라 그냥 이웃이다.

이따금 거리가 어느 정도 떨어진 곳에서 짙은 머리의 남자들이 얘기를 나누는 목소리가 들린다. 큰 별채가 들어선 집터에서 일하고 있는 남자들이다. 그녀가 하인리히 씨 말을 제대로 이해한 거라면 톰과 슈테펜의 소유인 그 집터 말이다. 아마 농사짓는 일과 비슷할 것이다. 도라는 껍질째 찐 감자와 버터에 볶은 아스파라거스를 떠올린다. 군침이 돌아 참기 힘들어지자, 소금을 잔뜩 넣은 스파게티 한 접시를 만들어 그 위에 마지막 남은 버터 조각을 얹어 녹인다. 그러고는 집 앞 층계참으로 돌아와 접시를 싹 비운다.

해가 지고 어스름해지자, 집터 뒤쪽에서 밤꾀꼬리가 아주 큰 소리로, 아주 황홀하게 노래 부르기 시작한다. 시인들이 이야기하는 것보다 훨씬 덜 낭만적이다. 오히려 소란을 피우는 것처럼 들린다. 도라는 그 소리가 잠자는 데 방해되지 않을까, 라는 생각을 한다. 한참 전부터 배에서 꼬르륵 소리가 난다. 계속되는 불면증을 떠올리자 배 속 작은 기포가 머리 위로 올라온다. 그녀는 황급히 푸른빛이 감도는 노트북 화면을 다시 들여다본다. 브라켄 마을에 어둠이 내리는 동안, 도라는 옥외계단에 앉아 캠페인 광고 작업을 빠르게 처리한다. 막힘없이 흘러가다 보면 스토리는 저절로 떠오를 거다. 두 시간이 지난 후, 7초짜리 요약 버전을 포함하여 20초짜리 광고 다섯 개가 완성되었다.

그중에서 그녀는 '선한 사람'이 만원 버스를 타고 가는 광고를 가장 좋아한다. '선한 사람'은 노인에게 자리를 양보하고 싶은 마음에 등을 돌리고 서 있는 대머리 노인의 어깨를 두드린다. 근데 돌아서는 그 남자의 모습은 노인이 아니라 냅다 주먹부터 올리는 난폭한 스킨헤드족으로, 손마디에 '증오'라는 단어가 문신처럼 새겨져 있다. '선한 사람'은 흠칫 놀라며 뒤로 물러선다. 비어 있는 자리를 본 스킨헤드족 남자가 거기 앉아 '선한' 영웅이 입고 있는 청바지에 깔보는 듯한 시선을 떨군다. 바로 그때 청바지에 붙은, '선한 사람'이라고 수놓인 상표가 보인다. "전형적인 선한 사람이군." 스킨헤드족 남자가 경멸하듯 덧붙인다. 이어 광고 속 내레이터가 유쾌한 멘트를 던진다. "당신에게 맞는 걸 입어요―그리고 세상을 더 나은 곳으로 만들어요."

독일 광고에서 나치라는 주제는 가장 금기시된다. 그런데 이제 그런 인식을 바꿀 때가 된 것 같다. 사람들은 광고 문구를 비난하진 않을 거다. 오히려 그런 금기를 묘사하는 현실을 비난할 거다. 따라서 결국 세상을 바꾸는 건 소비자인 것이다.

도라는 일어나서 주철 난간에 몸을 기대고 등을 쭉 편다. 그러고는 고개를 뒤로 젖혀 하늘을 본다. 별이 참 많다! 뭉실뭉실 피어난 구름 조각처럼 보이는 건 은하수가 틀림없다. 알렉산더 게르스트가 지금 저기 위에 있을까? 지금 도라는 담배 한 개비를 그와 나눠 피우고 싶은 마음이 굴뚝같다. 설령 게르스트가 담배를 피우지 않는다 해도 말이다. 어쩌면 그는 예의상 함께 담배 연기를 뿜어댈지도 모른다. 그녀는 우주비행사들이 세상에서 가장 친절한 사람이라는 말을 라디오에서 들은 적이 있다. 우연히 그렇게 된 것도, 직업 때문도 아니다. 그저 친절한 사람으로 선택받았기 때문이다. 몇 달간 그들은 소수의 동료들과 아주 좁은 공간에 갇혀 있어야 한다. 우주에 격리된 꼴이다. 참여자 모두가 친절이 몸에 밴 진정한 프로여야만 가능한 일이다.

도라는 진짜로 친절한 사람을 마지막으로 만난 게 언젠지 생각해본다. Sus-Y사에 일하는 모든 직원은 그런대로 친절한 편이지만, 그건 일종의 인간적인 예의라 할 수 있다. 대부분의 동료들은 실존하는 우정보다 소셜미디어 프로필을 관리하는 데 더 많은 에너지를 쏟는다. 그들은 쉴 새 없이 아이들, 반려견, 살고 있는 집이나 아침 메뉴를 찍어 올린다. 일할 때는 브랜드 홍보를 하고 휴식 시간엔 자기 홍보를 한다. 광고 분야를 벗어나도 상황은 그리 다르지 않다. 사람들은 재미있고 중요한 일은 물론이고 직장과 사생활에서 성공할 수 있는 일에도 열중한다. 게다가 뭔가 자신을 특별해 보이게 하는 타협주의자들의 경쟁도 있다. 진짜 친절한 사람을 만나려면 우주로 날아가야만 할 것이다.

도라는 다른 사람들보다 나은 인간이 아니라 그저 좀 더 외로운 인간일 뿐이다. 그녀는 하늘의 별에서 시선을 떼고 주위를 둘러본다. 고요한 거리와 마을 표지판이 보이고, 그 뒤로 가로등 너머 어둠 속에 자취를 감춘 들판이 펼쳐져 있다.

문득 그녀는 이곳에는 모든 게 사라지고 없다는 걸 깨닫는다. 믿기 힘들지만 많은 게, 거의 모든 게 말이다. 빽빽이 들어선 집들도, 교통지옥도, 자전거족들도, 보행자들도, 고가 전차들도, 광고도, 형형색색의 불빛도 없다. 오직 몇몇 집과 나무, 끝없이 펼쳐진 들판만 있다.

도라는 담배 연기를 빨아들이더니 하얀 구름 모양을 만들어 잠잠한 하늘에 내뿜는다. 그러고는 정말 외로운지 생각해본다. 그녀에겐 고가 전차와 보행자뿐 아니라 다른 것들도 없다. 침대에 누워 있는 인생의 반려자도, 다음 날 아침 사무실에서 만날 동료도, 잠깐 들여다볼 가족도, 어디선가 한밤중 전화를 기다리는 절친도, 댄스 모임도, 독서 모임도 없다. 실제로 있는 거라곤 그녀를 둘러싸고 있는 것, 그러니까 요헨, 가구도 없는 집 한 채, 개봉한 담배 한 갑뿐이다. 거기에 고테와 하인리히 씨, 텔코스*와 줌 화상회의가 추가된다. 이상하게도 그녀는 이런 사실에 놀라지 않는다. 그녀를 놀라게 하는 건 그리운 게 뭐라도 있느냐, 라는 사실이다. 사실 그리운 건 알렉산더 게르스트뿐이다.

그녀는 다시 담배에 불을 붙인다. 실내에서 자고 있던 요헨이 한숨을 쉰다. 도라는 언제 어디서나 잠들 수 있는 능력을 가진 요헨이 부럽다. 가끔 그녀는 잠드는 게 가장 중요한 능력이라는 생각을 한다. 잠들지 못하고 불면증에 시달리는 사람은 이미 실패한 사람이다. 잘 자는 사람은 안전하다. 매일 밤 침대에 눕자마자 정신없이 곯아떨어지는 사람에게 어떤 일이 일어날까? 매일 아침 상쾌한 날을 맞이한다면?

갑자기 생각이 막힌다. 뭔가가 그녀를 혼란스럽게 했다. 그래, 바로 그거다. 옆집 고테 집 위층 창문 너머로 불빛이 흔들린다. 도라는 그쪽을 응시한다. 점점 강해지고 밝아지는 불빛이 벽에 어른거리더니 사라졌다 다시 나타난다. 저기 누군가가 손전등을 들고 유령처럼 집 안을 돌아다니는 게 분명하다.

경찰에 신고해야 할까? 근데 이 마을에 경찰서는 있을까?

갑자기 불빛이 사라진다. 저곳을 유령처럼 돌아다니는 사람이

---

*　통신 회사.

누구든 간에 전등을 껐거나 창이 안 보이는 1층으로 내려온 거 같았다. 도라는 까치발을 하고 양손으로 난간을 짚는다. 도라 집 앞엔 자동차도, 해치백 달린 배달차도 보이지 않는다. 도둑이 침입한 거라면 겨드랑이에 주머니를 끼고 걸어서 도망갈 게 분명하다. 고테 집에 훔쳐 갈 게 있을까? 씨감자? 아니면 독일 국기가 몇 개 더 있을까?

도라는 계속 지켜본다. 아무런 소리도 나지 않고 옆집을 나오는 사람도 없다. 거리는 고요하다. 밤꾀꼬리조차 침묵하고 있다. 도라는 숨을 내쉬며 긴장을 풀려고 애쓴다. 도둑이 아니라면 한밤중에 손전등을 들고 집을 돌아다니는 사람은 분명 고테일 거다. 전기세를 내지 않은 모양이다. 어둠 속에서 뭘 찾았나 보지. 언제 돌아왔을까? 그녀는 담배꽁초를 던지고 자러 간다. 옆집에서 무슨 일이 일어나든 그녀가 상관할 일이 아니다.

10장

버스

    냉장고에 버터 반 덩어리 외에 먹을 만한 게 하나도 없다. 찬장에 금이 간 유리병에 든 잼이 있지만 빵은 다 떨어지고 개봉한 우유에선 신맛이 나고 커피 가루도 거의 바닥났다. 도라는 마지막 남은 가루로 커피를 끓인다. 한데 엄청 진한 블랙이라 하인리히 씨가 이 자리에 있다면 커피와 관련해 몇 마디 농담을 던질 게 불을 보듯 뻔하다. 그 진한 커피를 들고 주방 식탁에 앉는다. 부동산 광고지에 '쇼핑 18킬로미터'라고 쓰여 있다. 오늘 그녀는 그 광고의 이면에 감춰진 실체를 알아낼 것이다.

    구글맵은 플라우지츠 바로 앞에 위치한 쇼핑센터인 '엘베 센터'를 찾아내지 못한다. POI* 분석에 따르면, 그 자리에 건축자재

---

*   전자지도에 표시된 건물, 상점 등을 뜻한다.

마트, 미용실, 여러 작은 상점, 레베** 마트가 들어서 있다. 게다가 브라켄과 플라우지츠 사이를 운행하는 42번 버스 노선도 있다.

도라는 면 에코백을 몇 개 찾으면서 일부러 숫자 3900을 떠올리지 않으려 애쓴다. 준비를 마친 도라는 요헨의 머리를 쓰다듬어주고는 집을 나선다.

소방대 장비실 앞에 재킷 소매와 바짓가랑이 부분에 노란 반사 테이프가 부착된 짙푸른 유니폼을 입은 남자 다섯 명이 서 있다. 손에 담배를 들고 1미터 50센티의 간격을 유지한 채로. 도라가 맞은편 길을 지나가는 동안, 다른 쪽을 쳐다보는 한 사람을 제외하고 나머지 네 남자가 동시에 고개를 돌린다. 다섯 남자가 동시에 손에 든 담배를 입에 대고 빨더니 다시 손을 내린다. 그 모습이 카셀 도쿠멘타***에 설치된 조형물 같다. 키가 크고 어깨가 떡 벌어진 그 남자들은 번갈아가며 도라를 공중으로 가뿐히 들어 올릴 수 있을 것 같다. 그중 몇 명이 AfD를 뽑았을지 따져보던 그녀는 1.35명이라는 결론에 이른다. 한 남자가 무슨 얘기를 했는지 다른 남자들이 어깨를 으쓱하며 입꼬리를 아래쪽으로 잡아당긴다. 분명 자신에 관한 얘기라는 생각이 들자 겁이 난 도라는 오늘이 일요일인지 생각해본다. 아니, 토요일이다. 다행이다. 발걸음

** 독일의 슈퍼마켓 체인.
*** 독일 카셀에서 5년마다 열리는 현대미술 전시회.

을 재촉하여 소방대가 시야에서 사라지자 그제야 마음을 놓는다.

버스 정류장에 훼손된 작은 투명 아크릴 칸막이가 설치돼 있고, 거기에 버스 시간표가 붙어 있다. 그 종이 시간표 속 글자 수는 포천쿠키에 들어 있는 종이쪽지에 적힌 격언의 글자 수보다 많지 않다. 근데 그마저도 이해할 수 없는 글자가 대부분이다. 시간표상으론 이 지역에는 대중교통이 운행하지 않는다는 걸 알 수 있다. 코로나 때문에 학교가 폐쇄됐는데도 부활절 방학 같다. 방학 땐 아침, 정오, 저녁에 버스가 다닌다. 구글맵에 나와 있는, 플라우지츠까지의 실제 거리는 18킬로미터로, 버스로 40분이 소요된다.

'아침' 버스는 너무 이르고, 정오 버스는 너무 늦다. 어쨌든 그녀는 이제 소방대원들이 무슨 얘기를 나눴는지 알고 있다. "저 불쌍한 도시 여자를 봐. 진짜로 독일에서 버스 타고 장 보러 갈 수 있다고 생각하나 봐."

그녀는 두 번 다시 그 남자들 근처를 지나가고 싶지 않다. 히죽 웃는 그들 모습이 상상이 간다. 그런데 그녀가 소방대 장비실 앞으로 돌아왔을 때 그들은 소리도 흔적도 없이 사라지고 없었다. 전시회가 끝나고 조형물은 다시 창고로 되돌아간 모양이다.

집 안에 앉아 도라는 쓰기 시작한 스크립트를 멍하니 바라보며 배고픔을 잊으려고 애쓴다. 그녀는 '선한 사람' 광고를 라디오에도 내보낼 수 있게 각색해야 하는데, 진정한 도전이라 할 만한 작업이다. 라디오에선 '선한 사람'이 보이지 않는다. 한데 도라는 에피소드만 들려주는 내레이션을 원하지 않는다. 그녀가 생각해내지 못하는 다른 방법을 찾아내야 한다.

그녀가 또다시 밖으로 나가려고 하자 요헨이 나무라는 듯한 눈빛으로 마분지에 몸을 둘둘 말며 문까지 배웅조차 하지 않는다. "너희 인간들이 행운이라는 걸 모른다면 최소한 대동단결이라도 해야지." 요헨이 눈빛으로 말하는 듯하다.

도라는 또 헛되이 버스 정류장에 서 있다는 생각이 든다. 그래도 그녀는 기다릴 것이다. 처음엔 몇 분을, 그다음엔 몇 시간을, 몇 날 며칠을 기다릴 것이다. 시간이 아무 의미가 없어질 때까지, 마을이 해체될 때까지, 집들이 무너져 내릴 때까지, 도라와 버스 정류장만 남을 때까지, 먼지 자욱한 광활한 땅 위에 '종말'이라는 작품명의 초현실주의 유화처럼 굳어버린 채로 말이다.

그때 정면에 42번 표지판을 단 버스가 온다. 마스크가 필요하지 않을지 생각하던 도라는 운전기사의 한쪽 귀에 마스크가 걸려 있는 모습을 보고 순간 겁에 질린다. 뒷문으로 탈 수밖에 없다. 그런데 마스크도, 티켓도 없다. 그래서 물어보려 하지만 운전기사가 손을 내젓는다. 버스 안은 텅텅 비어 있어 어디에 앉아야 할지 모르겠다.

마침내 좌석에 앉고서야 도라는 면 에코백을 집에 두고 온 걸 깨닫는다.

소독제 냄새가 나는 버스 안은 그냥 비어 있다기보다는 텅텅 비어 있다는 표현이 어울린다. 도라는 사람들이 빠져나가고 없는 텅 빈 지역을 지나간다. 감염병 유행 지역일지 모른다. 시체들은 이미 오래전에 썩어 없어진 듯하다. 도라와 운전기사가 유일한 생존자다. 끊임없이 돌아가는 필름처럼 버스, 운전기사, 승객이 삼박자로 매일매일 낡은 도로를 쉴 새 없이 달리는 일을 그녀도 지금 함께하고 있다.

전선줄, 풍차, 지붕이 평평하고 낮은, 폐쇄된 농산물 공장의 창고가 줄줄이 지나간다. 이어 아스파라거스밭들이 끝도 없이 펼쳐진다. 그곳을 빠져나오니 일직선으로 나란히 설치된, 반짝이는 비닐로 덮인 제방과 파도가 일렁이는 바다가 나온다.

서너 채의 집, 숲, 숲속 나뭇가지 사이에 앉아 있는 어치 한 마리. 도라는 활짝 웃는 금발 머리의 어머니를 본다. 휴대폰을 꺼내 어머니에게 전화하고 싶다. "동화 같은 봄이지 않니?"라고 어머니는 말할 테지. 또 최근에 관찰한 새 이야기도 할 테고. 코로나 공포로 웃음기가 사라진다. "인간의 불안은 통계학적 확률과는 상관이 없단다."

어머니는 세상을 뜰 확률이 극히 낮았다. 도라는 양 손바닥으로 눈을 누른다. 가끔 이런 일이 일어난다. 그녀는 그저 이 증상이 지나가기만을 기다려야 한다는 걸 안다.

정류장이 보이지 않는데도 버스가 도롯가에 멈춰 선다. 운전기사가 마스크를 코 위로 끌어 올리고 버스에서 내려 마스크를 쓴 할머니가 버스 타는 걸 돕는다. 얼마 후, 버스가 마침내 쇼핑센터에 도착한다. 도라는 버스에 그대로 앉은 채 운전기사가 특별히 그 할머니 때문에 마스크를 갖고 다니고 이 길을 운전하는 건 아닌지 생각해본다.

11장

센터

엘베 센터 안 통로는 상점 두 군데 중 하나가 비어 있는데도 활기가 넘친다. 빵집과 약국 직원들은 아크릴판 앞에서 일하고 있다. 손님들도 서로 간격을 유지한 채 줄을 서 있다. 연극무대처럼 바닥에 붙은 접착테이프가 어디서 멈춰 서고 어디서 전진해야 할지 표시하고 있다. 그 표시를 따라 사람들이 왕래한다. 대도시의 비상사태 분위기가 전혀 느껴지지 않는다. 아마 보상적 정의의 한 조각일지도. 돈을 더 잘 버는 도시 사람들이 집 안에 갇혀 미쳐버리는 사이에, 미소 가득한 지방 사람들은 텃밭을 갈고 비가 내리길 기다린다. 한참 제자리에 서서 평범하게 지내는 사람들을 바라보는 도라는 기분이 좋다. 평범한 일상, 그게 얼마나 중요한지 그녀는 모르고 있었다.

레베 마트 입구에 잡지 진열대가 서 있다. 몇 주 전만 해도 도널드 트럼프나 그레타 툰베리가 모든 표지를 차지했다. 그러나 지금은 오돌토돌하게 돌기가 달린 빨간 고무 마사지 짐볼이 모든 신문과 잡지에 등장했다. 배 속에서 작은 기포가 스멀스멀 올라오는 걸 느끼며 도라는 깜빡 잊고 카트를 가져오지 않은 탓에 다시 주차장으로 되돌아간다. 잠시 후, 그녀는 초흥분 상태로 뭘 사야 할지 모른 채 비식료품 코너에 멍하니 서 있다. 시골에서 지낸 지 2주 반 만에 소비하는 습관을 잊어버리기라도 한 듯이.

그녀는 정신을 가다듬는다. 과일과 채소. 빵, 버터, 와인, 치즈. 들고 갈 수 있을 만큼만 사야 한다. 커피, 우유. 그렇다고 너무 적게 사도 안 된다. 오랜 시간 버스 타고 멀리 나온 보람이 없으니까. 스파게티 면 열 봉지와 쌀. 슈퍼마켓 내부에서 라디오 소리가 흘러나온다. 메르켈 총리가 봉쇄령 완화에 대한 논의에 응하지 않는다. 샤워 젤, 세제. 코로나 백신이 곧 개발될 거라는 일부 전문가들과 몇 년 더 기다려야 한다는 또 다른 전문가들 간의 서로 다른 견해가 제시된다. 개 사료. 화장지 두 팩. 또 어떤 경우든 여름방학까지 학교를 폐쇄해야 한다는 측과 다시 열어야 한다는 측의 견해도 나뉜다.

도라는 계산대 위에 새 면 에코백 네 개를 올려놓는다. 아크릴판 너머의 젊은 직원이 구입한 물건값으로 약 150유로를 요구한다. 그 말에 놀란 나머지 도라는 딸꾹질을 한다. 그녀가 아직 이해 못한 원칙의 구조적 결함이 드러나고 있는 게 분명하다.

오른쪽 왼쪽 겨드랑이에 화장지 팩을 하나씩 낀 도라는 자신이 코로나 시대 독일 시민의 캐리커처 같다고 느낀다. 어쨌든 화장지 덕분에 불룩한 에코백이 무릎에 세게 부딪치지 않는다. 그녀는 잔뜩 구입한 물건을 들고 가는 게 힘든데도 건축자재 마트 쪽으로 길을 건너간다.

마트에서 정원용 호스, 벤치, 전등을 발견한 도라는 장난감 가게에 있는 아이처럼 놀라워한다. 덤불을 전부 파라다이스로 바꿔버릴 장비 일체도 있다. 포대 자루에 든 흙과 비료며 여러 가지 멋진 물건들이 즐비한데, 값을 지불하고 직접 운반해야 하는 것들이다. 근데 씨감자는 다 팔리고 없다.

실망스러운 표정으로 정원 용품 코너를 한 바퀴 돌고 난 다음, 도라는 진열대 위에 놓인 작은 샐러드, 양배추, 오이 씨앗 봉지 몇 개를 집는다. 그중 어떤 씨앗은 쑥쑥 자랄 것이다. 어쨌든 물뿌리개도 두 개나 차지한다.

계산대로 가던 도라가 카트에 세게 부딪힌다. 그 충격에 카트에 겹겹이 쌓아 올린 배양토 부대 자루가 흔들거린다. 동시에 도라의 면 에코백도 바닥에 떨어져 사과 몇 개가 나사 용품 진열대 밑으로 굴러 들어간다. 이제 와 생각하니 달걀을 잊고 못 가져온 게 다행이다. 카트 주인이 바닥에 나뒹구는 도라 물건을 주워 모으면서 부대 자루 탑이 무너지지 않게 지탱하면서 연거푸 사과한다. 듣기 좋은 카랑카랑한 목소리를 가진 그는 늘 친절한 남자 역할을 맡는 더빙 성우 같다. 함께 손상된 물건들을 치우며 더 큰 불행으로 이어지는 걸 막고 나자 도라는 남자를 쳐다볼 여유가 생긴다. 최소 쉰 살은 돼 보이는 남자는 키가 아주 큰 편은 아니지만 엄청 큰 십자가를 갖고 있다. 희끗희끗하게 센 머리를 포니테일로 묶고 카고 반바지와 온화한 날씨에도 노르웨이산 스웨터를 입고 있다. 스웨터의 축 늘어진 목 부분을 보니 맨살이 어떨지 짐작이 간다. 그런 상상에 도라의 겨드랑이 털이 곤두선다.

남자는 "언짢게 생각지 마세요"라는 말을 남기고 무거운 카트를 끌고 계산대 쪽으로 가던 길을 간다.

'이상한 사람이군.' 도라는 생각한다. 어딘지 모르게 이곳과는 어울리지 않는다. 어쩌면 남자는 베를린에서 자아 발견 체험 여행전직 매니저로 일했고, 방금 와인 가게를 하나 사들였을지 모른다.

통나무 같은 그의 몸통을 두 팔로 감싸 안을 수 있는지 알고 싶은 마음에 도라는 덩치 큰 그 남자를 쫓아가 등 뒤에서 껴안아보고 싶다. 그러면 분명 그녀를 높이 들어 올릴 수 있을 거다. 지금 그녀는 누군가 자신을 들어 올려주길 애타게 원하는 것 같다. 그러나 로베르트는 그러지 못했다. 도라는 엄청 마른 편도, 엄청 작은 편도 아니다. 이따금 로베르트는 아주 조심스러운 데가 있어 스킨십하는 게 좋을지 확신하지 못하는 것 같았다. 사실 도라는 항상 스킨십하는 걸 좋아했다. 로베르트는 쇼를 하지 않았다. 그같은 사람은 위협적으로 느껴지지 않는다.

지금 이 순간 그는 뭘 하고 있을까? 십중팔구 서재에 앉아 노트북 자판을 두드리고 있을 거다. 그녀를 그리워할까? 여하튼 그녀는 모든 게 미안하다. 그들은 공식적으로 헤어진 게 아니다. 그저 잠시 떨어져 지낼 뿐이다. 그는 아직도 그녀가 어디에 있는지 모른다. 그는 왓츠앱 문자 한 통 보내지 않았다. 도라는 그에게 전화해볼까 줄곧 생각해보지만, 무슨 말을 할 수 있을까.

버스 정류장으로 걸어가는 그녀의 팔이 무거운 에코백 때문에 아래로 축 처진다. 어깨가 삐기라도 한 거 같다. 어쨌든 지금 자신의 큰 손을 쓸 수 있다. 중간중간 몇 번이고 쉬어가면서 버스 정류장까지 온 도라는 안도의 숨을 내쉬며 정류장 팻말에 에코백을 기대놓는다. 정류장엔 왜 벤치도 작은 지붕도 없고, 또 왜 이리 쇼핑센터 출입구에서 멀리 떨어져 있는지, 이 지역의 또 다른 수수께끼다.

작은 지붕이 없으니 그늘도 없다. 도라는 이마에 흐른 땀을 닦고 버스 시간표를 들여다보고는 얼굴이 하얗게 질린다. 멍청할 정도로 순진하게도, 돌아갈 땐 올 때와는 다른 규칙이 적용된다고 생각했던 거다. 다음 버스는 오후 5시 35분에야 오는데, 지금은 3시가 채 안 된 시각이다. 도라는 기후변화를 위한 수많은 아이디어가 왜 이 지역 사람들에게 환영받지 못하는지 이해하기 시작한다.

12장

악셀

도라는 불안해하지 않으려 애쓴다. 항상 해결책은 있다. 택시도 있고 걸어가도 되고 히치하이크를 해도 된다. 그녀가 스마트폰을 꺼내 들자 '삑삑' 문자 알림이 울린다. 로베르트인가. 아니다. 악셀이다.

"파파+지빌레가 만나고 싶어 해."

남동생은 문자메시지를 짧게 줄여 쓰는 버릇이 있다. 아직도 160자 글자 수 제한이 있는 세상에 살고 있기라도 하듯, 무선통신 규율이 적용되는 군 통신 부대에서 일하기라도 하듯, 혹은 디지털 알파벳이라는 게 아껴 사용해야 하는 귀중한 자원이라도 되듯.

사실 적은 기호로도 많은 걸 말할 수 있다. 시간적 여유가 있는 도라는 악셀이 보낸 문자를 꼼꼼히 분석한다. "파파+지빌레가 만나고 싶어 해." 악셀도 그녀도 요요를 '파파'라고 불러본 적이 없다. 도라는 왜 그런지 잘 모른다. 아마 요요가 파파라는 단어를 좋아하지 않아서일 거다. 또 요람 옆으로 와서 침대에 누워 있는 갓난아기에게 파(Pa) 음절 대신 요(Jo) 음절을 따라 하게 시범을 보였기 때문일 거다. 사실 '파파'라는 단어는 그에게 어울리지 않는다. 착 달라붙지 않고 슬슬 흘러내린다고나 할까. 엄마는 엄마고, 요요는 그냥 요요다. 근데 아이들이 생긴 이후부터 악셀이 가끔 파파라는 단어를 사용한다. 아이들을 통해 아버지와 새로 결속을 다지고 싶어 한다. 도라는 오랜 세월 부지런하고 믿을 만한 좋은 딸이자 학교에서도 우수한 학생이었다. 어머니가 세상을 떠난 후 악셀이 무기력한 상태에 빠진 듯 보인 것과는 달리 도라가 집안일을 모두 돌보려 애썼다. 엄마를 대체할 또 다른 엄마를 원치 않았던 그녀는 요요가 보모를 고용하지 못하게 했다. 이웃집 아주머니가 들러 점심을 만들어주고 두 시간씩 집안일을 도와주는 게 전부였다. 집안의 보스는 도라지만 확실한 건 그녀는 딸일 뿐이고 요요의 후계자는 악셀이다. 자식을 낳은 그는 이제 파파의 아들이 된 거다. 그는 도라가 이 사실을 알길 원한다.

"파파+지빌레가 만나고 싶어 해." 사실 지빌레는 요요와 15년 넘게, 아니 어쩌면 그보다 더 오래 같이 살고 있는데도 그들은 "요요의 새 파트너"라고 부른다. 요요가 자식인 그들에게 지빌레를 소개한 건 도라가 집에서 독립한 직후였다. 도라는 지빌레에게 반감은 없지만 이름 부르는 건 피한다. 그러면 지빌레의 존재감이 좀 약해지는 것처럼 말이다. 사실 악셀도 도라처럼 늘 그랬다. 그런 그가 "요요와 그의 새 파트너"가 아니라 "파파+지빌레"라고 쓴다는 건 이사 가고 싶어 한다는 의미다. 다른 집이 아닌 새로운 행성으로. 그는 어린 시절의 도라와 악셀의 세계를 떠나 가족과 함께하는 성인 남자의 우주 세계에 정착하고 싶어 한다. 도라는 그의 마음이 이해가 가지만 슬프기도 하다.

"만나고 싶어 해." 이 말은 여러 가지를 의미한다. 정확하게 말하자면, "코로나인데도 불구하고 요요가 이번 주에 수술하러 자선병원에 온다. 고위험군에 포함돼 가족 만남이 금지돼 있는데도 요요는 평소 때처럼 샤를로텐부르크에 있는 그의 집에서 만나 같이 저녁을 먹자고 고집 부린다. 난 무책임하고 부적절하다고 생각하지만 요요에게 대놓고 그 말을 할 용기가 없어서 갈 예정이다. 물론 크리스티네와 아이들은 두고 혼자서"라는 뜻이다.

도라는 웃음이 나온다. 활짝 펼쳐진 책같이 누구나 들여다보면 그 의미를 알 수 있는 문자메시지를 마주한 그녀는 악셀의 말을 해석하는 데 익숙해져 있다. 무선통신 규율에 따라 작성한 문자인데도 불구하고 말이다. 도라는 "언제?" 하고 문자를 보낸다.

이어 악셀이 "목요일" 하고 대답한다.

의학박사 요하임 코르프마허 교수는 독일에서 가장 유명한 신경외과의사 중 한 사람으로, 일상 속에서 팬데믹을 통제하는 데는 관심이 없었다. 코르프마허 교수의 수술 일정은 선택이 아닌 생존과 직결되는 문제다. 그는 2주마다 베를린 자선병원에 와서 수술을 하기 때문에 샤를로텐부르크에 제2의 집을 갖고 있다. 연방정부가 봉쇄령 문제와 관련해 어떤 조치를 내놓든 상관없이, 코르프마허 교수가 새 파트너와 함께 베를린으로 와서 도라와 악셀을 만나게 할 때면 꼭 이런 일이 생긴다. 주임 의사인 그가 지닌 의학 전문 지식은 미디어의 담론과 대중의 흥분을 넘어 그의 존재를 돋보이게 한다. 그러니까 현 상황에서 고집스럽게 가족 소모임을 갖자는 건 바이러스를 경멸하는 그의 방식인 거다.

노라는 아버지를 만날 날을 고대하고 있는 자신을 깨닫는다. 아버지의 오만한 태도에 종종 짜증이 나긴 해도, 지금처럼 특히 위험한 시기에 그와 얘기를 하면 엄청 도움이 된다. 그들은 여느 때와 마찬가지로 1등급 레드와인을 마시고 이따금 발코니로 나가 자비니 광장을 내다보고 담배를 피우며, 바깥세상을 돌아다니는 약자들보다 더 스타일 있다는 느낌을 만끽할 테지. 요요는 이 나라에 퍼진 진짜 팬데믹은 **권리 요구**라고 할 거다. 특권의식. 이건 그가 좋아하는 주제 중 하나다. 권리가 신장되고 있다고 느끼는 사람들의 기분. 안전과 편리함은 더 많이, 침해와 불운은 더 적게. 그러나 사람들은 원하는 걸 얻지 못하고 특권의식도 충족할 수 없기 때문에, 결국 권리 요구는 지속적인 위기로 이어질 거다. 그다음엔 지속적인 위기에 이어 세계 종말에 대한 의구심이 생길 테지. 그럼 요요는 애달픔의 시대라고 할 것이다. 그 같은 시대를 사는 모든 사람은 지속적으로 모욕감을 느끼고 불안해하며 자신이 옳다고 생각할 테지. 멋진 조합이다.

새의 관점에서 요요는 이런 현상들을 관찰한다. 도라는 아버지처럼 지금 세상에 일어나는 일들과 동떨어져 사는 사람을 알지 못한다. 어쨌든 삶과 죽음은 그의 가장 가까운 동료인 건 분명한 사실이다.

아버지는 책과 영화 얘기도 할 거다. 그럼 도라는 R2-D2 얘기를 꺼낼 거다. 서로 주고받는 이야기에 도라와 아버지는 놀라기도 하고 웃기도 할 테지. 요요의 새 파트너도 기쁜 마음으로 많은 시간을 주방에서 보내며 보란 듯이 퀴노아나 두부로 건강한 음식을 만들고, 그 음식을 본 아버지는 흔한 유머를 날릴 거다. "또 소스 없은 고무 큐브야?" 아버지의 새 파트너는 그런 놀림을 사랑스럽게 웃어넘기고, 그런 모습에서 그녀가 아버지를 마음대로 조종할 수 있는 걸 엿볼 수 있지. 코르프마허 교수를 그리 노련하게 다룰 수 있는 여자는 분명 많진 않을 거다. 얼마 전에 간호사 일을 그만두고 몇 차례 직업 교육을 받은 아버지의 새 파트너는 요가 강사와 영양사로 일하는데, 돈도 꽤 잘 번다. 코로나 때문에 화상 회의 방식으로 요가 수업과 영양 코칭을 제공하고 있는 지금, 스트레스 쌓인 고객들의 엄청난 호응에 힘입어 나날이 사업이 번창하고 있다.

악셀의 화를 좀 돋우려고 도라는 유머를 날린다. "지방에 사는 우리도 마스크를 구하고 싶어. 근데 ÖPNV*는 어디서 얻지?"

악셀은 답장으로 물음표 세 개를 보낸다. 그는 코로나 유머는 물론이고 도라가 베를린을 떠난 것도 좋아하지 않는다. 대화 끝. 호수도 잠잠해진다.

악셀은 도라가 엎어지면 코 닿는 곳에 살며 쌍둥이 조카 바보가 돼서 정기적으로 베이비시터를 자처하는 좋은 고모가 될 수 있을 거라고 생각한다. 근데 그녀는 쌍둥이가 싫은 건 아니지만 그렇다고 좋아하는 것도 아니다. 악셀은 평일은 물론이고 주말에도 자주 일에 치여 사는 그녀가 이해가 가지 않는다. 그의 세계관에서 보자면 다른 사람들은 그를 돌보기 위해 존재하기 때문이다. 특히 도라는 더 그렇다. 어머니가 돌아가시고 난 후 악셀은 대형 구명 고무보트, 반항적인 태도, 교도소를 차례로 겪으며 이른바 '수동적 콘셉트'를 발전시켜나갔다. 여기서 말하는 '수동적 콘셉트'란 중요한 일은 모두 저절로 일어나므로 안간힘을 써봐야 소용없다는 의미다. 이런 모토를 갖고 악셀은 수년간 빈둥거리며 소파에 누워 지냈다. 반대로 도라는 이를 악물고 세상에 맞서 싸우며 살았다. 그가 아비투어**에 합격한 것도 순전히 언제부턴가 시험 보러 가는 수고보다 도라가 더 성가셨기 때문이다. 도라가

---

*   근거리 대중교통.
**   독일의 대학 입학시험.

베를린으로 옮겨 오자 그도 따라왔다. 하지만 대학 공부는 물론이고 일자리도 구하지도 않고 예전처럼 컴퓨터 게임을 하고 클럽에 다녔다. 그런데도 아버지는 그가 크리스티네를 사귀고 '수동적 콘셉트'에 흥미가 떨어진 걸 증명할 때까지 지원을 중단하지 않으려 했는데, 그 사실에 도라는 늘 놀라움을 금치 못했다. 그러나 그사이 크리스티네가 악셀의 생계를 책임지며 그를 주부이자 전업 아빠로 만들었고, 이제 그는 자부심을 가지고 이 역할을 해내고 있다. 심지어 다섯 살짜리 쌍둥이 페나, 지그네와 함께 베를린 미테에 자리한 넓은 집에 갇혀 지내는 걸 즐기고 있는 거 같다. 그 시간에 그의 파워풀한 아내는 대형 법률사무소에서 직장 생활을 한다.

13장

톰

버스가 온다. 아닌가. 처음에 도라는 버스 같은 거라고 생각한다. 이윽고 머리 위로 그늘이 진다. 대형 배송차인 그 차는 근거리 여객 수송을 위해 투입된 대체 차량인 거 같다. 물론 도라는 두 시간 반이 아니라 겨우 10분을 기다렸을 뿐이다. 배송차 안 뒤쪽에는 창문이 하나도 없다. 그녀 앞 도롯가에 멈춰 선 차는 외부에 광고 문구 하나 없고, 내부도 들여다볼 수 없는 흰색 소형 화물트럭이다. 딱 봐도 여자와 어린아이 납치용 차량 같다. 케이블 타이와 클로로포름이 구비돼 있을 거다. 이런 생각을 하며 도라가 몇 걸음 뒤로 물러선다. 그러자 운전기사가 자신이 하는 말을 그녀가 알아들을 수 있게 좌석 위로 몸을 쑥 내밀어 보인다.

"도망칠 생각일랑 하지 말아요." 그가 운전석 옆자리의 열린 차창 너머로 외쳤다. "오후 내내 그 어떤 버스도 안 올 거예요."

도라는 잿빛 포니테일과 카랑카랑한 목소리로 남자가 누군지 알아차린다. 그는 도라 뒤쪽의 보리수나무 줄기에 달린 철 지난 선거용 플래카드를 가리킨다. 거기 새파란 배경에 '디젤차를 구하자'라고 쓰인 두 단어가 눈에 확 들어온다. AfD의 로고도 함께 찍혀 있다. 극우주의자들이 이런 주장을 플래카드로 만들어 의도적으로 버스 정류장 옆에 내건다는 건 꽤 좋은 에이전시가 붙어 있다는 거다. 도라도 자신이 이 일을 맡았으면 AfD에 바로 이런 전략을 쓰라고 권했을 거다. 이 같은 생각에 그녀는 화들짝 놀란다. 절대로 이런 사람들을 위해 일하지 않을 테니까. 그녀가 아는 그 어떤 광고 담당자도 그런 일을 맡지 않을 것이다. 여하튼 그 일을 누가 했던 그 사람은 이쪽 일을 좀 아는 사람인 것 같다. 광고 분야에선 창의적이지 못하면 전략적이어야 하니까. 늘 그러하듯이 대규모 정당들은 자신들의 제1후보자의 부자연스럽게 웃는, 이상할 만큼 주름살 없이 평평한 회춘한 얼굴 모습만 담은 포스터를 내걸곤 한다. 그런 포스터는 주니어 광고사들이 적은 돈을 받아 만든 제작물이다. 거기엔 문구도 두 줄 추가되는데, 보통은 '독일' '미래'라는 단어가 등장하게 마련이다. 그런데 혹여 정당을 상징하는 색이 빠져 있으면 어느 정당을 홍보하는지 알아보기 힘들다. 그런 경우엔 소형 외벽 가로등 플래카드를 많이 내거는 게 더 좋다. 그러면 사람들이 그냥 지나치지 않는다. 고통 있는 곳으로 가라. 가령, 정류장으로. 버스가 오지 않는 1분은 극우주의자들을 위한 1분이 될 것이다. 처음엔 근거리 교통 시스템을 구축할수 없다더니 그다음엔 디젤차를 없애려 하다니! 그렇게 화는 분노로, 분노는 증오로 바뀐다.

"1미터 50센티짜리 좌석이에요." 포니테일 머리의 남자가 말하고는 웃으며 운전석 좌석과 연결된 옆자리를 두드린다. 실제로 그 자리는 코로나로 거리두기를 하고 앉을 수 있다. 하지만 도라는 낯선 사람의 배송차를 타도 될지, 건축자재 마트에서 만난 사람이라면 이젠 낯선 사람이 아닌지 생각해본다. 베를린이라면 이런 초대에 응하는 건 자살행위일 거다. 근데 이곳에선 몇 주일 치장 본 물건을 들고 작은 지붕조차 없는 버스 정류장에서 두 시간 반을 기다리는 게 오히려 자살행위일지 모른다. 차 뒤쪽 화물칸 같은 곳엔 이 남자가 자루째 구입한 화초용 옥토가 실려 있다. 성폭력범은 절대로 옥토를 사지 않는다는 걸 제시하는 범죄 통계가 분명 있을 거다.

"브라켄에 가려는 거 아닌가요?"

도라는 깜짝 놀란 표정으로 고개를 끄덕인다. "내가 누군지 아세요?"

"당신이 어디 사는지 알죠."

이 말도 위협이 아니라 그저 그녀가 어디에 사는지 알고 있다는 걸 알려주려는 걸 거다. 언제, 어디서부터 사람들이 이처럼 서로를 두려워하게 되었을까? 그러나 남자는 도라가 생각을 정리할 때까지 기다려주지 않고 차에서 내려 배송차를 빙 돌아서 다가온다.

"톰이에요."

그가 그녀에게 손이 아닌 팔꿈치를 내밀자, 도라도 거기에 자신의 팔꿈치를 맞부딪친다. 남자는 짐이 잔뜩 든 무거운 에코백을 스티로폼이 들어 있는 것처럼 가뿐히 들어 올려 조수석 아래쪽 빈 공간에 싣는다. 보아하니 45킬로짜리 화초용 옥토도 손쉽게 차곡차곡 쌓아 실을 거 같다. 그가 짐을 싣는 동작 하나하나가 정말이지 멋지다. 분명한 건 세상에 도라보다 힘이 조금 더 센 사람뿐 아니라 열 배는 더 센 사람도 있다는 거다. 톰이 연신 허리를 구부리자 입고 있던 해진 노르웨이산 스웨터도 딸려 올라간다. 그 바람에 도라는 곱슬곱슬한 그의 가슴털이 아래 배꼽까지 나 있는 걸 보게 된다. 왠지 톰의 모습을 감상해도 괜찮을 것 같은 느낌이 든다. 배가 볼록한 편이지만 살이 찐 건 아니고, 팔과 어깨는 기계처럼 움직인다. 인간의 몸이란 얼마나 서로 다른가. 여기 이 남자의 몸은 그녀의 몸과 손과는 다른 물질로 만들어진 것 같다. 근데 도라의 손은 톰의 손과 조금 닮아 있다. 톰의 몸은 땅바닥에 찰싹 달라붙어 있기라도 한 듯 플립플롭 샌들을 신고 있는 발 위에 고정돼 있다.

"자, 이제 출발하시죠"라고 톰이 말하자 도라는 고분고분 에코백이 쌓여 있는 조수석에 올라탄다.

"도라예요." 그녀가 말한다.

"거봐요. 아무렇지 않잖아요." 톰이 말한다.

높이가 높은 좌석에 앉아 가는 덕분에 도라는 차창 밖으로 멀리 지나가는 들판을 바라보며 드라이브를 즐긴다. 톰은 정상적인 속도를 유지하며 핸들, 페달, 기어를 다루는데, 마치 날 때부터 그것과 함께하며 자란 거 같다. 이런 차를 가진 사람의 삶은 어떨까. 건축자재 마트의 물건을 절반이나 사서 싣고 집으로 돌아오고 언제든 짐을 몽땅 싸서 이사를 가고 차에서 지낼 수 있을 테지. 또 필요하면 온 가족을 데리고 도망갈 수도 있겠지.

도라는 작은 숲 너머에서 시커먼 구름이 피어올라 하늘 한쪽을 시커멓게 물들이는 걸 보고 놀라서 그쪽을 가리킨다.

"불났어요?"

톰은 '아, 당신네 도시 사람들의 그 미소'라고 하듯 씩 웃는다.

"가뭄 때문에 생긴 먼지예요."

작은 숲을 가로질러 달려가는 그들 앞에 드넓게 펼쳐진 들판이 나타났을 때 기계 한 대가 시야에 들어온다. 그 너머에서 거대한 먼지구름이 피어오르고 있다. 기계는 뒷부분에서 검은 비닐을 쉴 새 없이 길게 뿜어내며 아스파라거스 밭고랑 사이를 기어가고 있다. 그 뒤를 검은 머리의 여자들과 남자들이 쫓아가며 수 킬로미터나 뻗어 있는 밭고랑에 비닐을 씌워 고정하고 있다.

농사짓는 사람들이 독일 땅 절반에 비닐을 씌우고 있는 동안, 도라는 면 에코백을 들고 장 보러 간다. 그녀는 배 속에서 스멀스멀한 느낌이 올라오길 기다려보지만 아무 기척이 없다. 한순간 얼어붙은 듯이 가만히 머릿속으로 그 광경을 그려본다. 잘 다져진 밭고랑 귀퉁이, 거기에 씌운 검은 비닐. 곤충을 닮은 기계. 구부정한 사람들의 어두운 실루엣. 여기에 빠진 건 약간의 피아노 음악뿐이다. 시대착오적인 미래주의. 기계에 의한 인간의 노예화. 그 같은 생각에 깊이 잠겨 있던 그녀는 톰의 목소리에 깜짝 놀란다.

"우리 마을 사람들도 저기 있네요."

도라는 무슨 말인지 서서히 이해가 간다. 그녀의 새로운 인체 연구 대상이 '톰과 슈테펜'이라는 건 한눈에 알 수 있다.

"아스파라거스를 꺾는 거군요"라는 말이 입에서 불쑥 튀어나온다.

톰이 히죽 웃는다. "벌써 여기 사람이 다 됐군요."

"당신도…… 아스파라거스를 꺾나요?"

"아니, 천만에요." 톰은 잠깐 핸들에서 양손을 뗀다. "아스파라거스는 마피아 같은 거예요. 슈퍼마켓을 모두 꽉 잡고 있지요. 소상공인은 거기 들어갈 수 없어요. 여느 다른 곳도 마찬가지죠. 대기업은 장려하지만 소상공인은 망하지요. 가장 최근엔 대국민 사기극 때문에 가게 장사가 너무 안 돼 우리 사람들을 빌려줄 수밖에 없었어요."

바이러스를 대국민 사기극라고 부르는 게 터무니없지만 원칙보다 가게가 더 중요한 사람과 얘기해보는 건 신선한 경험이다.

"애송이들에겐 미안하죠." 톰이 말한다. "그 녀석들 등이 엄청 아플 거예요."

도라는 언제 마지막으로 '애송이들'이란 말을 들었는지 곰곰이 생각해본다. 그러다 망치로 머리를 강하게 얻어맞은 듯 이해가 된다. 그녀는 멍하니 앉아서 뺨이 약간 붉어지는 걸 느낀다. 톰과 슈테펜. 그러니까 그녀의 인체 연구 대상이 남자와 살고 있는 것이다. 그녀는 톰이 옆에서 지켜보고 있는 걸 느낀다. 그는 또다시 '아, 당신네 도시 사람들의 그 미소'라고 하는 듯한 표정이다. 조롱하는 그 표정이 '당신 생각엔 동성애자들이 힙한 도심지역에만 살 것 같소?'라고 묻는 듯하다.

도라는 목요일에 요요와 악셀을 만나 오늘 일을 얘기할 생각을 하니 벌써부터 설렌다. 브라켄 마을에는 이민자들뿐 아니라 결혼해서 사는 동성애자들도 있다. 근데 마을 사람들은 이를 대수롭게 여기지 않을뿐더러 모든 게 자유분방하다. 시골 촌구석이 극우적 성향이 강하면 얼마나 강하겠는가?

"씨감자 있어요?" 그녀가 유쾌하게 묻는다.

"감자 농사 지어보려고요?"

"텃밭을 만들기 시작했는데 일이 좀 커져버렸어요."

그 말이 멋지게 들린다. 근육통은 잊은 지 오래다. 중요한 건 결과다. 도라는 살짝 허리를 꼿꼿하게 세운다. 여자인 그녀는 R2-

D2처럼 특수 무기도 없고, 몸은 손을 빼고는 톰처럼 특별한 물질로 만들어지지도 않았다. 그런데도 처음의 계획보다 더 큰 텃밭을 만들었다.

"방금 건축자재 마트에 갔다 왔잖아요."

"씨감자는 다 팔리고 없었어요."

"그래서 당신은 머리 묶은 남자가 감자 심으려고 토탄 450킬로그램을 샀을 거라고 생각한 모양이군요. 아, 당신네 도시 사람들이란."

그 말이 경멸조로 들리지 않고 다정하게 들린다. 어쩌면 톰은 이곳 사람이 아닐지 모른다. 어쩌면 그 역시 도시에 산 적이 있었을지 모른다.

"당신 이웃 남자에게 물어봐요." 톰이 제안한다.

"고테요?"

"그는 이 마을 감자 전문가예요."

"알아요." 도라가 강하게 맞받아친다. "근데 그는 집에 없어요. 며칠째 못 봤어요."

톰은 바깥 들판에 아스파라거스와 클로버 이외에 다른 재미있는 구경거리라도 있는 것처럼 고개를 돌려 차창 너머를 바라본다. 그러고는 헛기침을 한다.

"곧 다시 올 거예요. 좀 더 기다려봐요."

갑자기 급정차하는 바람에 도라는 배송차가 자기 집 앞에 멈췄다는 걸 깨닫는 데 몇 초가 걸린다. 분명한 건 어디 사는지 그녀보다 톰이 더 잘 안다는 거다. 그는 차에서 내려 장 본 물건이 든 에코백을 싹 다 한꺼번에 들고 옥외계단을 올라가 현관문 앞에 내려놓는다.

"필요한 게 있으면 들러요." 그는 길 아래쪽에 있는 하얀 큰 집을 가리키고는 도라가 제대로 감사 인사를 하기도 전에 다시 차를 타고 가버린다.

2부

씨감자

14장

AfD

이 모든 행위에는 참모급 계획이 요구된다. 맨 먼저 도라는 강아지용 백팩을 찾는다. 요헨의 몸 크기에 꼭 맞춘, 없어서는 안 되는 장비로, 요헨이 숨 막혀 하거나 떨어지거나 야단법석을 떨지 않게 하면서 장거리 구간을 데리고 다닐 수 있는 유일한 수단이다. 도라는 그렇게 중요한 물건을 어찌 그리 오래 찾아 헤매야 하는지 도통 이해가 안 된다. 그녀는 로베르트에게 전화하거나 미치기 일보 직전까지 가서야 침실 벽 위쪽 꽤 높은 곳에 고리에 걸려 있는 백팩을 찾아낸다. 어떻게 거기 걸려 있는지 기억조차 나지 않는다. 그 안에는 이사 온 이후 줄곧 찾던 티셔츠 몇 벌과 양말 여러 켤레가 들어 있다. 도라는 옷가지를 끄집어내고 요헨을 넣은 다음 연습 삼아 짊어지고 집 안을 몇 바퀴 돌아다닌다. 백팩에 든 요헨을 짊어지고 마지막으로 소풍 간 게 지난가을이었다.

다행히 백팩은 아직 쓸 만하다. 요헨이 백팩 안에서 얼굴을 빼꼼히 내밀며 얌전히 업혀 있다. 이제 도라가 필요한 건 자전거뿐이다. 한데 아쉽게도 구스타프는 이곳에 없다.

집을 나서려는데 갑자기 들려오는 날카로운 기계 소리에 도라는 움찔 놀란다. 그녀는 멈춰 서서 귀를 기울인다. 고테 집 정원에서 나는 소음이다. 일종의 연마기 소리 같다. 연마 판이 나무 표면을 지나가는 소리가 거의 온몸으로 느껴진다. 물질 대 물질이 맞붙는 물질 간의 싸움. 그녀는 담장으로 가서 의자 위에 올라간다. 트레일러 앞에 판자 더미가 쌓여 있고, 캠핑 탁자 위엔 여러 가지 공구가 가지런히 놓여 있다. 그리고 회전 통에 감긴 주황색 전선이 집 뒤로 사라져 보이지 않는다. 바로 거기 고테가 있다. 너칠간 사라졌다가 느닷없이 지금 다시 나타나 엄청난 소음을 일으키고 있다. 그가 양손에 전동 사포 연삭기를 들고 판자 위로 몸을 숙여 압력을 가할 때마다 윙 하는 소리가 울려 퍼진다.

조용히 의자에서 내려와 집 밖으로 나간 도라는 길을 한 블록 내려가 톰 집에 이른다. 그 집에는 울타리가 없다. 현관문으로 다가가 초인종을 찾아보지만 초인종도 문패도 없다. 보통 이름이 적혀 있는 우편함엔 새파란 AfD 스티커가 붙어 있다. 도라는 문을 두드려본다. 아무런 반응이 없자 문을 쾅쾅 두드린다. 너무 세게 두드린 탓에, 누군가 안에서 문을 여니 문이 통로 쪽으로 밀려나간다.

"지구가 멸망하기라도 했나요?" 또다시 톰이 힘센 손으로 그녀가 넘어지지 않게 잡아준다.

"그런 건 몰라요." 도라가 말한다.

"씨감자가 그리 급하게 필요한 거예요?"

"자전거 빌려줄 수 있어요?"

도라는 늦은 오후에 차로 기차역에 데려다줄 수 있는지 물어볼 수도 있었다. 하지만 혼자 힘으로 해내고 싶다. 그녀 스스로 극복할 수 있는 일상이 필요하므로. 그런 일상엔 베를린에 무사히 도착하는 것도 포함된다. 탈출구 없는 피난처는 전부 감방이 된다. 베를린은 부동산 중개인이 꺼낸 말 중 하나였다. 아니, 더 정확히 말하면 도라의 자기 확신 전략의 일부였다. 핵심은 '여기선 약간 외롭긴 하지만 마음만 먹으면 언제든 도시로 갈 수 있다'는 거다. 도라가 아무것도 그리워하지 않는다는 걸 명확히 하기 위해 요요와 악셀에게도 들려주고 싶은 문장이다. 당시 부동산 중개인은 의심의 눈초리로 바라봤지만 직업상 반박하진 않았다.

"슈테펜!" 톰이 집 안을 향해 소리쳤다.

잠시 후 두 번째 남자가 문 앞에 나타난다. 톰과 마찬가지로 머리는 하나로 묶은 포니테일이지만 완전 다른 타입이다. 톰보다 더 젊고 날씬하며 보통의 매력적인 남자보다 예쁜 여자에게 더 잘 어울릴 법한 긴 빨간 머리를 하고 있다. 그는 품이 넉넉한 리넨 셔츠와 천 바지 차림에 렌즈에 색이 들어간 니켈 안경을 쓰고 있어서 지적인 사람을 풍자한 캐리커처 같다.

"새 이웃인 도라야." 톰이 소개한다. "자전거가 필요하대."

"요즘 같은 땐 뾰족한 해결책이 없지." 슈테펜이 대꾸한다.

"자전거"라고 톰이 어린아이에게 얘기하듯이 힘주어 말한다.
"자전거. 한 대 있어?"

슈테펜은 내심 미소를 지으며 맨발로 조용히 사라진다. 분명
그는 수다스러운 친구를 은근슬쩍 놀리는 걸 재밌어하는 거 같
다. 톰과 단둘이 문 앞에 남겨진 도라는 무슨 말을 해야 할지 모른
다. 그녀는 자신이 찾아낸 물건 얘기를 해주고 싶다. 그러니까 정
원에 있는 요괴들, 작은 요정들* 얘기를. 오늘 이침엔 커피 잔을
들고 요헨을 데리고 집 주변을 한 바퀴 돌았다. 분명 텃밭 가장자
리에 삽을 두고 왔다고 생각했는데, 너도밤나무에 세워져 있었
다. 그 외에도 그녀가 사용한 적 없는, 창고에서 나온 낡은 양동이
두 개가 풀밭에 놓여 있고 담장가에 있던 정원 의자는 옆으로 약
간 옮겨져 있었다. 또 하인리히 씨가 잘라놓은 단풍나무 가지도
잘 정돈해서 사용하기 편하게 한데 모여 있었다.

그녀는 톰이 자신을 미쳤다고 생각하지 않길 바란다. 침묵을
견디지 못하는 것만으로 이미 괴로우니까. 그러나 그는 아무렇
지 않은 듯 보인다. 눈을 가늘게 뜨고 하늘을 쳐다보며 조용히 혼

---

* 밤에 몰래 농가의 일을 대신 해주는 요정.

자 휘파람을 불고 있으니 말이다. 도라가 새 이야기 정도는 해도 될 것 같다. 보리수나무속에서 산비둘기 두 마리가 꾸꾸 하고 울어대고, 라일락 덤불 속에서 밤꾀꼬리가 대낮에 즉흥적으로 노래를 부르고 있으니. 멀리서 뻐꾸기가 뻐꾹 하는 소리도 들린다. 이 모든 게 라디오 방송 어린이 드라마에나 나올 법한 게 몹시 과장돼 보인다. 하지만 도라는 톰이 새소리에 관심 있을 거라고 생각하진 않는다. 서로 말 한마디 않고 우두커니 서 있는 게 뭐가 그리 힘들다고? 근데 도라는 이러고 있는 게 힘들고 못 견디게 창피하다. 인종차별 무감증보다 훨씬 더 괴롭다.

"당신들, 이 당을 뽑았어요?" 그녀는 갑자기 질문을 던지며 AfD 스티커를 가리킨다.

사실 이런 얘기는 그들이 제일 마지막에 나누게 될 주제다. 새소리나 혹은 밤이면 정원에 나타나는 요괴들 얘기가 훨씬 더 좋았을 텐데. 그러나 톰은 이 질문이 침묵만큼이나 거슬리지 않는 모양이다.

"어쩔 수 없지, 뭐." 그는 돌아서서 연극 대사를 읊는 듯한 목소리로 집 안을 향해 영어로 외친다. "누노! **건조실에 있는** 수레국화 **잊지 마!**" 그러고는 주머니에서 담배쌈지를 꺼내 담배 한 개비를 돌리기 시작한다. 그 모습을 보자 도라는 담배가 피우고 싶어 입에 군침이 돌 정도다. "저 위에 있는 양반들은 우릴 멍청이로 취급하지요."

"저 위에 누구 말이에요?" 도라가 묻는다.

"베를린 정부 양반들."

톰은 새로 뜯은 담배쌈지와 손가락 사이에 낀 담배 마는 종이로 공중에 대고 큰따옴표를 그려 보인다. 근데 이 큰따옴표가 '정부'에 붙는지 '베를린'에 붙는지는 확실치가 않다. 아마 둘 다에 붙는 거 같다. "그 양반들은 농업경제의 중요성을 찬양하면서 비료 사용을 금지하는 것으로 농부들을 파멸로 몰고 가죠. 또 교육에 대해 헛소리를 늘어놓으며 학교를 부패시키고. 연금 생활자들이 굶어 숙어가는 동안, 그들은 느닷없이 노인들과의 연대감을 드러내요. 마을에 사는 할머니들에게 물어봐요. 그들이 바라는 게 더 많은 관심인지 봉쇄령인지." 톰이 담배 마는 종이의 접착 부분 가장자리를 핥는다. "코로나 때문에 그런 점이 극명하게 드러나죠. 마치 저 위의 양반들이 완전 제정신이 아닌 미친놈들인 것같이."

마지막 말은 로베르트에게서 유래되었을지 모른다. 정치가 미쳐버렸다. **어떻게 감히 그럴 수 있나요!** 로베르트가 AfD 지지자와는 딴판이라는 것만 빼면.

"브라켄 마을 사람 절반이 양로원에서 일해요." 톰이 바지 주머니를 뒤적이며 라이터를 찾는다. "자택 간호, 식사 배달 서비스, 양로원. 빌어먹을 근로시간, 형편없는 임금, 힘든 일. 거기서 일하는 사람 중 누구 하나라도 코로나 대응 훈련을 받았을 거라 생각해요? 그들은 변함없이 자신이 맡은 바를 계속해나가죠. 그것 외엔 다른 대안이 없으니. 방호복, 정기적인 코로나 테스트는커녕 위생 수칙도 없이 집집마다 고위험군 환자를 찾아다니죠. 달리 방도가 없으니까. 그사이 정치가들은 헛소리나 지껄여대며 국민경제를 망가뜨리고 소상공인들의 생존권을 파괴하죠. 마스크도 쓰지 않고 TV 속에 갇혀 팬데믹이 얼마나 위험한지 얘기하고."

도라는 라이터를 찾아 그에게 내밀면서 자신이 유능하다고 느낀다. 마키타는 아니지만. 암튼.

"문제는 대책이 아니고"라고 톰이 이어간다. "사람들이 속았다고 느끼는 거예요."

"사람들이라면 당신들 말이에요?"

"그래요. 우리 말고 누가 있겠어요?" 톰은 직접 만 담배에 불을 붙이고 라이터를 돌려준다. "브라켄 마을 사람들은 이웃과 함께 어울려 지내죠. 그래서 다른 사람들보다 우월감을 갖는 게 이제 쉽지 않아요. 당신도 거기에 익숙해져야 할 거예요."

도라는 재차 로베르트를 생각하지 않을 수 없다. 사실 그녀는 그가 다른 사람들보다 우월감을 갖고 있으며 자기 자신을 초인간으로 여긴다고 비난한 적이 있었다. 숭고한 진리를 품고 있다는 이유로 자신을 니체가 말한 초인간은 아니더라도, 다른 사람들보다 아는 것도 능력도 허용되는 것도 더 많은 사람으로 생각한다고 말이다. 그 말에 로베르트는 격노해서 사람들을 위해 그저 최선을 다할 뿐이라고 했다. 도라가 바로 그 점을 왜 문제라고 생각하는지 그는 이해하지 못했다.

"그럼 AfD엔 멍청이가 없어요?"

"있죠. 근데 그들은 최소한 인정이라도 하죠."

도라는 마지못해 웃는다. 인종차별 무감증이 오늘은 작동하지 않는 것 같다. 그녀는 벌써 질문을 세 개나 했다. 그리고 AfD 지지자가 하는 유머에 웃기도 했다. 얼마 전 톰이 차에서 한 말은 무슨 의미였을까? "벌써 여기 사람이 다 됐군요." 어쩌면 그녀는 너무 이곳 사람처럼 굴지 않도록 조심해야 할 것 같다. 다른 관점으로 보면, 확실히 톰은 인종차별자는 아니다. 노르웨이산 스웨터에 직접 만 담배며 하얗게 센 머리를 하나로 묶은 포니테일, 구동독 민권운동가나 바커스도르프 마을*의 활동가다운 외모다. 한데 AfD 스티커도 우편함에 붙여졌지. 이 모든 게 언제 이렇게 뒤죽박죽 섞이게 되었을까? 도라는 톰과 슈테펜이 여기서 뭘 하는지 알고 싶다. 수레국화, **건조실**, 태양광 패널이 설치된 큰 별채, 어쩜 그들은 대규모 대마 농장을 운영하는지도 모른다. 또 저 위의 양반들, 거짓 언론과 독일연방공화국**을 피해 숨어 있는지도 모른다. 직접 만 담배 향이 좋다. 도라는 간접흡연을 하면서 허공에 떠 있는 연기를 빨아들인다. 그 모습을 본 톰이 피우던 담배를 내민다.

---

*   독일 동남부 바이에른주에 있는 마을.

**   구서독의 공식 명칭.

"나머진 당신이 피워요."

그의 입술이 닿은 담배꽁초가 축축하다. 어쩜 다량의 바이러스가 붙어 있을지 모르지만 이 순간 그런 건 상관없다. 그녀는 담배를 깊게 빨아들이며 약간 현기증이 나는 걸 즐긴다. 로베르트에게 보여줄 셀카를 한 장 찍고 싶다. "방금 코로나에 비판적이며 대마초를 재배하는 AfD 지지자와 직접 만 담배를 나눠 피우고 있다. 평행우주에서 안부 인사를 전한다."

다행히 슈테펜이 먼지투성이 자전거를 끌고 집 옆 입구에 나타난다. 그래서 셀카를 찍고 싶다는 생각은 실행에 옮기지 못한다. 한데 독일제 안경을 쓴 불교신자에게 그 자전거는 어울리지 않는다. 예전에 건축자재 마트에서 구입해놓고 까맣게 잊고 있던 성인 남성용 대형 자전거 같다. 슈테펜은 발바닥이 어찌 돼도 상관없다는 듯 자갈길을 맨발로 걸어서 자전거를 끌고 온다.

"좀 찾느라고." 그가 말한다. "이 쇠당나귀가 알맞을*** 거 같소?"

도라는 '알맞다' '쇠당나귀' 같은 말을 들어본 지도 꽤 오래됐다. 연락이 끊긴 옛 지인을 다시 만난 것처럼 이런 말을 다시 듣게 돼서 기분이 좋다. 그녀는 거듭 감사 인사를 하고 한쪽 다리를 들어 올려 높은 자전거 가로대 위에 힘겹게 올라탄다. 그러고는 자전거를 지그재그로 몰면서 가까이 있는 집으로 돌아간다.

*** 여기에서는 '괜찮다' 라는 뜻.

15장

요요

기차역에 가려면 브라켄 마을에서 약 7킬로미터 떨어진 곳에 위치한 코홀리츠를 지나가야 한다. 사실 자전거로 가면 먼 거리는 아니다. 하지만 자전거 안장이 높아 서서 타고 가야 해서 허벅지가 아프고 백팩 속 요헨이 위아래로 펄쩍펄쩍 올라갔다 내려갔다 한다. 그래서인지 구스타프 생각이 더 간절해진다. 구스타프처럼 슈테펜의 자전거에도 이름을 붙인다면 로니가 가장 좋을 거다.

기차역이란 곳은 시계, 자전거 보관소, 의미 없는 뉴스가 오른쪽에서 왼쪽으로 지나가는 디지털 표지판이 설치된 콘크리트 플랫폼에 지나지 않는다. 승차권 무인발매기는 한 대도 없다. 정시에 도착한 근거리 열차는 거의 비어 있다. 승무원도 없는 거 같다. 도라는 스마트폰으로 승차권을 예매하는 데 여행의 절반을 보낸다. 열차가 출발한 지 한 시간 15분 후, 열차는 베를린 중앙역으로 들어간다. 백팩 속 요헨을 짊어지고 도시고속전철 타는 곳으로 가려고 에스컬레이터를 타고 올라가는 동안, 도라는 멍한 느낌이 든다. 시골 마을 경계를 그리 빨리 넘어와 다시 대도시에 돌아와 있으니 그럴 만도 하다. 그녀가 타고 온 열차는 진짜 정체를 숨긴 텔레포터나 수도 베를린의 무대장치임에 틀림없다. 당연히 엑스트라는 필요 없다. 많은 상점이 문을 닫고 여행 중인 승객도 별로 없어서 거대한 유리 홀이 으스스해 보인다. 문득 도라는 이곳에 불법으로 와 있는 거 같다. 사람들이 여기서 뭘 찾느냐고 물어볼지 모른다는 불안감마저 든다.

자비니 광장에 도착한 도라는 시계를 본다. 알렉산더 게르스트가 국제우주정거장에서 지구로 돌아오는 데 세 시간이 걸렸다. 근데 도라가 브라켄 마을에서 샤를로텐부르크로 오는 데 한 시간 반이 필요하다. 결과는 엇비슷하다. 순간 그녀는 여자 우주비행사들이 앓는다는, 다리에 힘이 풀리는 하지무력증이 느껴져 눈을 감고 귀를 닫고 싶다. 그런 도라와 달리 요헨은 들떠 있다. 나무 주위 흙을 보면 코를 대고 킁킁거리며 인사하면서 베를린이 전하는 수많은 소식을 온몸으로 받아들인다. 도라는 요헨이 코를 대고 킁킁거리며 냄새 맡을 시간을 준다. 라이카*, 집에 온 걸 환영한다. 연신 흙에 코를 박는 요헨을 바라보고 있던 그녀는 문득 **문**

---

* 1957년 소련의 인공위성 스푸트니크 2호에 실려 최초로 우주에 간 개.

명의 충돌이 실제로 존재한다는 걸 깨닫는다. 동양과 서양 간 문명의 충돌뿐 아니라 베를린과 브라켄 간, 대도시와 지방 간, 도심과 변두리 간 문명의 충돌도 존재한다는 걸.

그녀는 로베르트에게 이런 충돌 이야기를 들려줄 테다. 그는 세상의 규칙을 좋아하는데, 그중 하나가 바로 이런 문명의 충돌이다. 그들은 발코니에 앉아 레드와인을 마시며 이 주제에 대해 토론할 수 있을 거다. 그때 문득 토론하기 좋아하는 그가 이젠 발코니에 없을 거라는 생각이 든다. 남아 있는 거라곤 구스타프라는 이름의 이혼 가정 자전거뿐이다. 자전거는 그녀가 나중에 열차에 태워 브라켄에 있는 집으로 데려갈 거다. 물론 레드와인도. 특히 요요가 평생 즐겨 마시는 '몬테스'라는 이름의 카베르네를. 도라는 몬테스 와인 코르크 마개를 뽑을 때부터 두통이 난다.

"누나, 멋진데. 들어와."

악셀이 자기 집인 양 문을 열어준다. 그렇게 행동하는 걸 즐긴다는 걸 알 만큼 도라는 그를 잘 안다. 마스크를 쓰고 앞치마를 입은 모습이 가정부로 변장한 커다란 곤충처럼 보인다. 그래도 그를 안아주고 싶었다. 한데 그가 한 발 물러서서 손을 맞부딪치더니 일본 사람처럼 허리를 숙여 절을 한다. 도라는 한숨을 쉰다. 물론 서로 접촉하지 않는 건 괜찮다. 하지만 연극하듯 허리 숙여 절하는 걸 보니 횡격막이 간질거린다.

집 안에 시끄러운 소리가 나지 않는 걸로 봐서 페나와 지그네가 함께 오지 않았다는 걸 알 수 있다. 할아버지, 할아버지 하고 외치는 소리도 없고, 바닥에 나뒹구는 장난감도 없다. 그러니까 크리스티네도 없다는 거다. 모든 일에는 장점이 있다. 도라는 조카딸들과 올케를 좋아한다. 하지만 크리스티네와 아이들이 함께 있으면 모든 대화가 아이들 얘기로 흘러간다. 그리고 저녁 내내 유년기의 아이들을 흐뭇하게 바라보는 일이 요요에겐 우선인, 어린 손녀들을 위한 밤이 돼버린다. 도라 눈엔 조카딸들이 가정교육을 제대로 못 받아 엄청 버릇이 없는 것 같다. 그런데 크리스티네는 그런 아이들이 '영재'라 그렇다고 해석한다. 여자아이들은 관심을 못 받으면 어른들이 대화를 중단하고 자신들에게 칭찬 세례를 다시 이어갈 때까지 야단법석을 떤다.

요가 강사 교육을 받기 시작하면서 인간을 '현실의 징후', 아이들을 '영혼의 문'이라고 보는 지빌레와 요요는 아이들의 행동이 어떻든 신경 쓰지 않는다. 어차피 아이들은 몇 시간 후면 다시 자기들만의 세계로 사라지고 소파에 기름 자국 몇 군데를 새로 남기는 거 외에 지워지지 않는 피해를 남기긴 않으니까. 유년 시절 도라가 실수로 컵의 물을 쏟으면 어떤 꾸지람이 쏟아졌는지 떠올려보면, 지금 요요가 할아버지가 돼서 손녀들을 대하는 관대함에 당황스럽기 짝이 없다.

도라 눈에 선을 긋는 데 너무 게으른 아빠와 너무 바쁜 엄마를 둔 페나와 지그네는 평범한 아이들로 보인다. 조세법 전문 변호사인 크리스티네는 직장에서 활기찬 나날을 보내며 돈도 굉장히 많이 번다. 그 와중에 예쁜 딸들도 낳아 모든 일을 효율적으로 해낸다. 악셀도 소파에 누워 지내는 철학자에서 사랑스러운 아버지와 주부로 단시간 만에 다시 태어났고, 크리스티네는 몇 주간 이어진 괴로운 수유를 끝내고 다시 일하러 나갔다. 그때부터 악셀은 모든 일을 잘하는 아들이 된다. 요요가 보기에 잘나가는 여성 법률가가 결혼하고 아이를 낳는 건 사법 국가고시를 치는 것만큼이나 가치 있는 일이 틀림없다. 반대로 대학에서 커뮤니케이션학 공부를 중단하고 광고 분야에서 일하면서 생태 활동가인 남자와 사귀다 헤어지고 속내를 알 수 없는 시골 마을 사람들과 살고 있는 도라는 완전 골칫덩이가 돼버린다.

디캔팅된 몬테스 와인이 이미 식탁 위에서 숨을 쉬고 있다. 집 안엔 지빌레의 명상 CD와 요요의 브루크너 교향곡을 절충한 듯한 에리크 사티풍의 피아노 음악이 흐르고 있다. 문 앞에서 기다리고 있던 아버지가 얼굴을 도라의 뺨 오른쪽 왼쪽에 갖다 대고는 허공에 쪽 소리 내며 뽀뽀한다. 악셀이 요헨을 쓰다듬을 땐 바이러스가 전염되지 않을까 하는 생각도 든다. 하지만 요헨은 신이 나서 이 사람 저 사람에게 달려간다. 그때 지빌레가 소매를 걷어붙이고 주방에서 나와 도라에게 고개를 끄덕이고는 정말이지 할 일이 태산이라는 표시로 젖은 양손을 머리 위로 들어 올린다.

"지빌레, 주방 일을 도와드릴까요?" 악셀이 묻는다.

놀랍지도 않다. 악셀은 원래 그런 아첨꾼이다. 근데 수완이 좋다. 분명 똑같은 잔꾀로 크리스티네도 사로잡았을 거다. 요즘 남자는 파워 우먼들 사이에서 맞춤 양복을 입은 성공한 마초들보다 더 많은 선택권을 가지려면 그저 시간 많고 봉사할 의지만 있으면 될 거 같다.

"앉아."

요헨이 명령에 복종하며 빈 식탁 의자 위로 뛰어오른다. 그 모습에 아버지가 웃으며 요헨이 의자 팔걸이 위로 기어 올라와 편안히 무릎에 앉을 때까지 불룩한 이마를 어루만져준다. 다리가 휘었는데도 필요하면 요헨은 다람쥐처럼 민첩할 수 있다.

도라는 아버지 곁에 앉아 몬테스 와인 한 잔을 받아 든다. 사티의 피아노 연주가 감동적이면서도 슬프고 즐겁다. 주방에서 냄비가 연신 달가닥거리는 소리와 낮은 웃음소리가 흘러나온다. 악셀과 지빌레는 다른 방에 음식 냄새가 풍기지 않게 하려고 주방 문을 닫아놓았다. 그래서 아버지와 딸은 둘만의 시간을 갖는 흔치 않은 순간을 맞이했다. 그들 둘이 마지막으로 심하다 싶을 정도로 일을 벌인 게 언제였을까? 베를린에 있으면 아버지는 '즐거운 모임'을 갖는 걸 좋아한다. 이따금 가족 외에 친구와 지인들도 초대받아 식탁에 앉아 있곤 한다. 아버지가 한꺼번에 많은 사람들을 만나기엔 이런 모임이 더 효율적인 것 같다. 아니면 이런 식의 모임을 통해 이야기 주제가 사적으로 흐르는 걸 방지하는지 모른다.

어렸을 때 가끔 아버지가 도라 방에 들어와서 책상 위에 걸터앉아 둘만의 대화를 갖곤 했다. 책, 학교, 혹은 '우주는 끝이 있는가?'라는 물음에 대해서. 아버지는 어른을 상대하듯 그녀와 대화를 나눴다. 얼마 후 어머니가 아팠고, 아버지는 두 번 다시 도라의 방문을 노크하지 않았다. 어쩌면 다시 뮌스터에 있는 아버지를 방문해야 할 것 같다. 솔직히 말하면 그녀는 부모님의 옛집에 가는 걸 피하고 있다. 아버지와 지빌레가 옛집을 완전히 개조했으나 주방 창문 너머로 보이는 광경은 예전과 똑같다.

도라는 본테스 와인을 한 모금 마신다. 와인이 혈관을 타고 따뜻하게 흘러간다. 술 마시는 거라면 로베르트와 발코니가 사라지고 없는 지금, 연습 따윈 더는 필요 없다. 하물며 지금은 대화를 나눌 기분은 더더욱 아니다. 그녀는 아버지에게 새 삶의 이야기를 꼭 들려주고 싶다. 건물 정면에 부서지기 쉬운 석고 세공품이 붙어 있어도 인상적인 옛 대농장 관리인 집, 그 집이 진짜 그녀 단독 소유이고, 그런 기분은 세상의 일부를 가진 듯 얼마나 믿어지지 않는지를 말이다. 또 '시시포스의 형벌' 같은 텃밭 일도, 하인리히 씨, 톰과 슈테펜 이야기도, 아직 브라켄 마을을 잘 모른다는 사실도 들려주고 싶다.

도라는 주방 문이 열리고 떠들썩한 소리와 함께 거실에 음식 냄새가 퍼지는데도 여전히 새 출발에 대해 곱씹고 있다. 주방에선 아스파라거스 향이 나고 레인지 후드에서 요란한 소리도 난다. 악셀과 지빌레가 거실로 나와 첫 번째 코스로 붉은 사탕무를 넣어 만든 카르파치오, 견과류를 넣어 직접 구운 빵, 라임과 고수가 들어간 버터를 내놓는다.

도라는 남자들이 말하고 여자들은 듣기만 하는 집안 출신이라는 말을 절대 하지 않을 것이다. 근데 사실 그런 집 출신이다. 다같이 모여 앉은 식사 자리에서 대화를 이끌어가는 사람은 결국 아버지와 악셀이다. 더 정확히 말하자면, 아버지와 악셀은 교대로 돌아가면서 서로 엇갈리는 얘기를 한다. 악셀이 마스크를 벗어 던지고 현 정부의 밋밋한 정책뿐 아니라 벌써부터 봉쇄령 완화를 요구하며 징징대는 국민들을 향해 욕을 해댄다. 이어 아버지도 텅 빈 병원에서 스카트 게임*을 하는 의사들이며, 병원 가는 게 두려워 아파도 제때 필요한 치료를 받지 못하는 환자들 이야기를 들려준다.

"사람들은 완전 위축돼 있어." 아버지가 말한다.

"사람들은 사태의 심각성을 인지하지 못하고 있어요." 악셀이 대꾸한다. 그러고는 두 사람 모두 연신 붉은 사탕무 카르파치오를 먹어댄다.

도라는 남동생의 말을 들으면서 재차 로베르트를 떠올린다. 그도 악셀과 비슷한 또래다. 더 이상 어리지 않은 남자들은 바이러

---

* 세 사람이 32장의 패를 가지고 노는 카드놀이.

스를 퇴치하고 싶은 아주 강렬한 갈망에 사로잡혀 있는 것 같다. 통제력 상실과 맞서 싸우는 결전. 한 남자를 나이 들게 하고 원하는 걸 들어주겠다는 후안무치한 미래에 대한 선전포고. 도라는 그 정도로 심한 공포를 확산시키는 여자는 한 사람도 모른다. 그렇다고 전반적으로 사람을 많이 알고 있는 것도 아니다. 한 가지 확실한 건 로베르트와 악셀이 강경파가 될 순 있다는 거다. 그중 한 명은 아내의 부양을 받고 다른 한 명은 격앙된 대중매체의 덕을 보고 있다.

"학교 문을 다시 열러는 긴 무책임한 짓이죠." 악셀이 비난한다.

"이환율과 사망률의 차이를 모르는 사람들이 이 나라의 여론을 조성하는 건 무책임한 짓이지." 아버지도 합세한다.

"글쎄요." 정치적 선동도, 나쁜 식사 예절도 좋아하지 않는 지빌레가 한마디 내뱉는다. 그러고는 인생의 반려자인 요요에게 견과류를 넣어 직접 구운 빵을 내민다.

아버지가 대꾸하지 않고 조용히 있는 게 놀랍다. 보통 그는 누군가가 자기와 다른 의견을 내면 다이너마이트 막대기처럼 폭발 직전인 상태가 된다. 특히 자칭 고도의 지식을 갖고 있다고 내세우는 의학 분야에선 더하다. 근데 지금 그는 악셀이 감염자 수를 입에서 나오는 대로 마구 지껄이는 걸 들으며 얌전히 견과류 빵을 씹고 있다. 사적 모임 금지에도 불구하고 가족이 집 식탁에 모여 앉아 있으니 오늘 저녁엔 아버지의 자아가 이미 완전히 충족된 거 같다.

지빌레가 첫 번째 코스 음식 그릇을 치우고 아스파라거스가 어떻게 됐는지 주방으로 보러 간 사이, 아버지는 남편이 병원 가는 걸 반대한 탓에 수 주일간 점점 커져가는 암을 안고, 집 안을 기어다니는 "두 아이와 모든 걸 다 가진, 나이가 한창인 여성" 환자 이야기를 들려준다.

어렸을 때 이미 도라는 '라움포르데룽(Raumforderung)'이란 단어가 자기만의 방을 갖고 싶어 하는 소망이 아니라 암이며, 아버지 인생의 과제가 인간의 머리에서 이 '암'을 제거하는 것임을 알고 있었다. 다른 어린 소녀들처럼 그녀도 아버지가 아주 자랑스러워서 신비로운 인명 구조에 대한 이야기를 열심히 듣곤 했다. 하지만 이젠 그의 이야기를 듣고 있기가 힘들다. 그런데도 아버지는 "그 여잔 말을 할 수도 볼 수도 없었지만 코로나를 두려워하더라고!"라며 환자에게 나타난 탈락증상*을 자세히 설명하기 시작한다. 그때 또다시 배 속에서 작은 기포가 부글부글 올라오는 바람에 조금 전에 먹은 붉은 사탕무를 토할 뻔했다.

그녀는 식탁에서 벌떡 일어나 발코니로 도망친다. 담배 맛이 환상적이다. 길게 내뿜은 담배 연기가 조각품처럼 고요한 허공에

---

* 조직이나 기관 따위의 일부 또는 전부를 없앴을 때 그 기능의 결여로 나타나는 증상.

떠 있다. 베를린이 멋져 보인다. 암튼 유겐트양식*의 옛 건물 3층에 자리한 고상한 발코니 화원에 서서 바라보는 자비니 광장의 저녁 불빛 속 베를린은 멋지다. 바깥 거리보다 여기 발코니가 더 떠들썩하니 시끄럽다. 거리엔 개를 데리고 저녁 산책 나온 사람들, 저녁거리를 사서 장바구니 에코백에 담아 집으로 들고 가는 사람들이 보인다. 그리고 택시, 배송 차량, 전자 담배를 든 청소년들, 다리에 바지용 밴드를 부착하고 자전거를 타고 다니는 남자들도. 한결 마음이 가벼워진 도라는 로베르트와 악셀이 옳지 않다는 걸 새차 확신한다. 바이러스가 존재하지만, 그렇다고 세상이 멸망하진 않는다. 자연의 힘, 일상은 강하다. 가능한 곳이라면 어디서든 새로운 길을 개척한다.

도라는 바지 주머니에서 스마트폰을 꺼내 로베르트에게 문자를 보낸다. 문자는 최대한 효율적으로 작성한다.

"구스타프 가지러 갈게."

"언제?" 하고 답장이 온다.

도라는 열차의 막차 출발시간에 맞춰 크로이츠베르크까지 가는 시간을 계산해본다.

"한 시간 반 내로."

* 19세기 말에서 20세기 초에 성행한 독일의 미술 양식. 프랑스의 아르누보 운동에 비견된다.

"아래 건물 복도에 세워져 있어."

그는 그녀를 집 안에 들이기는커녕 두 번 다시 보고 싶어 하지 않는 게 확실하다. 그는 거리두기 규정 때문이라고 핑계 댈 거다. 바로 그날 저녁에 도라는 월세의 절반을 송금하려고 신청한 자동이체를 해지하기로 마음먹는다.

그녀는 식탁으로 돌아와 로베르트 집에 들러 가져올 게 있으며 열차 막차 시간이 11시라 더 오래 머물 수 없다고 말한다.

열차를 언급할 때 악셀이 비웃듯이 입을 삐죽거린다.

로베르트와는 어떻게 되는지 아무도 묻지 않는다. 이제 정말로 브라켄에 살 건지, 그곳이 마음에 드는지, 외롭지 않은지 아무도 알고 싶어 하지 않는다. 또 광고 일은 잘하고 있는지, 크로이츠베르크에서 가져올 게 뭔지조차 묻지 않는다. 물론 왕따를 시키는 건 아니다. 그녀의 가족은 그저 원래 이렇다.

"후식 먹을 때까진 있을 거지?" 지빌레가 묻는다. "너희들에게 할 얘기가 있어."

"지금 바로 하지." 아버지가 간단명료하게 말하고는 자리에서 일어나 반어적인 제스처로 들고 있는 잔을 두드린다. "우리 결혼할 거다."

"우리 모두요?" 도라가 불쑥 내뱉으며 유쾌한 웃음을 자아낸다.

"코로나를 무릅쓰고요?" 악셀이 묻는다. 그 말에 아버지가 오늘 밤 처음으로 화가 난 듯 눈썹을 치켜뜬다.

"피로연은 없어." 지빌레가 차분하게 말한다. "호적사무소에만 갈 거야. 그냥 너희들이 이 일을 사전에 알고 있으면 해서."

"두 분 축하해요." 예비 아들인 악셀이 말한다.

이따금 도라는 악셀도 어머니를 여의었는지, 자기만 지금 이 순간 놀란 토끼 눈을 뜨고, 어머니의 갸름한 얼굴과 테라스 문 앞에 놓인, 어머니가 미동도 없이 누워 있던 침대를 떠올리는지 궁금해진다. 도라는 식탁에서 오가는 대화에 더는 집중하지 못한다. '분할 과세' '노령 보험' '베를린의 유언'* 같은 용어가 귀를 스치고 지나간다. 그녀는 아버지의 새 파트너를 이제부터 '아버지의 새 부인'이라고 불러야 하는지 곰곰이 생각해본다. 그녀는 필요 이상으로 일찌감치 집을 나와 성큼성큼 계단을 내려간다.

두 시간 후 코흘리츠에 도착한 도라가 요헨이 든 백팩을 짊어지고 구스타프를 끌며 열차에서 내린다. 이미 하늘은 어두컴컴하다. 기차역 전등 불빛 주위엔 박쥐들이 푸드득거리며 날아다니는 게 보인다. 근데 그 모습이 자신들이 잡으러 쫓아다니는 곤충들을 커다랗게 확대해놓은 듯하다. 그때 나방 한 마리가 소리 없이 미끄러지듯 날며 지나간다. 첫 귀뚜라미들도 찌르륵찌르륵 울어대고 저 멀리서는 여우가 우는 소리도 난다. 기차역은 이런 동물들이 차지하고 있었다. 자전거 보관소엔 자물쇠를 채워두지 않았

---

* 독일 상속법에 명시된 배우자 혹은 반려자의 공동 유언을 말한다.

는데도 로니가 거기 그대로 있다. 몹시 불쌍한 생각이 든다. 자물 쇠도 채워지지 않은 채 기차역에 서 있어도 도난당하지 않은 건 자전거 입장에서 엄청 자존심 상하는 일이었을 거다. 도라가 구 스타프 안장에 올라가 로니의 핸들을 잡고 끌고 간다. 근데 놀랄 정도로 쉽다. 그녀는 빠른 속도로 조용히 어둠을 뚫고 미끄러지 듯 달린다. '집으로, 집으로 간다.' 그녀는 마음속으로 되뇐다.

창고에 자전거 두 대를 세워두고 도라는 현관문을 열고 곧장 침실로 가서 잠잘 채비를 한다. 그러고는 전등을 켠다. 순간 기겁 한다. 침대가 놓여 있다. 바닥 위에 매트리스가 아니라 진짜 침대 가 있다. 누군가 나무 받침대에 사포질을 하고 흰색 칠을 해서 만 든 침대다. 새로 칠한 페인트 냄새가 아직 공기 중에 떠 있다. 프 레임 사이즈가 엄청 커서 매트리스를 놓고도 가장자리에 공간이 많이 남아 휴대폰, 책, 알람시계, 협탁용 전등을 올려놓을 수도 있 다. 이보다 더 좋은 걸 바랄 순 없다. 그렇다고 이 침대가 이 방에 들어올 물건이 아니라는 사실은 변함이 없다. 그녀가 집을 나갈 때만 해도 분명 이 물건은 집 안에 없었는데.

그녀는 천천히 침대로 다가간다. 연기처럼 사라지지도 않고 만 져볼 수도 있다. 도라는 뒷문, 앞문으로 가서 문을 확인한다. 잠겨 있다. 완전히 안전하다. 집 밖엔 박쥐들과 올빼미들이 찬 공기를 뚫고 날아다니고 있다. 그사이 옥외계단 층계참으로 나온 도라는 담장 너머를 바라본다. 그러나 그 너머 옆집은 고요하다.

16장

브란덴부르크

"고테!"

도라가 외친다.

"고테!"

이른 아침, 그녀는 담장 옆 정원 의자 위에 서 있다. 트레일러, 제라늄 화분, 늑대 조각상. 인적 없는 빈집. 그녀는 거부당하면 용납하지 않기로 굳게 결심했다.

"고테!"

의자 위로 올라가기 전에 도라는 먼저 의자를 제자리에 갖다 놓는다. 아침에 일어나 주방 창문으로 내다보니 의자들이 전부 약간 뒤쪽으로 옮겨져 과일나무 아래에 가지런히 정돈돼 있었다. 요괴들이 거기 앉아 한밤의 다과 모임이라도 열었던 것처럼 말이다. 다행히 구스타프와 로니는 창고에 그대로 얌전한 말같이 나란히 서 있다.

"나와요! 당신 거기 있는 거 알아요."

한동안 이 상황이 이어진다. 이제 겨우 7시 반이다. 한데 도라
는 브란덴부르크에선 이 시각이 늦은 오전이라고 냉정하게 생각
한다. 일어날 시간이다. 뒤따라 나온 요헨이 아침 볼일 볼 최상의
자리를 찾아다닌다. 잠시 의자 위에 서 있던 도라가 또다시 큰 소
리로 외친다. 그래도 한참이나 고요하던 옆집에서 움직임이 감지
된다. 별안간 트레일러 문이 홱 열리며 꽝 하는 소리와 함께 외벽
에 부딪친다. 그러고는 팅기듯 다시 닫힌다. 그 바람에 양손으로
문틀을 잡고 있던 고테는 하마터면 손이 끼일 뻔한다. 그가 비틀
거린다. 햇빛 때문에 괴로운 듯 손으로 눈을 가린다. 숙취가 심한
모양이다.

"여기요!"

도라가 부른다.

고테가 비틀거리며 3단으로 된 트레일러 격자무늬 발판을 내
려와 그녀 쪽으로 다가온다. 한쪽 눈이 먼 사람처럼 한 손으로 눈
을 가린 채로. 다가오던 그가 몇 걸음 떨어진 거리에서 멈춰 선다.

"뭐요?"

"당신이었어요?"

"뭐가?"

"침대 말이에요."

잠시 생각에 잠겨 있던 그가 눈을 가리고 있던 한쪽 손을 내린다. 눈이 엄청 뻘겋게 부어 있는 게 보인다. 찌푸린 눈썹 사이로 깊은 주름이 나 있는데, 너무 깊이 패어 있어 메모지도 고정할 수 있을 정도다.

"그렇소."

물론 도라는 이런 대답이 돌아올 걸 준비하고 있었다. 고테 집 정원에서 나무 받침대를 봤으며 누군가 침대를 만들어 가져다 놓았으니까. 그런데도 그녀는 솔직하게 인정하는 그의 대답에 혼란스럽다. 하지만 지금 그녀가 느끼는 감정은 나중에 얼마든지 설명할 수 있다. 지금은 고테가 다시 자신의 동굴로 사라지기 전에 대화를 이어가는 게 먼저다.

"왜요?"

고테는 짜증 나 보인다. 도라는 왜 그런지 안다. 그녀 인생에서도 '왜?'는 성가신 질문이니까. 그녀는 왜 또 잠 못 드는 걸까? 그녀는 왜 아버지와 지빌레가 결혼하고 싶어 한다는 생각을 줄곧 하는 걸까? 그녀는 왜 항상 뭐가 손해고 뭐가 이득인지만 따져보는 악셀처럼 될 수 없을까? 또 왜 한 가지 일을 물고 늘어지면 나머지는 잊어버리는 로베르트처럼 될 수 없는 걸까? 고테가 큼큼거리며 헛기침을 하더니 침을 뱉는다.

"침대가 하나도 없길래."

도라는 이 대답을 좀 더 오래 곱씹어보고 싶다. "'왜?'라는 질문은 현대사회의 키메라*인가?"라는 1차 철학 시험이 실시된다.

아무 말이 없자 고테는 그녀가 또 자기 말을 이해 못한 거로 생각한다.

"침대가 없길래." 그가 참을성 있게 설명한다.

"어떻게 알았어요?"

"보이잖소."

"창문 너머로?"

"그렇소."

"내 집 정원에 들어와 창문 너머를 들여다본다고요?"

"매주 금요일마다."

이 말뿐 아니라 방금 요헨이 슬그머니 고테 등 뒤 담장 반대편에 모습을 드러낸 일도 화를 참고 신중하게 생각해볼 필요가 있다. 요헨이 살짝 헥헥거리며 도라를 쳐다보고는 감자밭을 향해 달려간다. 소리쳐 부르면 요헨을 배신하는 짓이라 도라는 그럴 엄두를 내지 못한다. 대신 화제를 딴 데로 돌리기로 마음먹는다.

"그러니까 매주 금요일 내 집 창문을 들여다본단 말이죠."

그 말에 고테는 대답하지 않는다. 엄밀히 말하자면 그건 질문이 아니었다. 더군다나 그가 방금 실토하지 않았는가.

"그럼 우리 집 정원에 있는 의자들은 왜 옮겨놨어요?" 그녀가

---

*   고대 그리스 신화에 나오는 사자 머리에 염소 몸통, 뱀 꼬리를 가진 괴물.

묻는다.

그 말에도 그는 대꾸하지 않는다. 대화하는 게 힘든 모양이다. 연신 실눈을 뜨고 관자놀이를 주무르는 걸 보니.

"고테! 정원 의자를 옮겨놓은 건 이해가 안 돼요."

"제기랄!" 그가 소리친다. "내가 당신 정원 의자에 뭔 관심이 있다고?"

"누군가 한밤중에 옮겨놨다고요."

"난 아니오."

"그럼 누구예요?"

"젠장, 모른다고."

그를 화나게 해서 좋을 게 없다.

"좋아요." 도라는 흔들리는 의자 위에서 몸의 중심을 옮기고 숨을 깊게 들이마신다. 그러고는 좀 더 부드러운 목소리로 말하려고 애쓴다. "이봐요, 고테. 침대는 정말 멋져요. 근데 당신이 내 집에 넘어오는 걸 원치 않아요."

그는 고개를 들어 처음으로 도라를 똑바로 쳐다본다.

"항상 저 집을 돌봤소."

"내 집을요?"

"저 집은 당신이 오기 전에도 여기 있었소."

"그러니까 당신 말은 이 집이 비어 있었을 때 가끔 별 이상이 없는지 확인했다는 거죠."

"누구 한 사람은 그래야 하니까."

"그럼 열쇠도 갖고 있어요?"

고테가 고개를 끄덕인다. 또 다른 수수께끼가 풀렸다.

"근데 지금은" 하고 도라는 일부러 더 부드럽게 말한다. "지금은 내가 여기 살고 있어요."

고테는 어깨를 으쓱한다. "당신은 혼자잖소. 그리고 여자고. 낫으로 풀도 제대로 못 베고."

"뭔 소리예요? 얼마나 잘 베는데요."

"하이니보고 힐티와 함께 당신 집에 가보라고 했소."

뭔 말인지 단숨에 이해된다. 하이니. 힐티. 하인리히.

"당신이 하인리히 씨에게 우리 집 풀을 베어주라고 했어요?"

"누구?"

"R2-D2요. 그러니까 하이니요."

고테는 주머니에서 찌그러진 작은 담뱃갑을 주섬주섬 꺼내 들고 담장으로 와서 그녀에게 내민다. 수입인지도 안 붙은, 역한 냄새가 나는 동유럽산 필터담배다. 근데 이걸 이른 아침에 피우라고. 절대 안 피우지, 라고 이성이 외치지만 오른팔은 이미 담장을 넘어가고 있다. 고테가 담배와 함께 라이터를 건네주려 하자 도라는 발끝으로 서서 담장 윗부분을 꽉 잡는다. 그 바람에 올라서 있던 의자가 기울어지고 구멍 뚫린 콘크리트 블록이 흔들린다.

사교에는 희생자가 필요하다. 이성도 흔들린다. 대신 다른 나머지 부분은 달콤하게 담배를 빨아들인다.

"원래 폴란드에서 왔어요?"라고 물으며 그녀는 대화를 이어나간다.

완전 미친 사람 보듯 그가 그녀를 쳐다본다.

"국기 때문에요." 그녀는 집 건물을 가리킨다. "저기 앞쪽이요."

"저건 독일 국기요."

"다른 거요! 빨간색과 흰색 깃발."

"브란덴부르크 깃발이오."

도라는 얼굴이 빨개지는 걸 느낀다. 이보다 더 도시 사람의 고정관념에 사로잡혀 있을 순 없을 거다.

"난 폴란드 이민자가 아니오." 고테는 그녀가 이해 못했을 경우를 대비해 단호하게 말한다.

도라어(語) 사전이 브라켄 마을의 폴란드 이민자들이란 말을 제안한다. 그녀는 지금 당장 다른 화제가 필요하다.

"한동안 안 보이던데요. 다른 곳에서 일해요?"

"몸이 좀 안 좋았소." 고테가 중얼거린다.

그러고는 말없이 담배를 피우던 두 사람이 거의 동시에 꽁초를 손가락으로 튕겨버린다. 고테는 도라 집 담장 너머로, 도라는 그의 집 담장 너머로.

"그럼 침대 건은 해명됐네요." 도라는 결론을 내리듯 말한다.

"침대는 다시 한번 고마워요. 근데 열쇠를 가져다주면 좋겠어요."

그러나 그는 그녀를 무시하고 트레일러 쪽으로 걸어간다. 그의 발걸음이 어딘가 모르게 방금 전보다 한층 더 안정돼 보인다.

"고테? 열쇠 가져올 거죠, 그쵸?"

트레일러 문이 꽝 하고 닫힌다.

17장

슈테펜

오전에 도라는 다음번 프레젠테이션 때 선택권이 충분히 많다는 걸 확실히 하려고 새 광고 문안 초안을 쓴다. 동물원에서 일하는 '선한 사람'이 아주 작은 우리에 갇힌 사자 한 마리를 풀어주지만, 사자는 그를 잡아먹으려 한다. 또 다른 '선한 사람'은 펑크 난 자동차 타이어를 교체하는 남자를 돕지만, 그 남자는 도주 중인 은행 강도인 게 밝혀진다. 세 번째 '선한 사람'도 낯선 남자에게 손님방을 내어주지만 다음 날 방에 있던 물건이 전부 없어진 걸 알게 된다.

'선한 사람'과 그의 불행에 몰두하면 할수록, 도라는 그를 더 좋아하게 된다. 그녀 자체가 '선한 사람'이고, 그녀가 알고 있는 모든 사람이 다 '선한 사람'이다. 아마 고테를 제외하고는. 새 이웃집 여자에게 침대를 만들어준 그라 하더라도 말이다. 모든 사람이 자신의 방법으로 이 무자비한 세상을 헤쳐나가고 긍정적인 걸 보태며 혼란스러운 것에 의미를 부여하려고 애를 쓴다. 개개인의 추진력이 얼마나 강하고 얼마나 다운돼 있는지 상관없이, 모든 사람은 다른 사람을 돕는 본능을 갖고 있다. 그녀가 만들어낸 '선한 사람'은 아이러니한 시대정신을 담은 캐리커처로서, 계속 생산되는 청바지를 가능한 한 많이 팔아야 한다. 근데 이 '선한 사람'은 세상에 스며든 허무함에도 불구하고 그 세상을 더 나은 곳으로 만들려는 아주 인간적인 바람의 아이콘이다. 이는 희극적이고 비극적이며 특히 실존적이기도 하다.

초안을 다 쓴 그녀는 컴퓨터를 꽝 하고 닫는다. 환풍기 소리도 그친다. 집 위로 납덩이같이 무거운 정적이 내려앉는다. 펜과 찻잔을 내려놓는 소리, 문을 여닫는 이 모든 소리가 별안간 부자연스러울 정도로 크게 들린다. 그때 배 속에서 스멀거리는 느낌이 난다. 다음 단계로 넘어가 초안을 고객에게 보내고 피드백이 올 때까지 기다려야 한다. 며칠 혹은 몇 주가 걸릴 수도 있다. 평상시라면 곧장 브리핑할 기회를 얻을 것이다. 하지만 지금은 정상적인 게 아무것도 없다. 도라의 노력이 허사가 된다. 이제 단 1초도 더는 할 일이 없다.

도라는 샤워를 하고 두 번이나 아침을 먹고 요헨과 함께 산책을 나간다. 오전 11시 반이다. 그녀는 절단된 어린나무들을 집터 뒤쪽으로 끌고 가 산더미처럼 쌓아놓는다. 이 장작더미들은 언젠가 태울 수 있을 거다. 그러고는 다시 샤워를 하고 점심으로 생선 파는 차량에서 구입한 달걀로 프라이를 만든다. 두 개는 그녀가 먹고 한 개는 요헨이 먹을 거다. 그녀는 식사 중엔 인터넷 헤드라인 기사를 읽지 않고 될 수 있는 한 천천히 식사에 집중하려 한다. 근데 아무리 천천히 먹어도 20분 후엔 식사가 끝난다. 이제 오후 1시 반이다.

오후 1시 반은 세상에서 가장 끔찍한 시각이며 하루의 절반이 방금 지나간 걸 의미한다. 탄산이 가득 찬 것처럼 몸속이 부글부글거리는 도라는 주방 시타에 앉아 빵 한 조각으로 접시에 마지막 남아 있는 달걀노른자를 닦아낸다. 그녀가 할 수 있는 일은 엄청 많을 거다. 가령, 미뤄둔 이메일 답장을 쓰고 하드디스크를 정리하고 이력서를 업데이트하는 일 등등. 그 외에도 소셜미디어에서 활동하고 개인 홈페이지도 만들어볼까 고심 중이다. 하지만 이내 그런 일에 몰두할 수 없다는 걸 깨닫는다. 스트레스를 받으면서 지금도 다섯 가지 일을 동시에 해낼 수 있다. 근데 일이 없어 빈둥거리며 모든 에너지를 소모하고 있다. 중단된 프로젝트 사이클에 직접 생각해낸 아이디어를 집어넣자니 솔직히 좀 막막한 기분이 든다.

물론 독서도 하고 욕실 청소도 하고 산책도 자주 나갈 수 있다. 그저 시간을 허비하진 않을 거다. 빈 시간이 계속 이어질 거다. 도라는 며칠 휴가를 낸 거라고 스스로에게 말한다. 정상적인 사람이라면 휴가가 기쁠 거다. 한가롭지 않고 할 일이 엄청 많다면 말이다. 하지만 슬프게도 자유는 사실 선물에 지나지 않는다. 소풍, 스포츠 이벤트, 가족 모임, 소설을 쓰거나 어린아이를 갖고 싶은 갈망. 진정한 자유 시간은 공포와도 같다. 적이라곤 단 한 명도 보이지 않는 전쟁터에 있는 것처럼 그녀는 사방으로 뻗어나간다. 무언의 위협만 있을 뿐이다. 앞으로 돌진하는 건 가만히 멈춰 서 있는 것만큼 잘못된 거다.

도라는 주방 식탁에서 일어나 아까부터 유리창에 붙어 윙윙거리는 파리 한 마리를 밖으로 내보낸다. 근데 가로막고 있는 창문이 있을 때에만 자유에 대한 생각이 멋진 것처럼 열린 창문 밖으로 갈지자를 그리며 날아간다. 그 모습이 어딘지 모르게 어색하다.

그나마 이제 윙윙거리는 소리는 들리지 않는다. 로베르트와 그녀의 침실에 갇혀 있던 파리들과 달리 방금 나간 파리는 망상에 빠지지 않았다는 점이 강점이었다. 이미 오래전에 그녀는 더는 존재하지 않는 곤충들을 사냥하지 않았다. 앞으로 언젠가 다시 위경련을 겪지 않고도 신문을 읽을 수 있을 거다. 언젠가 줄기차게 자신에 대한 생각을 멈출 수 있을 거다. 그저 가능한 일을 해보자. 숲속 벤치를 만든 사람처럼. 암튼 앞으로 며칠간 프로젝트가 필요하다. 씨감자를 얻어 와 심어보자. 벽에 페인트칠도 하고. 할 일이 생각날 거다. 중요한 건 혼자서 해내는 것이다. 물론 도움을 청할 사람도 없다. 며칠간 혼자 시간을 보낼 수 없다는 건 있

을 수 없는 일이다. 벌써부터 공허감에 빠져드는 듯하고 몸 가장
자리 윤곽이 점점 희미해지며 사라지는 듯한 느낌이 들어도 말이
다. 일단 여기서 나가야 한다.

제일 먼저 그녀는 로니를 돌려주는 의미 있는 일을 할 수 있다.
창고에서 로니를 꺼내 도롯가를 따라 끌고 간다. 고테 집 앞을 지
나가는데 깃발들이 살랑바람에 펄럭인다. 그 바람에 도라는 브란
덴부르크를 상징하는 여러 배경색 위에 찍힌 독수리를 잠깐 쳐다
본다.

이번엔 슈테펜이 문을 열어준다. 풀어 내린 긴 빨간 머리가 매
끈하게 늘어져, 공연이 끝나면 닫히는 커튼처럼 안경 쓴 그의 얼
굴을 감싸고 있다.

"이번엔 뭘 원해요?" 그가 묻는다.

"로니를 돌려주려고요."

"로니가 누군데요?"

도라가 가로등 기둥에 세워둔 커다란 남자용 자전거를 가리
킨다.

"이 쇠당나귀에게 이름을 지어준 거예요?"

도라가 어깨를 으쓱해 보인다. "로니처럼 생겼어요."

"근데도 갖고 싶지 않은 거고요?"

"아뇨, 내 생각에 당신들이……."

"자전거에 뭔 문제라도 있나요?"

"아뇨, 없어요. 그 사이 베를린에서 내 자전거를 갖고 와서 그래요. 꽤 비싸게 주고 샀죠."

"비싸면 더 좋은 건가요?"

"아뇨, 그게……."

"로니도 싸진 않았어요."

"그럴 테죠. 근데 로니는 내겐 너무 커요. 그래서……."

"아님 다른 건 베를린에서 온 거라?"

"아뇨, 한데 구스타프는……."

"구스타프!" 안경 렌즈 너머 슈테펜의 성난 눈빛이 번득인다. "그러니까 우리 로니보다 구스타프를 더 좋아한다는 거 아니에요?"

도라는 잘못된 영화 속에 들어와 있는 거 같다. "내가 로니를 살 거라고 생각했어요? 그래서 화난 거예요?"

"살 거라고!" 이제 슈테펜은 기분 나쁜 상태를 넘어 진짜로 화를 낸다. "당신들 도시 사람들은 늘 뭔가 살 생각만 하는군! 재물에 연연해하면서. 소유자가 누군지 궁금해하지 않고 물건의 가치를 평가하려고 애써본 적 있어요?"

"그런 의미가 아니었어요." 도라는 재차 설명하려 한다. "난 그저……."

하지만 슈테펜은 그녀의 말을 자른다.

"사람들이 호의를 베풀려고 완전 새 자전거도 빌려주고, 반긴다는 의미에서 순수한 마음으로 도와주려고 물건도 빌려주고 선물도 하고, 이게 뭘 뜻하는 거 같아요? 로니는 굉장히 멋진 쇠당나귀로, 당신이 원하는 한 사용할 수 있을 텐데, 이 모든 걸 내던져버리고 그저 퇴짜를 놔버리다니!"

도라는 망연자실한 표정으로 우두커니 서서 무슨 말을 해야 할지 모른다. 그저 슈테펜의 갸름한 얼굴, 화난 표정, 둥근 안경, 빨간 머리를 연이어 쳐다보며 기괴한 그의 주장이 여전히 허공에 맴돌고 있는 걸 깨닫는다. '구스타프와 로니' 혹은 '시골에 사는 도시인'이라는 제목의 낱밑 조각, 청가 장치 같다. 실제로 지금 눈앞의 슈테펜이 꼭두각시 인형에 달린 실이 끊어진 것처럼 앞으로 꼬꾸라진다. 긴 머리를 얼굴 위로 쏟아 내리고 허리 숙여 인사하고는 다시 허리를 펴고 일어날 때 도라는 웃고 있는 그를 본다. 그녀를 비웃고 있다. 눈은 맑아 보여도 마약에 취한 거 같다.

"당신 얼굴을 봐요." 그가 히죽 웃는다. 그러고는 달라이 라마처럼 양손을 포갠다. "일단 들어와요." 그가 친절하게 말한다. "당신 개도 이미 들어와 있어요."

18장

몽셰리

집 안 복도에 요헨의 모습이 보이지 않는다. 온 집 안을 돌아다니며 소파용 탁자 위에 놓인 고양이 밥그릇이나 비스킷 접시를 찾고 있을 거다. 요헨은 먹을 만한 걸 다 먹어치우면 짜증 날 정도로 지루해하며 나타나서 '이제 그만 갈까'라고 하는 듯 애처롭게 낑낑 짖어댈 것이다.

"맨 뒤쪽으로." 슈테펜이 도라를 좁은 복도를 지나 집 뒤쪽으로 안내한다. "대마초 재배 농장을 보고 싶어 하는 거 같아서."

도라는 그가 자신의 생각을 읽고 있는 건 아닌지, 도시 사람들이 정말로 그의 말대로 뻔한지 자문해본다. 그녀는 복도를 지나가면서 호기심에 열린 문 안을 들여다본다. 환한 정면에 스테인리스로 꾸민 현대적인 주방, 높이가 낮은 가구와 평면 텔레비전이 있는 거실, 월풀 욕조가 딸린 듯한 욕실이 보인다. 대마초 재배

사업이 잘되고 있는 모양이다.

그때 침실일 거라고 생각한 문 틈새로 요헨이 쏙 빠져나온다. 입에 뭔가 물고 씹고 있다. 그녀는 그게 뭔지 알고 싶지 않다.

"이쪽으로."

슈테펜이 뒷문을 연다. 그러자 요헨이 쏜살같이 뛰어 들어가 맨 먼저 새로운 사냥터를 차지해버린다. 예상과 달리 그 문은 마당이 아니라 별채 중 하나인 길게 뻗은 평평한 건물로 이어져 있다. 달콤하면서도 약간 불쾌한 냄새가 나는, 가지째 꺾인 꽃들이 그들을 맞이한다. 벽면을 따라 놓여 있는 긴 책상 위에 다발로 묶인 양치식물, 풀, 꽃, 줄기 같은 재료가 수북이 쌓여 있다. 마른 게 대부분이고 신선한 것도 일부 있다. 또 다른 한쪽 구석엔 완성품인 신선한 꽃다발, 장례식 화환을 비롯해 특히 마른 꽃들로 만든 것이거나 작은 바구니나 채색된 세라믹 그릇에 담긴 작은 꽃꽂이가 가득하다. 예쁘게 배치된 이 꽃꽂이들은 욕실 거울 앞 선반 위에 들어갈 만큼 아주 작다.

"이 지역엔 가끔 결혼식도 있어요. 그보다 더 잦은 건 장례식이고. 하지만 장식용으로 가장 많이 사용하죠." 슈테펜이 말한다.

그 말은 꾸준히 나오는 소리 같다. 거기에 톰의 위협적인 목소리까지 더해져 들리는 듯하다. 도라는 꽃꽂이를 좀 더 가까이서 보려고 탁자 쪽으로 간다. 꽃꽂이 하나하나가 다 다르고, 대부분 알록달록한 조약돌이나 들장미로 꾸며져 있다. 다른 일부는 그보다 좀 더 소박한 편이다. 그리고 다양한 식물로 꾸며진 여러 형태의 작은 바위정원도 있다.

"메인 사업은 도롯가에서 하고 있어요. 우리는 전 란트크라이스 소재지에 있는 판매소를 골고루 나눴죠. 고물상에서 가져온 낡은 재봉틀 탁자, 그 위에 깔린 레이스 탁자보, 손으로 쓴 안내판, 금고 역할을 하는 소박한 통조림병, 이 모든 건 상호 신뢰를 토대로 스스로 돈을 내고 가는 사람들을 위한 거예요. 그걸 본 베를린에서 온 관광객들에게 '정통성을 알리는 비상경보'*가 울리죠. 그들의 상상 속에서는 체크무늬 앞치마를 두른 나이 든 부인이 꽃꽂이를 만들고, 그들은 개당 평균 15유로를 내고 그 꽃꽂이를 미친 듯이 사고요. 우린 거리를 돌아다니며 탁자 위에 꽃꽂이를 가득 채우고 돈이 든 금고를 비우기만 하면 되고. 장사가 잘되는 주말엔 수백 개의 꽃꽂이를 팔고 있어요."

"꽃꽂이가 정말 예쁘네요." 도라는 꽃꽂이 한 개를 높이 들어올렸다. 침엽수와 잎 식물, 그리고 새처럼 나무에 앉은 알록달록한 작은 유리구슬로 만든 미니어처 숲이다.

---

* '정통성'은 독일 문화에 등장하는 유행어로, '정통성을 가진' 모든 건 좋은 것으로 여겨지지만 무엇을 '정통성이 있다'고 해야 하는지 아무도 모른다. 보통 특정 대상, 행동, 언어 등이 '정통성을 갖고 있다'고 여겨지고 중요한 자극제로 작용한다. 여기선 '체크무늬 앞치마를 두른 나이 든 부인이 꽃꽂이를 만드는' 행동이 '정통성을 가진' 것으로 여겨져, '정통성을 알리는 비상경보'라고 표현한 것으로 보인다.

"대부분의 꽃과 풀은 우리 집 온실에서 키우고 있어요." 슈테펜이 말한다. "근데 난 숲에서도 재료를 모으고 있죠."

어쨌든 그에게 어울리는 일이다. 허브 마녀와 라이프스타일 디자이너의 조합. 아무리 그가 빈정대는 어조로 말하려고 애를 써도 그의 말에서 예술가의 자부심이 묻어 나온다.

"보통 우린 꽃 가게와 주말 장터에서 재료를 대량 구입하고 있어요. 근데 지금은 봉쇄령이 내려진 상태죠. 어리석게도 얼마 전에 건조실을 새로 짓는 데 투자를 해서 대출 빚이 있고. 하지만 우린 투사예요. 정부로부터 1센트라도 지원받을 때까지 우린 우리가 키우는 꽃을 먹고 살 거예요."

요헨은 그 일을 이미 시작하고 있었다. 바닥에 배를 깔고 누워 꽃줄기를 질겅질겅 씹고 있다.

"톰은 노상 판매에다 인터넷 판매 시스템을 구축하고 있어요. 잘 진행되고 있죠. 요즘 같은 때에 사람들은 숲 한 조각을 주방 식탁 위에 가져다 두고 싶어 하니까."

도라는 아주 큰 소리로 전화 통화 하는 로베르트 곁을 떠나지 않고 크로이츠베르크 집에 지금도 함께 있으면 어떨지, 새들의 노랫소리가 들릴 때까지 슈테펜의 꽃꽂이를 바라보고 있으면 어떨지 상상해본다.

"당신네 사람들은" 하고 그녀가 묻는다. "난민인가요?"

슈테펜은 의미심장하게 고개를 끄덕인다.

"알레포*에서 탈출한 **보트피플**이에요. 우린 그들의 곤란한 처지를 이용해 거의 공짜로 일을 시키고 있죠."

"우문우답이죠?"

슈테펜은 계속 의미심장하게 고개를 끄덕인다.

"정말요?" 도라가 묻는다.

"우린 매년 포르투갈에서 온 에라스무스** 대학생 두서너 명을 고용하고 있어요. 공부는 도시에서 하고 돈은 우리 밑에 와서 벌죠. 코로나 때문에 베를린에서 나오고 싶지만 리스본으로 돌아갈 마음은 없고요. 그래서 우리 집에 살면서 아스파라거스 수확을 돕고 있어요."

"문제는 없어요?"

"탈세 추적?"

"마을과 말이에요."

"브라켄 마을은 좌파 자유주의 천국이에요. '환영 문화'***의 중심지죠."

도라는 웃지 않을 수 없다. "당신은 체크무늬 앞치마를 두른 나이 든 부인이 되기 전에 뭘 했어요?"

* 시리아 북부 도시.

** 1987년 시작된 유럽연합 교환학생 프로그램.

*** 이민자에 대해 개방적이고 수용하려는 사회 분위기를 따르는 정치사회적인 태도.

슈테펜은 고심하듯 눈을 위로 치켜뜬다.

"아득한 옛날에 에른스트 부슈에서 공부했다고 할 수 있죠."

도라의 미소가 한층 밝아진다. 연극예술을 가르치는 에른스트 부슈 대학은 인형극 연기자 양성 학교로 유명하다.

"그럼 고테도 좌파 자유주의자인가요?"

"고테. 글쎄." 슈테펜이 머리를 땋아 묶는다. 연극이 끝난 모양이다. "최근 들어 고테는 좀 조용해진 편이에요. 다행이죠."

"그럼 예전에는?"

슈테펜이 삽입대를 따라 걸으며 꽂꽂이 재료로 팜파스 풀, 자작나무 잎, 대나물, 그리고 유리구슬 서너 개를 찾아 모은다.

"사실 그는 집 앞에서 난동 부리려고 이리로 건너왔었죠. 음탕한 항문 성교자 새끼들, 분질러버려. 너희 모두 작살을 낼 거야. 뭐 이런 식으로."

"세상에." 도라의 얼굴이 하얗게 변한다. "술을 마셔요?"

"나치가 되려면 알코올중독자가 돼야 한다는 뜻이에요?"

"그런 말이 아니라."

"언젠가 톰이 사정을 설명한 적 있죠. 아주 쉽게."

"어떤 사정이요?"

"또다시 우릴 괴롭히면 몇 사람 불러 모아 그를 묵사발을 만들어버리겠다고."

"세상에." 틴에이저처럼 도라는 같은 말을 반복한다.

"그게 바로 고테가 이해하는 언어예요."

슈테펜은 노련한 손놀림으로 꽃꽂이에 들어갈 재료 하나하나를 정리해서 이끼가 붙은 육면체 스티로폼 상자에 꽂아 넣는다. 그러고는 푸른 유리구슬을 풀 사이에 집어넣기 전에 불빛에 비추어 본다.

"효과가 있었어요?" 도라가 묻는다.

"조금은." 슈테펜이 어깨를 으쓱한다. "고테와 그의 친구들은 엄청 바쁠 거예요. 현관문에 살해 협박 쪽지를 붙이고, 우편함에 케첩을 가득 뿌려 넣고, 앞뜰에 검은 나무 십자가를 세우느라 말이에요. 제국 신민으로서 행하는 일이 수월치 않을 거예요."

"그런 일을 여기서 하나요?"

"신문도 안 읽어요?"

도라는 침을 삼킨다. 그녀는 교전 지역에 떨어진 셈이다. 조만간 악셀에게 망명 신청이라도 하게 되면 그가 얼마나 비웃을지 벌써부터 그의 목소리가 들리는 거 같다. "대체 어떤 데로 이사 가는 거라고 생각한 거야? 쾌적한 전원생활을 누릴 수 있는 마법의 나라로?"

도라는 누군가 묵사발을 만들려고 사람들을 불러 모으진 않는다. 고테가 어느 날 갑자기 개인적으로 그녀에게 적대감을 갖지 않기를 바랄 뿐이다.

"괜찮아요?"

보아하니 얼굴이 더 창백해진 모양이다. 그녀는 고개를 끄덕이며 헛기침을 하고는 양손으로 머리카락을 쓸어 넘긴다.

"이런 상황에서 AfD를 뽑는 이유를 모르겠어요."

슈테펜이 마음의 문을 닫아버리듯 표정을 감춘다.

"난 투표하지 않아요." 그가 말한다. "선거는 종교가 아니죠."

도라는 그가 또다시 자신을 놀리는 건 아닌지 알아내려고 힐끗 쳐다본다. 하지만 그는 무표정한 얼굴을 하고 있다.

"톰은 투표해요." 도라가 말한다.

"톰에게 물어봐요."

"얘기해줬어요."

"막역한 친구가 됐나 보군요."

슈테펜은 육면체 스티로폼 상자를 적당한 바구니에 넣더니 실눈을 뜨고 바라본다. 그러고는 유리구슬 옆에 빈 달팽이 집 두 개를 집어넣고 도라 앞에 완성된 꽃꽂이를 놓는다. 지금 그녀는 꽃꽂이가 예쁘다고 말할 기분이 아니다. 투표하지 않는다는 그의 말에 화가 난다. 오히려 톰의 멍청한 항의 투표*가 더 낫다.

"고테에 대해 해줄 얘기가 있어요." 슈테펜이 말한다. "그의 아내가 그를 속였어요. 보프로스트**에 다니는 남자랑 수개월간. 온

---

*   지지하던 정당에 대한 반감에서 다른 정당에 투표하는 사람.

**   유럽 전역에 있는, 냉동식품과 아이스크림을 판매하는 최대 규모의 직영점.

마을이 그를 비웃었죠. 어느 날 아내가 어린 딸을 데리고 도망칠 때까지 그는 그 일을 참고 견뎠어요. 그녀는 지금 베를린에 살고 있고 그는 혼자 트레일러에 죽치고 있죠."

"그는 외국인인가요?"

"고테 말이에요?"

"보프로스트에서 일하는 남자요!"

"플라우지츠 출신으로 알고 있어요."

"그럼 왜 나치가 됐어요?"

"보프로스트에서 일하는 남자 말이에요?"

"고테요!" 도라가 화를 내며 외친다.

"그 전부터 나치였어요." 슈테펜이 침착하게 대답한다.

"근데 어떤 빌어먹을 연관성이 있어요?"

슈테펜이 히죽 웃는다. "흑백논리를 좋아하는군, 안 그래요?"

도라는 항변하려다 슈테펜의 말이 아주 틀린 건 아니라는 머릿속 작은 목소리에 귀를 기울인다.

"당신은 전부 다 가지려고 해서 세상이 잘못돼 보이는 거예요. 그러니 당신도 그리 불안해하죠."

"난 불안하지 않아요."

"손을 가만히 두지 못하고 왼발도 떨고 있잖아요."

도라는 한참 만지작거리던 노끈 하나를 가급적 눈에 안 띄게 옆으로 치우고 몸의 무게중심을 옮겨 균형을 잡아 발 떠는 걸 멈춘다.

"여기 바깥에서 사람들이 뭘 배우는지 알아요?"

갑자기 슈테펜의 목소리가 빈정대는 투가 아니라 진지하고 다정하게 들린다. 도라는 고개를 가로젓는다.

"문제는 반론을 없애는 게 아니라, 참고 견뎌내는 거예요." 슈테펜이 말한다.

도라는 포천쿠키에 들어 있는 격언을 좋아하지 않는다. 그래서 입을 비죽거린다.

"세상사 대부분은 단순해요." 그녀가 강하게 말한다. "우익 포퓰리스트들이 그 예죠. 그들은 굉장히 단순한 논리로 선거에서도 이기거든요."

"우익 포퓰리스트들의 어떤 점이 단순하다는 거죠?"

"인종차별주의자냐 아니냐죠."

"믿어지지 않네요."

"외국인들이 거지같아요?"

"그럼요. 완전."

"그럼 당신은 인종차별주의자예요."

"근데 난 독일 사람들도 거지같은데."

도라는 마지못해 웃는다. 슈테펜의 교활하고 건방진 언행은 무기력한 것만큼이나 불쾌하다.

"나도요?"

"당신은 특히나."

"내가 꽃꽂이를 산다면?"

"그럼 아니겠죠."

도라는 슈테펜이 조금 전에 완성한 예술적인 꽃꽂이를 가리킨다. 푸른 구슬 때문에 꽃꽂이는 갈대와 나무에 둘러싸인 작은 연못을 본떠 만든 모조품 같다.

"20유로인데 당신에겐 19유로만 받을게요."

도라는 주머니에서 커버에 늘 지폐 몇 장을 넣어두는 스마트폰을 꺼낸다.

"30유로 줄게요."

"고맙소. 도시에서 온 부자 여성분이군요."

슈테펜이 꽃꽂이를 내민다. "고테를 조심해요."

"왜 그런 말을 하죠?"

그가 손을 치켜든다. "느낌이 그래요. 나치인지 아닌지 모를 그는 제정신이 아니에요."

도라가 대꾸하기 전에 그가 커다란 꽃다발을 세워둔 구석을 가리킨다.

"이제 가는 게 좋겠네요. 당신 개가 선물 바구니에 든 몽셰리*를 전부 다 먹어치웠어요."

---

*   초콜릿 과자를 생산하는 이탈리아 페레로 회사의 브랜드 이름으로. 몽셰리(mon chéri)는 영어 my darling의 프랑스어이다.

19장

프란치

도라가 어렸을 땐 요괴와 요정이 많았다. 나무뿌리 사이에 사는 난쟁이들, 바람을 만드는 정령, 딱정벌레의 행복을 지키는 작은 요정들, 부활절 토끼, 아기 예수, 그리고 아이들의 수호신도 있었다. 어린 도라와 악셀은 자신들을 보호하고 자신들을 위해 세상을 더 아름답게 만드는, 보이지 않는 많은 존재에 둘러싸여 있었다. 그들의 작은 우주가 늘 새로운 마술을 부리는 사랑으로 충만한 동안엔 나쁜 일이 일어날 수 없었다. 초등학교 시절 어린 도라는 부활절 토끼의 존재에 의구심이 들어 토끼의 뺨을 한 대 때린 적이 있었다. 그 일로 담임선생님의 꾸지람을 들었지만 침착하게 견뎌냈다. 선생님은 도라를 지키는 수호신들을 방어하는 게 당연하다고 생각하는 것 같았다.

얼마 후 어머니가 돌아가시고, 어머니와 함께 마력을 지닌 모든 것들도 사라졌다. 무자비한 사이코패스처럼 진실이 공격하기 시작했다. 도라가 가진 거라곤 어린아이 같은 나약함과 착각만 한 무더기였다. 과거에 느꼈던 확신과 안전은 부활절 토끼 이야 기만큼이나 틀린 거였다.

지금도 도라는 그사이 자주 찾는 단골 장소가 돼버린, 숲속 교차로에 설치된 벤치에 앉아 있다. 요헨 역시 지난번처럼 이번에도 이끼 더미 속에 누워 있다. 내리쬐는 햇볕이 도라의 코를 간질여대고 산들바람이 머리카락에 장난을 친다. 비스듬히 서 있는 전봇대 불빛은 주변 소나무를 비추고, 맹금류 한 마리도 소리 없이 나뭇가지 사이를 획획 날아다닌다. 소곤거리고 바스락거리는 소리, 마력을 지닌 생명체들, 그 속에 어치도 돌아와 있다.

"엄마, 안녕."

도라가 말한다. 이어 경고하는 듯한 새의 큰 울음소리가 들린다.

"우리에게 현실감을 좀 더 가르쳐줄 수도 있었을 텐데. 바보 취급당하면 불쾌해지거든요." 그때 어치가 깃털을 흔들어대는데, 그 모습이 마치 어깨를 움츠리는 듯하다. "난 슈테펜 같은 사람들은 물론이고 덤불 속 바스락거리는 소리에도 속는걸요."

실제로 등 뒤 나무딸기 속에 뭔가 웅크리고 있는 것 같다. 요정보다 더 큰 존재가. 아마 정령이거나 요괴일 테지. 조금 전 깃털을 흔들어대던 어치가 재차 같은 동작을 반복하고는 숲속으로 사라진다.

"너무 쉽게 생각하는 것 같아요! 지금 당장 도망칠 이유가 없는데."

이제 낄낄거리며 웃는 소리도 들리는 듯하다. 도라는 천천히 돌아서서 도움닫기를 세 번 한 다음 덤불숲으로 뛰어든다. 그러고는 손을 뻗어 노란 티셔츠를 입은 아이를 간신히 붙잡고 보니 몸집이 크지 않은 여덟아홉 살쯤 돼 보이는 여자아이다. 도라의 손아귀에서 벗어나려고 아이가 발버둥 치며 주먹을 마구 휘두르는 동안, 길게 땋은 머리가 허공을 때리며 혼자만의 싸움을 하고 있는 것 같다. 마침내 도라가 아이의 손목을 잡아 꼼짝 못 하게 한 다음 진정될 때까지 꼭 안아준다.

"이제 진정해." 도라가 될 수 있는 한 상냥하게 말한다. 따뜻한 아이 몸에서 떨림이 느껴진다. 처음엔 우는 거라고 생각한다. 근데 다시 낄낄거리는 소리가 들린다.

"아줌마는 작은 새와 얘기했어."

"너 얼마 전에도 날 관찰했지, 그치? 날 염탐하니?"

"아줌마는 작은 새에게 엄마라고 했다고!"

낄낄거리는 소리가 웃음소리로 바뀐다. 마치 어린아이 역할이라도 하듯 소녀의 목소리가 인위적이고 톤이 너무 높다. '작은 새'라는 말도 꾸며낸 듯 들리고, 웃음소리도 진심에서 우러나온 게 아니다.

"그 새는 어치였어."

"어치? 그 어치가 항상 '헤' 하고 소리 내요?" 아이가 애써 웃는다. "새와 얘기하진 않아요!"

"난 내 개와도 얘기한단다." 도라는 될 수 있는 한 차분히 말한다.

요헨 얘기가 나오자 아이는 긴장을 푼다. 이제 작은 몸싸움도, 어치에도 관심이 없다. 요헨은 푹신한 이끼 더미 속에 누워 둘이 티격태격 싸우는 모습을 냉담하게 지켜보고 있었다. 이긴 사람과 친구가 되려고 둘 중 하나가 이기기를 기다리고 있는 것 같다.

"너무 귀여워. 쓰다듬어도 돼요?"

"몇 가지 질문을 해도 된다면."

"좋아요."

"약속했어? 도망치지 않을 거지?"

"약속해요."

도라가 소녀를 놓아준다. 아이는 덤불숲에서 나와 요헨 앞에 무릎을 꿇는다.

"야, 너?" 아이가 다정하게 말하며 조심스럽게 요헨의 머리를 쓰다듬는다. 그러자 요헨이 땅에 등을 대고 이리저리 뒹굴더니 사지를 쭉 뻗어 긁어달라고 분홍색 배를 내민다.

"개가 날 좋아해!" 소녀가 감격해서 외친다. 요헨은 그 옆에 누워 온 숲에 보여주듯 생식기를 드러내놓고 있다. 도라는 아이가 수컷과 암컷을 구분할 수 있는지 궁금하다.

"암컷이야."

도라는 조심스럽게 청바지에 묻은 나무딸기 가시를 털어내고 덤불에서 터벅터벅 빠져나와 다시 벤치에 앉는다. 팔을 살펴보니 덩굴과 아이 손톱에 긁힌 자국이 있다. 그 작은 야수가 물지 않은 게 다행이다.

도라는 어린 소녀를 자세히 관찰한다. 열 살은 돼 보인다. 늘어뜨린 머리가 허리까지 내려온다. 땋은 머리가 단정하지 않다. 땋은 게 아니라 매듭 묶듯이 묶은 것 같다. 팔다리는 더럽고, 찢어진 청바지는 수 주일간 빨지 않은 거 같다. 또 양말도 안 신은 맨발로 물 빠진 핑크색 고무 샌들을 신고 있다. 방금 전까지 굉장히 히스테릭한 이상행동을 했던 아이가 지금은 넋을 잃고 요헨의 목, 허벅지 안쪽, 겨드랑이 아래 연약한 피부를 쓰다듬고 있다. 마사지를 받으며 깊은 잠에 빠진 요헨의 귀가 숲 땅바닥에 누더기같이 놓여 있다. 게다가 입을 벌린 채 혀를 이빨 사이로 쑥 내밀고 있다.

사실 도라는 아이들에게 특별히 관심을 가져본 적이 없다. 그래도 아이들과 관련된 주제는 피하기 힘들다. 부모 칼럼, 심리학자 인터뷰, 독일 학교에서 터져 나온 분쟁 소식. 세상에 이보다 더 중요한 일은 없을 것 같다. 일터와 마찬가지로 현대 가정에서도 지속적으로 장려되고 있다. 인간의 운명은 조기 영어교육, 아이에게 맞는 취미에 좌지우지된다. 솔직히 도라는 이유는 모르겠지만 이런 기사들을 꽤 많이 읽는다. 아마 다른 사람들의 문제보다 더 좋은 건 없어서 그런 것 같다. 그사이 그녀는 영재의 기준과

ADHD 증후도, **엄마됨을 후회함**이라는 것도 뭔지 알게 된다. 또 학대나 스트레스에 대한 반응으로 가끔 나타나는, 정신발달의 수준이 이전 유아적 단계로 되돌아가는 '퇴행 행동'에 대해서도 들어본 적 있다. 부모가 헤어진다는 이유로 열 살짜리가 갓난아기 목소리를 흉내 내어 말하는 게 그 예다.

"넌 이름이 뭐니?"

"프란치요. 아줌마 개 이름은요?"

"요헨이야."

"암컷이라 생각했어요."

"맞아. 특이하지. 바닥에 배를 대고 누워 있으면 몸통이 삼각형 모양이라 요헨데어로헨이라고 해."

소녀는 요헨 쪽으로 말없이 허리를 더 깊이 숙이면서 이맛살을 찌푸린다.

"로헨이 뭔지 모르니?"

쳐다보지도 않고 프란치가 고개를 가로젓는다. 도라는 무미건조한 어조로 말하려고 애쓴다.

"로헨, 가오리. 큰 물고기인데, 완전 납작한 게 날개가 달린 것처럼 물속을 헤엄쳐 다니는 듯 보이지."

"멋져요." 갑자기 프란치가 더는 갓난아기 목소리를 내지 않는다. 대신 서글프게 들린다. "한번 보고 싶어요."

"유튜브 영상으로 보여줄 수 있어."

"오, 좋아요! 보여줘요!" 프란치가 양팔을 번쩍 치켜올리더니 금세 다시 어린아이처럼 행동한다. "제발, 제발요! 약속했어요?"

그런 제안을 한 걸 그녀는 벌써 후회 중이다. 프로젝트가 중단 됐다고 골칫거리를 집 안에 들여놓을 하등의 이유가 없다. 지루해하는 아이들은 스토커가 될 수 있다.

"브라켄에 사니?" 도라가 묻는다.

"코로나 때문에요."

'또 다른 망명자군.' 도라는 생각한다.

"정확히 어디?"

"응?"

"정확히 어디에 사냐고."

"우리 아빠 집에요."

"아빠가 누구니?"

프란치가 잠시 생각에 잠긴다. "응, 우리 아빠!"

"아빠는 뭐 하시니?"

"우리 아빠는 목수예요. 근데 요즘은 침대에 많이 누워 있어요."

'백수 아빠구나.' 도라는 생각한다. '하르츠 IV*로 인한 우울증.'

"그럼 엄마는 어디 있니?"

"음, 베를린에. 일해요."

---

* 　실업급여와 영세민 보조금을 통합한 정책으로, 2005년 1월 1일부터 시행됐다.

"날 왜 쫓아다니니?"

소녀가 고개를 숙인다. 마치 요헨 털 속에 사는 기생충을 잡으려는 듯 푹 숙인다.

"프란치! 날 왜 쫓아다니니?"

"아줌마 개가 너무 귀여워요." 또다시 어린아이 목소리다. "선물로 줄래요?"

도라는 소녀의 어깨를 붙잡고 흔들어대고 싶다. 네 원래 목소리로 말해! 그렇게 행동하지 마! 내가 얘기하면, 제기랄, 날 쳐다보라고!

"네가 날 염탐하는 게 싫어. 알겠니?"

프란치가 고개를 끄덕인다. 그러자 도라의 화가 금세 가라앉는다.

"제가…… 요헨과 산책 가도 되나요?"

"요헨은 산책 가는 걸 그리 좋아하지 않아. 다른 개들과 달라."

"제가…… 요헨을 보러 와도 돼요? 쓰다듬어주러?"

도라는 이 아이가 영화를 보러 오든, 요헨을 쓰다듬으러 오든 다 싫다. 근데 프란치가 빤히 쳐다보자 눈에 눈물이 고여 얼굴을 감추려 애쓰며 헛기침을 한다.

"한번 생각해보자." 그녀가 말한다.

"좋아요."

프란치가 벌떡 일어나 무릎에 묻은 흙을 털고는 도라에게 손을 내민다. 진짜 브란덴부르크 여자아이. 그러고는 춤을 추듯 빙글빙글 돌더니 껑충껑충 몇 번 뛰어 소관목 사이로 사라져간다. 뛰어가는 소녀의 길게 땋은 머리가 공중에서 원을 그린다.

20장

호르스트 베셀

또 뭔가 다르다. 이제 익숙해질 만도 하다. 옥외계단 층계참에 의자 네 개가 놓여 있는데, 정원 의자가 아니라 넓은 등받이와 얼기설기 얽힌 모양의 좌석이 달린 주방 의자다. 누군가 사포질을 하고 흰색 칠을 한 이 의자들이 여기 바깥에 나와 있으니 현대적인 조각 공원에 전시된, '부재'라는 제목의 예술 작품 같다. 도라는 의자에 앉아 테스트를 해본다. 편안하다. 근데 약간 흔들거린다. 주방에 놓아두면 멋질 것 같다. 주방의 초라한 분위기를 **셰비 시크***풍으로 바꿔놓을 이 의자들은 이 모든 일에 의도가 있음을 증명할 것이다.

도라는 고테가 가구 선물을 하는 게 싫지만 이 의자들은 갖고

---

*   앤틱 가구로 꾸민 세련되고 우아한 인테리어 스타일.

싶다. 어쨌든 그가 이번엔 이 의자들을 문 앞에 두고 갔다. 이것은 그녀의 사적 영역을 존중한다는 표시다. 그러니까 그녀의 말을 따른 거다. 몸을 뒤로 젖혀본다. 도라가 4인승 배송차에 올라탄, 살과 피로 만들어진 유일한 손님이고, 나머지 빈자리는 투명인간이 차지하고 있다. 어머니, 아버지, 남동생 혹은 좋은 친구 세 명이. 아니면 남편과 두 아이가 타고 있다. 요헨에게도 유령이 찾아온다. 집터 앞쪽에서 유령과 싸우며 짖어대더니 사방을 뛰어다니며 허공에 작은 나무줄기를 집어 던진다. 고테도 오늘 밤은 혼자가 아니다. 도롯가에 자동차가 두 대 서 있다. 담장 너머에서 여러 명의 남자 목소리가 들린다. 유령은 아닌 것 같다. 고테와의 대화를 좀 미룰 수 있는 좋은 이유다. 그녀는 감사 인사를 전하는 동시에 더는 선물은 원치 않는다고 확실하게 못 박을 생각이다. 틀릴 수도 있지만 가구 없는 빈집에서 지내는 것도 좋다고. 도라는 다른 사람에게 신세 지고 싶지 않으며, 특히 그 사람이 마을 나치라면 더더욱 그렇다.

눈에 보이지 않는 유령 손님들이 지루한 대화 상대자인 걸 알게 된 도라는 스마트폰을 꺼낸다. 지난 몇 년간 가끔씩 평이 좋은 소설들을 다운받았지만 그중 한 권도 읽어보진 않았다. 출간되는 책도 너무 많고 추천받거나 혹평받는 책도 너무 많았다. 현대문학에 뒤처지지 않는 건 너무 큰 과제로, 인간이 본능적으로 거부하는 또 다른 불가능이다.

근데 지금 도라는 시간도 있고 앉을 의자도 있다. 그녀는 이 거부감을 한쪽 구석에 치워놓을 수도 있고, 스마트폰에 다운받 아놓은 책들을 다 읽어볼 수도 있다. 독서는 그녀의 새로운 취미 가 될 수 있을 거다. 충분히 사방에 떠들어대고 다닐 만한 소일 거리다. "시골에 살고부터 책을 엄청 많이 읽어"라고. 게다가 현 대문학 전문가가 될 수도 있고, 어느 날 아마존에 비평을 쓸 수 도 있다.

도라는 손 가는 대로 "현대 생활세계에 대한 통찰"이라는 설명 이 붙은 책을 클릭한다. "최근 **콘디치오 후마나***에 대한 또 다른 시 적 분석"이라고.

소설 첫 부분에서 여성들의 침대 옆 협탁 위 탁상시계가 울린 다. 같은 시각에 온 나라에서 '따르르르' 하는 새된 소리, 삐삐거 리는 소리, 좋아하는 음악 소리 혹은 라디오 방송의 아침잠을 깨 우는 프로그램 소리가 터져 나온다. 호화로운 침실이든 초라한 침실이든, 도시의 고급 주택이든 시골의 작은 집이든, 전형적인 옛 건물이든 좁은 오피스텔이든 상관없이 말이다. 탁상시계가 보 이지 않는 전선으로 연결돼 있는 것처럼, 온 나라에 알람 콘서트 가 열린다. 여자와 탁상시계가 곳곳에 있다. 소설은 바로 이런 점 을 그리고 있다. 책에서 눈을 뗄 수가 없다. 탁상시계를 위한 애가

---

*   '인간으로서의 조건'이라는 뜻.

(哀歌)가 수 페이지에 걸쳐 펼쳐진다.

도라는 스마트폰을 내려놓는다. 이 소설의 여성 저자는 미국이 지역마다 다른 시간대가 존재한다는 걸 모르는 모양이다. 근데 문제는 그게 아니다. 도라는 내용에 동의할 수 없다. 스캔들감이다! 여자들은 모두 일찍 일어나야 한다니. 직장에 다니거나 가사를 돌보거나 혹은 일과 가사를 병행해야 하는 그들이 모두 같은 배에 타고 있다니. 참기 힘든 폐단이다. 과한 혜택을 누리는 라이프스타일, 그게 순식간에 생지옥처럼 보인다. 이것이 **콘디치오 후마나**라면 무엇을 이룰 수 있을까? 역사상 유일무이한 '매스티지' 조차 보통의 행복으로 이어지지 않으면, 어떤 발전 과제가 남아 있을까? 삶이 부담스럽고 어떤 여자가 매일 아침 일어나야 하는 사실이 수치스러우면, 개인으로서, 공동체 일원으로서 인간은 뭘 위해 애써야 할까? 탁상시계가 울리는 것만으로 인간의 운이 위협받는다면, 우린 짐을 싸서 도망치면 된다.

요요는 우리 시대의 비극은 인간이 개인의 불만족을 정치 문제와 혼동하는 데 있다고 말하곤 한다.

그 말은 아버지 특유의 재담이면서도 진실일 거다. 어쩌면 혼동이 아닐지 모른다. 인간의 불만족은 엄청난 정치 문제다. 이는 온 사회를 파괴시킬 수 있다. 약간의 기폭제, 난민 혹은 코로나만 있으면 된다. 그럼 창조물 전체가 산산이 흩어질 위기에 놓인다. 진정으로 평화와 번영의 축복을 믿고 있는 사람이 없었으므로.

도라는 이북 리더기를 닫고 알렉산더 게르스트 동영상을 클릭한다. 잘 단련된 몸이 캐비닛 모양의 흰색 우주복에 가려진 것과 달리, 생쥐를 닮은 그의 귀여운 얼굴은 다정하게 카메라를 응시한다. 게르스트는 모험을 떠나려고 변장한, 몸만 큰 어린아이 같다. 사실 그는 우주탐사가 우주로 향한 유년기의 연장이라고 말하곤 한다. 호기심 많은 아이는 처음엔 비밀 정원이 매우 좁게 느껴진다. 그다음엔 도시 숲도, 나라도, 그리고 결국엔 지구도. 호기심에 경계는 없다. 어쩌면 우주비행사들은 목표를 가진 최후의 사람들일지 모른다. 동영상이 끝나자 다음 동영상이 추천되고 그 다음에 또 다른 게 나와, 도라는 계속 클릭해서 본다.

근데 최고로 편한 의자도 시간이 지나자 불편해진다. 다리가 저리고 등이 아프다. 그녀는 주방으로 들어가 요헨의 밥그릇을 채우고 자신이 먹을 치즈 빵을 한 접시 만든다. 요리 중에도 그녀는 게르스트와 비제만이 국제우주정거장을 여기저기 기어 올라가는 모습이며 우주 곳곳을 빠르게 날아다니는, 많은 날개가 달린 잠자리를 시청한다. 그 뒤로 지구가 보인다. 사실 둥근 공이다. 암석과 물로 이루어진 커다란 공인데, 거기에 대략 80억에 달하는 인간들이 돌아다니고 있다. 단 소수의 우주비행사들만이 자신들의 눈으로 그 모습을 직접 목격했다. 그들만이 존재에 대한 커다란 수수께끼의 해답을 이해한다. 온갖 난센스가 실제로 존재한다는 해답을. 그래서 호기심은 영원한 목표를 갖고, 아침이면 울리는 탁상시계엔 관심 가질 이유가 없으며, 우주비행사들이 세상에서 가장 친절하고 행복한 사람들인 거다. 기쁨에 젖어 우주비행사들이 목청껏 민요를 부르는 것 같다.

도라는 창문을 열어젖힌다. 방금 들은 노랫소리는 우주가 아니라 이웃집 정원에서 들려온다. 게다가 민요도 아니다.

"깃발을 높이 내걸어라, 대열을 촘촘히 맞춰라……."

인터내셔널가에 도라는 혼란스럽다. 여기선 지금도 그 노래가 유행일 거라곤 생각지도 못했다.

"나치스 돌격대가 씩씩한 군센 발걸음으로 행진한다!"

도라는 창문을 닫고 빵칼을 조리대 위에 도로 내려놓는다. 갑자기 배가 고프지 않다. 그때 요헨이 빵 접시를 보며 '내가 먹을게!'라는 의미의 간절한 눈빛을 보낸다. 하지만 도라는 요헨을 거들떠보지도 않고 미동도 없이 서 있다. 아침이면 울리는 탁상시계, 호기심 많은 우주비행사들, 노래 부르는 나치들. 창문을 닫았는데도 여전히 낮은 목소리가 들려온다. 하지만 가사는 알아들을 수 없다. 그러니 노랫소리는 무시해버리면 된다. 도라는 차를 끓여야겠다고 애써 생각한다. 치즈 빵을 먹고 우주 다큐도 몇 편 더 보자. 근데 그녀의 발이 현관 쪽으로 움직인다. 그 모습을 본 요헨이 한발 앞서 먼저 밖으로 나가려고 하자 그녀는 개를 뒤쪽 복도로 밀어 넣는다. "여기 있어!" 그러고는 조용히 문을 닫고 나간다.

"수백만이 희망에 부풀어 하켄크로이츠를 바라본다."

이제 그들의 목소리가 크게 잘 들린다. 도라는 자신이 뭘 할 생각인지 모른다. 사실 아무 생각도 없다. 그저 살펴만 볼 거다. 담장 너머에 있는 이국적인 커다란 동물이 엄청 특이하고 위협적이라 꼭 한번 봐야 할 것 같다.

"벌써 히틀러 깃발이 거리마다 휘날린다."

도라는 담장 쪽으로 다가가 의자 위에 올라간다. 고테를 포함하여 네 명의 남자가 있다.

그들은 트레일러 앞 캠핑 탁자에 둘러 앉아 있다. 그들 사이엔 맥주병이 죽 늘어서 있고, 거기엔 가정용 대형 노르트하우젠 도펠코른병도 섞여 있다. 넷 중 두 남자는 고테와 같은 계통인 거 같다. 떡 벌어진 어깨 위 둥근 머리, 플레크타른* 무늬의 카고 반바지와 색 바랜 티셔츠 차림이다. 그중 한 사람은 얼굴 아래쪽에 짙은 수염이 덥수룩하게 나 있어 지하드 추종자라고 해도 손색이 없을 거 같다. 또 다른 사람은 팔에서 어깨를 지나 얼굴 가장자리까지 온통 문신으로 뒤덮여 있다.

마지막 남자는 앞서 두 사람과 달리 그들 사이에 섞여 있는 이방인 같은 인상을 준다. 작고 마른 몸의 그는 이마에 흘러내리는 매끄러운 긴 머리를 연신 쓸어 올린다. 긴 청바지로 다리를 가린 가냘픈 상체는 가을 느낌 나는 갈색 코르덴 양복 재킷 속에 숨어

---

* 2차 세계대전 당시 독일에서 떡갈나무 잎을 본떠 만든 전투복.

있다. 고테와 다른 남자들 틈에서 거의 어린아이처럼 보이는데도 심상치 않은 에너지가 몸에서 뿜어 나온다. 노래 부를 땐 선창하며 검지손가락을 들어 허공을 가리키고 노래가 끝날 때쯤엔 의자에서 반쯤 일어나 있다.

"굴종은 그저 한순간이구나!"

노래가 끝나고 네 남자는 들고 있던 맥주병을 세게 맞부딪친다.

그 순간 도라는 자신이 남자들을 볼 수 있으면 그들도 자신을 볼 수 있다는 단순한 사실을 깨닫는다. 지금 당장 치즈 빵이 있는 곳으로 돌아가야 한다.

도라는 제3제국에 관한 글에서, 체제 전복을 꾀하는 사회에서 얼마나 빠르게 불안감이 조성되는지, 또 거의 깨닫지 못하는 사이에 새로운 기준들이 가장 사소한 일상적 결정을 내리는 데 어떻게 끼어드는지를 기술한 부분을 본 적이 있었다. 누구에게 무슨 말을 할 수 있을까. 레스토랑을 나가는 게 더 좋은 땐 언제고, 일하러 가는데 다른 길로 갈 땐 언제일까. 인간의 뇌는 공포의 조건에 익숙해지고, 그 공포를 사고와 통합하여 흔적을 지운다. 인간은 공포에 시달리지 않고 공포를 실천하고, 인간은 고통 없이 공포의 이면에 녹아들 때까지 변화된 상황에 적응해나간다.

이런 메커니즘으로 인해 세상에 끔찍한 일이 끊이지 않고 반복해서 일어난다. 이에 막을 방법은 단 하나다. 맞서 싸워야 하는 건 악이 아니라 인간의 비겁함이다.

216

'입 다물어.' 도라 머릿속의 목소리가 말한다. '들어가서 게르스트 동영상이나 더 봐.'

하지만 도라는 담장을 떠나지 않는다. 훌륭한 시민이 되고 싶은 그녀는 무엇을 해야 할지 곰곰이 생각해본다. 경찰에 신고할까. 그녀가 잘못 알고 있는 게 아니면 '호르스트 베셀의 노래'*는 금지곡이다. 게다가 불법적인 코로나 파티도 문제다. 근데 시골 마을 술꾼 몇 사람 때문에 경찰들이 경찰차를 타고 출동할까? 경찰을 부르면 그녀는 훌륭한 시민일까? 아님 이웃을 신고하는 고발자일까?

남의 일에 참견 말고 집에 들어가 치즈 빵을 먹고 자기 일이나 하는 게 더 낫다.

물론 옆집에서 방금 새 NSU**가 결성됐을 가능성도 있다. 캠핑 탁자 위엔 맥주와 화주가 있고 집 안엔 거대한 무기고가 있을지도 모르지.

근데 고테는 그런 사람이 아니다. 그는 침대와 의자를 선물하는 사람이다.

그 순간 고테가 자기 이름을 듣기라도 한 듯 고개를 든다. 미처 몸을 숙이기도 전에 그가 실눈을 뜨고 날카로운 눈초리로 그녀를

---

* 나치당의 당가. '깃발을 높이 내걸어라'라는 제목으로도 알려져 있다.
** 네오나치 테러리스트 그룹.

향해 고개를 끄덕인다.

그가 천천히 일어난다. 그러고는 잠깐 탁자 상판을 꽉 잡고 똑바로 서려고 안간힘을 쓴다. 잠시 후, 그가 수개월간 바다에서 지낸 선원처럼 비틀거리며 몸을 움직인다.

돌아서서 담장을 떠나기엔 이미 너무 늦어버렸다. 고테가 그녀를 향해 똑바로 다가온다. 도라의 목덜미가 간질거리기 시작한다. 근데 그건 스멀스멀 올라오는 작은 기포 때문이 아니라 진짜 같은 공포 때문이다.

그가 담장 가까이 다가와 멈춰 선다. 그러나 상자 위로 올라오진 않는데, 지금 상태에서 위험 부담이 큰 무모한 행동일 수 있다. 그는 약간 거리를 두고 서 있지만 술독에 빠진 사람처럼 도펠코른 냄새가 심하게 난다.

"당신 집에 들어가지 않았소." 그가 말한다.

도라의 목덜미에서 느껴지던 근질거림이 사라진다.

"알아요." 그녀가 말한다.

"창문을 들여다보지도 않았소."

그녀가 고개를 끄덕인다.

"머지않아 열쇠도 돌려줄 거요."

그는 붉게 충혈된 눈으로 신뢰 가득한 눈빛을 보내며 그녀를 똑바로 쳐다본다. "의자가 마음에 드오?"

"멋져요. 근데 고테……."

"기쁘군." 그가 히죽 웃으며 입을 삐죽거린다. 그러고는 돌아선다. 감사의 말 따윈 중요하지 않은 것 같다.

"잠깐만요!" 도라가 할 말을 찾는다. "의자는 멋져요. 근데 난 당신이 주는 가구를 원치 않아요."

고테의 표정에 뭐가 문젠지 이해 안 된다는 의미가 고스란히 담겨 있다.

"왜 안 되지?"라는 그의 물음과 동시에 도라가 "원칙적으로 안 돼요"라고 대답한다.

그가 잠시 빤히 쳐다보더니 어깨를 으쓱하고는 친구들이 있는 곳으로 돌아간다. 도라는 자부심을 좀 가지려고 애쓴다. 어쨌든 그녀는 자신의 입장을 전달했다. 인터넷 비평란에 자신의 의견을 쓴 것도 아니고 마음이 맞는 친구들과 와인을 마시면서 말한 것도 아니다. 조금 전까지만 해도 하켄크로이츠와 히틀러 깃발 노래를 고래고래 소리 지르며 부른 나치의 면전에 대고 얘기한 거다. 이는 분명 좌파 자유주의 성향의 베를린 시민 90퍼센트가 주창할 수 있는 그 이상의 일이다. 엄밀히 말하자면, 그게 설령 의자 문제라고 해도 말이다.

"난 가구 따윈 필요 없어요." 도라가 외친다. "가구는커녕 집 벽 페인트도 새로 칠하지 않았다고요."

고테가 이제 더는 돌아보지 않는다. 대신 다른 세 명의 나치가 그녀 쪽을 쳐다보는데, 그중 문신한 사람은 몸이 한쪽으로 완전

쏠려 있어서 하마터면 의자에서 떨어질 뻔한다. 양복 재킷 차림의 남자는 이맛살을 찌푸린다. 다른 남자들보다 덜 취한 거 같다.

도라는 구스타프와 요헨을 데리고 코흘리츠로 가서 열차를 타고 샤를로텐부르크 아버지 집에 들어가 숨고 싶은 충동을 느낀다.

"뭐야, 고테?"라고 묻는 양복 재킷 입은 남자의 목소리가 들린다.

"아무것도 아냐, 크리세." 고테가 대꾸한다.

의자에서 내려와 집으로 뛰어오는 도라를 본 요헨이 몇 달간 못 본 것처럼 인사를 한다. 도라는 누군가에게 전화하고 싶다. 근데 경찰은 아니다. 현관 복도에 선 채로 그녀는 로베르트의 전화번호를 누른다. 신호음이 울리자마자 그가 바로 받는다.

"안녕, 잘 지내?"

평상시와 똑같은 그의 목소리가 들린다. 모든 게 평소와 다름없다는 듯이, 그들 사이에 아무런 문제도 없는 듯이, 좀 떨어져 있으려고 도라가 휴가를 갔을 뿐인 것처럼. 그녀가 헛기침을 한다.

"아주 좋아."

"그 마을은 어때?"

도라는 로베르트가 자신이 어디 있는지 어떻게 아는지 궁금하다. 근데 그가 바로 그 궁금증을 풀어준다. "당신이 어디 있는지 악셀이 알려줬어. 그 마을 이름이 뭐였더라?"

"브라켄."

"재밌군. 언제 돌아와?"

"모르겠어."

"천천히 와."

유쾌한 어조로 조롱하는 그의 목소리가 들린다. 로베르트는 화를 참으며, 얼마나 상처받았는지 드러내고 싶지 않은 거다. 아마자존심 때문이거나 혹은 모든 게 평소와 다름없다는 듯 행동하면 그녀가 돌아올 거라고 생각하기 때문일지도.

"당신은?"

"음, 이번 공개 토론 때문에 죽을 지경이야."

처음에 도라는 그가 무슨 말을 하는지 알 수 없었다. 그러다 문득 앙겔라 메르켈 총리가 봉쇄령 완화에 대해 토론하지 않겠다고 말한 게 생각난다. 도라가 담론과 멀어진 건 벌써 오래됐다. 수도베를린에서 주도적 역할을 하는 것이 이곳에서는 부수적인 역할만 할 뿐이다.

"봉쇄령은 계속 유지해야 해." 로베르트가 말한다.

"바로 옆집에 나치 네 명이 앉아서 '호르스트 베셀의 노래'를 부르고 있어." 도라가 말한다.

로베르트가 잠시 침묵한다. 먼저 그 말의 의미를 이해해야 하는 모양이다. 도라는 심술궂은 대답을 기다린다. "거봐, 맞지" "당신 잘못이지" 같은 여러 가지 대답이 나올 수 있다. 근데 로베르트가 생각지 못한 대답을 한다.

"그것도 일부일 뿐이겠지."

그의 말은 전혀 심술궂게 들리지 않는다. 오히려 그녀를 진정시키려는 것처럼 들린다. 그녀는 그의 그런 점을 높이 평가한다.

"왠지 무서워."

"나치들이?"

"내가 뭘 해야 할지 모른다는 게."

"난 제2의 물결이 무서워." 로베르트가 말한다. "더 심해질 거야."

잠시 후 그들의 대화는 끝이 난다. 도라는 문 앞으로 다가가 귀를 기울인다. 조용하다. 노랫소리도 고함 소리도 웃음소리도 들리지 않는다. 문을 열고 밖으로 나가 담장 가까이 가보지만 아무소리도 들리지 않는다. 공중에선 까치 한 마리가 나무 꼭대기 사이로 날아다닌다. 여기 어딘가 까치 둥지가 있는 모양이다. 아니, 둥지가 아니라 '까치 소굴'인가?

호기심에 이끌려 이번엔 의자 위에 올라가 담장 너머로 고개를 살며시 내민다. 아무도 없다. 이웃집 정원은 텅 비어 있다. 심지어 그 많던 맥주병도 사라지고 없다. 도라가 집 안에 들어가 있던 시간은 고작 10분이었다. 딱 이런 상황을 두고 황급히 자리를 떴다고 하는 것 같다. 여기 누가 누구를 무서워하고 있는 걸까, 라는 생각이 든다.

도망치듯 사라져버린 게 좋은 신호인지 나쁜 신호인지 의문이 남는다.

21장

가오리

두 시간 후, 도라는 알렉산더 게르스트 다큐멘터리 동영상 세 편을 더 본다. 이제 그녀는 국제우주정거장으로 가는 여행이 카나리아제도로 비행하는 것보다 오래 걸리지 않는다는 걸 안다. 또 우주공간에서 지내다 보면 골다공증에 걸리는데도 우주 바깥에서 지구를 보는 것보다 특별한 게 없다는 것도 알고 있다.

그녀는 우주 바깥에서 자신의 모습을 보고 싶다. 작은 로켓에 올라탄 몸에서 빠져나가 '나'라는 인간의 중력장을 통과하여 개인적인 영역을 초월해 비개인적 영역으로 올라가는 모습을 말이다. 그러면 그녀는 마침내 자신이 실제로 존재한다는 걸, 여기 이 층계참이, 거리의 가로등들이, 브라켄 마을이, 그리고 강아지와 함께 사는 광고 카피라이터가 존재한다는 걸 깨달을 것이다. 그렇다고 한 점의 보편적인 존재, 혼란스러운 영화 속 재잘대는 목소리만 존재하는 건 아니다.

어린 시절 도라는 가끔 확신이 드는 순간이 있었다는 걸 기억한다. 컴퓨터 운영체제가 중단되는 것처럼, 한창 게임 중에 갑자기 머릿속 목소리가 끊긴다. **실행시간 오류 0×0**. 마치 누군가 사물의 진정한 본질을 숨기는 베일을 단숨에 확 잡아당긴 듯한 느낌이다. 그 뒤에 가려진 소스 코드를 바라보는 깜짝 놀란 시선. 도라는 순식간에 화자도 청자도 아닌…… 게임 속에 그만 갇혀버린다. 그녀는 고개를 들어 새로 얻은 눈으로 자신을 둘러싸고 있는 주변 물건들을 바라본다. 방금 시작한 과제가 놓여 있는 책상, 2단 서랍장, 오른쪽에 놓인 티셔츠들, 왼쪽에 놓인 양말들을. 그녀는 미친 게 아닌가 싶다. '책상과 책장 같은 물건처럼 내가 존재하다니'—그러나 잠시 후 그런 느낌은 사라지고, 도라는 아무 일 없었다는 듯 게임을 계속한다.

유튜브에서 다음 추천 동영상이 뜬다. 하지만 그녀는 태블릿을 옆으로 치운다. 시간이 벌써 엄청 지났다. 그녀는 몇 시간째 집 앞 새 의자에 앉아 있다. 그러나 고테와 그의 친구들은 아직 돌아오지 않았다.

복도에서 요헨이 낑낑거리고 짖어대며 낡은 마룻바닥을 긁으며 소동을 부릴 때 그녀는 욕실에서 막 이를 닦으려던 참이었다. 누가 문을 두드렸나? 자정이 다 된 시간이다. 아마 고테가 가구 몇 점을 가져왔거나 또다시 담장 너머를 살피면 두들겨 패주겠다고 경고하려는 걸지도. 아니면 하이니가 아까시나무를 베려고 온 걸 알려주려는 걸지도 모르지. 도라는 재빨리 입안을 헹구고 욕실을 나와 복도로 들어간다. 그때 누군가가 손바닥으로 현관문을 두드린다. 섬뜩하게 들린다. 그녀가 현관문 양쪽 창문으로 밖을 내다보지만 아무도 보이지 않는다. 그래서 더 섬뜩한 기분이 든다. 도라는 요괴일 거라 생각하고는 문을 확 열어젖힌다.

"안녕." 프란치가 인사한다.

키가 너무 작아서 아이의 금발 머리 정수리가 창문 높이에 미치지 못한다. 오후에 입고 있던 옷차림은 그대로다. 노란 티셔츠와 찢어진 청바지에 고무 샌들을 신고 있다. 길게 땋은 머리는 아까보다 더 헝클어져 있는 거 같다. 요헨이 저녁 내내 기다리고 있었다는 듯 아이를 향해 껑충 뛰어오른다.

"한밤중이야." 도라가 말한다. "여기서 뭐 하려고?"

"가오리를 보여주겠다고 했잖아요."

"이 시간에 마을을 돌아다니는 걸 네 아빠가 허락하지 않을 거라 생각하는데."

"아빠 집에선 뭐든 할 수 있어요. 엄마 집에선 안 되지만."

자유인가, 방치인가? 도라는 큰 소리로 말한다. "집에 가."

"제에에발요!" 아이가 '에'를 길게 빼서 발음하는 건 도저히 못 봐주겠다. 칠판을 손톱으로 긁는 소리 같다. "제에에발요!"

도라는 숨을 들이쉬고 재차 프란치를 내보내려고 한다. 하지만 이내 애원하는 눈빛과 울음이 터질 것 같은 입을 보고 한숨을 내쉬고 만다.

"그럼 담배 한 대 피울 동안만이다."

그녀가 의자를 가리키자 프란치가 격하게 고개를 가로저으며 옥외계단에 앉겠다고 한다. 계단에 자리 잡고 앉은 아이는 무릎 위에 요헨의 몸을 반쯤 올려놓고 쓰다듬는다. 도라는 유튜브를 클릭한다. 곧바로 거대한 가오리 두 마리가 인도양을 떠다니는 동영상이 뜬다. 천천히 장엄하게 움직이는 날개, 약간 섬뜩하게 느껴지는 쩍 벌어진 주둥이. 거대한 가오리 두 마리가 자신들을 촬영하는 잠수부에 동요하지 않고 원을 그리며 빙빙 돌고 있다. 그 모습이 마치 슬로모션 같다. 거기에 SF 영화에서 튀어나온 듯한 희귀한 비행기들, 그것들을 보고 있으니 도라는 창조의 위대함이 느껴진다. 엄청난 '자연지능'이다. 로켓을 타고 우주 밖으로 나가지 않아도 그녀는 문득 자신이 그 '자연지능'의 일부라는 걸 깨닫는다. 인간, 큰 가오리, 미생물, 이 모든 것이 동일한 생명체에서 나온 변종이다. 그녀는 동영상에 완전 빠져 담배 피우는 것도 잊어버린다. 프란치도 입을 벌리고 보고 있다.

그다음 동영상에선 큰 가오리 한 마리가 낚싯줄에 심하게 엉킨 날개를 빼내려고 잠수부들과 친하게 지내는 모습이 나온다. 큰 가오리는 종(種)을 뛰어넘는 '위대한 우리'가 존재한다는 걸 알고 있는 게 분명하다. 말살과 구출, 협력과 대결, 파괴와 보호, 이 모든 것은 동일 선상에서 바라보는 관점으로, 고향과 같은 개념으로 불릴 수 있다.

"이제 그만 보자." 그녀가 프란치에게 말한다.

"하나만 더요." 아이가 애원한다. 그래서 그들은 마지막으로 큰 가오리 동영상을 하나 더 본다. 이번엔 잠시 잊고 있던 담배를 피우는 도라와 달리, 프란치는 줄곧 요헨을 쓰다듬어준다. 아이의 손길에 요헨은 잠들어 있다.

동영상이 끝나자 프란치가 "즐거웠어요"라고 말한다.

놀랍게도 도라 역시 즐거웠다. 박쥐들과 올빼미들이 사냥을 하고 고슴도치 한 마리가 멧돼지처럼 풀숲에서 바스락거리는 한밤중에 계단에 나와 나란히 앉아 있으니 좋다. 도라는 프란치 어깨 위로 팔을 둘러 잠시 꼭 껴안는다.

"자러 갈 시간이야." 그녀가 말한다. "어디 사니?"

프란치가 질문을 이해 못한 듯 그녀를 쳐다본다.

"아빠 집에요." 아이가 천천히 힘주어 말한다.

"내 말은 어느 집에."

프란치가 고개를 절레절레 흔든다. 학생들의 멍청한 짓에 선생님의 반응을 따라 하는 것 같다.

"저기 의자들." 아이가 말한다.

"그게 뭐 어쨌다고?"

"예전에 저 위에 방석을 깔고 앉았어요."

도라가 '1 더하기 1은' 놀이를 내켜 하지 않는데도 프란치는 계속한다.

"아빠는 특별히 아줌마를 위해 집 안에 들어가 저 의자들을 갖고 나왔어요. 평상시엔 들어가지도 않아요."

프란치가 무릎에서 요헨을 내려놓고 일어선다. 요헨이 어리둥절해하며 늘어진 귀를 흔들어대는 동안, 아이는 계단을 내려가 집 앞마당을 지나, 정원 출입문이 아니라 담장을 향해 걸어간다.

아빠. 의자들. 빈집. 위층에 있는 회중전등. 도라 정원에 숨어 있는 요괴들.

담장 옆에 놓인 의자 위로 기어 올라간 프란치가 단번에 점프해서 담장 위로 올라가 다리를 흔들고 손을 들어 올리며 작별 인사를 한다. 그러고는 반대편 담장 아래로 뛰어내린다. 이어 잔디 위로 떨어지는 둔탁한 소리가 들린다.

22장

크리세

그날 밤 도라는 불면증에 시달리는 자신을 용서한다. 나치의 딸, 마치 주유소 가게에서 파는 소설책 제목처럼 들린다. 그녀는 페인트 냄새가 아직 덜 빠진 침대에 누워 인터넷 서핑을 하고 있다.

"시골 마을에 사는 코로나 거부자—인터넷상에서 일어나는 나치 시위."

베를린의 한 기자가 옛 동독 시골 마을에 사는 나치에 대한 소식을 전한다. 코로나 때문에 소도시 광장에서 시위하는 게 어려워지자 그 나치는 소셜미디어상에서 캠페인을 강화한다. 가령, 플라우지츠 출신의 극우파 성향이 매우 강한 전직 초등학교 선생 크리스티안 G.는 비요른 회케를 여린 사람이라고 주장한다. 얼마 전에 이 크리스티안 G.가 'FER'이라는 이름의 유튜브 채널을 개설했는데, 여기서 'FER'는 '자유(Freiheit), 통일(Einheit), 순혈

(Reinheit)'을 의미한다. 그는 진심으로 코로나가 앙겔라 메르켈 총리의 발명품이고, 이농현상을 인구 교환을 위한 비밀 프로그램의 결과라고 생각하는 인물이다. 다시 말하자면, 농촌 지역 인프라를 축소함으로써 그 지역 전체 인구를 감소시켜 그곳에 무슬림들이 새로 이주할 수 있게 한다는 거다.

기자의 보도에 의하면, 크리스티안 G.는 여기에 위헌 요소가 있으며 이 때문에 기본법 20조 3항 4호에 따른 저항권 발동에 대해 글을 쓰는 중이라고 한다. 해당 트위터 게시물을 캡처한 화면에 그 글이 실려 있다. 크리스티안 G.와 그의 동지들은 '종족 복원'*에 맞서 민족의 영역 요구**로 맞불을 놓고 싶어 한다. 어떤 대가를 치르더라도.

도라는 하마터면 웃을 뻔했다. 민족의 영역 요구라니! 캡처 사진 한 장에 '암적인 존재와 같은 인종차별'이라는 캡션을 달아서 아버지에게 보낼까.

생각을 바꿔 그 일은 접어두고 기사를 계속 읽어나간다. 그녀는 홈보트를 빌리거나 나치들에 경탄하는 상황이 발생할 때면 항상

---

* 나치의 민족 정책에서 나온 개념으로, 한편으로는 2차 세계대전 때 점령한 동유럽에 사는 독일 민족의 재게르만화를, 다른 한편으로는 점령지에 소수민족을 이주시키는 방안을 의미한다.
** 여기에서는 삶의 영역이 이민자들이 아닌 독일인들만을 위해 보호되어야 하다는 의미로 사용된다.

베를린 기자들이 브란덴부르크 지역만 응시하는 데에 분개한다. 근데 진짜로 분개하기엔 지역 공동체 의식이 아직 부족하다. 그녀는 한순간 크리스티안 G.의 동영상을 클릭하는 걸 주저한다. 그 남자 사진은 이미 본 적 있었다. 화질은 좋지 않았으나 그가 분명했다. 긴 머리의 그는 가냘픈 몸에 코르덴 양복 재킷을 입고 있었다.

마침내 도라는 그의 유튜브 채널을 클릭한다. 의심할 여지가 없다. 크리세다. 선생님이라기엔 목소리가 너무 가냘프지만 그의 가느다란 팔과 잘 어울린다. 은행 고문처럼 책상에 앉아 부동의 자세로 휴대폰 카메라를 응시한 채 인구 교환, 종족 복원과 민족의 영역 요구에 대해 헛소리를 늘어놓고 있다. 군중의 함성 때문에 도라는 머리가 어지러울 지경이다. 태블릿을 끄고 눈을 감는다. 이 크리스티안 G.는 이웃집 정원에 앉아 '호르스트 베셀의 노래'를 부른 사람이었다. 어쩌면 그들은 유튜브 채널의 성공적인 개시를 축하하고, 코로나 바이러스가 앙겔라 메르켈 총리의 발명품이라고 그저 한번 얘기한 일로 인터넷 뉴스포털이 무료 광고를 해준 걸 겸해서 파티를 했는지 모른다.

도라는 자신의 삶을 바꿔야 한다는 생각이 든다. 이 마을을, 어쩌면 독일을 떠나야 할지 모른다. 그녀는 새 일자리, 새 친구들, 새 자동차가 필요하다. 부정할 수 없다. 한밤중의 쓸데없는 생각이 아니라 사실이 그렇다. 당장 내일 아침에 이 일을 실행할 거다. 이곳을 떠나 처음부터 다시 시작할 거다. 어딘가 다른 곳에서.

23장

수국

아침이 되어 눈을 뜨니 창문으로 햇빛이 쏟아진다. 오래된 마룻바닥이 진한 황금빛으로 빛나고, 먼지가 햇빛에 반짝이며 춤춘다. 침대 발치에서 나지막이 코 고는 소리가 들린다. 요헨데어로 헨이 사지를 쭉 펴고 드러누워 깊게 잠들어 있다. 한동안 도라는 브라켄 마을에서 지내며 적응해보려고 애쓸 것이다.

어떤 소리에 도라는 잠에서 깼다. 알람 소리보다 끔찍한 날카로운 소리였다. 또 시작이군. 점점 커져가는 조급함에 자동차 경적 소리가 여러 번 울린다. 도라는 기다리는 손님도 소포도 없다. 그런데도 그 경적 소리에 침대에서 벌떡 일어난다. 거리에 무슨 일이 있는지 살펴봐야 한다. 필요하면 이른 아침에 소동을 부리는 멍청이에게 소리라도 질러야 한다. 스마트폰을 보니 그리 이른 아침은 아니었다. 이리 오래 잔 건 오랜만이었다.

집 앞에 픽업트럭이 서 있다. 때 묻은 흰색 토요타 하이럭스로, 각진 주둥이 모양의 그릴이 장착된 '올드타이머' 차량 같다. 도라는 그 차가 굴러갈 거라곤 생각지도 못했다. 그때 운전석에 앉아 경적을 울려대고 있던 고테가 그녀를 발견하고 조수석 너머로 몸을 쭉 뻗는다.

"타시오!"

그녀는 헝클어진 머리를 하고 낡은 티셔츠와 팬티만 걸친 채 햇볕 아래 서 있다. 근데 고테는 그런 모습에 신경 쓰지 않는 거 같다.

"꼼짝도 못 하겠소?"

"뭐…… 왜요?"

"장 보러 가자고." 고테가 외친다. "자, 빨리빨리."

도라는 그의 말을 따른다. 집으로 뛰어가 청바지를 입고 요헨을 들쳐 안고는 곧장 밖으로 나가 세상에서 가장 자연스러운 일인 듯 고테의 트럭에 올라탄다. 그녀가 조수석에 앉은 후 문을 닫기 바쁘게 그가 액셀을 힘껏 밟는다.

점점 빨라지는 속도 탓도 있지만 여기서 뭘 하냐는 그의 질문에 그녀는 속이 울렁거린다. 옆자리에 전날 밤 군중 선동자와 함께 나치 노래를 부른 남자가 양손으로 운전대를 감싸 쥐고 정면을 응시한 채 앉아 있다. 어쩌면 그는 귀찮은 이웃집 여자를 처리해버리려고 가장 가까운 채석장으로 가고 있을지 모른다. 그녀는 그가 내쉬는 날숨에도 속이 메스껍다. 담배 냄새, 화주 냄새. 미성숙한 남자. 전쟁 선포를 하는 듯한 냄새다. 그녀는 고테의 옆모습을 슬쩍 훑어본다. 처음으로 그들 사이에 담장이 없다. 진짜 거구다. 분명 1미터 90센티 키에 몸무게는 100킬로그램은 돼 보인다. **호모 기간테우스 브라켄시스.** 그는 길을 못 찾는지 이따금 실눈을 뜨는데, 혈중알코올농도가 2.0프로밀은 돼 보인다.

어떻게 이 차에 오르게 됐을까? 꼼짝도 못 하겠소? 자, 빨리빨리. 도라는 돌아가고 싶다. 집에 처박혀 하루 종일 뭘 하며 지낼지, 혼자 있는 게 즐겁지 않은데 왜 아무도 없는 곳으로 이사 왔는지 스스로에게 묻더라도 말이다. 이런 관점에서 보니 네오나치 옆 조수석에 앉아 있는 게 훨씬 더 안전한 듯했다.

도라는 소변이 급해 보이는 요헨을 무릎 위에 올려놓고 꼭 안고 있다. 10분이 넘게 침묵이 이어지자 도라는 참을 수가 없다.

"프란치는 어떻게 지내요?"

"잘 지내오."

"뭘 해요?"

"아직 자고 있소."

"어제저녁 우리 집에 있었어요."

그 말에 고테는 아무런 대꾸가 없다. 그 일을 좋게 생각하는지 아닌지 그의 표정에 나타나지 않는다.

"어디 가는 건가요?"

"건축자재 마트에."

"오늘 일요일 아닌가요?"

"코로나 때문에 문을 열었소."

"왜요?"

"모르지. 내일부터 마스크를 써야 하니까."

브라켄 마을 사람들의 사재기군, 이라고 도라는 생각한다. 스파게티 면과 화장지 대신에 잔디 비료와 드릴기를. 마스크를 쓰는 건 **호모 브라켄시스**의 품위를 떨어뜨리는 행동인가 보다. 도라는 자신이 왜 그와 함께 건축자재 마트를 가야 하는지 설명해주길 기다려보지만 아무 얘기가 없다. 또 앙겔라 메르켈 총리와 빌 게이츠가 세계 사람들 몸에 마이크로 칩을 넣으려 한다거나 혹은 바이러스가 다윈의 자연선택 방식을 취하며 이를 통해 병약한 사람들을 청소한다는 데 대해서도 언급이 없긴 마찬가지다. 고테는 말없이 도로 정면만 응시하고 있다.

"프란치는 몇 살이죠?" 도라는 대화를 다시 이어간다.

"조용히 있을 순 없소? 운전하고 있지 않소."

언젠가 그녀가 멀티태스킹에 맞서 싸우는 사부를 찾는다면, 고테가 제격일 거다. 그는 핸들을 꽉 잡고 액셀을 밟고 있을 뿐이다. 그게 전부다.

고테는 플라우지츠 국도를 달릴 땐 시속 120킬로를 유지하고 건물 밀집 지역에 들어서면 80킬로로 늦춘다. 그 덕분에 얼마 지나지 않아 엘베 센터가 보인다. 주차를 한 고테는 도라가 차에서 내릴 때까지 기다리지 않고 앞장서서 회전문이 있는 곳으로 간다. 황급히 내린 도라는 먼저 요헨이 아침 소변을 볼 수 있게 작은 꽃밭 마른 흙 위에 잠시 내려놓는다. 그러고는 이미 건축자재 마트 안으로 사라지고 없는 고테 뒤를 따라간다. 회전문으로 들어갈 땐 사람들이 쇼핑카트를 한 칸에 하나씩 끌고 가서 도라와 고테는 그 앞에서 잠시 기다린다. 아무도 짜증 내는 사람 없이 모두 참을성 있게 기다린다. 지난번과 마찬가지로 매장 안이 조용하다.

도라는 고테의 넓은 등을 바라보며 건축자재 마트 매장 통로를 걸어 다닌다. 그러다 다른 사람들이 자신들을 부부로 생각하지 않을까, 하는 궁금증이 든다. 실제로 이날 오전 그들은 잘 어울리는 한 쌍 같다. 두 사람 모두 얼룩진 티셔츠 차림에 씻지도 않은 모습이다. 더군다나 도라는 머리도 빗지 않고 아침도 먹지 않은 상태다. 또 도라가 따라오는지 신경도 쓰지 않는 고테의 태도가 오래된 부부라는 걸 나타내고 있다. 이런 생각을 하니 묘하게 흥분된다. 또 다른 삶. 모든 걸 내팽개치기로 결심한 후 느끼는 황홀한 해방감.

고테가 갑자기 멈춰 서는 바람에 그와 부딪칠 뻔한다. 그들은 벽면용 페인트 코너에 와 있다. 고테가 머릿속으로 계산기를 두들겨보듯 미간을 찌푸리며 진열대를 살펴본다. 그러고는 결국 중등품 실내용 대용량 흰색 페인트 여섯 통을 끄집어낸 후 그녀 쪽으로 돌아선다.

"혹 다른 색깔을 원하시오?"

도라는 깜짝 놀라 고개를 가로젓는다. 그녀는 페인트뿐 아니라 이 모든 걸 원치 않는다. 근데 고테는 이미 저 멀리 계산대 쪽으로 가고 있다. 쫓아가 그가 들고 가는 페인트 통을 빼앗아버리면 우스꽝스러운 장면이 연출되겠지. 그녀가 어제 뭐라고 소리쳤지? "난 가구 따윈 필요 없어요. 집 벽 페인트도 새로 칠하지 않았다고요." 방금 진열대 앞에서 고테는 그녀의 방 벽면을 머릿속으로 계산한 모양이다. 양손에 10리터 페인트 통을 세 개씩 들고 가는 그를 바라보며 도라는 청바지 뒷주머니에 손을 집어넣는다. 다행히 지갑이 들어 있다.

계산대 바로 앞에서 고테가 재차 멈춰 선다. 그 바람에 그녀는 그의 품 안으로 뛰어든 꼴이 돼버린다. 마치 푹신한 벽에 부딪친 것 같은 느낌이다. 하마터면 요헨도 발로 밟을 뻔했다. 지난번 톰과 부딪친 자리와 거의 같은 곳이다. 고테는 아무런 미동도 없다.

"저 물건들 예쁘군." 그가 피라미드 모양의 기획 상품 할인 홍보용 진열대 위에 있는 커다란 화분들을 가리킨다. 대부분 수국 화분으로 파스텔 톤의 거품 모양 꽃차례가 반짝거린다.

"할인을 엄청 하는군." 그가 말한다. "두 개 가져갑시다."

'호르스트 베셀의 노래'와 수국 화분들, 마치 다다이즘 사조를 띤 시의 첫 문장 같다. 물론 네오나치들이 수국을 좋아한다는 글귀는 그 어디에도 기록돼 있지 않다. 그런데도 웃긴다. 식은 죽 먹듯 쉽게 악을 구분할 수 있다는 치명적인 착각으로 맞이하는 위기다.

"저게 가장 예쁘군." 페인트 통을 든 채 고테가 발끝으로 화분 두 개를 가리킨다. "당신 집 계단 위에 놔두시오."

도라가 화분을 집어 들고 계산대로 가져간다. 그녀가 새로 입고된 씨감자가 있는지 직원에게 물어보려는데 고테는 벌써 계산대 위에 페인트 통을 올려놓고 있다. 도라는 어쩔 수 없이 계산을 한다.

24장

병정들

정원 출입문 앞에서 고테가 급브레이크를 밟는다. 그 바람에 도라의 상체가 앞으로 꼬꾸라진다. 그는 시동을 켜놓은 채 차에서 페인트 통을 내린 다음 그것을 들고 옥외계단을 올라가 주방용 의자 사이 바닥에 내려놓는다. 옥외계단 층계참에 물건들이 하나둘씩 쌓여간다. 도라가 아직도 의자를 집 안에 들여놓지 않은 것에 그는 아무 말도 하지 않는다. 담배에 불을 붙이고 도라가 수국 화분을 계단 오른쪽 왼쪽에 갖다 놓는 걸 지켜볼 뿐이다. 정말로 보기 좋다.

"물을 많이 주시오." 고테가 명령조로 말하고는 담배를 내민다. 그들은 말없이 담배를 피우며 정원을 이리저리 뛰어다니는 요헨을 눈으로 좇는다. 스마트폰을 꺼내 시계를 보니 11시 반이다. 그녀는 하마터면 우리 오늘 오후에 뭐 해요? 하고 물어볼 뻔했다.

도라와 고테는 동시에 난간 너머로 담배꽁초를 손가락으로 팅 겨버린다.

고테가 말한다. "보여줄 게 있소."

그는 문을 열고 앞장서 집으로 들어가더니 곧장 다락방 층으로 이어진 계단을 올라간다. 이 집을 훤히 알고 있는 자신만만한 남자의 모습이다. 도라가 다락방에 가본 건 서너 번뿐이다. 확장 공사가 안 된 위층은 조잡한 대들보, 거미줄, 먼지, 그리고 천장에 달린 작은 창문으로 비치는 희미한 불빛 때문에 어린이용 공포영화에 나올 것 같은 으스스한 분위기를 자아낸다. 바닥에는 죽은 파리와 나비가 무수히 떨어져 있다.

고테는 뚜렷한 목적지를 향해 곧장 중앙에 위치한 큰 공간 끝으로 간다. 그가 지나간 바닥 먼지에 장화 자국이 남는다. 천장 뒤쪽 부분이 비스듬히 기울어져 있어 그는 구부정하게 서서 바닥의 특정 부위를 찾는 듯하다. 그러다 급기야 무릎을 꿇고 손으로 먼지를 닦아내고 죽은 파리와 나비를 치운다.

"뭐 해요?"

"한때 여긴 유치원이었소." 고테가 말한다.

"당신 말은…… 이 집 안에?"

"마을 유치원이었지." 고테가 손바닥으로 대들보 받침을 툭툭 치는데, 그 모습이 마치 충성스러운 말 옆구리를 두드리는 것 같다. "예전부터 늘 그랬지. 그들이 폐쇄시키기 전까진."

도라 눈앞에 〈골조브의 아이들〉*이란 영화가 펼쳐진다. 유니폼을 입은 아이들이 카메라를 향해 윙크하고는 두 사람씩 짝을 지어 옥외계단으로 올라간다. 그러고는 선생님이 엄격한 눈으로 지켜보는 가운데 대농장주 관리인 집에서 사라져버린다.

"당신도 여기 다녔어요? 아이였을 때?"

"당연하지."

"하이니도요?"

"모두가 여기 다녔소."

이 말인즉슨 고테뿐 아니라 온 브라켄 마을 사람들이 도라의 집 안을 속속들이 알고 있다는 거다. 도라의 새 이웃들은 생애 첫 몇 년을 이 집에서 보냈고 아직도 많은 부분을 떠올릴 수 있다는 거다. 가령 문고리 모양이나 주방 바닥 틈새, 마룻바닥 여러 곳에 동물의 눈 모양 같은 옹이구멍, 지하창고에서 내뿜는 축축한 냄새 같은 것을 말이다. 도라는 텃밭에서 발견한 고장 난 장난감을 떠올린다. 그녀는 낯선 아이들의 유년 시절 속에 들어가 살고 있다는 걸 몰랐다.

그녀는 고테 옆으로 다가가 무릎을 꿇는다. 그는 손으로 바닥을 더듬어가다 마침내 찾던 걸 발견한다. 커다란 옹이구멍 안에

---

* 독일 다큐멘터리 영화로, 브란덴부르크에 있는 한 마을 사람들의 삶을 장기간 관찰하여 촬영했다.

검은 나무 조각 하나가 꽂혀 있다. 고테는 검지손가락 손톱을 틈새에 집어넣어 나무 조각을 꺼낸다. 그 틈새에서 뭔가 또 다른 걸 끄집어내려 애써보지만 손가락이 틈새 안으로 들어가지 않는다.

"손이 닿지 않는군." 그가 놀라며 말한다. "당신이 해보시오."

도라는 그와 마찬가지로 손이 엄청 크다고 말하려다 구멍 속에 검지와 중지손가락을 집어넣는데 쑥 들어간다. 손으로 마룻바닥 아래를 이리저리 더듬는데 물건 하나가 잡힌다. 조심스럽게 작은 물건 모서리를 손끝 사이에 끼워 넣어 끄집어낸다. "하나 더 있을 거요."

그녀는 두 번째 물건도 끄집어낸다. 손바닥에 두 물건을 올려놓고 구석진 곳에서 나와 천장 불빛 아래에 멈춰 서서 들여다본다. 주석 병정들이다. 알록달록 세세하게 색칠된 주석 병정은 놀랍게도 크기에 비해 무겁다. 하나는 돌진하며 사격하는 자세로 무릎을 꿇고 있고, 다른 하나는 부동자세로 받들어총 포즈를 취하고 있다. 고테가 도라 옆으로 다가와 미소를 지으며 손바닥 위로 상체를 숙인다.

"이걸…… 그러니까 당신이 이걸 여기에 숨겼어요?" 도라가 묻는다. "어린아이였을 때?"

고테가 고개를 끄덕인다. "장난감처럼 갖고 놀기엔 너무 귀중하다 생각했소. 아무도 빼앗아 가지 못했지."

갑자기 도라는 울고 싶어진다. 그녀는 손끝으로 병정의 작은 배를 쓰다듬는다. 고테가 다시 상체를 일으킨다.

"선물하겠소."

그녀가 뭐라고 대꾸하기도 전에 그는 돌아서서 쿵쿵 소리 내며 계단을 내려간다. 이번에도 그는 집 열쇠를 돌려주지 않았다.

25장

이메일

도라는 집 안으로 의자들을 들고 와 주방 식탁 앞에 놓아둔다. 그러고는 슈테펜이 만든 푸른 유리구슬이 든 꽃꽂이도 가져와 주석 병정 두 개를 풀 속에 집어넣는다. 그 모습이 마치 우거진 갈대 습지에 숨어 적을 기다리고 있는 것 같다. 그녀는 식탁에 앉아 자신이 만든 결과물을 한참 바라본다. 슈테펜의 디자인과 고테의 과거로 만들어진 미니어처 세계가 탄생되었다. 작은 예술 작품이다. 여기 식탁에 잘 어울린다. 꽃꽂이를 중심으로 집 안의 모든 것 — 알록달록한 타일, 마룻바닥, 수국과 침대 받침대 — 이 배치되어 있는 거 같다. 도라는 식탁 위에 꽃꽂이가 놓여 있는 이 집에 이제 더는 임시로 거처하고 싶지 않다. 톰과 슈테펜에게 부탁해서 식물 박스를 몇 개 더 얻어 라이프스타일 잡지 속 사진처럼 선반에 쌓아놓을 수도 있을 거다. 완전 쓸모없는 몇 가지 물건만 들어 있는, 빛바랜 문구가 찍힌 나무 상자 탑들. 비스듬히 세워둔 책 두 권, 자동으로 불이 켜지는 전등, 접시 위 사과 하나가 담긴 사진처럼 말이다. 그럼 이 집은 베를린에서 온 크리에이티브의 시골집을 소개하는 것처럼 보일 거다. 이어 도라가 "이곳으로 초대받으면 멋지겠죠"라는 멘트를 날릴 수 있겠지. 그녀는 자축한다. 자아상과 현실 사이의 일치가 현대사회를 살아가는 인간이 도달할 수 있는 거의 최고의 경지이므로.

곰곰이 생각해도 바로 떠오르는 지인이 없다는 걸 이미 알고 있는데도 도라는 누구를 초대할 수 있을지 숙고해본다. 그녀는 로베르트와 그의 친구들을 알고 지낸 지난 시절을 떠올린다. 베를린에 있는 호프집 탁자에 둘러앉아 와인이나 맥주를 한 잔씩 들고 쉴 새 없이 자아를 만들어내기 바쁜 뇌를 각자 머릿속에 하나씩 갖고 있던 모습을, 또 서로 얘기를 나누고 함께 웃던 모습도. 그 몇 시간만큼은 머리가 여러 개 달린, 자기만족에 빠진 하나의 존재로 합쳐졌지. 아름다운 장면이지만 안타깝게도 거짓이다. 코로나 때문에 호프집이 문을 닫아서가 아니라 그 장면 속 느낌이 어떤지 도라가 알고 있으므로. 그들 사이에 앉아 얘기하고 웃으면서도 그 자리에 없는 듯한 존재인 그녀는 넷플릭스 새 시리즈, 정부의 잘못된 정책, 치솟는 월세에 대해 늘어놓는 늘 똑같은 이야기를 듣고 있다. 그러다 보니 대화의 일정 부분은 외우고 있고 누가 무슨 말을 할지 이미 알고 있을 정도다. 밤이 깊어지면 남녀 관계도 화제에 오른다. 아이들을 돌봐야 해서 불참한 젊은 부부들이 동정의 대상이 되기도 한다. 또 누군가는 어떤 전자동 커피 메이커가 최고의 크레마를 만드는지 알고 싶어 한다. 그럼 다른 누군가는 독일에서만 휴가를 보낸다고 얘기한다. 그사이 도라는 어떤 구실을 대야 일찍 자리를 뜰 수 있을지 생각해보지만 결국 끝까지 남는다.

전혀 원치 않는 걸 동경하는 건 멍청한 짓이다. 하지만 매우 인간적이기도 하다. 그녀는 스마트폰을 집어 들고 요요에게 왓츠앱 메시지를 보낸다.

"이제 의자가 생겼어요. 방문하셔도 돼요."

절망에 빠져 있지 않다는 걸 분명히 보여주려고 그녀는 메시지에 히죽 웃는 이모티콘을 넣는다.

몇 초 후에 스마트폰이 찌지직거리며 메시지 도착을 알려준다.

"의자라니 뭔 말이니? 안녕, 지빌레가."

깜짝 놀란 도라는 화면을 응시한다. 보아하니 아버지 휴대폰은 이제 더는 아버지만의 것이 아니라 그의 미래의 부인의 것이기도 한 모양이다.

"사람이 앉는 물건이요." 그녀가 답신을 보낸다.

"현 시국에 브란덴부르크 여행은 힘들어." 지빌레가 답한다.

도라는 불쾌한 기색으로 입을 비죽거린다. 지난주 샤를로텐부르크 아버지 집에서 아스파라거스를 먹으려고 모이지 않았나?

지빌레는 아버지의 반항적인 작은 파업을 편들어주지 않았나?

보아하니 지빌레도 그 같은 모순된 언행이 생각난 모양이다. 그래서인지 이어서 히죽 웃는 이모티콘이 달린 문자가 온다. "요하임은 스트레스가 심해. 한번 물어볼게."

도라는 요하임이란 사람은 없으며 당신이 만들어낸 가상의 인물이라고 답신하려다 그만둔다.

대신 그녀는 뉴스포털을 클릭해서 기사를 읽는다. 그레타 툰베리가 코로나 바이러스에서 기후위기 대응을 위한 미래의 청사진을 본다는 기사, 앙겔라 메르켈 총리가 코로나 2차 대유행이 임박했다고 경고하는 기사, 베를린 공항이 다시 문을 연다는 기사, 어떤 유명한 연극 연출가가 손 씻기 수칙을 거부하며 죽어도 상관없다고 말하는 기사를.

또다시 작은 기포가 스멀스멀 올라온다. 도라는 배에 손을 갖다 댄다.

캐나다에선 전 여자 친구에게 화가 난 남자가 경찰관으로 변장하여 22명을 총으로 쏴 죽인 일도 있고, 미국에선 도널드 트럼프가 체내에 살균소독제 주입을 제안한 일도 있다.

스멀거리던 작은 기포가 아주 빠르게 올라온다. 도라는 주방 식탁 위에 태블릿 화면을 뒤집어 내려놓고 옆으로 치운다. 그러고는 손가락 하나를 펼쳐 무릎 꿇은 병정이 든 총 끝에 갖다 대어 콕 찔러본다. 느낌이 좋다. 이어 두 번 연속으로 콕콕 찔러대다 고테를 떠올린다. 장난감을 갖고 놀기보다는 숨기는 걸 좋아하는 작은 소년, 다락방으로 살금살금 기어가서 아끼는 보물을 보며 감탄하는 작은 소년인 그를. 어쩌면 고테 역시 손가락 끝으로 콕콕 찌르는 걸 좋아하는지 모른다. 그런 생각을 오래 할수록 작은 기포가 아까보다 좀 덜 올라온다. 여기 이렇게 앉아 있으니 갑자기 마음이 아주 편안해진다.

잠시 후, 프란치가 문 앞에 서서 요헨을 데리고 밖으로 놀러 가도 되느냐고 묻는다. 도라는 오후 내내 아이의 밝은 목소리와 이따금 요헨이 짖어대는 소리를 들으며 보낸다. 저녁이 되자 그녀는 스파게티를 만든다. 프란치는 어린 시절 사용하던 의자에 앉아 스파게티 3인분을 먹어치운다. 그러고는 그림을 그리고 싶어 해서 도라는 프린터용 종이와 펜을 주고 담배 피우러 밖으로 나간다. 다시 집 안으로 돌아와보니 프란치가 그린 무지개 색깔의 심장 두 개가 주방 창문에 걸려 있다. 그리고 지금은 요헨을 그리는 데 열중하고 있다. 그 그림도 나쁘지 않다. 도라는 아이를 30분 더 머물게 한 후 집으로 돌려보낸다. 프란치도 순순히 고개를 끄덕이며 떼쓰지 않고 돌아간다.

도라는 몇 주 만에 처음으로 음악을 듣는다. 얼마 전 베를린에 살 때만 해도 음악에 진저리를 쳤다. 음악은 그녀의 감정, 생각, 입장을 요구하는 또 다른 목소리였다. 근데 이젠 음악에서 얻을 게 있을 거란 확신이 든다. 그녀는 좋아하는 루도비코 에이나우

디의 피아노 선율에 귀를 기울이며 와인 한 잔을 들고 창턱에 걸 터앉아 와인, 창문, 생각으로 구성된 미니어처 세계의 그림 속 일 부가 된다.

스마트폰이 찌지직거리자 그녀는 아버지가 조만간 방문하겠 다는 문자라도 보낸 거라고 생각했다. 하지만 그건 직장 상사 주 자네가 보낸 이메일이다. 일요일 저녁 이 늦은 시간에 말이다. 아 예 메일을 열어보지 않는 게 나을 거 같다. 집 밖은 어두컴컴하지 만, 주방 창문에 비친 집 안은 아늑해 보인다. 결국 도라는 이메일 을 열고 첫 몇 줄을 읽는다.

"친애하는 도라에게, 오늘 이 소식을 전하게 되어 마음이 아프 네요……."

계속 읽을 필요가 없다. 그녀는 그 뒤에 무슨 말이 이어질지 이 미 알고 있다.

26장

페인트칠

"여기 공짜가 있다고 들었소만." 하이니가 말한다. "다름 아닌 일자리가."

환하게 빛나는 하이니 얼굴을 보니 도라는 웃지 않을 수 없다. 오늘은 하늘의 색을 새로 칠하려고 날아가는 작은 우주비행사처럼 보인다. 흰색 안전작업복 차림에 머리에도 하얀 군모를 쓰고 있다. 하이니 옆엔 여러 개의 붓, 보호테이프*, 보호 커버 시트지가 들어 있는 큰 양동이가 놓여 있다. 겨드랑이엔 긴 막대기에 달린 페인트 롤러 붓 몇 개를 끼고 있다. 그 모습으로 큰 열대식물 잎사귀 그늘에 가려져 있어서인지 무척 우스꽝스러워 보인다. 그 열대식물이 밤새 자라서 도라 집 옥외계단 쪽으로 뻗어 있는 거

---

* 페인트칠할 때 칠하지 않을 곳을 가리는 데 쓰는 접착테이프.

같아 가까이 가서 살펴보니 실내장식용 나무 화분에 심어져 있다. 먼지를 닦아낸 흔적이 남은, 쭉 뻗은 가지와 톱니 모양의 잎사귀가 달린 거대한 식물이다.

"잡초는 늘 빨리도 자라나지." 하이니가 야자수를 바라보며 말한다.

도라가 불평하면 고테는 식물은 가구가 아니라고 지적할 게 틀림없다.

하이니가 거든다. 두 사람은 현관문 두 번째 문짝을 열고 흔들거리는 괴물 같은 거대한 야자수를 잡고 복도를 지나 서재 쪽으로 끌어당긴다. 쓰러져 있는 야자수 가지가 사방으로 뻗쳐 나가 환상적인 모습을 연출한다.

그사이 도라는 집에 사람이든 물건이든 느닷없이 찾아들어도 불쾌하지 않다는 걸 깨닫는다. 그녀는 주방으로 가서 커다란 주전자에 커피를 끓인다. 그동안에 하이니는 아무 설명도 없이 서재 벽 아래에 붙어 있는 굽도리를 떼어낸다.

30분이 지나는 동안 그는 서재 벽 절반가량을 페인트칠하면서 커피 세 잔을 마셨다. 그러고는 노크도 없이 들어와 "무슨 일이에요"라고 묻는 프란치 손에 대답 대신 붓을 쥐여준다. 붓을 받아 든 프란치가 서재에 있는 야자수를 향해 "야, 너 이제 여기 와 있어?"라고 하더니 서재 구석 벽에 페인트칠을 하기 시작한다.

11시쯤 고테가 나타난다. 도라를 본체만체하고 야자수를 향해 고개를 끄덕이고는 가장 긴 막대기에 달린 페인트 롤러 붓을 쥔다.

이처럼 많은 사람들이 도와주니 일이 빨리 진행된다. 도라는 커피를 더 끓여 대접하고 프란치에겐 물 한 잔을 가져다준다. 모두 땀에 젖어 있다. 하이니는 넘쳐흐르는 끼를 주체하지 못하고 재담을 늘어놓으며 방수포가 제대로 깔려 있는지 꼼꼼하게 확인한다.

서재와 침실을 끝내고 복도 벽에 페인트칠을 하려는데 고테가 휘파람을 불기 시작한다. 음악적 소질은 있지만 한 번도 악기를 배워본 적 없는 사람처럼 꾸밈음과 떨림음을 섞어가며 잘 분다. 도라는 '우린 푸른 산에서 왔어요'라는 동요인 걸 알아차리고, 프란치도 완전 신이 나서 끼어들어 함께 부른다. 마치 예전에 가족 여행을 가면서 자동차 안에서 함께 불렀던 것처럼. 후렴구를 부를 땐 하이니의 목소리가 우렁차게 들린다. 첫 소절을 세 번이나 반복해서 부르고 나자 도라는 용기 내어 다음 소절을 부른다. "학교에서, 무조건이야. 그는 그냥 휴일을 좋아해." 그녀가 가사를 틀리기 전에, 그들 모두 떼창을 하며 박자에 맞추어 페인트 붓을 흔든다. 이어 하이니가 '얼음처럼 차가운 보머룬더*'를 부르기 시작하는데, 한층 더 형편없는 유행가다. 서독에 있는 란트슐하임**에

---

* 아주 오래된 브랜디의 이름.
** 독일 인문계 고등학교인 김나지움의 한 형태.

다니던 시절에 버스를 타고 수학여행 가던 가장 신났던 일이 떠오른다. 그 이후로 도라는 다른 사람들과 함께 노래를 부른 적이 없었다. 이렇게 함께 노래를 부르니 재미는 있지만, 그녀는 줄곧 '호르스트 베셀의 노래'가 나오지 않을까 겁이 난다. 다음 노래로 프란치가 '누가 코코넛을 훔쳤을까?'***를 제안한 데 이어 옛 동독 시절 노래들―'볼레는 최근 오순절에 여행을 갔다'****, '빨간 리본이 달린 지구 이야기'―이 차례로 나온 까닭. 근데 근거 없는 괜한 걱정을 한 거 같다. 옛 동독 노래를 부를 때 도라와 프란치가 건너뛰는 것과 달리, 남자들은 전 소절을 우렁찬 목소리로 부른다. 특히 마지막 소절은 큰 소리로 외쳐대는 듯하다. "그것의 이름은 모두가 이해하는 연대!" 이 부분에서 그들은 포복절도한다.

실컷 노래를 부른 그들은 한참 동안 말없이 붓질만 한다. 그 와중에 도라는 잠시 잊고 있던, 전날 밤에 받은 이메일을 다시 떠올린다.

"친애하는 도라에게, 오늘 이 소식을 전하게 되어 마음이 아프네요. 공정무역 의류가 사업을 중단하기로 한 이상 당분간 캠페인도 진행되지 않을 겁니다. 그들은 '선한 사람'을 내세운 접근법이 엄청 마음에 들지만, 이 정도로 큰 예산의 위험을 무릅쓰기에

*** 독일 민요이자 동요인 '원숭이들이 숲속을 달린다'의 후렴구 일부.
**** 베를린 지역의 민요.

는 전반적인 상황이 매우 불확실하다고 합니다. 그래서 내년에 상황이 개선되면 '2021 캠페인'을 펼치고 싶어 합니다."

그 뒤에 이어지는 글에서 주자네가 친절한 말로 유감을 표하며 해고 통지를 한다. 늘 이런 식이란 걸 알고 있다. 예산이 날아가면 직원들은 떠나야 한다. 많은 사람들이 이런 일을 당했고 앞으로도 당할 것이다. 그럼에도 그녀는 충격을 받았다. 아마 스스로가 없어 서는 안 될 존재이고, 운명을 피해 갈 존재라고 생각한 모양이다.

최악은 주자네가 Sus-Y사가 연대와 지속 가능성에 특별한 가 치를 두고 있지만 "지금과 같은 시기에" 다른 선택권이 없으며 시 태가 진정되면 언젠가 다시 도라와 함께할 수 있을 거라고 재차 강조한 이메일의 마지막 부분이다. 건승을 빕니다, 주자네 드림.

너무 화가 나서 도라는 이 모든 게 구체적으로 어떤 의미인지 깊이 생각해보지 않았다. 그런데 무덤덤하게 벽면에 페인트칠을 하는 지금에야 그 일이 떠오른다. 얼마 전에 집을 구입하는 데 비 상금을 전부 다 써버린 그녀는 월 상환금을 마련해야 한다. 물론 지금 이 순간 그녀는 동료들이 하나같이 프리랜서 일을 권하리라 는 걸 알고 있다. 그것도 지금 당장 말이다. 먼저 지난 수년간의 최 고 경력을 위주로 포트폴리오를 만들고 프리랜서 광고 카피라이 터 신분으로 개인 홈페이지를 개설해 운영하라고 할 거다. 그다음 엔 독일 전국에 있는 광고 회사에 혹시라도 병가, 임신, 혹은 과도 한 업무로 결원이 생기면 하루 혹은 주 단위로 계약할 수 있게 하라고도 할 거다. 프리랜서들은 말할 것도 없이 프리랜서로 일하는 게 낫다고 한다. 일을 덜 하는 대신 돈은 더 많이 번다며 일당 벌이가 700~800유로 사이라고. 도라의 옛 팀 동료 올리는 돈이라면 물 쓰듯 펑펑 쓸 수 있으니 눈을 낮춰야 한다고도 했다.

다만 도라에겐 말도 안 되는 일이다. 그녀는 코로나 시기에도 돈을 물 쓰듯 쓸 수 있는지 의문이 든다. 근데 중요한 건 그게 아니다. 도라는 직업 활동을 하면서 많은 프리랜서와 일해본 경험이 있어서 자유로운 삶이 어떤 식으로 흘러가는지 알고 있다. 이런 사람들은 네트워크가 잘돼 있고 엘리트 군인처럼 스트레스에 둔감하다. 그들은 아침 11시에 업무 요청을 받고 오후 5시에 아이디어를 전달해야 하는데, 이 일에 대한 대가가 700~800유로다. 의뢰받은 일 하나하나가 졸업시험과 같고 시안 하나하나에 자신의 평판이 달려 있다. 분데스리가에서 가끔 있는 헛발질 상황에 기뻐하는 지역 축구선수들처럼 정규 직원들은 프리랜서들이 실수하기를 애타게 기다린다. 그러니까 프리랜서의 삶은 심한 압박감에 시달리고 의뢰받은 일은 지속적인 주시의 대상이 된다. 그녀는 내키지 않는다. 머릿속 장면을 진짜처럼 생생하게 상상하며 위궤양에 시달리고 싶지 않다. 또 해고보호법을 놓고 일자리센터를 상대로 옥신각신하고 싶지도 않다. 창문을 닦거나 이메일을 쓰며 공허함을 채우고 싶어 하지 않는 것처럼. 엄밀히 말하자면, 사실 그녀는 뭘 하고 싶은지 모른다. 가장 바라는 건 모든 게 2년 전으로 다시 되돌아가는 것이다. 안전한 일자리, 확신에 찬 삶, 로베르트와 둘이서 발코니에 앉아 있던 그 시절로. 하지만 그녀는 가능하다고 해도 다시 돌아갈 수 없을 거라는 걸, 상황이 변해버렸다는 걸 어렴풋이 느낀다.

도라가 그런 생각에 깊이 빠져 있던 그때 옆에 있던 고테가 갑자기 페인트 통에 손가락을 집어넣는다. 그리고 페인트 묻은 손가락으로 프란치 코를 톡톡 두드리자 아이가 "으악" 소리 지르며 하얀 코를 하고 달아난다. 이번엔 그가 손가락을 쭉 펴고 그녀를 향해 다가온다. 프란치처럼 도라도 도망간다. 서재로, 침실로, 복도로, 주방으로, 욕실로, 방 사이사이 통로로 빙빙 뛰어다닌다. 고테도 놀랄 만큼 빠르지만 도라는 그보다 더 민첩하다. 근데 그가 갑자기 반대편으로 방향을 바꿔 주방에서 그녀를 붙잡아 새하얀 페인트 묻은 손으로 얼굴을 톡톡 두드린다. 도라는 숨 쉬기 힘들 정도로 웃는다. 이 세상의 이메일이 전부 저 멀리서 부르는 소리로, 신경 쓰지 않아도 되는 어디선가 날아든 메시지로 바뀔 때까지 끊임없이 웃어댄다.

하이니가 사라지고 얼마 후, 집 주위에서 덜커덩거리는 소리가 난다. 도라가 주방 창문으로 내다본다. 하이니가 바퀴 달린 우주정거장같이 생긴 물건을 끌어당기며 모퉁이를 돌아 나오고 있다. 지금은 방호복을 벗고 '조심해, 연쇄 그릴러'라는 문구가 찍힌 앞치마를 두르고 있다. 그가 스테인리스 우주정거장을 창문 아래 갖다 놓은 지 얼마 지나지 않아 온 집에 소시지 굽는 냄새가 난다. 하이니가 창문 너머로 소시지를 건넨다. 그러면 도라가 그걸 접시에 담는다. 그녀는 빵 없이 소시지만 세 개를, 고테는 다섯 개나 먹는다. 프란치는 두 개 반을 먹으면서 밖에서 하이니가 "뜨거운 소시지!"라고 외치는 소리에 연신 "딱 좋아요, 뜨거운 프란치"라고 맞장구친다. 그러면서 매번 그렇게 새로 외칠 때마다 배꼽이 빠지도록 웃어댄다.

소시지를 다 먹어치우고 난 다음 하이니는 몇 번째인지 모를 ×번째 커피를 마신다. 그사이 고테와 도라는 창가에 서서 담배를 피운다. 건승을 빕니다, 주자네 드림. 도라는 담배를 한 개비더 피운다. 정원에는 풀밭을 활보하고 다니기만 할 뿐 낯선 둥지에는 무관심한 까치 한 마리를 상대로 제비들이 주위를 날아다니며 선제공격을 해댄다.

저녁이 되어서야 그들 모두 집으로 돌아간다. 그때까지 집 안 벽면도 좀 더 페인트칠하고 소시지도 더 먹고 노래도 더 불렀다. 제대로 된 책상이 필요하냐는 고테의 질문엔 격렬하게 고개를 가로젓는 것으로 대답을 대신했다. 하이니는 다음번엔 전기 기사용 장비를 갖고 와서 전등을 몇 개 달아주겠다고 했다.

도라는 그들이 돌아가는 걸 원치 않았다. 지금 당장 전등 다는 일을 시작할 수 있느냐고 물어보고 싶은 심정이었다. 문이 닫히고, 적막감이 귓가에 울린다. 그녀는 침대에 몸을 누이고 근육의 움직임을 하나하나 느낀다. 그녀를 둘러싸고 있는 모든 것이 깨끗하고 새롭다. 갓 칠한 페인트 냄새가 난다. 샤워가 절실하지만 그럴 힘이 남아 있지 않다. 억지로 산책하러 나가지도 않고 하루 종일 바닥에 누워 뒹굴며 지낸 요헨데어로헨도 완전 지쳐 보인다. 남은 소시지를 몰래 다 먹어치웠을 거다. 멋진 하루였다. 하이니. '우린 푸른 산에서 왔어요'. 모두 얼마나 마음이 편했는지. 프란치, 그 아이가 얼마나 밝게 웃고 얼마나 열심히 일을 했는지.

도라는 여기 이 침대에 백수 하나가 누워 있는 걸 상상해본다. 더는 할 일도 없고 쓸모도 없는 한 인간이. 하지만 질되지 않는다.

오래전에 아버지가 미래에는 인간 삶의 모든 게 건강을 중심으로 돌아갈 거라고 말한 적이 있다.

"건강 개념이 정치 개념을 밀어낼 거다. 의사와 맞서 싸우는 의사와 변호사가 생겨날 거야. 그럼 의사와 변호사 간의 싸움을 보도하는 기자도 생겨날 테지. 이런 직업 하나를 찾아보렴."

도라의 문제점은 사회 시스템에 중요한 인물이 아니라는 거다. 아버지는 주요 인물이지만 그녀는 아니다. 프리랜서 신분으로 개인 홈페이지가 생겨도, 단기계약을 체결해도 그 사실은 변하지 않을 것이다. 건승을 빕니다, 주자네 드림.

27장

자디

다음 날 아침에도 어떤 사람이 문 앞에 서 있다. 다행히 이번엔 초인종을 눌러서 도라는 머리를 하나로 묶고 바지 입을 시간도 있다. 그녀는 어젯밤 잠을 잘 못 자서 오늘은 아무것도 감당할 자신이 없다. 자기 자신은 물론이고 누가 찾아오는 것도 말이다.

문 앞에 초면인 어떤 여자가 서 있다. 도라보다 좀 어려 보이는 여자는 짙은 화장을 하고 짧은 스타일의 염색한 연한 금발 머리와 입술 피어싱에 양팔 가득 문신을 하고 있다. 도라는 여자의 왼쪽 어깨를 가득 채운 문신이 남자에게 더 잘 어울릴 법한 인어 가슴이라는 걸 알아챈다.

"안녕하세요, 자디." 여자가 인사한다.

도라의 이름은 자디가 아니니, 자디는 문 앞에 서 있는 이 여자 이름임에 틀림없다.

"씨감자요"라고 자디가 말을 이어가며 최소 10킬로는 돼 보이는 불룩한 봉지를 높이 들어 올린다. 이 마을 사람들은 모두 마법의 묘약을 마시나 보다. 도라는 이 여자가 어떻게 씨감자가 필요하다는 걸 알았을지 궁금하다. 하지만 그런 질문은 불필요하다. "마을 소식통"이라고 대답할 테니까.

"커피?"라고 자디가 물으며 도라를 옆으로 살짝 밀치고 복도를 지나 주방 쪽으로 간다. 여길 집이라고 생각하는 이곳 다락방 유치원을 다닌, 어른이 된 또 한 명의 아이다. 도라가 주방으로 들어가자 자디는 이미 식탁에 앉아 있다. 적어도 아직 커피를 끓이고 있진 않다. 커피는 도라가 끓인다. 그녀도 한 잔 필요해서.

물이 끓기도 전에 "블랙이요" 하고 자디가 말하고는 덧붙인다. "우유와 설탕 없이요." 그렇게 말하지 않으면 도라가 '블랙'을 자디가 가장 좋아하는 색깔이나 정치 프로그램이라고 생각할 것처럼.

"베를린에서 도망쳤어요?"

도라는 뮌스터 출신이라고 설명하려다가 그만둔다.

"많은 사람이 그러죠." 자디가 말한다. "도시는 거지같아요. 그어느 때보다 지금이 더 그렇죠."

도라는 사실 팬데믹 때문에 시골 생활의 르네상스가 도래할 거라고 말하고 싶다. 사람이 살지 않는 이곳 무인 지대에서도 재택근무가 가능하고 왠지 더 많은 자유를 느낀다. 그래서인지 바이러스가 실제로 존재하지 않는 것 같다. 대도시에는 극도의 악몽

만 존재하고. 근데 자디는 대화 상대가 필요 없다. 도라가 머릿속으로 한 문장을 채 끝내기도 전에 자디는 혼자 쉴 새 없이 이어나간다.

"한때 여긴 유치원이었어요."

도라는 고개만 끄덕이고 하고 싶은 말을 접어둔다. 브라켄 마을에서 과묵과 수다는 모순된 개념이 아니다. 차라리 커피 끓이는 데 집중하는 게 더 낫다.

"다른 곳들처럼 함제도 문을 닫았죠. 지금은 코흘리츠에만 유치원이 있어요. 그래서 오드리를 데려다주고 데려와야 해요. 안드레는 벌써 학교에 다녀요." 자디가 '오-드레' '안-드레'라고 말해서 도라는 그게 이름이라는 걸 알아차리는 데 한참 걸린다. "플라우지츠에 학교가 있는데 버스로 한 시간 걸려요. 7시에 출발해요. 그래서 세 시간 전에 일 마치고 돌아와요."

도라는 자디가 아이들이 있는데도 일 나갔다 새벽 4시에 퇴근한다는 말을 자신이 제대로 알아들었는지 궁금하다. 그렇다고 다시 물어보는 수고는 하지 않는다. 자디는 혼잣말을 중얼거린다.

"큰아이는 플라우지츠에, 작은아이는 코흘리츠에 데려다줘요. 그러곤 집안일도 하고 잠도 좀 자고 난 다음 다시 작은아이를 데리러 가요. 돌봄 신청은 여섯 시간만 했어요. 더는 안 돼요. 호주머니 사정상. 혼자 아이를 키우고 있는데, 전남편이 양육비를 안 줘요. 좀 복잡할 때가 가끔 있죠."

도라는 커피가 가득 담긴 잔 두 개를 식탁에 놓고 앉는다. 자디가 한 모금 마시고는 고개를 끄덕인다. "좋아요."

자디가 손으로 커피 잔을 거머쥐고 돌리더니 이제 본격적으로 떠들기 시작한다.

"지금은 유치원과 학교가 문을 닫았어요. 코로나 때문에. 근데 내 직장 상사는 배려가 없어요. 그래도 난 일해야 해요. 이 봉쇄령이 우릴 망가뜨려요. 베를린 사람들은 그런 사실을 눈치채지 못해요."

사실 도라는 그 사실을 눈치채지 못한 긴 브라켄 마을 사람들과 마찬가지로 베를린 사람들도 얼마 안 되고, 또 봉쇄령이 베를린뿐 아니라 모든 연방주 주도에 내려져 있다고 지적하려다 그만두고 덧붙인다.

"얼마 전에 일자리를 잃었어요."

아무렇지 않게 이런 말을 입 밖에 낸다. 이 말은 이 마을 주민이 되겠다는 선언처럼 들린다. 일자리를 잃은 도라는 이제 이 마을 일원이며 이곳 사람이다. 다음번엔 "난 백수예요"라는 말을 시험해볼 테지만 그러려면 시간이 좀 더 필요하다.

"말도 안 돼." 자디가 말한다.

그러고는 자기 이야기를 들려준다. 얘기하는 내내 그녀는 짧은 머리를 쓰다듬거나 입술에 달린 피어싱을 잡아당긴다. 도라는 커피를 더 따라주며 자디의 이야기에 흥미를 느끼기 시작한다.

베를린 서쪽 외곽에 있는 주물공장에서 하역 작업자로 일하는 자디는 크레인을 운전한다. 장시간 야간 근무를 하는 그곳까지 출근하는 데 한 시간 걸린다. 도라는 크레인이 뭔지 잘 모르지만 한밤중에 넓은 공장 천장 아래 허공에 매달려 크레인을 운전하는 사랑스러운 여자의 모습이 보인다. 크레인의 도움으로 여자는 뻘 겋게 부글거리는 거대한 쇳물통을 용광로에서 꺼내 거푸집들이 있는 곳으로 옮긴다.

오후 5시 반이 되면 자디는 아이들이 먹을 음식을 식탁에 차려 놓고 두 아이가 다 먹어치우기도 전에 집을 나서야 한다. 열 살의 안드레는 여동생을 침대로 데려가 재우고 난 후 밤의 절반을 인 터넷을 하면서 보낸다. 자디가 30분마다 전화해서 자라고 말을 해도 막을 순 없다. 새벽 4시가 돼서 퇴근하는 그녀는 스트레스가 심해 잠을 못 자기 일쑤다. 그러면 소파에 앉아 두 시간을 꾸벅꾸 벅 졸다 6시에 아침 준비를 시작한다.

"낮에 집에 있다는 이유로 처음에 긴급 돌봄 서비스를 제공하 지 않으려 했어요." 자디가 웃는다. "그사이 몇 시간 어린이집에 맡겨요. 그런데도 코로나 이후로는 주말에만 잠을 자요. 공장이 계속 돌아가길 바랄 뿐이에요. 나를 단기 일자리에 집어넣으면 우린 끝이에요." 그녀가 또다시 도라에게 빈 잔을 내민다.

"안드레가 산악자전거를 원해서 반년 전부터 돈을 모으고 있어 요." 그녀는 눈 화장이 번지지 않도록 주의하면서 얼굴을 문지른다. "주말에 가끔 어머니가 아이들을 맡아줘요. 그럼 난 열두 시간 동안 침대에 누워 있어요." 침대 생각에 잠깐 졸음이 몰려온 듯 그녀는 살짝 웃으며 말이 없다.

도라는 매일 밤 아이들만 집에 있다는 말을 자신이 제대로 알아들었는지 묻는다.

자디는 벌떡 일어나 "네, 그래요. 주물공장 일자리가 전일제로 일할 수 있는 유일한 곳이에요"라고 말한다. 그녀는 야간 근무를 해야만 낮에 아이들과 함께 있을 수 있다.

프렌츨라우어베르크* 어머니들**은 저녁이면 함께 침대로 가서 잠드는 두 어린아이에게 뭐라고 할까? 도라는 매일 밤새워 일하고 낮에는 집안일과 아이들을 돌보는 게 어떤 건지 상상해보려 애쓴다. 삶이 피로, 아이들 걱정, 돈 걱정, 얼마나 더 버틸 수 있을지에 대한 걱정으로만 이루어질 수 있다니.

그러나 상상이 잘 가지 않는다. 도라는 자디가 얘기하는 일을 상상할 수 없다. 대신 습관적으로 신경 쓰는, 침실 내 상상 속 파리들, 작은 기포가 스멀스멀 올라오는 듯한 느낌의 신경성 복통, 코로나를 무서워하는 인생의 반려자가 떠오른다.

적어도 지금의 그녀는 실직한 상태다. 이는 어쩜 일상을 향해 내딛는 첫걸음일지 모른다. 필터버블***과 반향실****에서 나와 진짜 삶 속으로, 그리고 프렌츨라우어베르크에선 아무도 예감할 수 없는 실제 일들이 문제가 되는 자디의 현실 세계로 들어가는 걸 거다. 어쩌면 그녀는 자신을 해고한 Sus-Y사에 감사해야 할지 모른다. 건승을 빕니다, 주자네 드림.

"난 정말 애쓰지만 모든 걸 다 해낼 수 없어요." 자디가 말한다.

자디의 설명에 따르면, 지난 반년간 매주 수차례 학교에 불려가서 안드레의 불량한 태도와 떨어지는 성적에 대해 상담했다고 한다. 얼마 전엔 안드레가 학교 운동장에서 종이 바구니에 불을 낸 적도 있고, 가끔 방과 후에 곧장 집으로 오지 않아서 자디가 오후에 그를 찾으러 차를 타고 근방을 돌아다닌다고도 한다. 또 자디가 대화를 하려고 하면 안드레는 천박하다는 둥 아빠를 집에서 쫓아낸 건 엄마라는 둥 그런 말만 한다고 한다.

"그럼 난 흐느껴 울고 대화는 그걸로 끝이죠." 자디가 웃는다. "내 아들이 멍청하진 않아요." 자디는 커피를 더 따라달라고 도라에게 찻잔을 내민다. "코로나가 생긴 건 축복이에요. 안드레는 퇴

*** 인터넷 정보제공자가 이용자 맞춤형 정보를 제공해 필터링된 정보만 이용자에게 도달하는 현상.
**** 정보 이용자가 자신이 지닌 기존의 관점을 강화하는 정보를 반복적으로 습득하여 부지불식간에 확증편향을 갖는 현상을 비유한다.

학당하기 직전이었어요. 지금은 방학이라 쉬고 있는데 끝나면 두 번째 기회를 얻을 거예요." 자디는 갓 끓인 커피를 대접받는 데 대한 감사로 고개를 한 번 끄덕이고는 절반 정도 남아 있는 커피를 비운다. "어떤 일이든 좋은 점도 있어요, 그쵸?"

솔직히 그녀는 늘 반대로 어떤 일이든 나쁜 점도 있다고 생각했다. 일, 집, 도시, 인생의 반려자, 친구, 정당, 휴가지. 항상 실수를 찾아내고 고민하고 의논하고 되도록 잘 해결하는 게 중요하다. 도라는 또다시 정신을 놓고 멍하니 허공을 바라보는 자디를 몰래 관찰한다. 서른 살도 안 될 정도로 엄청 어려 보인다. 식탁에 쪼그리고 앉아 있는 자디는 창백함과 다크서클을 화장으로 감추고 있다. 도라는 이 어린 여자에게 경외심을 느낀다. 오랫동안 느껴본 적 없지만 바로 알 수 있는 진부한 감정이다. 게다가 경이감마저 드는 것이 마치 국가의 비밀스러운 밑바닥을 엿보기라도 한 거 같다. 악취가 진동하는 나라에 아무것도 존재하지 않는 지역이 있다는 게 믿어지지가 않는다. 의사도 약국도 헬스클럽도 버스도 호프집도 유치원이나 학교도 채소 가게도 빵집도 정육점도 없는 곳. 연금 생활자가 연금으로 살아갈 수도 없는 곳. 어린 여자가 아이들을 부양하려고 밤낮으로 일해야 하는 곳. 이런 곳에 사는 사람들은 수많은 풍차를 멈춰 세우고, 통근자가 디젤 자동차 사용하는 걸 금지시키고, 최고액을 부르는 투자자에게 농지를 경매로 넘긴다. 또 천연가스를 살 수 없는 사람에게서 장작 난로를 빼앗고 여가 활동의 마지막을 장식하는 그릴과 캠프파이어를 금지시키는 것도 심사숙고한다. 그렇지 않을 때는 모든 게 별 탈 없이 순조롭게 돌아간다. 그러나 이를 거역하는 사람은 어리석은 농부라고, 부정론자라고, 혹은 민주주의의 적이라고 비난받는다.

도라는 어쩌다 보니 독일이 우주에 AfD를 주문해서 받게 된 거라고 생각한다.

자디는 한 번도 불평하지 않는다. 어떤 일이든 좋은 점도 있다고 생각하니까. 도라는 벌떡 일어나 이 어린 여자를 안아주고 싶지만 그럴 용기가 나지 않는다.

그런데 자디가 고개를 들고 처음으로 얼굴을 똑바로 쳐다보는 걸 보니 방금 전 도라가 느낀 충동을 알아챈 게 분명하다.

"여기 앉아 커피 마시는 거 완전 좋아요. 얘기도 좀 하고. 오랫동안 못 해봤어요." 그들이 잔을 부딪치자 달그락하는 둔탁한 소리가 난다.

"가끔 살아 있다는 느낌이 안 들어요." 자디가 말한다. "미쳤죠. 언젠가 멀리 떠날 테지만 떠나기도 전에 존재하지 않다니."

대학 신입생 때 도라는 학생들에게 희곡론 기초 원리를 가르치는 강사를 알게 되었다. 그는 모든 스토리에는 주인공이 자신의 삶을 바꾸는 깨달음을 얻는 순간이 있다고 설명했다. 대체로 이런 깨달음은 사소한 디테일에, 관찰이나 부수적으로 보이는 정보에, 또는 주변 인물이 내뱉는 문장 속에 숨어 있다고 한다. 지금도 도라는 그가 이런 과정을 '영약 획득'이라고 부른 걸 기억하고 있다. 그녀는 자디를 쳐다본다. 영약의 전달자. "가끔 살아 있다는 느낌이 안 들어요." 도라는 사실 항상 그런 느낌이 드는 거 같다. 어렸을 때 가끔 느낀 '내가 존재한다는 느낌'이 다시 찾아든다. **오류 0×0.** 어린 시절엔 그런 느낌이 무섭지 않았다. 와, 여기 지금이라는 게 있구나. 끊임없이 재잘대는 뇌가 잠시 침묵하더니 다시 작동했다. 도라는 자디에게 그 이야기를 해줄까, 또 그 이야기를 알고 있는지 물어볼까 생각해본다.

그때 마침 자디가 창밖을 내다본다.

"어머, 저기 꼬맹이 프로크슈가 있네." 자디는 정원 안쪽을 가리킨다. "꼬맹이가 여기서 뭘 하지?"

바깥에서는 프란치가 들판을 지그재그로 달리고 있고, 아이를 잡으려고 요헨이 그 뒤를 쫓는다. 마침내 요헨이 프란치를 붙잡아 넘어뜨리더니 함께 풀밭을 데굴데굴 뒹굴다 벌떡 일어나 잡기 놀이를 한 판 더 한다.

"나디네 딸이에요." 자디가 도라를 쳐다본다. "이제 당신이 저 아이를 돌보고 있어요?"

프로크슈, 나디네, 돌보다. 처음 시작이 좀 힘들어도 도라는 조각을 하나하나 맞춰나간다.

"프란치는 코로나 때문에 아버지 집에 와 있는데, 우리 집 개와 노는 걸 좋아해요."

자디가 고개를 끄덕인다. "예전엔 프란치와 안드레가 함께 잘 놀았어요. 나디*가 아이를 데리고 가버리자 고테는 슬퍼했어요. 프란치를 여기 또 보낼 거라곤 생각도 못 했죠."

"왜요? 그 여자가 고테를 속였잖아요."

"네?" 자디는 웃음을 터뜨린다.

"보프로스트에서 일하는 남자랑요."

"말도 안 돼요." 자디는 더 크게 웃는다. "누군가가 당신에게 터무니없는 거짓말을 늘어놨군요." 자디는 손바닥을 식탁 위에 놓는다. 길고 뾰족한 손톱에 옅은 하늘색 매니큐어가 칠해져 있다. "나디를 잘 알아요. 그녀도 혼자 아이를 키웠죠. 남편과 둘이서만요. 근데 고트프리트가 제대로 사고를 치는 바람에 나디는 떠났어요."

"무슨 사고요?"

도라는 어떤 대답이 나올지 두렵지만 그래도 꼭 알고 싶다. 그녀는 창문을 열고 재떨이 대용으로 찻잔 받침대를 식탁에 놓는다.

"짱." 자디는 도라가 내민 담뱃갑에서 직접 한 개비를 꺼내 입에 문다. 말없이 몇 모금 빨고는 말을 이어간다.

"의도적 살인, 심각한 상해."

도라는 놀라움을 감추지 못한다.

---

* '나디네'의 애칭.

"난민들을요?"

"좌파들요."

배 속에서 작은 기포들이 다시 스멀거리는 느낌이 소름 끼친다.

"고트프리트와 다른 두 명의 남자가 3년 전 플라우지츠에서." 자디는 시계를 보더니 깜짝 놀란다. 피우던 담배를 한 모금 길게 쭉 빨자 3분의 1가량이 재가 되어 바닥으로 떨어진다. "커플 한 쌍과 싸움이 났는데, 그들이 여자를 위협하고 남자를 찔렀어요."

도라는 피우던 담배를 비벼 껐다. 아무것도 안 먹은 빈속에 커피를 너무 많이 마셨다. 그녀는 눕거나 긴 산책을 하고 싶다. 자디도 이제 출발해야 한다. 휴식 시간이 끝나고 일상의 쳇바퀴 같은 곳으로 돌아가야 한다. 그 전에 도라는 한 가지 더 알아야 할 게 있다.

"고테는 어떻게 풀려났어요?"

"우리 나라가 그렇죠, 뭐." 자디가 히죽 웃는다. "좀 복역하다 나머지 기간에 집행유예로 풀려났어요."

그런 거라면 최악의 상황은 아니었으리라는 생각이 든다. 정상 참작이 됐거나 정당방위로 여겨졌던 모양이다. 마을 사람들은 또 그 이야기를 과장해서 떠들어댔고.

그와 동시에 도라는 자신이 무슨 짓을 하는지 잘 알고 있다. 흉악범 옆집에 살고 싶지 않다는 이유로, 자디 말을 믿지 않을 근거를 찾으며 고테의 행위를 정당화하고 있다. 이런 식으로 선택적 사실이 양산되는 것이다.

"다문화는 나도 눈 뜨고 볼 수만은 없어요." 자디가 일어나 담뱃불을 비벼 끈다. "난 등이 휠 정도로 일하는데 외국인들은 뒷구멍으로 모든 걸 다 얻어요. 그렇다고 칼을 드는 건 절대 안 되죠. 그게 내 생각이에요." 자디는 어깨를 으쓱해 보이고 돌아서 나간다. "커피 고마워요."

도라는 인종차별 무감증에 대해서도, 자디가 외국인에게 적대적인 말을 했다고 신뢰를 잃었다거나 폭력을 거부한다는 이유로 착한 사람이냐는 질문에 대해서도 생각해볼 시간이 없다. 빠른 걸음으로 복도를 지나가는 자디를 문까지 배웅하려면 서둘러야 한다.

"감자 고마워요." 그녀가 외친다. 하지만 자디는 이미 집 밖으로 나가 정원 출입문 앞에 세워둔 샛노란 클리오*에 올라타고 있다.

도라는 열린 현관문에 서서 이따금 자동차가 굉음을 내며 엄청 빠르게 질주하는 도로를 한참 바라본다. 자동차가 오가는 사이사이 거리는 아주 적막하다. 이상할 정도로 적막하다. 이 적막감이 당신에게 전할 메시지가 있다. 들판에서 뛰어놀던 프란치와 요헨이 더는 보이지 않는다는 메시지가.

* 르노 자동차 모델.

28장

박물관

도라는 구스타프를 타고 마을 거리를 달린다. 그 녀석들도 이렇게 달리겠지. 화만 나지 않았어도 재미있을 텐데. 그녀는 진정하려고 애쓴다. 프란치와 요헨은 어디로 가버린 걸까. 히치하이크를 해서 코흘리츠로 가 열차를 타고 베를린으로 도망가진 않을 거다. 프란치를 붙잡으면 호되게 야단을 칠 생각이다. 요헨을 데리고 사라져버린 프란치는 뭔 생각인 건지! 프란치를 따라간 요헨도 뭔 생각인 건지. 집 현관문 옆벽 고리에 리드 줄과 목줄이 그대로 걸려 있는 걸 보니 미처 챙기지 못한 모양이다.

정원에는 평상시보다 잔디 깎는 데 시간을 더 많이 쓴 사람들이 서 있다. 그들 중 베이지색 강아지를 데리고 있는 여자아이를 본 사람은 없었다. 도라가 마을을 벗어나 모랫길로 접어들자 구스타프가 심하게 흔들린다. 마침내 숲속에 도착한 그녀는 교차로에 있는 벤치로 가보지만 텅 비어 있다. 요헨을 부르는 소리가 나무 사이로 흩어져 사라진다. 어치 한 마리도 얼씬하지 않는다. 지금 이 순간 엄마에게 몹시 전화하고 싶다. 온 세상이 디지털화되는데 저세상에는 전화조차 없다. "아, 아가야!" 하고 엄마가 부를 테지. "설마 뭔 일이 있겠니?"

아뇨, 전혀요. 맞는 말이다. 무슨 일이든 일어날 수 있다. 요헨이 집으로 돌아갈 수도, 브라켄 국도에서 자동차에 치일 수도 있다.

"다 잘될 거야." 엄마가 말한다. 도라는 상상 속 수화기를 쾅 하고 내려놓는다.

마을로 돌아온 그녀는 땀과 먼지로 뒤범벅돼 있었다. 이제 뭘 할 수 있을까. 요헨이 스스로 돌아올 때까지 주방에 앉아 기다리고 있을 수만은 없다. 귀여운 강아지를 다시는 못 본다고 생각하니 절망스러운 게, 그런 모습에 스스로도 놀란다. 더는 그 어떤 것도, 그 누구도 사라지면 안 된다. 최근에 충분할 만큼 많은 사람과 많은 것이 사라졌다. 도라는 즉흥적인 영감을 받아 집으로 돌아가지 않고 고테의 담장 앞에서 브레이크를 밟아 자전거를 멈추고 대문을 살짝 밀어본다. 열려 있다. 그때 자디가 "의도적 살인, 심각한 상해"라고 한 게 생각난다. 근데 다른 한편으로 생각해보면, 그는 주석 병정을 선물로 주고 함께 잡기 놀이도 했으며 서로 얼굴에 페인트를 묻히기도 했다. 그녀가 자기 집에 발을 들여놓는다는 이유만으로 죽이진 않을 거다. 그렇게 생각해도 마음이 편치 않다.

그녀는 구스타프를 끌고 문안으로 들어가 주위를 둘러본다. 여태 고테의 제국은 항상 담장 너머로만 봤는데 생각보다 엄청 널찍했다. 집 건물과 트레일러 사이에 테니스장 크기만 한 공간이 있는데, 그곳 잔디는 깨끗이 정리되어 가지런히 깎여 있다. 또 탁자에는 접이식 캠핑 의자가 여러 개 놓여 있다. 트레일러 앞 활짝 핀 제라늄꽃들은 생기가 넘친다. 도라 집 쪽으로 나 있는 담장 옆엔 정원 의자와 한 쌍을 이루는 과일 상자가 하나 놓여 있는데, 고테가 치우지 않는 유일한 물건이다.

노라는 구스타프를 세워놓고 트레일러 쪽으로 다가간다. 발밑에 밟히는 잔디가 푹신하다. 땅에 박힌 그루터기투성이의 그녀 집 정원과는 차원이 다르다. 격자무늬 난간이 있는 계단 옆에 늑대가 뒷발로 서서 주둥이를 약간 벌리고 있어 이빨과 혀가 보인다. 늑대는 살던 곳을 떠나올 걸 짐작이나 한 듯 세상을 한층 더 상냥하게 바라보고 있다. 마치 그 모습이 다음 순간 눈을 깜빡일 것같이 살아 숨 쉬는 듯하다. 또 나무를 깎아 정교하게 만든, 잔물결 모양의 털 가닥이 온몸을 휘감고 있다. 이 늑대 조각상을 깎은 사람이 누구든 조각에 진짜 재능이 있다.

도라는 격자무늬 난간이 있는 계단으로 올라가 트레일러 문을 두드린다. 아무 소리도 들리지 않는다. 픽업트럭이 늘 주차하던 자리에 그대로 있지만 고테는 또 나가고 없는 모양이다. 친한 폭력범들과 커피 타임이라도 갖나 보다. 감자밭이 도라가 서 있는 곳에서부터 집 뒤쪽 경계 지점까지 펼쳐져 있다. 그녀는 배수가 잘되는 땅에서 자라는 채소를 부러운 시선으로 바라본다. 자기 집 텃밭엔 먼지 말고는 아무것도 없다. 그녀는 요헨이 흙을 파헤쳐놓은 흔적도 발견한다. 다행히 감자밭 귀퉁이에 납작하게 밟힌 요헨은 없다. 이젠 어디를 더 찾아봐야 할지 모르겠다. 사실 한 가지 가능성만 남아 있다. 그녀는 돌아서서 잔디밭을 지나 집 건물 쪽으로 뛰어간다.

측면에 현관문이 있다. 도라는 오래 생각하기도 전에 손잡이를 누른다. 열려 있다.

텅 빈 집에서 나는, 특유의 축축한 벽과 과거의 냄새가 확 풍긴다. 그녀는 옷을 걸어두는 곳으로 사용되는 현관에 접한 외실로 들어간다. 벽에 재킷이 걸려 있다. 그러나 바닥에 놓인 신발은 못 보고 들어가다 신발이 발에 걸려 날아간다. 남성 장화, 여성 샌들, 어린아이용 실내화를 보니 방금 전 가족이 모두 집에 돌아와 있는 것만 같다. 재킷과 신발에서 곰팡이 냄새가 나지 않는다면 말이다. 도라는 소름이 돋는다. 옷을 걸어둔 외실을 가로질러서 복도 문을 열고 오른쪽 주방으로 들어가니 괴상한 그림이 기다리고 있다. 식탁 위엔 2017년 9월 22일 자 텔레비전 편성표 부분이 펼쳐진 신문이 놓여 있다. 그 옆에 커피 잔 하나가 있는데, 안에 곰팡이가 슬어 시커멓게 변해 있었다. 또 개수대엔 음식물이 눌어붙은 그릇이 담겨 있고, 찬장엔 돌처럼 딱딱한 빵 반 덩어리가 놓여 있으며, 주방 식탁 둘레엔 의자라곤 하나도 없다.

메스꺼움과 황홀함이 뒤섞인 묘한 감정을 느끼며 나머지 방들을 둘러본다. 침실엔 정돈되지 않은 더블 침대가 놓여 있고, 옷장 문과 서랍장이 전부 열려 있는 게 마치 누군가 꼭 필요한 옷과 물건만 서둘러 챙겨 간 듯하다. 또 거실엔 뿌연 먼지가 수북이 쌓인 커다란 텔레비전과 아무렇게나 구겨진 덮개가 덮인 소파가 보인다. 얼마 전에 여기 이 소파에 누군가 앉아 있었다고 해도 믿을 거다. 그 '얼마 전'이 바로 2017년 9월 22일인 것만 분명할 뿐. 그러니까 지금 도라는 비려저 아무도 살고 있지 않는 집이라는 박물관에 서 있는 것이다. 거의 3년쯤 된 스냅사진 속에, 통조림처럼 보존 처리된 과거의 한순간 속에 자리한 박물관 안에.

카펫 위에 다른 곳보다 더 깨끗해 보이는 동그랗게 찍힌 자국이 있다. 지금은 도라의 서재를 장식하고 있는 커다란 화분이 거기 놓여 있었던 게 분명하다. 나지막한 탁자 위엔 싱싱해 보이는 작은 야자수 화분이 세 개나 놓여 있다. 보아하니 고테가 가끔 들어와 물을 주는 모양이다. 도라는 창가로 가서 맞은편 자기 집을 보고 깜짝 놀란다. 여기 서서 바라보니 담장과 아까시나무들 뒤에 절반쯤 가려진 집이 낯설게 느껴진다. 그녀 집도 아니고, 그렇다고 다른 그 누구의 집도 아닌 것처럼 말이다. 도라는 이곳에 있으면 안 된다는 느낌이 든다. 별안간 뭔 일이 벌어지고 있다. 베일이 걷히고 방의 모양이 바뀌며 윤곽도 더 뚜렷해지고 색깔도 더 진해진다. 그녀는 깜짝 놀라 주위를 둘러본다. 모든 게 진짜라고 이성의 목소리가 경고하고는 입을 다물어버린다. 도라 스스로 깨닫게 내버려둬. 그녀를 둘러싼 고테의 집, 그 아래로 땅과 그 위로 하늘. 그리고 80억 인구가 사는, 우주를 빙빙 도는 지구. 도라는 그 사실을 느낄 수 있다. 고대의 무언의 지식. 유와 무의 차이에 대한 지식.

도라는 0×0을 생각한다. 그때 천장 위에서 뭔가 쿵 하고 넘어지는 둔탁한 소리에 이어 덜커덩거리는 소리가 난다.

"요헨!"

복도를 지나 계단을 뛰어오르면서 그녀는 집 안 다른 곳들과 달리 계단은 이용 가능하다는 걸 바로 알아챘다. 계단 한가운데에 뿌옇게 쌓인 먼지가 한 계단 한 계단 오르는 신발에 묻어나가며 층계에 발자국을 남겼다. 특별히 크지 않은 어린아이 발자국 같다.

위층으로 올라간 도라는 복도를 지나 길게 이어진 흔적을 따라간다. 문은 전부 열려 있다. 그녀는 고테가 한때 내부 확장공사를 준비하고 있었다는 사실을 바로 알아챘다. 공사가 절반 정도 끝나 보이는 욕실, 아니 어쩌면 손님방일지 모른다. 그리고 확장공사가 중단된 공사장 같은 집 안에 널브러진 마른 합판과 보호 커버 시트지 더미. 그런데 왼쪽 제일 끝의 문만 닫혀 있다. 도라는 노크도 없이 문을 벌컥 열어젖힌다.

잠시 눈앞에 펼쳐진 광경에 적응할 시간이 필요하다. 아이 방이 분명하고 생활한 흔적도 남아 있다. 한데 방치된 방 상태가 기가 막힐 지경이다. 바닥은 못 쓰는 물건들로 뒤덮여 있고, 어린아이 장난감, 동화책, 여기저기 마구잡이로 내팽개쳐져 겹겹이 쌓인 옷. 책상 위엔 누른 종이, 말라비틀어진 접착제 튜브, 뚜껑 없는 마커 펜 같은 공작 용품이 죽은 시체처럼 즐비하게 놓여 있다. 게다가 이불과 베개가 놓인 아이용 침대는 노숙자의 잠자리 같다. 벽에도 지치고 슬퍼 보이는 헝겊 동물 인형들이 나란히 빼곡하게 걸려 있다. 도라는 바닥에 놓인 빈 감자칩 과자 봉지와 협탁 위 휴대용 전등에도 시선이 간다. 보아하니 전기는 물론이고 수도도 없는 모양이다.

바로 이 방이 미라가 돼버린 집에 프란치가 홀로 살고 있는 곳이다. 훼손된 어린 시절의 유물에 파묻혀서.

도라는 나디네 프로크슈의 형편이 어떤지 모른다. 나디네의 딸이 아빠와 함께 기억 속에 남아 있는 옛집에 살고 있다고 짐작하는 거지. 그러나 지금 도라가 해야 할 일은 프란치의 엄마를 찾아내서 딸을 데리고 가게 하거나 혹은 당장 '유겐트암트'*에 연락하는 거다.

도라가 전쟁터를 방불케 하는 방 안을 살펴보고 있는 동안, 프란치는 털에 감자칩 부스러기가 잔뜩 묻은 요헨을 무릎 위에 안은 채 바닥에 앉아 꼼짝도 하지 않는다. 그 모습을 보니 요헨이 여

* 아동 청소년 복지기관.

기서 뭘 하는지 설명이 된다. 배불리 먹은 후에 도덕이 세워지는 법이다. 같은 값이면.

"여기 있었구나."

도라는 목소리든 제스처든 어떤 식으로든 놀라움을 드러내지 않을 정도로 침착하다. 눈앞에 펼쳐진 광경은 비통하다. 하지만 프란치는 그녀의 마음을 눈치채지 못한 거 같다. 도라는 아이나 아이의 상황이 뭔가 좀 이상하다고 생각해선 안 된다.

"내 방이에요." 아이가 당당하게 말한다. 다시 아주 어린 아이처럼 말한다. 도라는 시치미를 떼며 노골적으로 주위를 둘러보며 주머니에 손을 집어넣는다.

"방이 예쁘구나." 그녀가 말한다.

프란치가 환하게 웃자 도라는 다시 심장이 조여온다.

"필요한 건 다 있어요." 프란치가 갓난아기 목소리로 말하고는 엉망진창인 방 안을 가리킨다.

"삐삐 롱스타킹을 아니?" 도라가 묻는다.

"그럼요!"

"말괄량이 삐삐도 큰 집에 혼자 살아. 동물들과 함께."

"맞아요!" 프란치가 벌떡 일어나는 바람에 요헨이 그만 무릎에서 굴러떨어진다. "난 삐삐고, 저건 닐슨 씨예요!" 아이는 요헨을 가리키며 다시 "닐슨 씨, 닐슨 씨!"라고 여러 번 외친다. 그러고는 상체를 좌우로 흔들며 웃기는 춤을 추기 시작하더니 노래도 흥얼거린다. "3 곱하기 3은 6, 비데비데비트, 2는 9."

가사가 틀렸다.

"괜찮아, 프란치." 도라가 말한다. "다 괜찮아."

도라의 말이 끝나기 무섭게 아이는 노래를 멈추고 침대 가장자리에 앉더니 뭔가 잘못이라도 한 것처럼 고개를 푹 떨군다. 도라는 말없이 기다린다.

"엄마한테 아무것도 얘기하면 안 돼요." 프란치가 마침내 평상시 목소리로 말한다.

"아빠 집에 있는 게 좋니?"

프란치가 격렬하게 고개를 끄덕인다.

"넌 왜 트레일러에서 자지 않니?"

"아빠가 싫어해요. 너무 좁다고. 여기가 더 좋아요." 프란치는 다시 갓난아기 목소리를 낸다. "뒤죽박죽 별장에 사는 삐삐처럼!"

"아빠는 일하시니?"

"코하고 잘 거예요. 자주 코하고 자요."

"하루 종일 침대에 누워 있다는 말이니?"

"가끔요." 프란치가 생각에 잠긴다. "최근엔 더 자주요." 그러고는 다시 손을 마구 휘젓는다. "그래도 세상에서 최고 좋은 아빠예요!"

"물론이지."

"아무한테도 말하지 않을 거죠, 그죠?" 프란치가 애걸한다.

문득 도라는 뭘 할 건지 깨닫는다. 아무것도 하지 않을 거다. 분명 고테는 자기 아이의 영재성을 교장 선생님에게 납득시키려고 매주 한 번 학교 간담회에 참석해 발언하는 아버지 부류에 속하진 않는다. 그리고 통밀 비스킷이 다 팔려서 유기농 식품 마트에서 신경질을 내는 부류도 아니다. 오히려 고테는 폭력적이고 알코올에 빠져 사는 인간이다. 그래도 프란치는 그를 사랑하고, 그도 자기만의 방식으로 프란치에게 사랑을 되돌려준다. 아이가 필요한 건 약간의 지지이고 아이가 필요하지 않는 건 통제하려 드는 사람이다.

"잘 들어, 프란치."

15분 전만 해도 도라는 아이에게 앞으로 자신뿐 아니라 요헨에게서 떨어지라고 말할 참이었다. 그녀는 어린아이들을 위한 방학 캠프 따윈 운영하고 싶지 않다. 개를 납치하고 전과가 있는 나치를 아버지로 둔 아이들을 위해선 더더욱 아니다. 하지만 그건 15분 전에 하려던 말이었다.

"요헨과 놀려면 우리 집 정원을 벗어나면 안 된다. 내게 말도 하지 않고 그러면 안 돼."

"알겠어요." 프란치가 진지하게 고개를 끄덕인다. "다시는 안 그럴게요."

"그럼 이제 넌……." 도라는 한숨을 한 번 내쉬고 마음을 다잡는다. "원하면 밥 먹으러 자주 오렴. 네가 오면 기쁠 거야."

29장

칼

하루 종일 도라는 내면의 사악한 목소리와 싸우고 있다. 그 사악한 목소리가 컴퓨터 앞에 앉아 이메일을 쓰라고 난리다. 심지어 아이디어도 있다. 그녀는 시선을 돌려 라디오 광고를 전문으로 할 수도 있다. 그러면 지역 고객들을 유치하는 게 가장 좋을 것이다. 저임금, 낮은 경쟁, 적은 스트레스. 도라는 라디오 광고의 잠재력이 소진되려면 아직 멀었다고 확신한다. 지금 당장이라도 알고 지내는 음향 효과 담당자에게 연락해서 함께 일하자고 제안할 수도 있다. 미래를 생각해서 어쩌면 작은 에이전시를 차릴 수도 있다.

그러나 그 사악한 목소리는 세상이 다시 정상화될 때까지 일단 기다려보는 게 최선이라고 주장한다. 코로나 위기 상황에서 프리랜서로 일을 시작하는 건 완전 멍청한 짓이야! 광고 예산이 줄줄이 동결되는 상황에서 고객을 유치하러 나설 필요가 없다. 게다가 밭에 씨감자도 심어야 한다.

정상적인 상황이라면 그 사악한 목소리는 다음 프로젝트 마감일이라는 유혹에 항복했을 거다. 그러나 지금은 그 유혹을 물리쳐 이긴다.

도라는 텃밭의 흙을 파서 일군 다음 유튜브에서 본 대로 적당한 간격으로 자디가 가져다준 씨감자를 뿌린다. 텃밭의 **사회적 거리두기**. 그러고는 뿌린 씨감자 위로 흙을 쌓아 올려 작은 언덕을 만들면서 에일리언 여왕의 알들을 땅에 파묻는 거라고 상상한다. 외계인들이 게르스트와 우주여행 중인 도라를 납치하여 뇌에 칩을 이식했다. 그래서 그들은 도라를 멀리서 조종할 수 있다. 뇌에 심은 칩 때문에 그녀는 화단에 물을 주려고 열여섯 번이나 집으로 뛰어가고 서른두 번이나 물이 꽉 찬 물뿌리개를 끌고 다녀야 했다. 물뿌리개가 무거워 자꾸 허벅지에 부딪쳐서 바지가 흠뻑 젖는다. 모래 먼지가 진흙이 될 때까지 물을 주고 나자, 도라는 등이 결리고 팔다리가 쑤시고 아파오기 시작한다. 하지만 가치 있는 고통이다. 그게 에일리언 여왕의 알에게 혹은 직접 재배한 감자에게 어떤 의미가 있는지 묻지 않는 한 말이다.

저녁 식사 후, 노트북을 들고 주방 식탁에 앉는다. 구글 검색을 해보지 않는 게 더 좋을 거 같다. 차라리 음향 전문 편집자에게 이력서를 첨부한 지원서를 쓰거나 자기 PR에 필요한 초안을 몇 개

작성해야 한다. 근데 내면의 사악한 목소리는 그 일을 알고 싶어 한다. 도라는 검색창에 '고트프리트 프로크슈' '칼'을 입력한다.

검색어 관련 자료 목록이 너무 길어 순간 놀라며 멈칫한다. 그 때까지 그녀는 자디가 거짓말했길 내심 바랐던 모양이다.

"모욕적 발언 이후 칼부림: 피해 남성은 병원 이송."

"플라우지츠 사건 희생자 부인, '트라우마 생겼다'."

"법정에 선 미케 B., 약간 후회해."

"칼부림 사건 판결: 주 법원은 고의적 살인죄를 선고한다."

"프리그니츠는 얼마나 극우적인 성향이 강한 곳인가?"

새 링크 하나하나를 클릭할 때마다 얼굴을 한 대씩 얻어맞는 느낌이다. 그런데도 기사 목록 페이지를 한 장씩 클릭하는 걸 멈출 수가 없다. 구글에서 새로 나타난 증후를 검색하는 우울증 환자처럼 미친 듯이 기사 제목을 읽어 내려간다.

"미케 B., 고트프리트 P., 데니스 S. 사건: 희생자 단체, 낮은 형량 비판."

"공동 원고 측 변호사, 항소 발표."

"플라우지츠: 경찰, 과격한 네오나치 50인 언급."

사건 관련 헤드라인을 많이 읽을수록 도라 관련 헤드라인이 한 층 더 부도덕하게 변한다. 친절한 이웃 남자가 새로 이사 온 이웃집 여자를 위해 가구를 만들어준다. 마을 주민들이 옛 유치원의 보수공사를 돕는다. 프란치 P.: 행복한 유년기를 보내는 아이인가? 혹은 유겐트암트의 관리 대상인가? 누군가 의도적으로 허공에 던져버린 퍼즐 조각처럼 모든 것이 뒤섞여 소용돌이치고 있다. 도라의 머릿속에 안개가 낀 듯 희뿌연 장면이 떠오른다. 그녀는 자기 입장이 없다. 입장이 없으면 질서가 없고 세상이 혼란스럽고 이해가 안 돼서 참을 수 없을 만큼 아주 고통스럽다. 그래서 그녀 역시 길을 잃은 시대에 혼란스러워하는 사람들 모두가 하는 일을 똑같이 한다. 정보의 홍수 속에서 진실을 찾는 일을.

정보가 시사하는 바는 명확하다. 플라우지츠, 2017년 9월 20일. 늦여름의 어느 멋진 오후, 40세의 한 커플이 광장을 거닐고 있었다. 세일즈 우먼인 카렌 M.과 웹디자이너인 요나스 F.는 그 지역 출신으로, 오랫동안 오스트프리그니츠에 있는 작은 도시에 살고 있는 사람들이다. 근데 뜬금없이 문화센터 앞 벤치에 앉아 맥주를 마시던 남자들에게 모욕을 당한다.

"남자들이 '체케*, 뒈져라!' 하고 외쳤습니다." 카렌 M.이 진술한다. "나를 '좌파 년'이라고 불렀어요."

어떤 기사에서는 요나스 F.가 과거 한때 지역 반파쇼 운동의 일원이었다는 주장이 제기된다.

"이곳은 인구밀도가 낮은 지역이죠." 그가 〈오더차이퉁〉과의 인터뷰에서 설명한다. "서로 아는 사이예요."

---

* '좌파 놈들'이라는 뜻.

그는 가해자 셋 중 두 명을 확인해주는데, 미케 B.와 데니스 S.는 학창 시절부터 알고 지내는 사이다.

"여기선 그 누구도 나치를 상대로 나쁜 짓을 하지 않아요." 그가 말한다. "반파쇼주의자에게만 그러죠. 근데 경찰은 그저 지켜보기만 하죠."

광장에서 격한 말이 서로 오간다. 카렌 M.은 남자 친구를 옆으로 끌어당기려 애쓴다. 옥신각신하다 결국 드잡이가 벌어지자 그녀는 도움을 청하러 간다.

"90년대엔 매일같이 치고 박고 싸웠죠." 요나스 F.가 말한다. "그게 정상이었어요."

증인 진술에 의하면, 칼을 뽑아 든 사람은 미케 B.로 밝혀진다. 요나스 F.는 그 상황을 미처 대비하지 못한다. 미케 B.가 찌른 칼 끝이 갈비뼈 사이를 관통한다. 폐가 손상되지 않은 게 기적이다.

요나스 F.는 재판이 거의 끝나갈 무렵, "거기서 사람들이 죽어 나갔어요"라고 말한다. "대중의 관심을 끌지 못했더라면. 그런 면에서 난 운이 좋았어요. 제 사건이 사법 당국이 깨어나는 데 일조하길 바랍니다."

도라는 노트북을 닫는다. 칼을 꺼내 든 건 고트프리트 P.가 아니었다. 그 사실을 아는 게 중요하다. 그런데 기사 내용이 진실과 같을까? 재판 사진 속 피고인들은 얼굴을 감추고 있다. 그런데도 도라는 그들을 알아본다. 미케 B.는 수염이 덥수룩한 사람이고,

데니스 S.는 문신한 사람이다. 진실은 누가 칼을 소지하고 있었느냐가 아니다. 그들 모두 죄인이다.

베를린에서 온 도라 K.와 로베르트 D.도 요니스 F.와 카렌 M.이 될 수 있다. 지방 도시를 산책하는 좌파 자유주의 놈들이 나치의 야유를 받고 칼에 찔려 죽을 수 있다. 그것도 정치적 입장 때문에, 민주주의에 대한 믿음 때문에. 이게 21세기 독일의 현주소다.

세상 모든 구글 검색 결과 목록 따위에 동요하지 않고 요헨데어로헨은 타일 바닥에 누워 코를 골며 자고 있다. 도라는 요헨 옆에 쪼그리고 앉아 따뜻한 몸을 쓰다듬는다. 요헨과 함께 이곳을 떠나야 한다. 사실 그녀는 그래야 한다는 걸 이곳에서 지내는 내내 느끼고 있다. 근데 어디로? 이곳에 집도 사고 일자리도 잃은 마당에. 계획한 일이 순조롭게 돌아가지 않는다. 어쩌면 아버지에게 도움을 청하거나 로베르트와 화해하고 그가 요구하는 규칙을 따르며 얹혀살 수 있을지 모른다. 그런 생각을 하는 것만으로도 아주 오랜만에 온몸에 소름이 돋는 걸 느낀다. 그럼 또 다른 마을로 가야 하나. 어쩌면 집을 옮길 때마다 똑같은 일이 반복될지 모른다.

근데 새 이웃이 또 나치면 어쩌지, 라고 도라는 생각한다. 바로 옆집은 아니더라도 몇 집 건너에 산다면? 평화롭게 살기 위해 좌파 자유주의자는 옆집 네오나치와 얼마나 먼 거리감을 둬야 할까? 마을 전체에, 게마인데에, 란트크라이스에, 혹은 공화국 전체에 나치가 한 명도 없을 순 없을까?

도라는 두 손으로 얼굴을 감싼다. 어쩌면 에일리언 여왕이 부하를 시켜 그녀를 데리고 오게 할지 모른다. 그러면 그녀는 우주공간에 살며 에일리언 여왕의 알들을 돌볼 수 있을 거다. 가끔 게르스트가 찾아와 함께 우주공간에서 우주비행사가 마시는 커피를 마실 테지. 세상에서 가장 친절한 두 사람은 늘 바른 말만 하고 바른 행동만 할 것이다.

인간은 이 모든 걸, 더 나아가 이보다 더 많은 걸 생각할 수 있다. 또 인간은 정보를 왜곡하고 바꿀 수도 있다. 그러나 진실은 늘 한결같다. 진실은 도라가 떠나든 남든 그것과는 별개다. 사람들이 더는 나치의 옆집에 살지 않는다고 해서 그들의 존재가 없어지지 않으므로.

30장

인간에 대하여

도라가 톰과 슈테펜을 보러 갈 결심을 한 건 바야흐로 저녁 9시가 조금 지난 시각으로, 밖은 거의 어두컴컴하다. 그녀는 슈테펜에게 보프로스트 관련 거짓말에 대해 해명을 요구할 생각이다. 아니면 그저 누군가와 얘기하고 싶은지 모른다. 이유야 어쨌든 사전에 얘기도 않고 다른 사람 집 문 앞에 서 있는 건 이 마을에선 흔한 일이다. 요헨은 따라가지 않고 집에 남아 있다. 꼭 지난번 방문 때 다 먹어치운 몽셰리 때문만은 아니다. 프란치와 함께 사라진 데 대해 도라의 화가 아직도 풀리지 않은 것도 이유 중 하나다.

그녀는 슈테펜의 모습도 보기 전에 먼저 집 밖 거리에서 목소리부터 듣는다. 그는 모음을 길게 빼고 떨림음을 엄청 넣어 목청껏 노래를 부르고 있다. 라인하르트 메이의 '구름 위에'라는 노래인데 다른 가사를 넣어 부른다.

"걱정하는 시민들 / 너희들의 어리석음은 끝이 없네."

황혼 속을 떠다니는 가락에 도라는 귀를 기울인다. 노랫소리로 가득한 브라켄 마을의 저녁 풍경을 접하니 느낌이 얼마나 묘한지. 음악 반주도 없이 목소리로만 부르는 노랫소리. 도라는 슈테펜이 노래 부를 수 있다는 건 생각지도 못했다. 왠지 노래 부를 수 있는 사람으로 보이지 않으므로.

"너희들의 불안, 너희들의 걱정이 / 될……."

도라는 목소리가 들려오는 곳이 어딘지 알아내려 애쓴다.

"……진한 증오로 / 내일모레 / 불타오른나……."

그녀는 잔디밭을 지나 집 쪽으로 간다. 창문턱에 놓여 있는 로즈마리 화분이 집 안을 살짝 가려주고 있다. 중이층이 없는 덕분에 손쉽게 집 안으로 들어가며 손으로 유리에 반사되는 빛을 가린다.

"……가장 가까운 난민 숙소가 어디에 / 그리고 모두가 묻지, 어떻게 그럴 수 있냐고?"

슈테펜은 방 한가운데에 있는 바에서 볼 법한 높은 의자에 앉아 창가 쪽으로 몸을 비스듬히 기울이고 있다. 그 방에는 스탠드 전등만 켜져 있는데, 환한 불빛이 연극무대 위 스포트라이트 조명처럼 그를 정면으로 비추고 있다. 다른 방들은 어두컴컴하다. 그런데도 도라는 처음 방문 때 봤던 거실을 다시 알아본다. 가구 다리가 모두 짧다. 낮은 안락의자, 소파, 탁자는 물론이고 장식용

평접시가 든 장식장도 나지막하다. 슈테펜이 앉아 있는 높은 의자는 분명 주방에서 들고 온 거 같다. 다리가 짧은 그 가구들 사이로 보이는 그는 닥스훈트 틈에 끼어 있는 기린 같다. 그런 그를 다른 가구들이 의아하게 쳐다보는 듯하다.

슈테펜이 노래 후렴구를 부르면서 팔을 들어 올린다.

"걱정하는 시민들 / 너희들의 자유는 무한하네……."

그는 자유의 여신상 횃불을 들듯 오른손을 높이 치켜든다. 그러고는 손바닥을 펴고 팔을 앞으로 쭉 뻗으며 히틀러 경례 자세를 취한다. 그다음엔 어깨 쪽으로 손을 옮겨 사회주의를 상징하는 주먹을 불끈 쥐더니 다시 자유의 여신상 포즈로 돌아간다. 히틀러 경례. 사회주의 주먹. 그는 "라라라" 소리를 내며 계속 멜로디를 타다가 점점 더 목소리를 높여 고음을 낸다. 동시에 떨림음도 트레몰로로, 오페라 가수의 패러디로, 횃불로, 히틀러로, 사회주의자 주먹으로 변한다. 특히 마지막 음을 끝없이 길게 끌다가 갑자기 멈춘다. 그때 슈테펜 주위에 수증기가 뭉게뭉게 피어올라 전등 불빛에 비친 그의 모습이 거의 보이지 않는다. 도라는 안개 기계가 있는지 살피다가 그가 전자 담배를 손가락에 끼우고 있는 걸 본다. 연기를 폭폭 내뿜으며 담배를 피우는 모습이 마치 연기속에 숨고 싶어 하는 거 같다. 확신하건대 평상시 그는 담배를 피우지 않는다. 근데 오늘은 평상시와 달라 보인다. 질끈 동여맨 머리에 안경도 안 쓰고 관능적으로 다리를 꼬고 비스듬히 앉아 있는 남자 메릴린 먼로 같다. 잠시 멈춘 노랫소리가 다시 난다. 이번엔 슈테펜이 오직 자신을 위해 '생일 축하합니다' 멜로디를 조용히 흥얼거린다.

"네오나치, 부-우 / 네오나치, 부-우."

스스로도 믿기 힘든 일들을 생각하는 것처럼 노래 중간중간에 그는 고개를 가로젓기도 하고 나지막이 웃기도 한다.

"너무 무서어업고 / 너무 걱정되고……."

도라는 스마트폰을 꺼내 한 손으로 구글 검색을 한다. 슈테펜의 성을 모른다는 사실이 생각난 그녀는 '슈테펜' '베를린' '연극' '에른스트 부슈'를 입력해 검색해본다. 또 검색창에 '브라켄'도 넣어본다.

"네오나치, 부-우."

검색 결과의 첫 번째 링크로 위키피디아가 나온다.

"슈테펜 A. 샤버는 1979년 니더라인에서 태어난 인물로, 코미디언이며 카바레 예술가이다."

그 뒤에 이어지는 몇 줄 안 되는 내용은 그가 크게 성공하지 못했다는 방증이다. 도라는 두 번째 링크를 클릭하여 눈앞에서 실제로 보기도 했던 사진을 자세히 들여다본다. 바에서 볼 법한 높은 의자, 자욱한 연기, 남자 메릴린 먼로. 그 사진은 행사를 광고하는 홍보용으로, '무한 재미'라는 상호명의 클럽 홈페이지에 실린 것이다. 슈테펜 샤버, 새 프로그램 〈인간에 대하여〉, 2020년

4월 28일 저녁 9시 초연.

오늘이 4월 28일이고 지금 시각이 저녁 9시다. 도라는 스마트폰을 도로 집어넣고 다시 창문을 들여다본다. 웹사이트 화면에 아직도 붉은색으로 비스듬히 찍힌 안내 문구가 남아 있다.

"코로나로 취소."

노래를 끝낸 슈테펜이 홈 바용 의자에 앉아 허공에 담배 연기를 뿜어내며 가끔 숨을 들이마신다. 그 모습이 마치 뭔가 얘기하려다 지금 이 시기에 말하는 건 아무 의미가 없으므로 차라리 혼자 간직하는 게 더 낫다고 하는 듯하다. 그런데도 지금이라도 벌떡 일어날 것처럼 보이는 그가 고개를 들고 꺼져 있는 평면 텔레비전 속에 청중이 앉아 있는 듯 똑바로 쳐다본다. 아니면 검은 텔레비전 화면에 비친 자신의 모습을 보고 있는지 모른다.

"재밌지 않아? 엄청 웃기지 않아? 내 말은 재밌어? 웃기지? 어처구니없지? 그래! 어처구니없어! 당신들 어처구니없다고!"

그는 전자 담배를 끄고는 주머니에 집어넣는다. 그러고는 다시 혼잣말을 늘어놓는다.

"알고 있어? 그리 오래된 일도 아니야. 70~80년 전이지. 당시 당신들은 '초인'이고 '군주적 인간'이었지. 금발의 백마가 세계를 제패하러 나섰지. 철학자들은 당신들을 묘사하고 작곡가들은 당신들을 찬양하고 낯선 나라들은 당신들이 무서워 벌벌 떨고 국민들은 당신들을 졸졸 쫓아다녔지. 근데 지금은?" 슈테펜이 눈을 크게 뜬다. "지금 당신들은 캠핑 탁자에 앉아 있어. 당신들 뒤엔 트레일러가 서 있고 앞엔 따뜻한 맥주가 놓여 있지. 당신들은 폴란드산 담배를 피우고 제국 국기에 경례를 하고 당신들 신분증을 손수 만들지. 속옷 차림의 초인들." 그때 뜬금없이 슈테펜이 발작적인 웃음을 터뜨린다. "당신들은 독일을 구하지 못해. 당신들이 구하는 건 편물 산업이지." 그는 점점 더 심하게 발작적으로 웃으며 말을 잇지 못한다. "당신들은 인간말짜야. 그런 생각 든 적 없어? 당신들이 항상 소탕하려는 인간말짜가 바로 당신들이야. 당신들을 좋아하는 사람도, 필요로 하는 사람도 없어. 당신들은 낮엔 잠만 자고 밤엔 술독에 빠져 지내지. 당신들은 인터넷에 떠도는 쓰레기 같은 온갖 헛소리를 믿고 디데이를 위해 감자를 심지."

도라는 마법에 걸린 듯 멈춰 서 있다. 슈테펜이 괴테 이야기를 하고 있는 게 확실하다. 복수, 부당한 요구. 저렇게 얘기해도 되나? 인간말짜. 방금 그녀가 실수로 웃었나? 괴테가 인간말짜일까? 강등 싸움에 처한 초인일까? 괴테는 그저…… 그녀는 말을 끝맺지 못한다. 슈테펜은 그만해야 한다. 어쨌든 그가 옳은 말을 한다고 해도 그런 식으로 얘기하는 걸 그녀는 원치 않는다. 그런데도 그의 말을 계속 귀 기울여 듣고 있다. 상상 속 청중 앞에 앉아 있는 예술가이자 텅 빈 공간에서 초연을 하는 카바레 예술가의 이야기를.

"당신들은 공화국 궁전에 누가 살고 있는지 알아? 제3의 성(性)

을 위해 제3의 화장실에 대해 얘기하고 다리에 바지용 밴드를 매고 자전거를 타고 다니는 인간들이지! 21세기가 당신들 얼굴에 궁둥이를 쓱 들이대고 있어. 연방군에 복무 중인 여자들, 동성 부부들, 이주민들, 새 기후 대책들이 모두 당신들 얼굴에 궁둥이를 쓱 들이대고 있다고!"

이제 그는 절규하다시피 한다. 도라는 더 잘 보려고 코니스에 몸을 바짝 붙인다. 그녀는 뭔가 소리쳐 불러보고 싶지만 그게 뭔지 모른다. 마침 이곳에 청중이 있다면 투덜대는 사람, 웃는 사람, 응원하는 사람들로 소란스러울 거다. 어쩌면 시위로 번질지도 모른다. 이 모든 일이 지금 도라 머릿속에서 일어나고 있다. 그녀는 모든 사람의 대변자 같다.

"모든 걸 다 이해하는 멍청한 놈들은 정리됐어. 생존에 아주 적합한 사람들이 아니었어. 초인은 하층민이지. 역사의 흐름에 역행하는 엉뚱한 이야기가 없으면 좋을 텐데! 웃어봐! 인간말짜인 당신들은 오락용 사격장에 서 있는, 곧 제거될 표적 인형이지. 결국 새로운 시대에 배제되는 존재란 말이지. 역사의 쓰레기차가 수거해 가기를 기다리는 동안 손에 든 캔 맥주를 마셔봐."

갑자기 뭔가 바닥에서 쿵 하는 소리가 난다. 도라가 실수로 코니스 위 로즈마리 화분을 밀쳐 떨어뜨렸던 거다. 슈테펜은 의자 바퀴를 굴리며 거실을 돌아다니다 굴러떨어질 뻔한다. 하지만 양심에 찔려 손짓하는 도라를 볼 때까지 무슨 일이 일어났는지 알아채지 못한다. 그녀를 쫓아내려고 미친 듯이 팔을 내젓는 그의 얼굴은 화난 가면을 쓴 것 같다. 단념하고 팔을 내릴 때까지 내내 그 표정이던 그가 마침내 의자에서 뛰어내려 거실 밖으로 나오는가 싶더니 이내 현관문이 확 열린다.

"미쳤어요?"

도라는 주춤거리며 그에게 다가가서 로즈마리 화분을 깨뜨리고 방해한 것에 사과한다. 근데 이게 왜 큰일인지 이해가 가진 않는다. 그는 누군가 자신을 지켜보는 게 싫은 걸까? 그저 공연일 뿐인데. 도라는 그의 관객이고.

"당신이 내 촬영을 망쳐버렸어!"

이제 그녀는 얼굴이 빨개진다. 그러니까 그는 꺼진 텔레비전을 향해 얘기하고 있었던 게 아니었다. 그렇다면 그녀가 보지 못한 또 하나의 기계가 거실 어딘가 있는 게 틀림없다. 카메라나 태블릿 혹은 휴대폰일 가능성이 크다.

"라이브인가요?" 그녀가 묻는다.

"아니." 그는 손으로 얼굴을 문지르며 마음을 좀 가라앉힌다. "유튜브 녹화 영상이에요. 당신 때문에 처음부터 다시 시작해야 해요."

"죄송해요. 몰랐어요."

"뭘 원해요? 돌려줄 자전거가 또 있어요?"

도라는 자신이 왜 여기 왔는지 이해가 가지 않는다. 그저 이 모든 일이 창피할 뿐이다. 여기 온 진짜 이유보다 더 나은 거짓말도 떠오르지 않는다.

"보프로스트 이야기 때문에요." 그녀가 말을 꺼낸다.

"뭐라고?"

"보프로스트 남자요. 그리고 고테."

"맙소사. 진짜 무슨 일이 있었는지 누가 얘기해줬나요?"

"자디가."

"그럼 이제 당신도 고테가 어떤 인간인지 알고 있겠군요."

"왜 내게 거짓말했어요?"

"내 생각에 더 아름다운 스토리라."

슈테펜은 재차 손으로 얼굴을 문지른다. 창백한 얼굴에 눈 밑 다크서클이 진한 그는 가로등 불빛에 유령처럼 보인다. 도라는 그가 어디 몸이 안 좋나, 하고 생각한다. 배우가 공연을 못 한다는 건 어떤 의미일까.

"나 방금 해고됐어요." 그녀가 말한다.

"잘됐군요. 그럼 이제 사색을 시작하면 되겠어요."

"그러고 있어요." 그녀는 미소 지으려 애쓴다. "왜 그에 대해 그렇게 말해요?"

"뭐가?"

"고테요. 당신 유튜브 방송에서."

"흠." 슈테펜이 어찌할 바를 모르는 척한다. "그 원인이 뭔지 생각 좀 해보고……."

"전투에서 가장 큰 위험은 자신의 적과 점점 더 닮아가는 거예요."

"뭔 소리예요. 격언집에 나오는 최신 명언인가요?"

"〈배트맨〉에 나오는 말인 것 같아요."

"뭐라, 염병 떨고 있네. 또다시 우리 집 창가에 서 있는 당신을 보게 되면……."

"몇 사람 데리고 와서 날 흠씬 두들겨 패겠다고요?"

"그래요."

대답과 함께 현관문이 쾅 하고 닫힌다.

3부

암

31장
굿바이

    사실 천 조각으로 얼굴을 가리는 게 그리 불편하진 않다. 도라는 낡은 티셔츠, 고무줄 두 개, 파이프 클리너 한 개로 마스크를 만들었다. 요요가 병원에서 가져온 방진 마스크를 보내주기로 약속했다. 그러면서 마스크를 "규칙을 잘 지키는 시민 증명서"라고 부르며 마스크로 얼굴을 가리는 의무로 인해 니캅*을 착용하는 여성들을 대하는 시선이 예전보다 더 관대해질 거 같냐고 묻는 거였다. 여하튼 아버지가 보낸다던 소포는 아직 도착하지 않았는데, 도라의 집에 우편함이 없는 게 이유가 될 수 있다.

    티셔츠 조각으로 만든 마스크가 트렌디한 최신형도 아니고 자꾸 흘러내리지만, 그걸 쓰고 있으면 도라가 얼마나 피곤한지 사

---

*   이슬람교도 여성들이 눈을 제외한 얼굴 전체를 가리는 일종의 얼굴 가리개.

람들이 곧장 알아차리진 못한다. 그녀는 잠을 설쳤다. 한밤중에 주자네의 두 번째 이메일이 도착했다. 기회를 봐서, 그러나 가급적 조속히, 가장 좋은 시간인 오후 6시 이후에 에이전시에 잠깐 들러 책상을 치워줄 수 있느냐며, 코로나 방역 수칙에 맞게 '사무실' 내부 전체에 투명 아크릴 칸막이를 설치하고 최소 간격을 넓히고 줌 화상회의 전용 공간을 만드는 등 개조해야 한다는 내용이었다. 건강하세요. 건승을 빕니다, 주자네 드림.

도라의 책상이 없어지게 될 사무실 개조에 대한 공지는 해고 통보 직후에도 느끼지 못한 불안감에 내저해야 힌다는 생각이 들게 했다. 자리에서 일어나 침대에서 빠져나온 도라는 통장거래내역을 클릭한다. 실업급여 신청을 하러 관청에도 가지도 않고 주자네와 면담도 나누지 않아서 생필품 외에는 쇼핑도 할 수 없는 지경이 될 경우 얼마 동안 쓸 돈이 남아 있는지 계산해본다. 집 담보대출금 상환 유예를 신청할 수 있는지, 어떤 조건을 갖춰야 단기 신용대출을 받을 수 있는지도 살펴보았다. 돈이 바닥날 경우를 대비해 마이너스통장 한도를 올릴 수 있는지, 언제 햇감자를 수확할 수 있는지도 찾아보았다.

검색 결과는 실망스러웠다. 도라는 원하는 대로 그 결과를 왜곡하고 바꿀 수 있다. 그녀는 가급적 빠른 시일 안에 이곳 브라켄에서 재택근무를 하며 다시 돈을 벌어야 한다.

중앙역에서 기차를 갈아탈 때 도라의 시선이 2020년 5월 7일

302

17시 37분이 표시된 디지털 표지판으로 향한다. 그사이 그녀에게서 날짜와 시간의 의미가 사라져버리다니. 그녀는 오늘이 무슨 요일인지 잠시 생각해본다. 목요일이다. 아버지가 베를린에 있을지 모른다. 그녀는 한 신문사 진열장 앞을 지나가며 잡지 표지에 등장한, 오돌토돌한 돌기가 달린 마시지 짐볼 모양의 바이러스 색깔이 빨강, 보라뿐 아니라 이제는 녹색으로도 표시돼 있는 걸 보게 된다. 이처럼 여러 가지 색깔로 바이러스를 표시한 건 분명 현재 표출되는 다양한 의견의 표현인 것 같다. 실업자가 된 이후로 다시 인터넷 뉴스를 읽지만, 별로 도움이 되진 않는다.

도라는 신문사를 지나 중앙역 내부 통로를 따라 쭉 걸어간다. 한 연금 생활자가 바짝 붙어 지나가는 젊은 남자에게 소리를 질러대고, 연신 기침을 해대는 한 노숙자는 쓰레기통을 뒤지며 빈 병을 찾는다. 또 엄마들은 함께 놀고 있는 아이들을 서로 떨어뜨려놓고 있다. ICE* 승강장엔 양복 차림의 남자 두서넛이 장거리 열차를 기다리며 '대마불사' 스마트폰에 대고 말하고 있다. 평상시 광고가 등장하는 화면에 손 씻기와 거리두기 홍보 영상이 나온다. 도시고속전철역 승강장엔 사람들이 보란 듯 간격을 두고 서 있거나 혹은 반대로 대놓고 무리지어 있다. 어느 쪽에 서느냐는 말 그대로 정치적 입장 표명이 돼버린다. 그래도 열차는 기분

* 독일 내 주요 도시를 연결하는 고속열차.

좋게 비어 있다.

프렌츨라우어베르크 역에 도착한 도라는 도시고속전철에서 내려 익숙한 동네 길을 걸어간다. 황량한 거리, 문 닫힌 카페와 레스토랑, 하얀색, 빨간색 테이프로 막아놓은 놀이터. 흔히 볼 수 있는 막무가내인 사람들만 심야 상점 앞에 서 있다. 그들은 핵전쟁이 한창일 때도 거기 서 있을 사람들이다.

도라는 같은 집에서 밤낮으로 로베르트와 함께 지냈던 때의 느낌을 떠올린다. 두 아이, 남편과 함께 파트타임 일을 하며 집 안에 처박혀 사는 모습도, 양쪽 도롯가에 끝없이 길게 늘어선 수많은 집 창문 너머에 갇힌 사람들이 불안에 떨며 코로나 일기를 쓰고 있는 모습도 상상해본다. 이제 더는 집 밖을 돌아다닐 수 없는 외출 금지로 생각이 정지되고 감정이 마비돼버린 사람들. 그들이 삶의 의미와 자살에 대해 심사숙고하는 동안에 도라는 브라켄 마을에 자리한 숲을 산책하고 하루 종일 정원에서 시간을 보내며 담장 너머에 사는 나치 때문에 불안에 떤다. 코로나로 인해 특권이 재분배된 거다. 베를린으로 잠시 여행만 와도 이런 사실을 확실히 깨닫게 된다.

도라는 제복 차림의 경찰이 다가와 거리에서 뭘 하냐며 물어볼 거라는 생각을 어느 정도 하고 있다. 집에 돌아갈 땐 백팩이 꽉 찰 거라서, 이번엔 구실을 댈 수 있는 요헨을 데리고 오지 못했다. 프랑스에서는 무장한 경찰관들이 시민들의 쇼핑 봉지에 꼭 필요한 생필품만 들어 있는지 검사한다는 글을 어느 블로그에서 읽은 적도 있다. 그녀는 독일에 사는 걸 하늘에 감사하며 방해받지 않고 목적지에 도착한다.

Sus-Y사는 멋진 옛 건물 내 여러 층에 걸쳐 자리하고 있다. 도라는 출입문 비밀번호를 외우고 있다. 평소와 다름없이 엘리베이터를 타지 않고 계단을 이용한다. 계단 층계참에 달린 '유겐트양식'의 알록달록한 창문을 좋아해서다. 4층 사무실 출입문 앞에 서서 또 다른 비밀번호를 입력하면서 도라는 문이 열릴 때 나는 윙윙거리는 소리는 물론이고 닫힐 때 나는 특수 자물쇠의 찰칵하는 소리도 좋아한다는 걸 깨닫는다. 그녀는 조심스럽게 넓고 번쩍거리는 목재 마룻바닥으로 들어선다. 예전에 이 마룻바닥을 복구할 때 분명 돈이 많이 들었을 거다.

사무실 내부에 소독제 냄새가 나고 휑한 기운이 감돈다. 벽에 기대놓은 납작한 큰 상자들이 보이는데, 그 안에 투명 아크릴판이 들어 있는 것 같다. 플립 차트에 써놓은 '현대적 행동가' '쾌락주의자들' '적응하기 쉬운 환경'에 누군가 빨간 유성 펜으로 소용돌이치듯 원을 그려놓았다. 비건 과일 젤리를 선호하는 소비자그룹 분석, 'sweets4all'은 난생처음 들어보는 상표다.

도라는 돌아서서 사무실을 바라본다. 밤늦게까지 이곳에 앉아 일하기 일쑤였는데 오늘따라 이 큰 사무실이 이리 썰렁한 적이 없었다. 스벤의 책상 위에 작년 생일 때 받은 '생일 축하합니다'

종이 목걸이가 걸려 있고, 로레타의 컴퓨터 모니터 가장자리에 빙 둘러진 말 사진이 아직도 붙어 있다. 또 베라의 책상엔 빈 커피잔이 수북이 쌓여 있고, 지몬과 글로리아의 책상은 이미 정리돼 있었다. 다른 동료들도 해고당한 게 분명했다. 사무실에 자리한, 역사의 쓰레기인 텅 빈 책상들은 폐기되길 기다리고 있다. 그 광경을 보니 무서운 생각이 든다. 그녀는 두 번 다시 글로리아와 지몬을 보지 못할 것이다.

도라의 책상 밑에는 요헨 몸에서 빠진 털을 모아두는 표범 무늬의 작은 바구니가 놓여 있다. 매일 아침 요헨온 사무실 사람들에게 인사하러 에이전시를 한 바퀴 뛰어다니곤 했다. 문득 떠들썩한 사무실 소음이 그립다. 예전엔 종종 짜증 났던 그 소음이 말이다. 직원들은 보통 커피 메이커 앞에 서 있거나 동료의 책상에 몸을 기대고 서서 새 소식을 서로 교환하곤 했다. 잡담하는 소리, 자판 두드리는 소리, 전화기 울리는 소리. 음악 소리들. 게다가 커다란 커피 메이커가 굉음을 내며 작동될 때마다 커피 냄새가 한층 더 진하게 난다.

이제 끝이다. 축하 세리머니도 없이 인생의 한 시절이 과거 속으로 사라진다. 도라는 그 시절이 얼마나 많은 의미를 담고 있는지조차 깨닫지 못했다. 상황이 어떻게 돌아가든 이제 다시 Sus-Y 사로 돌아올 수 없다. "건승을 빕니다, 주자네 드림"으로 끝맺은 이메일 끝에 날아든 해고 통지가 거짓말처럼 느껴진다. 하지만 그녀는 그런 생각이 부질없다는 걸 알 만큼 자신을 잘 알고 있다.

집으로 돌아오면서 도라는 요헨이 털 바구니를 보면 좋아할 거라 생각하며 스스로를 위로한다. Sus-Y사의 삭막한 사무실 풍경이 아직도 눈앞에 어른거리지만 이미 그녀의 삶과 연결된 고리는 끊어졌다. '다음 날'이나 '굿바이'라는 제목의 사진들만 시리즈로 남았다. 이 사진 시리즈는 인간이 지진으로 사라지기 전에 모든 걸 또 어떻게 제거하는지를 다루고 있다. 도라는 조금 차분해진 거 같다. 그래도 여전히 뭘 해야 할지 모른다. 하지만 적어도 뭘 하지 **말아야** 할지는 알고 있다. 어쩌면 이게 인간이 인생에서 알 수 있는 전부가 아닐까.

32장

조각품

도라가 코흘리츠 역에 도착한 열차에서 내린 시각은 저녁 9시다. 주위는 꽤 어두컴컴하다. 도라는 사무용품이 든 백팩을 어깨에 메고 요헨의 털 바구니를 구스타프의 앞 바구니에 단단히 묶는다. 그리고 광센서로 자전거 라이트를 켠 다음 코흘리츠의 울퉁불퉁한 거리를 조심스럽게 달려 브라켄으로 가는 국도에 다다른다. 국도 옆에 아스팔트로 잘 닦인 평평한 자전거도로가 있다. 그녀는 힘차게 페달을 밟는다. 요헨을 너무 오래 홀로 둬서 미안한 마음이 든다. 하지만 지금은 빠른 속도로 달리며 느끼는 쾌감을 즐긴다. 드넓게 펼쳐진 들판, 지평선에 닿아 있는 검은 숲, 귀뚜라미 우는 소리에 감도는 긴장된 공기. 자전거를 타고 가며 맞는 바람에서 여전히 한낮 뜨거웠던 봄의 따스함이 느껴진다.

사실 도라는 모든 게 아주 단순하다는 생각이 든다. 모든 질문에 대한 대답은 바로 눈앞에 놓여 있다. 브라켄 마을 풍경 속에, 적막감 속에, 어둠 속에 숨어서 꼼짝 않고 삶에 어떤 일이 일어나는지 지켜볼 테다. 앞으론 고테와 왕래를 끊고 친절하지만 단호하게 대할 거다. 프란치가 다시 도시로 되돌아갈 때까지 좀 돌봐주되 거리를 두면 되고, 일자리 문제도 코로나가 끝나면 곧바로 모든 게 해결될 거다. 그사이 이곳 브라켄 마을에선 타고 다닐 일이 별로 없는 구스타프를 팔아버릴 거다. 그 돈으로 두 달은 충분히 생활할 수 있을 거다. 아무 문제 없다. 슈테펜이 틀렸다. 지금은 깊이 생각할 때가 아니라 생각을 멈춰야 할 때다. 이 마을 모든 것과 평화롭게 공존할 때다.

이어 도라의 시선을 사로잡는 광경 때문에 방금 든 멋진 생각이 갑자기 흔적도 없이 사라진다. 저 앞에 뭔가가, 웬 커다란 물체가 공중에 솟아 있다. 처음에 달빛 아래 드리운 검은 그늘로 보이던 그림자 하나가 윤곽이 뚜렷한 자동차 실루엣으로 바뀐다. 정확히 말하자면 자동차 뒷부분 실루엣이다. 앞부분은 밭 가장자리 구덩이에 거꾸로 처박혀 비스듬하게 놓여 있다.

도라는 눈앞에 펼쳐진 광경이 어떤 상황인지 판단할 시간을 가지려고 속도를 줄이며 가까이 다가간다. 구덩이 속에 처박힌 자동차는 픽업트럭으로, 80년대에 나온 아주 오래된 구형 모델이다. 거꾸로 비스듬하게 처박힌 모습이 거대해 보인다. 입자 가속

기 위에 세워진 마을에서 이상한 일들이 벌어지는 〈루프 이야기〉*
같은 미스터리 시리즈물에 나올 법한 기괴한 금속 조각품 같다.
잠시 후면 픽업트럭이 도롯가 구덩이 밖으로 빠져나와 공중에 붕
떠오르기 시작할 거다.

안전한 곳에 멈춰 선 도라는 자전거에서 내린다. 픽업트럭 뒷
부분이 자전거도로를 가로막고 있어서 운전석 문 쪽으로 가려면
구스타프를 도로 위로 좀 끌고 가야 한다. 누가 봐도 어수선한 상
황이다. 엔-트로-피, 그녀의 생각 하나하나를 소리 내어 알려준
다. 바퀴는 움직이지 않고 시동은 꺼져 있는 픽업트럭 주위에 기
괴한 적막감이 감돈다. 도라는 이 상태로 차가 얼마나 오래 처박
혀 있었는지 궁금하다. 얼마나 오랫동안 이곳을 지나간 사람이
없었을까? 혹 브라켄 마을 사람들은 자동차가 도롯가 구덩이에
처박혀 있어도 상관없는 걸까? 이 마을 모든 것과 평화롭게 공존
할 수 있을까? 엔트로피를 돌보는 사람은 아무도 없는 걸까?

도라는 어둠 속 소리에 귀를 기울인다. 엔진 소리도, 비행기 소
리도, 사람의 목소리뿐 아니라 시끄럽게 울어대는 귀뚜라미 소리
외의 그 어떤 동물 소리도 들리지 않는다. 도라는 꿈꾸는 게 아닌
가 생각한다. 보통 꿈에는 기괴한 조각품이 나오지 않고 열차를
놓친다거나 프레젠테이션을 망치는, 짜증 나는 일상의 장면들이

---

*   미국 SF 텔레비전 시리즈물.

나타난다. 근데 픽업트럭이 나온다는 건 분명 꿈이 아니라 이른바 현실인 것 같다. 근데 이런 사고가 나면 보통 볼 수 있는 경찰, 소방차, 응급차, 구경꾼은 어디에 있고, 사고 현장 폐쇄는 왜 하지 않는 걸까? 이런 일이 일어났는데 운전자는 왜 차에서 내려 솟구쳐 있는 차 옆에 당황한 표정으로 서 있지 않는 걸까? 도라는 이곳으로 오는 도중에 왜 아무 소리도 듣지 못했을까? 혹여 이런 사고가 일어날 땐 큰 소리가 나지 않는 걸까? 그녀는 교통사고를 당해본 경험이 없다는 걸 깨닫는다. 이제 곧 끝날 거라고 모두가 주장하는, 사고 없는 이 시기에 누가 이런 사고를 당할까. 분명 시간이 멈춰버린 것 같다. 그렇다, 시간이 멈춰버렸다. 도라 역시 자동차 주위를 한 바퀴 둘러보는 걸 그만두고, 차 옆에 멈춰 선다.

생각이 지나치게 비약한다는 점에서 도라는 자신이 약간 충격에 빠진 걸 깨닫는다. 그러나 그것과는 별개로 운전석 가까이 다가간 그녀의 뇌는 곧 목격할 장면에 완벽히 대비가 돼 있다. 사방이 너무 고요하다. 그래서인지 운전자가 한잠 자고 취기에서 깨어나려고 차에서 내려 집으로 도망치고 없다고 생각될 정도다. 하지만 도라는 그의 등을 보게 된다.

들판 위에 뜬 하얀 둥근 달이 자동차, 도로, 나무들을 환하게 비추고 있다. 도라는 자전거 핸들을 잡은 채 달빛 속으로 솟구쳐 있는 픽업트럭 옆에 서 있다. 사실 멋진 그림이다. 공허한 풍경과 픽업트럭이 미국적인 분위기를 자아내는 듯하다. 지금 서 있는 곳에서 한발 물러나서 그림 밖으로 나가 이 장면을 조용히 감상하며 그림이 얼마나 훌륭하게 연출되었는지, 또 이 그림이 연속으로 일어나는 극적인 사건들이 차갑게 얼어붙은 순간에 집중된다는 점을 얼마나 많이 들려주는지 생각해볼 수 있을 거다. 그러고 나면 몇몇 사람들이 야간 주점에 앉아 술을 마시고 있는 또 다른 그림 속으로 걸어 들어갈 수 있을 것이다.

그럴 수 없다. 그림 밖으로 나오지 않을 거다. 그녀는 달빛, 백팩, 자전거 앞 바구니에 묶어둔 털 바구니를 담은 그림의 일부니까. 그러면 그림 앞에 누군가 다른 사람이 서서 도라를 바라보며 그다음에 무슨 일이 일어날지 궁금해할 것이다.

도라는 구스타프를 세워놓고 운전석 문 쪽으로 다가간다. 남자는 차가 기울어진 쪽으로 쏠린 채 핸들 위에 엎드려 미동도 하지 않는다. 도라는 경찰이든 구급차든 소방대든 어디든 전화해야 한다는 걸 알고 있다. 이런 종류의 엔트로피는 유압 구조 도구*, 크래시 카트**, 헬리콥터를 이용하여 환자를 돌보는 전문가들에게 맡겨야 한다. 그 전에 운전자가 말할 수 있는지 확인해봐야 한다. 운전석 쪽 창문이 내려져 있다. 아마도 남자는 온화한 봄날 밤이라 졸음을 쫓으려고 창문을 열어놓고 운전한 모양이다.

---

* 절단기, 스프레더, 램 등 긴급 구조 장비를 지칭한다.
** 긴급 조치용 약품, 기기 등을 실은 손수레.

사실 도라는 처음부터 알고 있었다. 픽업트럭뿐 아니라 빡빡 깎은 머리, 넓은 어깨, 색 바랜 티셔츠 차림을 보고 운전자가 누군 지도 알아봤으니까. 그의 손이 핸들 위쪽 가장자리에 놓여 있고 머리는 팔 사이에 끼어 있다. 그런데도 편안해 보인다. 그 자세에 서 얼굴은 도라의 반대쪽을 향하고 있어서 볼 수가 없다. 얼굴이 남아 있다면 말이다. 혹여 얼굴이 남아 있지 않을까 봐 몹시 겁이 난다. 근데 그의 주위 어디에도 핏자국은 보이지 않는다. 티셔츠 에 묻은 자국도, 차체에 보호용으로 달려 있는 방풍 유리에 튄 자 국도 없다.

그때 도라의 눈에 뭔가 다른 게 띈다. 등 부분이 움찔거리더니 어깨가 위로 올라가고 가슴이 잔잔한 호흡으로 인해 살짝 부풀어 오른다. 도라는 차창 안으로 손을 집어넣어 어깨뼈 사이에 갖다 댄다. 따뜻하니 살아 있다. 너무 안도한 나머지 울음이 터질 거 같 다. 의도적 살인, 심각한 상해. 이제 그런 건 중요하지 않다. 여기 한 남자가 쓰러져 있고 그가 숨을 쉬고 있는 게 기쁠 따름이다. 도 라는 남자의 등과 머리를 쓰다듬다가 뺨을 조심스럽게 두드린다.

"고테?"

그녀는 조금 더 세게 두드리다 어깨를 잡고 흔든다.

"고테? 고테!"

깊게 들이마시는 숨에 그의 육중한 상체가 부풀어 오른다. 이어 팔도 움찔거린다. 잠시 후 고테가 몸을 똑바로 일으키려고 한다.

"그대로 있어요. 움직이면 안 돼요."

그는 다시 상체를 핸들 위에 내려놓고는 고개를 돌려 그녀의 목소리가 들리는 곳을 확인하려 한다.

"나예요, 도라. 이웃집 여자."

눈이 감겨 있다. 그는 엄마를 찾는 갓난아기처럼 보인다. 도라는 그의 이마에 손을 얹는다. 건조하고 서늘하다. 그가 이렇게 가깝게 느껴진 적이 없었다. 도라는 다른 사람을 이렇게 가깝게 느껴본 적이 거의 없다. 지인들 간에 시도 때도 없이 안고 키스하는 걸 좋아해본 적이 없다. 그런데 이젠 그런 성격을 바꾸는 것도 괜찮을 거 같다.

이번엔 그녀의 손이 고테의 어깨로 향한다. 놀라울 정도로 넓은 그의 어깨는 로베르트 어깨보다 최소 두 배는 더 강하다. 녹슨 우주선을 타고 우주에서 지구로 추락해 브라켄에 불시착한 또 다른 종의 생명체.

"이봐요." 도라가 부른다. 한데 목소리가 엄청 다정하게 들려서 애써 헛기침을 한다. "날 알아보겠어요?"

고테가 눈을 뜬다. 마치 처음 눈을 뜨는 것처럼 반짝이며 가늘게 뜬다. 그가 고개를 끄덕이지만 도라는 그가 앞이 보이지 않는다는 걸 거의 확신한다. 그가 핸들에 손을 짚고 몸을 일으켜 팔을 쭉 뻗어 지탱하려고 한다.

"그냥 엎드려 있는 게 좋겠어요. 머리를 다쳤을지 몰라요."

"아니, 괜찮소."

도라는 그가 안전벨트를 매고 있지 않은 걸 본다. 또 중요해 보이는 일이 남아 있는데 그 일을 제대로 해낼 수 없는 것도 깨닫는다.

"경찰을 부를게요."

"안 돼!"

눈빛이 또렷해진 그가 도라를 쳐다보며 말을 하려고 애써보지만 적절한 말을 찾는 게 쉽지 않아 보인다. 도라 역시 뭐가 문제인지 알고 있다. 사고를 당한 다른 사람은 보이지 않는다. 심지어 죽은 채 도롯가에 쓰러져 있는 멧돼지 한 마리도 없다. 고테는 혼자 도롯가 구덩이에 처박혀 제대로 볼 수도 말도 할 수 없는 상태다. 혈중알코올농도가 2.5퍼센트는 돼 보인다. 현재 그는 가석방으로 나와 있다. 근데 만약 경찰이 이 상태의 그를 발견한다면 그는 십중팔구 오랜 시간 교도소에서 썩게 될 거다. 그녀는 프란치의 슬픈 목소리가 들리는 듯하다. "그래도 세상에서 최고 좋은 아빠예요!"

"구덩이에서 차를 끄집어낼 수 있어요?"

"사륜구동 차요." 고테가 말한다. "고맙소."

"조수석 쪽으로 가요." 도라가 말한다.

그가 고개를 끄덕인다. 놀랍게도 그는 육중한 몸을 기어 손잡이 위로 가뿐히 끌어 옮기더니 수동 브레이크를 반대쪽으로 밀어놓는다. 그러고는 차 앞부분이 심하게 기울어진 상태에서 똑바로 앉으려고 글러브 박스에 몸을 기댄다. 이어 도라가 문손잡이를 잡아당긴다. 문이 열린다. 차에 오르기 전에 도라가 메고 있던 백팩을 벗어 짐칸에 내던지는데, 이내 구석으로 미끄러져 내려온다. 아랑곳없이 도라는 차에 올라탄다. 쉽지 않지만 크게 힘들진 않다. 그녀는 좌석을 조금 앞으로 끌어당겨 간신히 페달을 밟고는 자동차 열쇠를 점화장치에 꽂고 돌린다. 이윽고 시동이 걸리고 라이트가 작동한다.

고테가 재차 뭔가 설명하려다 결국 자동잠금장치를 어떻게 작동하는지 제스처를 취해 보인다. 그녀는 액셀을 힘껏 밟아 클러치를 천천히 작동한다. 마침내 엔진이 거칠게 울부짖고 앞바퀴가 멈춘다. 그러다 갑자기 차체가 덜컥거리며 움직이더니 뒤쪽이 흔들리며 앞바퀴가 헛돌다 다시 앞으로 꼬꾸라져 꿍 하고 바닥에 부딪힌다. 고테가 손바닥으로 허공에 떠 있는 시소를 만들어 보여준다. 도라는 놀이공원에 와 있는 거 같다. 바퀴가 지면에 얼마나 많은 힘을 가해야 하는지 느낀다. 액셀을 좀 더 세게 밟는다. 그러자 갑자기 차 뒤쪽이 꿍 하고 내려앉더니 픽업트럭의 네 바퀴가 딱딱한 땅바닥에 닿는다. 차체 절반은 자전거도로를, 나머지 절반은 차도를 차지하고서.

고테가 잘했다는 듯 고개를 끄덕이고는 주머니를 뒤져 작은 담뱃갑을 꺼내 담배 두 개에 불을 붙여 도라에게 하나를 내민다. 이제껏 담배가 이리 맛있던 적도, 달빛 속에서 모락모락 피어오르는 담배 연기가 지금보다 더 멋져 보인 적도 거의 없었다.

도라는 입에 담배를 물고 차에서 뛰어내려 픽업트럭 뒤쪽으로 구스타프를 밀고 가서 트렁크 문을 열고 끌어 올려 안에 넣는다. 그러고는 다시 차에 올라타더니 안전벨트도 매지 않고 드르륵거리는 소리를 내며 후진기어를 넣는다. 고테는 조수석 창문을 내리고 창틀에 팔을 얹는다.

그렇게 그들은 맞은편에서 불어오는 바람에 덜거덩거리는 차를 몰고 밤새 달린다. 굉음을 내며 달리는 픽업트럭에서 역한 디젤 냄새가 진동한다. 픽업트럭을 운전하는 재미가 있다. 도라는 날이 밝아올 때까지 계속 운전해도 개의치 않을 거다.

10분 후, 자동차 여행이 끝이 난다. 그들은 고테 집 앞에 멈춰 서고, 그가 차에서 내려 대문을 연다. 그녀는 한결 가벼워진 마음으로 그가 가뿐히 몸을 움직이는 걸 바라본다. 이윽고 문이 열리자 그녀는 픽업을 천천히 몰고 마당 안으로 들어가 집 옆에 주차한다. 그사이 고테는 이미 트레일러 쪽으로 가고 있어서 그녀는 그를 따라잡으려고 뛰어간다.

"고테!"

그가 돌아선다.

"몸이 안 좋아요?"

그가 고개를 가로젓는다.

"머리가 아파요?"

그가 잠시 망설이다 재차 고개를 가로젓는다.

"병원에 갈래요?"

그가 히죽 웃으며 이마를 톡톡 두드린다.

"고테, 더는 술을 많이 마시면 안 돼요. 알겠어요? 특히 운전할 땐요. 당신이 죽을 수도 있고 다른 사람을 죽일 수도 있었어요."

이제 그는 경례 자세를 취한다. 도라는 그쯤 해두기로 마음먹는다. 혹시나 하는 마음에 그녀는 트레일러가 있는 곳까지 함께 걸어간다. 문 앞에서 그가 허리를 잔뜩 구부리고 열쇠를 자물쇠에 꽂아 넣는다. 문이 열리자 몸을 일으킨다.

"도라, 고맙소."

그는 지금껏 한 번도 그녀의 이름을 불러본 적이 없었다.

"잘 자요, 고테."

그사이 담배와 남자의 땀 냄새가 뒤섞인 그의 체취가 이상할 정도로 친근하게 느껴진다. 그는 트레일러 안으로 들어가 안에서 문을 잠근다.

그 순간 줄곧 이상하다고 느낀 게 뭔지 분명해진다. 그녀가 꿈꾸는 그림에 어울리지 않는 디테일한 부분 하나. 그녀는 이제 그게 뭔지 깨닫는다. 늘 그렇듯이 고테에게서 심한 냄새가 난다. 하지만 알코올 냄새는 단 한 방울도 나지 않는다.

33장

아버지와 딸

5월 7일, 밤 11시 30분. 아직 목요일이다. 도라는 다시 따져본다. 5월의 첫 번째 목요일은 자선병원에 있는 날이다. 그러니까 요요는 지금 베를린에 있다. 그녀는 아버지에게 부탁하는 걸 싫어한다. 다른 사람들로 하여금 자신을 돌보게 하는 악셀과는 다르다. 하지만 이번 일은 그녀에 관한 게 아니다. 그녀는 뭐라도 해야 한다. 아니, 어쩌면 관여하지 말아야 할지 모른다. 자려고 누운 지 한시간이 지났는데도 여전히 뒤척이고 있다. 잠들긴 글렀다. 침대 옆에 요헨의 털 바구니가 놓여 있다. 바닥에 등을 대고 누워 자고 있는 작은 요헨은 엄청 행복해 보여서 이곳을 절대로 떠나고 싶어하지 않는 것 같다. 바깥 창고엔 구스타프가 들어가 쉬고 있다. 그리고 담장 너머엔 고테가 트레일러 안에 누워 있다. 모든 게 완벽하다. 고테에게서 나지 않은 알코올 냄새 문제만 없다면 말이다.

도라는 요요가 설명하는 신경과 모놀로그의 팬이었던 적이 단 한 번도 없었다. 그런데도 귀 기울여 들었다. 그녀는 증상, 증상의 의미를 알고 있다. 다만 그녀가 상관할 일인지, 정말로 이런 신경과 관련 단어들을 가까이하고 싶은지, 그게 의문이다. 특정 단어들이 등장하면 모든 게 무너져 내린다. 대안은 발생하는 일과 평화롭게 공존하는 것이다. 결국 괴테는 이웃일 뿐이다. 게다가 슈테펜의 말대로 아주 비상식적인 인간말짜다.

아버지는 벌써 잠자리에 들었을 게 분명하다. 지금 깨우는 건 어리석은 짓일 테다. 문제가 뭐든 간에 내일까지 혹은 다음 주까지 시간이 있다.

일주일 전부터 슈테펜의 동영상을 유튜브에서 볼 수 있다. 거기에 수많은 웃는 얼굴 이모티콘과 공격적인 댓글이 달려 있다. 속옷 차림의 인간말짜.

그녀는 부탁할 수 없다. 아니, 아무것도 할 수 없는 게 아니다. 적어도 아버지와 얘기해봐야 한다. 물어도 봐야 한다. 신호음이 울린다. 그녀는 전화기 반대편의 고요한 베를린 집 안, 가구가 별로 없는 넓은 공간에 울려 퍼지는 벨 소리를 상상해본다. 그곳엔 바깥에서 비쳐 드는 거리 조명의 불빛에 드리운 긴 그림자, 호두나무 책장, 가죽 소파, 텔레비전용 안락의자가 있다. 또 벽엔 특별히 고른 그림 몇 점이 걸려 있고 바닥엔 알록달록한 케말 양탄자가 깔려 있다.

뚜뚜.

집 안 어디에도 먼지, 보풀, 쓰레기, 부스러기, 머리카락 하나 없다. 아버지와 장차 그의 아내가 될 여자는 지나칠 정도로 정리정돈을 하는데, 그런 결벽증은 도라의 삶과는 거리가 멀다. 약간의 담배 냄새, 샤워 젤 냄새, 애프터셰이브 로션 냄새.

뚜뚜.

거실에 걸려 있는 복제한 명화 그림들은 에드워드 호퍼의 작품이다. '밤을 지새우는 사람들' '창가의 여인' '발코니의 남자'.

도라는 수화기를 내려놓고 휴대폰 번호로 전화를 건다. 이 시각에 아버지는 집에 있진 않는 것 같다. 아니, 어쩌면 자고 있어 전화를 받고 싶어 하지 않을 가능성이 더 크다. 도라는 아버지도 종종 잠을 못 잔다는 걸 알고 있다. 그러나 그녀와 달리 아버지는 억지로 잠을 청하지 않는다. 그래서 그는 잠을 못 자면 고작 피곤해하지 절망에 빠지진 않는다.

"아, 너구나."

그가 스마트폰 화면에 뜬 전화번호를 보고 바로 전화를 받는다. 한순간 도라는 아버지를 사랑한다는 걸 느낀다.

"요요, 안녕하세요. 벌써 잠자리에 든 거예요?"

"그러려고. 편히 앉아 책 좀 더 읽고. 이언 매큐언의 소설인데 멋지구나. 이 사람은 스쿼시 게임을 베르됭 전투처럼 아주 극적으로 묘사할 수 있는 작가구나."

아버지는 생명만 구하는 게 아니라 고급 와인도 마시고 현대 음악도 듣는다. 또 이따금 현대 세계문학도 읽는다. 그는 역사박물관의 시민정신과 휴머니즘 부서에 사는 사람 같다. 어떤 일을 5분 이상 지속하는 능력이 없는 도라 세대에겐 살아 있는 천연기념물 같은 존재다. 도라는 그런 그가 부럽긴 해도 그의 존재와 맞바꾸고 싶진 않다. 언젠가 그녀는 왜 그러고 싶지 않은지 그 이유도 이해하게 될 것이다.

"자, 용건을 털어놓으렴." 아버지의 말이 꽤 고루하게 들린다. 그들은 마치 80년대 시트콤에 나오는 인물들 같다.

도라는 이야기를 한다. 어디서부터 시작해야 할지 몰라서 그냥 다 이야기한다. 하이니와 고테, 프란치와 요헨, 새 가구와 깨끗이 손질한 정원, 건축자재 마트로 쇼핑 간 일과 페인트칠 사건에 대해 전부 털어놓는다. 아버지는 중간에 말을 끊지 않고 그저 듣기만 한다. 이따금 "그렇지" "맞아" 하며 추임새를 넣거나 "오" "아" 하며 놀라움을 표시할 뿐이다. 모든 걸 털어놓으니 가슴이 후련해져서 점점 더 자세히 이야기한다. 이야기를 미화하고 세세한 부분을 하나하나 묘사해가며 등장인물들과 장면들을 살아 숨 쉬게 한다. 아버지는 조급해하는 기색이 없다. 도라는 가끔 자신과 아버지 사이를 가로막고 있는 게 뭔지 더는 이해가 안 될 때가 있다. 그녀는 왜 이따금 그가 자신에게 관심이 없다고 느끼는 걸까. 그들은 늘 한 팀이었고 늘 상대방이 무슨 생각을 하는지 알고 있었다. 함께하는 일이 많든 적든 상관없이 말이다. 아버지와 딸 간의 역사는 인류 역사만큼이나 길다.

도라는 '호르스트 베셀의 노래', 괴테의 친구들, 그러니까 덥수룩한 수염을 기른 남자, 문신한 남자, 양복 재킷을 입은 남자 이야기도 털어놓는다.

"오" 하고 아버지가 감탄한다. "발코니로 나가야겠구나. 담배 한 대 피워야겠어."

도라도 문 앞으로 가서 담배에 불을 붙인다. 그녀는 아버지가 라이터를 달그락거리는 소리를 듣는다. 편안하게 담배를 함께 피울 수 있는 마지막 남은 사람은 나치와 의사인 것 같다.

한동안 그들은 말없이 봄날 밤하늘에 담배 연기를 뿜어낸다. 브라켄에 사는 한 사람과 베를린에 사는 한 사람이 함께.

잠시 후, 도라는 플라우지츠에서 일어난 칼부림 이야기를 꺼낸다. 그 이야기를 하면서 왠지 그 사건에 책임이 있는 것처럼 도라는 부끄러움을 느낀다. 아버지는 아무 말이 없다. "그럼, 그렇지" "거봐, 맞지" 혹은 "브란덴부르크에 있는 마을로 가는 건 좋은 생각이 아니라고 바로 말했잖니" 같은 그 어떤 말도 하지 않는다. 그저 듣기만 할 뿐 잠자코 있는데, 이런 태도는 그가 운동하면서 세우는 최고 기록에 비견할 만한 일이다.

잠시 말을 멈춘 그녀는 아버지가 소프트 팩에서 필터 없는 담배를 하나 더 꺼내 손가락으로 똑똑 치는 소리를 듣는다. 과장급 의사가 내는 소리, 냉정하고 침착하다. 도라는 그 소리에 마음이 진정되는 것 같다. 아버지는 항상 자신의 기분에 따라 방 전체 분위기를 바꿔놓을 수 있는 존재였다. 어린 시절의 도라와 악셀은 늘 퇴근하고 집에 돌아오는 아버지의 발소리를 숨어서 엿듣곤 했다. 복도를 걸어가는 그의 모습에서 그날 저녁 분위기가 좋을지 나쁠지 알 수 있었다. 아버지가 스트레스를 받으면 가족 모두 스트레스를 받았다. 그가 기쁘면 가족 모두 기뻤다. 도라의 어머니는 그의 변덕에 대처할 수 있는 유일한 사람이었다. 그가 무섭게 화를 내면 어머니는 웃으며 말했다. "일단 샤워부터 해요." 어쨌든 어머니는 멋진 저녁이 될 수 있게 분위기를 띄운다.

도라의 침묵이 길어지는 사이, 아버지는 조용히 두 번째 담배를 피우며 마침내 묻는다.

"진짜 하고 싶은 말은 아직 안 했구나, 그렇지?"

도라는 마음을 다잡고 구덩이에 처박힌 고테와 픽업트럭을 발견한 일이며 고테가 사법 처벌을 받지 않게 하려고 경찰도 소방대도 부르지 않고 자신이 직접 운전해 구덩이에서 차를 꺼낸 사실을 털어놓는다.

아버지는 제정신이냐는 질책 대신 칭찬을 한다.

"아주 영리하게 행동했구나. 그 일로 집행유예가 취소될 수도 있으니 말이다."

"그는 의사소통이 불가능한 상태였어요." 도라가 말한다.

잠시 침묵하던 아버지가 "만취한 모양이구나"라고 말한다.

"정신이 말짱한 거 같았어요." 도라가 대답한다.

아버지는 그걸 어찌 알았느냐고 묻지 않는다. 그는 생각에 잠긴다.

"대마초?" 그가 묻는다.

"그것도 아닌 거 같아요."

그녀는 아버지가 마지막으로 담배 한 모금을 빨고는 꽁초를 손가락으로 튕겨 발코니 밖으로 버리는 소리를 듣는다.

"내가 한번 가보마." 그가 말한다.

갑자기 전화가 끊겼다. 흔히 책에 나오는 "갑자기 모든 게 순식간에 끝나버렸다"라는 구절 같은 순간이다. 도라의 눈앞에 아버지가 샤를로텐부르크에 있는 집 안을 왔다 갔다 하는 모습의 영화가 펼쳐진다. 현관 복도에 있는 옷장 문을 열고 미리 싸놓은, 황동 지퍼가 달린 코냑색의 가죽 가방을 꺼낸다. 그러고는 평상시 가볍게 입고 다니는 양복 상의를 집어 들고 문을 나선다. 한 번에 두 계단씩 뛰어 내려가 그림자를 드리우며 텅 빈 자비니 광장을 지나간다. 남자는 개를 데리고 있지 않아도 외출 금지가 적용되지 않는다. 미션을 부여받은 남자는 자동차를 세워둘 장소를 빌려둔 멋진 건물의 주차장으로 성큼성큼 걸어 들어간다. 잠시 후 그는 냉방이 잘된 재규어를 타고 사운드 시스템에서 흘러나오는 바이올린 음악을 들으며 도시를 내달린다. 그 와중에 창밖으로 도시 풍경이 소리 없이 빠르게 지나간다. 이윽고 아우토반으로 진입한 그가 속도를 높인다. 그와 함께 도라도 누군가가 등에 커다란 손을 대고 앞쪽으로 세게 미는 것 같은 가속이 느껴지는 듯하다. 차 안에 흐르는 바이올린 콘서트 음악은 아버지가 좋아하는 아람 하차투리안*의 음반으로, 도라의 취향에는 다소 자극적이다. 한데 갑자기 고조되는 긴장감 넘치는 점에서 보면 드라이브에 어울리는 음악이다.

아버지는 달리고, 도라는 옆 조수석에 앉아 생각에 잠겨 있다. 얼마 후 국도로 접어들자 그가 음악 소리를 낮추고 그녀를 쳐다본다.

"널 위해 할 수 있는 일이 있어 좋구나." 그가 말한다.

너무 놀란 나머지 도라는 하마터면 상상 속에서 들은 말이라는 걸 잊을 뻔했다. 두 사람은 전화 통화 이후 으레 필연적으로 이어지는 상황에 놓여 있는 것 같다.

"넌 어렸을 때부터 그랬다." 아버지가 말한다. "세 살 때 넌 매일 아침 혼자 구두끈을 묶고 싶어 했지. 문 앞에 30분을 앉은 채로 구두끈과 씨름했어. 우리가 도와주려고 하면 넌 화난 고양이처럼 씩씩거렸지." 그는 재빨리 숄더 체크**를 하고는 차선을 바꿔 화

---

*   아르메니아의 서양 고전음악 작곡가.
**   차선 변경 전에 잠깐 고개를 돌려 주변 차량과의 거리를 직접 확인하는 것.

물차 한 대를 추월한다. "난 그런 네가 멋지다고 생각했어. 독립적인 그 모습이. 악셀은 완전 다르지. 그 아이는 지금도 크리스티네에게 나비넥타이를 매달라고 할 거다."

아버지가 웃고, 도라도 살짝 웃는다.

"가끔 네게 어떻게 지내냐고 물어볼 용기가 안 날 때가 있어. 넌 시골 마을로 이사 간다는 얘길 우리한테 한 번도 하지 않았지."

"난 아버지가 그런 일에 관심 없을 거라 생각했어요." 도라가 밤하늘에 대고 속삭인다.

"됐다." 아버지가 말한다. "그런 점에서 우린 닮았어. 난 그런 널 존중해." 그가 상상의 나라에서 빠져나와 몸을 숙여 그녀의 팔을 쓰다듬는다. "암튼 널 도울 수 있어 기쁘구나."

34장

프로크슈 씨

재규어가 달리는 그 시각, 밝은 달이 하늘 높이 떠 있다. 그 달빛이 반짝이는 별빛을 가리고 있다. 하지만 밤하늘에 뜬 저녁샛별도 아주 밝게 빛나서 가까이 접근하는 비행기로 착각할 정도다. 아버지가 차에서 내려 등을 쭉 펴며 주위를 둘러본다. 도라는 그의 눈으로 브라켄 마을을 바라보려고 애쓴다. 시골 밤거리에 특징 없는 집들이 쭉 늘어서 있다. 거름과 모래 냄새도 난다. 도라가 왜 이 마을을 마음에 들어 하는지 아버지 같은 사람에게 설명하는 건 불가능하다. 아버지에게 '도시'는 유일하게 생각할 수 있는 생활 형태이고 '지방'은 코마나 죽음을 의미하는 또 다른 단어다. 그는 자신의 생각과 완전히 다르다는 걸 확인하려고 여기 와 있는 건 아니다.

도라는 정원 출입문을 열고 급하게 휘파람을 불어 요헨을 부른다. 집 밖으로 나온 요헨은 도롯가 떼잔디 위에 서 있는 아버지를 향해 열렬한 환영 인사를 하며 엉덩이를 이리저리 흔들어댄다. 그렇게 기쁨을 다 쏟아낸 다음 요헨은 자기 영역의 경계를 확장하려고 풀밭 여러 군데에 누워 몸통을 삼각형 모양으로 만든다.

도라는 지금의 모습을 마음속에 담는다. 쓸쓸한 거리. 가로등 불빛 속에서 반짝거리는 리무진. 그 옆에 평상시 가볍게 입는 양복 재킷, 검은 청바지 차림에 가죽 가방을 메고 서 있는 은빛 구레나룻의 강직한 아버지. 이 마을 사람들에겐 완전 낯선 모습이다. 다른 세계로 들어가는 문.

그녀는 인사로 아버지에게 다가가 껴안으려 한다. 하지만 그는 팔꿈치를 쭉 뻗으며 빈정대듯 히죽 웃는다. 마치 그의 행동이 코로나 규칙을 지키려는 게 아니라 그저 비웃기만 하는 듯하다. 도라도 똑같이 팔꿈치를 뻗어 답례하고는 빈정대며 말한다. "브라켄에 온 걸 환영해요!" 이어 울타리와 담장 너머에 웅크리고 밤을 지새우는 주변 집들을 가리킨다.

"우리 집, 하이니 집, 고테 집이에요. 그 뒤에 카바레 예술가가 살고 있어요."

그녀는 슈테펜은 동성애자이며 원예업자와 함께 살고 있다고 덧붙인다. 아버지 같은 사람이 정상이라고 생각하는 그런 정상적인 사람들도 브라켄에 살고 있다는 걸 증명하려는 것처럼. 동시에 그녀는 빈정대는 어조로 그런 말을 한 게 부끄럽다. 마치 마을의 배신자처럼 느껴진다.

"아주 좋구나, 여기." 아버지가 거짓말을 한다. "그는 어디 있냐?"

도라는 세 시간 전에 구스타프를 끌고 처음으로 들어가본 괴테의 집 대문 쪽으로 간다. 여전히 열려 있다. 그녀는 빼꼼히 문을 열고 아버지를 먼저 들어가게 한다.

그들 앞에 모습을 드러낸 건 호퍼의 또 다른 유화 작품 같다. 짙은 녹색 잔디 위에 흰 플라스틱 의자가 넘어져 있고, 탁자는 트레일러 창문 아래로 옮겨져 있다. 그 탁자 위에 아이가 앉아 있다. 아이의 풀어 내린 금발 머리가 거의 무릎에 닿는다. 아이는 양손을 트레일러 창문에 갖다 대고 유리창에 얼굴을 들이밀어 차 안을 들여다보려고 애쓴다. 그러고는 낮은 목소리로 "아빠, 아빠!"라고 부르며 조심스럽게 유리창을 두드려대는데, 세상에서 가장 애처로운 소리를 낸다.

도라와 아버지가 넋을 놓고 서 있다. 그때 갑자기 요헨데어로 헨이 그들 옆을 쏜살같이 지나가 아이가 올라가 있는 탁자 주위를 돌며 쉬지 않고 춤을 춘다. 그 모습을 본 아이가 탁자에서 뛰어내려 품에 안자 요헨이 아이의 얼굴을 핥아댄다. 도라는 아이의 얼굴을 본 순간 울었다는 걸 알 수 있다.

"프란치예요." 도라가 반은 아버지에게, 반은 자기 자신에게 말한다.

그녀는 트레일러 쪽으로 다가가 탁자 위에 올라서서 양손으로 유리창 빛을 막으며 차 안을 들여다본다. 희미한 불빛이 켜져 있는 트레일러 안 물체를 알아보는 데 한참 걸린다. 예상했던 것보다 더 넓어 보이는 트레일러 안은 밝은색 합판을 사용하여 새로 지은 모습이다. 의자가 딸린 탁자, 한쪽에 문이 여러 개 달린 찬장이 있는 간이 주방, 그 찬장 안엔 작은 텔레비전도 들어 있다. 모든 게 깨끗하고 깔끔하게 정리가 잘돼 있다. 창문 바로 밑 좁은 창턱에는 작은 나무 조각품이 놓여 있다. 그중 늑대 조각품이 여러 개 세워져 있거나 눕혀져 있다. 그 외에 남자, 여자, 아이 조각품도 있지만 늑대 조각품과 비교해 잘 만들어지진 않았다.

그늘에 가린 트레일러 안 길이가 짧은 쪽에 침대가 놓여 있고, 그 위에 시커먼 뭉치가 수북이 쌓여 있다. 이불 더미나 사람 몸인 것 같다.

도라는 탁자에서 기어 내려와 프란치 옆에 웅크리고 앉는다. 프란치는 잔디밭에 앉아 요헨의 축 늘어진 귀에 대고 갓난아기처럼 속삭이고 있다.

"프란치, 아빠 저 안에 있니?"

아이는 쳐다보지도 않고 그저 어깨만 으쓱거린다.

"몰라요. 어두워서."

도라는 뒤쪽에 조심스럽게 숨어 있는 아버지를 살짝 쳐다본다.

"애, 프란치. 부탁 하나 들어줄래." 그녀는 아이의 어깨를 잡고 살짝 흔들어 마주 보게 한다.

"요헨이 아직 저녁을 안 먹었어. 엄청 배가 고플 거야. 요헨을 데리고 건너가서 먹을 것 좀 주겠니? 어디 뭐가 있는지 잘 알지?"

프란치의 표정이 밝아진다. 아이는 맨발로 잽싸게 다가와 도라의 집 열쇠를 받아 든다.

"요헨 옆에 있으면서 말동무가 돼줘, 알겠니? 금방 뒤따라갈게. 너도 냉장고에서 뭐 좀 꺼내 먹고."

프란치가 격하게 고개를 끄덕이고 앞서 달려 나가며 자신의 허벅지를 두드리자 요헨이 그 뒤를 따른다. 그들은 길 쪽으로 나가지 않고 뒤쪽 감자밭을 따라 정원 깊숙이 들어가 둘만의 '프란치 & 요헨' 개구멍이 있는 쪽으로 뛰어간다. 근데 알아볼 수 없을 정도로 어두컴컴한 감자밭에 핀 감자꽃에 물을 줘야 할 것 같다.

완벽을 기하기 위해 도라는 트레일러 문손잡이를 잡아당겨본다. 잠겨 있다. 그사이 아버지는 집 마당에 적당한 도구가 있는지 살펴보고 있었다. 잠시 후 그가 울타리용 녹슨 쇠 집게를 들고 돌아오는데, 수풀 속에 들어 있는 걸 꺼내 온 거 같았다.

그저 자비니 광장에 있는 집에서 보는 아버지를 생각한다면 그가 실용적인 사람이라는 걸 쉽게 잊을 수 있다. 과거 도라네 집 지하에 그들이 함께 공작 놀이를 하던 작업실이 하나 있었다. 그곳에서 죽마, 새 둥지, 정글짐을 함께 만들었다. 도라는 나무 표면을 사포로 매끈하게 갈고 바이스를 고정한 다음 아버지가 전동드릴

로 작업하면 양손으로 귀를 막았다. 그녀는 "열여섯 개짜리 이리
줘"라는 말의 의미를 알아듣는 자신이 자랑스러웠다.

아버지가 자연스러운 동작으로 뾰족한 막대기 끝부분을 문틈
에 밀어 넣고 힘껏 눌러 문을 들어 올리는 사이, 그녀는 트레일러
주위를 빙 돌며 두드려댄다. 그러다 갑자기 두 사람은 도둑처럼
흠칫하더니 어두컴컴한 트레일러 안에서 소리가 나는지 귀를 쫑
긋 세우고 엿듣는다. 트레일러 밖에서는 아무 소리도 들리지 않
는다. 사방에선 귀뚜라미가 다시 저녁 콘서트를 열고 있다. 아버
지가 이번엔 가방을 가져온다.

"그 사람 성이 뭐냐?"

"프로크슈요."

"프로크슈 씨, 놀라지 마시오." 아버지가 큰 소리로 외친다. "지
금 안으로 들어가겠소." 그러고는 트레일러 안으로 들어간다. "프
로크슈 씨? 여기 있구나." 아버지가 도라를 향해 말하고는 몇 걸
음 더 안으로 들어간다. "프로크슈 씨?"

투덜거리는 소리가 나고 이어 고테의 목소리가 똑똑히 들린다.
"네놈의 낯짝을 갈겨놓을 테야!"

안도한 나머지 도라는 하마터면 울음을 터뜨릴 뻔했다. 고테가
살아 있다. 분명히.

"꺼져!"

"프로크슈 씨, 난 의사요." 아버지가 담담하게 말한다.

도라는 아버지의 대담함에 감탄한다. "몇 가지 진찰을 하겠소. 오늘이 무슨 요일이오?"

트레일러 문이 안에서 닫힌다. 아버지는 환자의 사생활을 존중할 줄 아는 사람이다. 도라는 담장 쪽으로 가서 고테의 과일 상자를 세로로 세워놓고 그 위에 올라간다. 또다시 낯선 시선으로 자신의 집을 바라본다. 주방에 불이 켜져 있다. 그런데 프란치의 머리는 보이지 않는다. 아마 바닥에 쪼그리고 앉아 요헨과 함께 먹이 그릇을 비우고 있을 거다. 그 정도는 괜찮다. 그녀는 흔들거리는 과일 상자에서 내려와 양손을 주머니에 집어넣고 고테의 정원에서 서성거리며 기다린다. 의사가 자신의 본분을 발휘할 땐 기다리는 게 중요하다. 그녀는 발걸음을 옮기면서 발아래 땅바닥을, 파릇파릇한 잔디를, 그 잔디 밑 흙을, 상상 불가한 범위의 암반층을, 엄청 큰 지구를 온몸으로 느낀다. 서커스 곰이 공을 돌리는 것처럼 그녀는 걸으면서 지구를 돌리는 느낌이다. 응축된 기다림의 시간, 결국 그 시간이 점점 사라져간다. 도라가 쓸쓸한 Sus-Y사 사무실에 남아 있는 자신의 옛 삶의 잔재를 제거한 게 언제 적 일인가? 그녀는 먼 과거의 에피소드 같은, 한때 신나 보였지만 그사이 의미가 퇴색돼버린 일을 떠올린다. 지금 이 순간은 과거가 아닌 현재다. 도라의 아버지는 고테와 함께 있고, 요헨은 프란치와 함께 있다. 그녀도 고테의 집 마당을 이리저리 걸어 다니고 있다. 고로 지구는 계속 돌아간다. 혹 지구가 멈춰버리면 모든 게 무너질 테니, 모든 게 원래 그대로 유지되어야 한다. 도라는 변화가 생기는 걸 원치 않는다. 또 그런 일이 있어서도 안 된다.

트레일러 문이 열리고 아버지가 가방을 들고 밖으로 나온다.

"프로크슈 씨는 지금 몇 가지 물건을 챙기고 있다." 그가 사무적인 어조로 말한다.

전형적인 어투다. 아버지는 환자와 같은 자리에 있으면, 의사 세계에 사는 코르프마허 교수님으로 변한다. 아버지가 사는 그의사 세계엔 인간은 없고 환자만 존재한다. 도라는 아버지가 딸인 자신에게 존대해도 놀라지 않을 것이다.

"몇 가지 테스트를 더 하기 위해 프로크슈 씨를 자선병원이 있는 곳으로 데려갈 거다."

코르프마허 교수님이 '대학병원'이 아니라 '자선병원'이라고 한다. 마치 신비한 신전 얘기를 하듯이, 특정한 자선병원이 아닌 어느 한 자선병원에 간다는 거다.

"지금 당장요?"

"지금 당장. 같이 갈래?" 아버지는 손에 가죽 가방을 꼭 쥔 부동자세로 그녀 앞에 서 있다. 그는 조바심이 나는 거 같다. 트레일러 안에선 덜커덕거리는 소리가 난다.

"프란치 곁에 있을게요."

아버지가 고개를 끄덕인다. 아무래도 상관없는 모양이다. 의사 세계에는 딸이란 존재도 없다. 쉴 새 없이 바쁜 그 세계 사람들은 일 생각뿐이다. 그때 마침내 고테가 거의 비어 있는 듯한 비닐봉지를 들고 격자무늬 난간이 있는 계단 위에 모습을 드러낸다. 아버지를 쳐다보는 그의 눈빛이 마치 뽑을 수 있는 생명의 플러그를 이 인간이 갖고 있는 건 아닌지 심사숙고하는 듯하다. 아버지가 재촉하는 제스처를 취하고는 성큼성큼 대문을 향해 걸어간다. 잠시 후, 그가 대문 밖 도로에 세워둔 재규어 트렁크 여는 소리가 들리더니 이내 다시 트렁크 문이 닫힌다.

"프로크슈 씨!" 아버지가 밤의 적막을 뚫고 외친다.

고테가 움직인다. 도라 앞을 지나가면서 표성 없는 얼굴로 쳐다본다. 개가 주인에게 복종하듯이 그는 요요가 부르는 소리에 순순히 따른다. 의사 세계엔 과장급 의사가 있다. 고테 같은 사람조차 그런 의사의 명령은 거역할 수 없다.

"여기 문은 내가 잠글게요." 도라가 말한다. "프란치도 내가 돌보고요."

혹여 도라의 말을 알아들었어도 고테는 못 알아들은 척 시치미를 뗄 거다. 재규어가 붕붕거리고 있는 대문 밖으로 그의 모습이 사라진다. 이어 자동차 문 두 개가 닫히고 반대편 도로로 유턴한 후 속도를 높여 쌩하고 내달리는 소리가 난다. 국도를 뒤덮는 엔진 소리가 한동안 계속 들리더니 차츰 희미해져간다.

고테가 떠났다. 슈테펜이 예측한 대로 누군가가 그를 데리고 갔다. 아버지가 역사 쓰레기를 수거해 가는 수거차는 아니지만.

어쩌면 더 안 좋을 수도 있다. 경험상 도라는 누군가 어딘지 모를 곳으로 데려가는 건 의사 세계에선 보통 좋은 징조가 아니라는 걸 알고 있다.

35장

암

휴대폰이 울리자 도라는 방향감각을 찾는 데 시간이 다소 걸린다. 밖은 여전히 어두컴컴하다. 그녀는 자신도 요헨도 아닌 또 다른 사람의 몸을 찾아 침대를 더듬는다. 팔, 다리, 풍성한 머리카락. 프란치다. 도라는 요헨을 품에 안고 잠든 아이를 발견한 일이며 자신도 놀랍도록 빨리 잠들어버린 게 생각난다. 누가 옆에서 자는 걸 좋아하지 않는데도 말이다. 프란치가 전화벨 소리에 깨기 전에 황급히 휴대폰을 집어 든다.

"요요, 잠시만요."

도라는 청바지와 스웨터를 입고 문밖으로 나간다. 동쪽 지평선 부근에 밝은 빛이 보이고 새들이 부지런히 지저귄다. 그 모습이 마치 노래의 힘으로 새날을 여는 데 동참하려는 것 같다. 하늘에는 아직도 별이 몇 개 떠 있다. 오늘도 구름 한 점 없이 맑은 날이 이어질 거다. 마치 날씨 문제는 이걸로 완전히 끝난 것처럼. 감자밭은 말할 것도 없고 수국에도 물을 줘야 한다. 오늘 도라는 그 일을 해치울 테다. 감자밭뿐 아니라 물이 필요한 모든 것에 물을 줄 거다.

"잠시만요."

그녀는 어깨와 귀 사이에 휴대폰을 끼우고 바지 주머니에서 담배를 꺼낸다. 이대로 계속하면 줄담배를 피우는 골초가 될 것이다. 한데 니코틴중독에 대한 걱정은 다음 기회에 해도 될 듯하다. 지금 몰아닥칠 일은 담배를 피우며 견뎌낼 수밖에 없을 것 같다.

도라는 휴대폰 너머로 하차투리안의 바이올린 선율이 흘러나오는 걸 듣는다. 그러니까 아버지는 재규어를 몰고 이 꼭두새벽에 베를린에서 뮌스터로 달리고 있는 것이다. 아마 세 시간 안에 거기서 강연을 하거나 회의에 참석하거나 혹은 응급수술을 하나 보다. 그녀는 아버지가 어젯밤 눈 붙일 시간이 있었는지 따져본다. 전혀 없었다. 어쩌면 그는 베를린 집에 잠시 들르지도 못하고 자선병원에서 곧장 아우토반을 탔을지 모른다.

"이제 통화 가능하니?" 그는 여전히 좀 사무적인 어투로 말하는 것 같지만 지금은 의사 세계에서 빠져나온 듯하다. 실은 기분이 엄청 좋은 듯한 목소리다. 미쳤어. 도라는 인간이 자신이 하는 일을 믿을 때 뭘 할 수 있을까, 하고 생각해본다.

"지금 괜찮아요. 어땠어요?"

"좋은 질문이네." 아버지가 웃는다. "네 형씨는 베를린으로 오는 내내 한마디도 하지 않더구나."

"그 사람은 내 형씨가 아니에요."

"병동에서도 처음엔 아주 차분했어. 아주 편안해졌고, 현재 별 일 없어."

아버지는 벌써 여러 번 설명했었다. 외출 금지로 인해 현재 응급실이 다소 덜 혼잡하고, 진료와 수술이 미뤄져서 병상이 40퍼센트가 비어 있다고. 또 의사들이 코로나로부터 사람들을 구한다면 파리 목숨 같은 그들은 심근경색이나 뇌졸중으로 죽을 거라고.

"우리에겐 좋은 일이지. 모든 의료 정비가 사용되지 않고 있으니." 아버지가 뭔가 들이켜는 소리가 들린다. 아마 주유소 가게에서 대용량 커피를 샀나 보다. "자선병원의 우리 의료 팀이 만반의 준비를 하고 있다는 걸 너도 알잖니. 한밤중에도 말이다. 전화 한 통이면 충분하지. 그럼 기계는 돌아가지."

아버지가 좋아하는 이야기 주제로 꼽을 수 있는 건 충성심, 팀 정신, 무조건적인 임무 이행, 그리고 의료계 장군처럼 자신이 순조롭게 돌아가는 인간 메커니즘을 관장한다는 사실이다. 상급 장교를 비롯하여 변기를 비우고 복도를 청소하는 일반 보병에 이르는 모든 사람들이 그의 명령을 따른다. 심지어 새벽 3시에도.

"빈두마알리니 박사는 본인이 직접 꼭 들어오겠다고 했어. 그녀는 우리 팀 최고 방사선 전문의이자 MRI의 선지자지. 안타깝지만 네 형씨는 빈두마알리니 박사를 보고 몹시 흥분해서 자제력을 잃었어."

"아니에요. 내……."

"그는 빈두마알리니 박사를 '카나킨'*이라고 욕해대며 당장 그 자리에서 추방 신청을 하겠다고 하더구나."

"오, 맙소사."

도라는 마음이 병든 고테가 부끄럽다. 아버지는 재미있다는 듯 웃으며 기분이 좋아져서 그녀를 좀 놀린다. 이어 더 자세한 이야기가 뒤를 잇는다.

"빈두마알리니 박사가 어떤 검사를 하려는지 설명했고, 그런 그녀에게 그는 살아남지 못할 거라고 응수했지. 그를 제지하는 데 간호사 네 명이 필요했어. 네 형씨가 워낙 힘이 세서 그 같은 말에 가타부타할 수 없었어."

아버지의 빈정거림은 그녀 때문에 뜬눈으로 밤을 지새운 대가로, 그를 기분 좋게 하는 데 있어 도라가 수용할 수 있는 최소한이다. 그래서 그녀는 고뇌에 찬 불평 섞인 하소연을 듣고 있다.

"옷걸이 대 하나가 넘어지고 나서야 빈두마알리니 박사가 물러났지. 그 후 X선과 금발 머리 간호사가 그를 어렵지 않게 진정시켰고."

---

*　일상생활에서 유럽 동남부 지역, 중동 지역 출신의 여자를 경멸적으로 부르는 말. 남자는 '카나케'라고 한다.

"오, 맙소사."

"초음파 스캔을 하려고 그에게 약물을 투여했어. 근데 좁은 통 안에 들어가서도 한시도 가만있지 않았어."

도라는 이 불편한 상황 보고에서 중요한 건 한층 더 유쾌해진 대화 부분인 걸 깨닫는다. 그녀는 담배 하나를 새로 꺼내 불을 붙인다.

"그래서요?"

"스캔이 끝나고 병실로 옮겨놨어. 푹 자고 있을 거다. 난 9시에 뮌스터에 일정이 몇 개 있어 서둘러 나왔어. 방금 빈두마알리니 박사로부터 전화가 왔단다."

"그래서요?"

"네 형씨가 말도 못 붙이게 한다는구나."

아버지가 '형씨'라고 할 때마다 고테가 그녀에게서 조금씩 멀어져간다. 아버지가 말하는 형씨는 살아 있는 진짜 인간이 아닌 어떤 상황에 더 가깝다고 볼 수 있다. 도라는 아버지가 자신을 그저 화나게 하려는 게 아니라는 걸 차츰 깨닫기 시작한다. 한 병동의 수장인 그의 가슴 깊이 자리한 심장은 살아 있는 존재보다는 형씨들을 위해 뛰고 있는 것이다.

"말도 못 붙이게 한다는 게 무슨 뜻이에요?"

"빈두마알리니 박사는 검사 결과도 알려주지 못했어. 그가 귀를 막고 내버려두라며 아무것도 알고 싶지 않다고 고래고래 소릴

질렸다는구나."

"심각하군요."

"알고 싶지 않은 권리가 있어. 그가 협조하지 않으면 우린 할 수 있는 게 아무것도 없어. 결정은 그의 몫이야."

"그래서요?"

"그는 다시 자고 있어. 갓난아기처럼. 빈두마알리니 박사에게 실컷 소리를 지르고 나더니 잠들어버렸어. 믿어지냐?"

"그래서요?"

"또 다른 문제가 있어. 네 형씨는 의료보험이 없는 거 같더구나."

그 말에 도라는 일순 당황한 기색을 보이지만, 아버지는 말을 계속 이어간다.

"오늘 밤 일로 걱정하지 말아라. 내부에서 잘 해결할 테니. 근데 프로크슈 씨는 앞으로 의사 도움을 받을 수 있는 상황이 아니더 구나."

"정확히 무슨 뜻이에요?"

"어쩌면 아무 도움도 못 받을 거다. 치료로 할 수 있는 게 그리 많지 않아."

"맙소사, 아버지!" 도라는 더는 참고 있을 수가 없다. "이제 그 빌어먹을 MRI 결과를 말해달라고요!"

"빌어먹을 MRI가 아니라 인류의 축복이다." 아버지가 하품을 한다. "난 비밀유지의무를 지고 있다." 그가 다시 뭔가 들이켠다.

도라는 대용량 테이크아웃 컵에 담긴 밀크커피를 머릿속에 떠올린다. "사실 네게 그 어떤 정보도 주면 안 돼."

사실 도라 역시 그 어떤 정보도 듣고 싶지 않다. 어쨌든, 사실 이 모든 게 쓸데없는 생각이었다. 아버지를 이 일에 끌어들이다니, 정신이 나갔던 건가? 고테는 그녀와 아무 상관 없는 사람이다. 그가 아무것도 알고 싶어 하지 않는다면 그녀도 알고 싶지 않다. 그녀는 대화를 끝내고 다시 침대에 들어가 이 일을 잊어버리고 싶다. 미안, 실수였어. 운이 나빴어. 계속해.

"좋아요, 요요. 그렇다면 매우 감사해요. 그리고……."

그가 황급히 말을 끊는다.

"또 난 히포크라테스 선서도 했어. 근데 가끔은 그런 규칙을 너무 엄격히 지키지 않는 사람이 더 쓸모가 있지."

"규칙은 꼭 지켜야 한다고 봐요." 도라가 대꾸한다. "이 일은 이미 너무 복잡해졌어요."

"네 형씨는 응원이 필요할 거다."

"그는 내 남자 친구가 아니란 말이에요!" 도라는 큰 소리로, 거의 외치듯 말했다. "그는 내 이웃이에요. 난 그저 도와주려는 것뿐이에요. 그가 원치 않는다면 그걸로 됐어요. 행운을 빌어요. 상관없어요."

"아니, 꼭 그렇지만은 않다." 이제 아버지의 목소리도 점점 커진다. "중간에 빠져나갈 수 있는 게임이 아니다. 넌 내가 오길 원했잖니. 이제 거기 너도 끼어 있어. 난 내 일을 할 거다. 할 수 있는 한 잘. 알아들었냐?"

사실 도라는 어린아이였을 때도 그 말을 알아들었다. 거기에 '할 수 있는 한 잘, 어떤 대가를 치르더라도'가 추가될 수 있을 거다. 그녀는 침묵한다. 아버지와 다툴 힘이 남아 있지 않다. 그것도 힘든 밤을 보낸 후 다음 날 새벽 6시에 말이다.

"꼭 필요한 정보, 처방전, 행동 지침을 네게 알려주마. 나머진 네가 알아서 해라. 알겠니?"

그녀는 그가 볼 수 없는데도 고개를 끄덕인다. 그다음에 어떤 일이 일어날지 잘 알고 있다. 방금 아버지가 언급한 용어 중 하나. 그녀는 예전부터 이런 용어들을 싫어했다. 이런 용어엔 감염될 수도 있다. 질병 관련 용어들은 병원체나 다름없다. 부모님 집은 신경교종, 배아세포종, 악성종양, 성상세포종 같은 질병 관련 용어들로 완전히 오염되었다. 이런 용어들이 집 벽면마다 달라붙어 있고 구석구석에 도사리고 있었다. 그 때문에 도라의 어머니는 병이 들었다. 이런 용어들은 사용하지도, 입 밖으로 내뱉지도, 듣지도 말아야 한다. 도라는 고테가 귀를 틀어막은 게 이해가 된다. 그녀도 그렇게 하고 싶을 테니까.

"프로크슈 씨 뇌스캔에서 심각한 종양이 발견됐구나."

아침 식사 전에 담배를 세 개비째 피우는 건 분명 좋은 생각이 아니다. 그러니 전체적인 상황에 딱 맞다.

"내 소견으로는 교아종*인 거 같다."

교아종은 거지같은 용어 중 상급에 해당되는 용어다. 알파벳 모양을 한 어둠의 최고사령관이다. 의학 용어의 다스 베이더로, 항상 '수술 불가능' '난치' '진통제'라는 이름의 부관들을 대동하고 다닌다. 도라는 곧장 지름길을 택하기로 마음먹는다. 다스 베이더를 방해하는 건 소용없는 일이므로.

"얼마나 남았어요?"

"예후가 좋지 않다. 물론 좋은 사례도 있긴 하지만……."

아버지가 말을 다 끝맺지 못할 때가 자주 있는 것 같지 않다. "빌어먹을. 프로크슈 씨는 심한 탈락증상이 있어. 뭔 말인지 너도 알지?"

"얼마나 남았는지 알고 싶어요."

"기껏해야 몇 달 정도. 설령 잘 견딘다 해도."

도라의 어머니도 똑같은 상황이었는지 궁금하다. 세상이 무너져 내린 당시에도 누군가 '신경내분비'에 이어 바로 '기껏해야'라고 말했을까? 이쯤에서 이런 생각은 멈춰야 한다. 도라의 가슴속에서 심연이 열리는데, 너무 깊어 작은 기포조차 올라오지 않는다. 인간은 자기 안에 매몰되어 사라져버릴 수 있을까? 그 후에 무엇이 남을까? 시커먼 구멍?

---

* 악성 뇌종양.

"그다음은요?" 그녀의 신경계가 극복 모드를 발동한다. 아버지도 동참한다. 그다음은 어떻게 되냐는 질문은 그에겐 불로장생의 영약과도 같다.

"프로크슈 씨가 깨어나면 환자 이송차를 태워 집으로 보낼 거다. 그 전에 스테로이드 1차분과 진통제를 맞을 거다." 도라는 멍하니 고개를 끄덕인다. 일리가 있는 계획이다. "그 모든 서류 작업, 의사 소견서, 처방전, 약물 복용 시간표가 네게 전달될 거다. 약물 복용은 의사 지시를 엄격히 따라야 한다."

"그 사람 부인에게 알려줘야 할까요? 그리고 어찌 할지……." 그녀는 '프란치'라고 말하고 싶었지만 그 이름을 입 밖에 내지 못한다.

"네가 결정할 일이다." 아버지가 말한다. "근데 내가 비밀유지 의무를 어겼다는 걸 잊지 마라."

도라는 이해한다. 그녀는 공식적으론 아무것도 모른다. 아버지뿐 아니라 자기 자신을 보호하기 위해서다. 그녀는 그늘에서 은밀히 일을 처리할 수 있다.

"가장 중요한 건 그가 더는 운전하면 안 된다는 거다. 도라야, 듣고 있냐? 절대로 운전석에 앉으면 안 된다. 자신뿐만 아니라 다른 사람도 위험에 빠뜨리는 행위다."

"나더러 그걸 어떻게 막으라고요?" 도라는 자신의 앙칼진 목소리를 듣는다. 극복 모드가 또 작동하지 않는다. "내가 그 사람 후

견인이라도 되나요, 네? 제기랄, 요요, 난 그 사람에 대해 아는 게 거의 없다고요! 빌어먹을, 나더러 뭘 어쩌라는 거예요?"

"일단 커피부터 마시렴." 아버지도 음료를 한 모금 들이켠다. 하차투리안의 선율이 피날레를 향해 치닫고 있다. "넌 내게 도움을 청했고, 그런 행동은 의미가 있어. 난 그 의미를 모른다. 하지만 넌 그 의미를 찾아낼 거다." 휴대폰 너머에서 필하모닉 연주를 감상하는 관객들의 박수갈채가 쏟아져 나온다. "사랑하는 딸아, 행운을 빈다. 궁금한 게 있으면 전화하렴. 이제 난 A2*를 타야 해."

아버지가 전화를 끊자마자 도라는 스마트폰을 꺼내 브라우저를 띄우고 'FER'라는 유튜브 채널을 찾아 클릭한다. 첫 번째로 포스팅한 동영상을 시청한다. 크리세가 등장한다. 아버지가 말한 '필요한 서류 일체'를 그에게 보내야 할 거 같다. 인과응보가 전하는 친절한 작별 인사와 함께. 동영상에서 3분 42초 부분을 찾는다. 인구 교환과 민족의 영역 요구가 충돌한다. 그녀는 영상을 계속 켜둔다. 민족의 영역 요구, 민족의 영역 요구. 마침내 그녀는 웃음을 터뜨리고 만다. 한번 터진 웃음을 멈출 수가 없다. 배꼽이 빠지도록 웃는다. 히스테리를 분출하고 있는 거다. 그렇게 한참을 웃고는 주방으로 가서 세상에서 제일 진한 커피를 끓인다.

---

* 아우토반 2호선.

36장

햇감자

"벌써 수확해도 돼?"

프란치가 대답 없이 어깨를 으쓱해 보인다. 도라는 한숨을 쉬며 고테의 감자밭에 서서 정원 호스에서 나오는 차가운 물을 더러운 오물이 묻은 손에 뿌린다. 그러고는 얼굴에도 끼얹어 문지른다. 기진맥진한 그녀는 땀에 흠뻑 젖어 있다. 지난 몇 시간 동안 미친 사람처럼 지치도록 일만 했다. 집 안의 방을 전부 청소하고 빨래를 하고 주방을 닦았다. 그다음엔 수국과 텃밭에 물을 주고 잡초를 제거하고 쐐기풀을 뽑았다. 프란치가 일어난 후 도라에게 귀찮은 조수가 생겼다. 그녀 곁을 잠시도 떠나지 않는 아이는 작은 그림자처럼 어디든 졸졸 따라다니며 일손을 돕겠다며 내내 말을 걸고 성가시게 군다. "아빠 집에 언제 와요?" "곧." 그 사이 이런 대화가 수백 번 되풀이된다.

곁에서 떼어놓으려고 도라는 방을 청소하라며 프란치를 자기 집으로 돌려보냈다. 고테가 없는 그 집으로. 20분 후, 그녀는 또다시 불쌍한 마음이 들어 아이 뒤를 따라가 집 안 더러운 계단을 올라가 열심히 방을 청소하고 있는 프란치를 칭찬했다. 이미 한 번 와본 터라 침구를 벗겨 널어 말리고 창문을 닦고 빗자루로 넓은 공간을 쓸었다. 그리고 마지막으로 벽에 프란치가 직접 그린 그림들을 걸어두니 방이 한결 안락해 보였다. 달라진 방 모습에 기뻐하며 프란치가 팔에 매달려 "고마워요. 고마워요"라고 연신 외친다.

의도와 달리 슬프게도 방 청소와 꾸미기로 인해 프란치는 도라에게 더 많이 애착을 느끼게 되었다. 일이 이렇게 된 이상 도라는 발걸음을 옮길 때마다 프란치 발이나 요헨 앞발을 밟아줄 생각이었다. 그녀는 또다시 아이와 개를 들판으로 내보내며 고테 환영 꽃다발을 만드는 데 사용할, 꺾어도 될 만한 일찍 핀 들꽃이 많이 있는지 보고 오라고 했다. 그들이 밖에 나가고 없는 그 시간에 그녀는 재빨리 트레일러를 뒤졌다. 마치 불안감을 입안에 가둬둘 수 있는 것처럼 입을 꽉 다물고. 다행히 찾던 물건을 바로 찾아냈다. 자동차 열쇠 하나는 문 옆벽 고리에 걸려 있고, 예비 열쇠는 탁자 서랍에 들어 있었다. 게다가 또 다른 열쇠 뭉치도 있었는데, 도라는 그 속에 섞여 있는 자신의 집 현관문 열쇠를 찾아냈다. 그녀는 틈날 때마다 침구를 흔들어 빵빵하게 부풀어 오르게 하

고 먼지를 닦아내고 거의 비어 있는 냉장고를 청소했다. 그러고
는 홀가분한 마음으로 트레일러에서 나와서 자기 집 감자밭만큼
이나 메마른 고테네 집 감자밭에 물을 준다. 파종하고 약 60일이
지난 후 잎이 푸른색일 때 햇감자를 수확한다는 글을 인터넷에서
읽은 적이 있다. 그녀는 날짜를 세어본다. 그녀가 브라켄 마을에
이사 왔을 때 고테네 집 씨감자는 이미 땅속에서 자라고 있었다.
온화한 겨울 날씨 때문에 고테는 이미 3월 초에 씨를 뿌렸는지 모
른다.

찬물을 손바닥과 이마에 끼얹어 열기를 식히니 좀 살 것 같다.
프란치가 들판에 나가 토끼풀, 민들레, 개불알풀, 황새냉이를 꺾
어 만든 커다란 꽃다발을 가지고 와서 트레일러 안 탁자 위에 올
려놓았다. 그러고는 더위를 식히려고 도라가 내미는 호스를 받아
손, 팔, 얼굴을 차례로 씻는다. 이날 처음으로 도라는 심호흡을 한
다. 고테의 묵직한 열쇠 뭉치가 바지 주머니에 들어 있으니 마음
이 놓인다.

엄밀히 말하자면 변한 건 아무것도 없었다. 아직 5월 초순의 평
범한 금요일이다. 봄이 절정으로 치닫고 있는 때로, 밤엔 기온이
급격하게 떨어지지 않고 낮엔 날이 점점 따뜻해진다. 도라네 집
정원에서 꽃을 피우는 과일나무들은 하얀 거품에 뒤덮여 있는 듯
하다. 지금은 원래 벌을 볼 수 없는 때인데 몇 마리 본 거 같았다.
모든 것이 원래 그대로다. 그저 '암'이라는 용어 하나가 추가되었

을 뿐이다. 그래도 교아종보다 훨씬 더 상냥하게 들린다. 봄색 위장복을 입은 다스 베이더다. 이 용어 때문에 도라는 아침부터 자제력을 잃지 않으려고 안간힘을 쓴다. 그런데 그런 일에 신경 쓰지 말고, 주머니에 든 열쇠가 묵직하고 하늘이 파랗고 트랙터가 굉음을 내며 마을 주변을 돌아다니고 있는 것에만 집중해도 된다. 날개와 목소리를 가진 생명체가 모두 공중에서 노래를 부르고, 주황색 털의 고양이 한 마리가 담장 위를 살금살금 걸어 다니며 업신여기듯 그들을 내려다본다. 고양이의 눈빛이 '너흰 부끄러운 존재야, 너희 인간 족속 모두'라고 말하는 듯하다.

사실 그들 모습은 엉망진창이다. 도라는 잠옷으로 입는 티셔츠 차림 그대로고, 요헨의 발은 감자 캘 때 묻은 흙으로 뒤범벅이다. 프란치는 물로 씻으면서 희한하게 얼굴과 팔 여기저기에 흙을 묻히고 있었다. 조금 전까지 담장 위를 도도하게 산책하던 고양이는 이제 몸을 잔뜩 웅크리고 앉아 오른쪽 앞발을 열심히 핥으면서 딱새 두 마리가 큰 소리로 딱따르르 지저귀며 자신들의 둥지에서 멀리 유인해내려는 걸 애써 못 본 척한다.

"아빠 언제 돌아와요?"

"곧."

도라는 왼손을 바지 주머니에 넣고 열쇠를 꼭 쥔다.

"아빠 병원에 왜 있어요?"

"이미 얘기했잖니. 의사들이 몇 가지 진찰을 했다고."

"두통 때문에요?"

"그래."

"근데 심각하진 않죠?"

도라는 수도꼭지를 잠그러 간다.

"감자를 어떻게 캐는지 보여줄래?" 그녀가 외친다.

"네, 그럼요!"

프란치가 후닥닥 달려가더니 잠시 후 커다란 새 발톱처럼 생긴 농기구를 하나 가지고 온다. 셋에서 감자밭을 엉망으로 만들어놓으면 고테가 셋 모두를 흠씬 두들겨 패지나 않을까, 하고 도라는 생각한다. 근데 사실 이제 그런 걱정은 별로 중요하지 않다. 그들은 이미 납작하게 찌부러져 있으니까. 프란치가 새 발톱처럼 생긴 농기구로 땅을 파서 감자꽃 주위의 흙을 잘게 부순 다음 감자 줄기를 움켜쥐고 쭉 잡아당긴다. 그러자 흙 속에서 감자가 주렁주렁 달린 뿌리가 나오는데, 정말이지 외계인 군단처럼 보인다. 아니면 새하얀 핏줄이 엉켜 있는 흙투성이 알둥지 같기도 하다. 도라는 그 모습에 약간 역겨움을 느끼며 프란치가 뿌리에서 알을 떼서 손으로 흙을 털어낸 다음 풀밭에 내던지는 걸 지켜본다. 도라는 의식적으로 교아종 생각을 다시 하지 않으려고 애쓴다.

"아직 알이 엄청 작아요." 프란치가 말한다.

"그래도 요리할 순 있겠는데." 도라가 대꾸한다.

"아빠, 아빠!"

도라는 엔진 소리도 대문 여는 소리도 듣지 못했다. 근데 고테가 비닐봉지를 손에 들고 성큼성큼 걸어오고 있다. 그의 그림자가 흔들리는 게 마치 어설프게 지금 이 장면 속으로 들어온 것 같다. 도라는 그를 향해 달려간다.

"고테!"

그는 그녀에겐 눈길 한번 주지 않고 요헨을 발로 걸어찬다. 그러고는 길을 막고 다리를 부둥켜안으려는 프란치를 밀치고 지름길로 트레일러로 가서 문을 열어젖히고 안으로 사라진다. 이어 문이 쾅 하고 닫힌다. 잠시 후 문이 다시 확 열리고 프란치가 들꽃으로 만든 꽃다발을 꽂아둔 병조림병이 큰 포물선을 그리며 공중으로 날아가 풀밭에 떨어진다. 이어 요헨이 짖어대고 담장 위 고양이가 하품을 하고 프란치는 왈칵 울음을 터뜨린다.

'개자식, 죽어버려, 하루 빨리.' 도라는 생각한다. '네 존재로부터 세상을 해방해줘. 그게 모두를 위한 최선이고 정치적 위생을 위한 조치일 거야.'

도라는 한동안 그런 생각을 이어가고 싶었지만 자신의 품 안에서 울고 있는 프란치를 돌봐야 한다. 도라는 쉬쉬 소리 내어 프란치를 달래며 아빠가 좀 피곤해서 그런 거라고 설명한다. 여기서 벗어나 멀리 도망치고 싶은 마음이다. 제일 좋은 건 당장 알렉산더 게르스트가 있는 우주정거장으로.

점심을 먹고 난 후, 도라는 지금 당장 요헨데어로헨을 데리고 산책 가야 한다면서 개 줄로 요헨과 프란치를 묶어 숲으로 둘을 내보낸다. 그녀는 다른 일들을 준비할 여유가 필요하다. 야자수 화분에 자동차 열쇠를 숨기고 UPS 택배 기사가 배송하는 두툼한 봉투를 받아 든다. 발신자는 베를린 자선병원이다. 그녀는 서류를 꼼꼼히 살펴본 후 인터넷에 들어가 사실 그 내용을 조금도 알고 싶지 않은 많은 자료를 읽는다. 그러고는 나사 통에 든 내용물을 비우고 빈칸에 요일을 각각 써넣는다. 이어 엘베 쇼핑센터에 있는 약국에 전화해 약을 대량으로 주문한다. 전화를 끊고도 심란한 마음이 가시지 않아 쇼핑 목록을 작성하고 냉장고 청소를 한다. 그때까지 프란치와 요헨이 숲에서 돌아오지 않자 슬슬 걱정이 된다.

통통한 파리 한 마리가 큰 소리로 앵앵거리며 날아와 주방 창문에 부딪힌다. 식탁에 앉아 생각에 잠긴 도라는 더는 살고 싶지 않다는 마음이 확고해진다. 이게 다 무슨 소용인가. 파리는 계속 앵앵거리며 유리창에 부딪히고, 몸속에선 작은 기포가 소용돌이치며 스멀스멀 올라오고. 차라리 그녀는 고테와 몸을 바꾸고 싶다. 그럼 그는 그녀가 끝장나길 기다리며 그녀를 위해 장 보러 갈 수 있을 테니 말이다.

최근에 도라는 뭘 해야 할지 모를 때면 자주 하는 일이 있다. 담장으로 가서 정원 의자에 올라가 이웃집을 바라보는 거다. 프란치와 요헨이 돌아왔는지 살피려고 담장 너머를 바라보던 그녀는 고테가 트레일러 앞 캠핑 탁자에 앉아 있는 걸 보고 기겁하며 의자에서 뛰어내린다. 그는 담배를 피우며 천천히 탁자를 똑똑 두드리는 자신의 손가락을 바라보고 있다. 그의 그림자가 더는 흔들리지 않는다. 겉모습은 평소와 다름없어 보인다.

"고테!"

그녀의 목소리가 들리기만을 기다린 듯 그가 이내 고개를 든다. 그러고는 담장으로 와서 과일 상자 위에 올라간다.

"이봐" 하고 그가 입을 뗀다. "어떻게 지내시오?"

"좋아요." 노라가 머뭇거리며 대답한다. "당신은요?"

"좋소."

그들은 서로 쳐다본다. 구멍 뚫린 콘크리트 블록 담장을 사이에 두고 눈높이를 맞추며, 그는 과일 상자 위에, 그녀는 정원 의자 위에 서 있다. 고테가 상체를 살짝 담장에 기대고 있어서 그들의 얼굴이 아주 가까이에 있다.

"우리 아버지가 당신에게 필요한 처방전을 몇 개 줬어요."

"두통 때문에."

"규칙적으로 알약을 복용해야 해요."

"알겠소."

노라는 그의 머릿속을 들여다보기라도 하려는 듯 눈을 깊게 들여다본다. 처음으로 그녀는 그가 연한 속눈썹에 녹색 눈을 가진 걸 깨닫는다. 노란빛을 띠는 흰자위에 붉은 실핏줄도 보인다. 그

밑의 눈물주머니는 늘 그렇듯 부어 있었다. 아름다운 눈은 아니다. 근데 두 사람이 너무 애틋하게 쳐다보는 바람에 도라의 심장이 오그라드는 느낌이다. 심장 안에서 뭔가가 자라고 있다. 햇감자처럼. 그녀는 고테가 자신의 병을 알고 있는지 궁금하다. 그의 눈에 두려움이 서려 있는지 살핀다. 그는 자신에게 무슨 일이 일어나고 있는지 정말 모르는 걸까? 아마 앎에도 다양한 종류가 있을 것이다. 앎과 무지는 서로 조금도 방해하지 않고 공존할 수 있다.

"고테, 당신에게 할 말이 있어요."

"열쇠를 가져갔더군."

어쨌든 그는 둔하진 않다.

"우리 아버지 말이 당신은 운전하면 안 된대요."

"그런 아버지가 있어 참 좋겠군."

그녀는 재빨리 그의 표정을 살핀다. 말 속에 빈정거림이 있진 않다.

"아뇨." 그녀가 대꾸한다. "사실 그렇지도 않아요." 그녀는 잠시 생각에 잠긴다. "이따금 평범한 일을 하는 아버지가 있었으면 좋겠다는 생각이 들 때가 있어요. 미장이나 목수 혹은 자동차 정비사 일을 하는 아버지요."

"난 목수요."

도라는 깜짝 놀라 눈썹을 치켜뜬다. "목재를 다루는 목수요?"

"목재를 다루는 목수." 그가 웃는다. "난 늘 도시엔 영리한 사람들이 산다고 생각했소. 근데 당신은 그들 모두를 합쳐놓은 것보다 더 멍청하군."

"그래서 여기로 이사 왔는지 몰라요." 도라가 히죽 웃는다. "아직도 목수 일을 해요?"

"그만둔 지 좀 됐소."

"왜 그만뒀어요?"

그가 어깨를 으쓱해 보인다. "너무 자주 아팠나 보지."

"하르츠 IV를 받아요?"

"난 돌지 않았소."

"무슨 뜻이에요?"

"멍청이 취급을 받고 싶어 하는 사람은 없소."

도라는 곧 자신이 일자리센터의 직업 상담사 앞에 앉아 있을 멍청이가 될지 궁금하다. 근데 왠지 지금 당장 그런 건 중요하지 않다. 그녀는 고테가 자신에게 화가 나 있지 않아서 기쁘다. 보아하니 그녀가 아버지에게 자신을 떠맡긴 걸 받아들이는 모양이다. 어쩌면 그는 자기만의 방식으로 그 일을 고맙게 생각하고 있는지 모른다.

"그럼 뭘 해서 먹고살아요?"

"뭐든 일은 항상 있지. 많이도 필요 없고."

그들은 지금껏 이런 이야기를 나눠본 적이 없었다. 그에게서 나는 냄새도 다르다. 분명 병원에서 샤워를 한 모양이다. 게다가 그는 그녀가 여태 보지 못한, 약간 닳아 해진 듯한 짙은 파란색 티셔츠를 입고 있다. 티셔츠 가슴에 'Criminal Worldwide'라는 문구가 새겨져 있다. 도라는 지금 그 문구 때문에 웃을 때가 아니라, 말하기 힘든 주제를 꺼내야 할 때라는 확신이 든다.

"이봐요, 고테. 당신 자동차가 필요해요."

"뭐?"

"장도 보고, 건축자재 마트도 가고, 약국도 가고. 당신은 운전대를 잡으면 안 돼요." 그녀는 하마터면 "두 번 다시"라고 덧붙일 뻔했다. "당신이 외출해야 할 땐 내가 운전해줄게요."

"이제 당신이 내 엄마요?"

"이웃 간에 돕는 거예요. 당신도 그러잖아요."

"그건 좀 다르지."

"내가 여자라서요?"

"그 수레는 내 거요."

"고테, 당신은 운전하면 안 돼요."

"내 픽업트럭을 운전하면 당신 몸을 분질러버릴 거요."

정말 잘됐다. 고테가 엄청 큰 손 하나를 들어 올린다. 도라의 손도 크지만 고테의 손은 인간이 아닌 액션영화의 등장인물에 더 잘 어울린다. 뺨을 한 대 갈기려는 듯 그가 담장 너머로 천천히 팔을 뻗더니 그녀의 헝클어진 머리를 어색하게 쓰다듬는다.

"좋소." 그가 과일 상자에서 내려 멀어져간다.

잠시 후, 도라는 다시 담장 너머를 살핀다. 쓸쓸한 정원, 굳게 닫힌 트레일러, 상처 입은 동물처럼 자기 동굴로 기어 들어간 고테를 기대했다. 근데 트레일러 안에 처박혀 있을 거라 생각한 그가 생기 넘치는 얼굴로 프란치와 함께 캠핑 탁자에 꼿꼿이 앉아 즐겁게 수다를 떨며 접시 두 개에 삶은 햇감자를 담고 있다. 그들의 즐거운 이야기 소리가 담장까지 들린다. 아빠와 딸이 함께 식사를 하며 서로 소금과 마요네즈를 건네준다. 탁자 한가운데에 병조림병에 들꽃으로 만든 꽃다발이 꽂혀 있다.

37장

유니콘

아침 7시, 도라는 고테가 아직 자고 있을 거라고 확신한다. 가급적 조용히 대문을 여는데 문짝 경첩에서 찍찍 소리가 나서 불안한 마음을 숨기며 욕을 내뱉는다. 거기 마당에 자동차가 서 있다. 그녀는 전조등 유리가 깨지고 앞쪽에 자동차 앞 번호판이 떨어져 나간 걸 재빨리 알아챈다. 지난밤 도롯가 구덩이에 거꾸로 처박힐 때 그 지경이 된 게 분명하다. 근데 이런 사소한 일에 신경 쓸 여력이 없다. 그녀는 요헨을 조수석에 휙 던져 넣고 시동을 건다. 이제 소리 내지 않는 게 문제가 아니라 빨리 출발하는 게 중요하다. 엔진 소리가 쿵쿵 울리는 가운데 마당에서 도로 쪽으로 후진을 한다. 발각되기 직전의 도둑이 된 심정이다. 벌써부터 고테의 화난 목소리가 들리는 듯하다. 차를 출발시키면서 그녀는 그가 '선한 사람' 광고 영상에 등장하는 사람처럼 도롯가로 뒤쫓아

달려오지 않는지 확인하려고 사이드미러를 본다.

브라켄 마을을 벗어나 수 킬로미터를 달리고 나서야 심장이 진정된다. 속도를 조절한 그녀는 창문을 열고 맞바람이 몰고 오는 숲의 향기에 취한다. 큰 자동차를 몰고 가는 작은 여자. 한 사람 안에 보니와 클라이드가 존재한다. 로베르트가 이 시한폭탄 같은 자동차를 타고 있는 그녀를 본다면 뭐라고 할까? "도라, 당신 많이 변했군."

30분 후에야 문을 여는 엘베 쇼핑센터의 주차장엔 자리가 많이 비어 있다. 도라는 주차를 하고 빵집에 들러 커피와 크루아상을 사 가지고 와서 트럭 짐칸에 책상다리를 하고 앉는다. 픽업차량에서 즐기는 소풍이랄까. 베를린 크로이츠베르크에서 이런 행동을 한다면 많은 사람들의 이목을 끌 것이다. 그러나 근처에서 입가에 여송연을 물고 닭 구울 준비를 하고 있는 통닭 차 안의 남자는 도라 쪽을 단 한 번도 쳐다보지 않았다.

도라는 픽업트럭에 어울릴 만한 색으로 새로 도색하면 어떨지 상상해본다. 또 갈색 머리를 하나로 묶은 포니테일이 아닌 금빛 블리치 염색을 한 새로운 스타일은 어떨지. 그리고 무거운 장화, 수입인지도 안 붙은 담배, 토어 슈타이나르* 풀오버에 크루아상 대신 메트브뢰첸**을 먹는 건 또 어떨지.

---

* 네오나치가 선호하는 옷 브랜드.

편안할 게 분명하다. 항복 후의 안식이랄까. 수년 전부터 도라는 보편적 민주주의와 특별한 유럽을 지킬 의무가 있었다. 그녀는 나이절 패라지***, 시어도어 카진스키****, 하인츠크리스티안 슈트라헤, 비요른 회케, 마린 르 펜, 빅토르 오르반, 마테오 살비니*****를 참아내야 한다. 그리고 AfD가 승승장구하는 것도 지켜봐야 한다. 대중매체들이 **정치적 올바름**을 위반하는 모든 범죄 행위를 어떻게 다루는지도, 이와 동시에 매체의 논평란과 토크쇼 자리에서 발언 가능한 내용의 범위를 점진적으로 넓혀가는 걸 어떤 식으로 허용하는지도 직접 겪는다. 그녀는 다른 사람들이 어떤 선택을 하는지, 아이들을 데리러 가거나 장 보러 갈 때 머릿속 비밀의 방에서 무슨 일이 벌어지는지 궁금해지기 시작한다. 모든 사람들은 불안에 떨면서 자신들의 불안만 진짜라고 생각하는 게 확실하다. 사람들은 제각각 소외감을, 기후 재앙을, 팬데믹을, 의료 독재를 두려워한다. 도라는 불안과의 싸움으로 인해 민주주의가 붕괴되는 걸 두려워한다. 자신을 제외한 모든 사람들이 제정신이 아니라고 생각하는 다른 모든 사람들과 마찬가지로 도라도 똑같이 생각한다.

** 돼지고기, 양파를 썰어 소금과 후추 등을 섞어 빵에 올려서 먹는 샌드위치.
*** 영국의 극우 정치인.
**** '유나바머'로 알려진 미국의 수학자이자 테러리스트.
***** 차례로 오스트리아, 독일, 프랑스, 헝가리, 이탈리아의 극우 정치인.

참 더럽게 힘들다. 어느 한쪽을 선택하는 게 얼마나 더 쉬운 일일까. 로베르트는 그렇게 하지 못했다. 어쩌면 상대 팀에 붙어서 토어 슈타이나르 풀오버를 덧입고 개코같은 아이디어를 위해 유럽을 지지하는 게 더 쉬울지 모른다. 갑자기 모든 게 다 논리적이고 의미가 있을 거 같다. 고테는 그저 이웃이고 AfD는 대안적 구상을 가진 하나의 정당에 지나지 않을 것이다. '프라이빌트'*는 사실 나쁜 음악을 만들지 않는다. 'Exit'는 음울한 회의론이고, 'Enter'는 편협함이다. 분명한 건 나치들은 불면증이나 간질거리는 작은 기포에 시달리지 않는다는 거다. 하지만 그런 그들도 손이 거대하게 크면 어쩌나 걱정할지도 모르지.

어렸을 때 이따금 거실 카펫 위에 누워, 방구석 모서리에 등을 꼭 붙이고 있으면 방바닥이 될 거라는 상상을 하곤 했다. 그곳 전등은 방 한가운데에 조각상처럼 서 있고, 방바닥 바로 위에 설치된 창문 손잡이는 너무 높고, 또 방문을 통과하려면 엄청 높은 문지방을 기어 올라가야 했다. 머릿속으로 특이한 그 방을 돌아다니며 이상하게 설치된 그런 물건들을 보는 게 즐거웠다. 지금도 머릿속 스위치를 바꿔 켜는 게 얼마나 쉬운지 알고 있다. 작은 노력만 기울이면 말이다. 그러면 현실은 새로운 법을 따르게 마련이다. 그저 새로운 관점을 선택하기만 하면 된다.

---

*   이탈리아 록밴드로, 독일어로 노래하는 그룹.

그사이 레베 마트 비식료품 코너에 토어 슈타이나르 풀오버가 진열돼 있을지 모른다.

한 시간 후 그녀가 마트 카트를 끌고 차가 있는 곳으로 돌아와서 보니 새로 산 풀오버는 온데간데없고 물건이 꽉꽉 담겨 찢어질 듯한 종이봉투가 잔뜩 놓여 있다. 땀을 뻘뻘 흘리며 그것들을 들고 버스 정류장으로 가지 않고 픽업트럭 짐칸에 실으니 얼마나 좋은지. 그녀는 약국에서 산 약값이 얼마였는지 그것만 생각하면 안 된다. 고테가 의료보험이 없어서 아버지가 약값 전액을 환자가 부담하는 개인 처방전을 써줬다. 근데 예상을 훌쩍 뛰어넘을 정도로 약값이 엄청났다. 지금 있는 돈으로 도라가 얼마나 더 버틸 수 있을지.

브라켄으로 돌아오는 도라의 심장이 다시 빨리 뛰기 시작한다. 그녀는 드라이브를 좀 더 즐기고 싶지만 그런다고 문제가 해결될 거 같진 않아 다음으로 미룬다. 한편으로 고테가 픽업트럭을 몰래 타고 나갔다고 폭력을 휘두르진 않을 거라고 생각한다. 운전석에서 그녀를 끌어 내려 땅바닥에 내팽개치고 발길질을 할 수 있는 인물은 아니다. 다른 한편으론 당연히 그런 행동도 예상해야 한다. 그녀는 빈두마알리니 박사와 얽힌 얘기를 듣고 난 후부터 고테가 쉽게 자제력을 잃을 수 있을 거라고 확신한다. 여태껏 도라가 옆에 있을 땐 다소 점잖게 행동했지만 슈테펜 역시 똑같은 얘기를 한 적이 있었다.

서서히 속력을 줄이며 마을 표지판을 지나는 그녀의 눈앞에 고테네 담장 뒤로 트랙터 셔블의 노란 버킷이 우뚝 솟아 있다. 버킷이 위쪽으로 젖혀진 트랙터 셔블은 마당 바깥쪽으로 후진 중이다. 도라는 차를 멈추고 경고등을 켜서 트랙터 셔블이 편하게 후진해서 빠져나올 수 있도록 한다. 괴물 같은 기계가 매우 조심스럽게 느릿느릿 도로로 빠져나와 헤드라이트를 깜빡이며 감사 표시를 하고는 요란한 소리를 내며 엄청 빠르게 그녀가 탄 차를 지나간다. 그녀는 대문이 열려 있는 틈을 이용해 마당 쪽으로 핸들을 크게 꺾는다.

항상 픽업트럭을 주차하던 집 건물 옆 풀밭에 갈색의 직사각형 공간이 비어 있다. 마치 벽에 걸려 있던 그림을 떼놓은 듯한 모습이다. 도라는 그 직사각형 안에 차를 대고 엔진을 끈다. 이어 조수석에 조용히 앉아 있던 요헨데어로헨이 단번에 그녀 무릎으로 껑충 뛰어 올라와 열려 있는 운전석 창문 밖으로 나간다. 그러고는 캠핑 탁자 옆에 쪼그리고 앉아 열심히 땅바닥을 들여다보고 있는 프란치에게 와락 달려든다. 그 아이에게 달려갈 때만큼은 아주 날쌘 요헨의 모습에 도라는 또 한 번 감탄한다.

한동안 그녀는 그대로 운전석에 앉아 스마트폰으로 기사를 읽는 척하며 무슨 일이든 일어나길 기다린다. 마치 초라한 성적표를 들고 집에 가지 않고 거리를 배회하는 아이같이.

하지만 아무도 그녀에게 관심이 없다. 고테는 정원 한가운데에

서서 만족스러운 표정으로 눈앞에 놓인 유리 상자 속 거대한 통나무 하나를 바라보고 있는데, 조금 전에 봤던 트랙터 셔블이 운반해놓고 간 게 분명하다. 그 거대한 통나무를 360도 모든 방향에서 자세히 보려고 유리 상자를 한 바퀴 빙 돌며 유쾌한 표정으로 휘파람을 분다. 나지막이 들리는 멜로디가 '깃발을 높이 내걸어라'가 아닌, 도라가 라디오에서 들어 알고 있는 '난 유니콘이고, 그렇게 태어났어'라는 동요다. 귀에 쏙쏙 들어오는 선율이다. 그녀는 차에서 내려 고테 옆에 가서 선다. 두 사람은 함께 유명한 명소를 마주하고 있는 것처럼 통나무를 바라본다. 어떤 점에서는 유명한 명소이기도 하다.

"멋지군, 그렇지 않소?" 고테가 묻는다.

"인상적이군요." 도라가 수긍하듯 고개를 끄덕인다.

유리 상자 속 2미터 높이의 통나무가 엄청 두꺼워서 고테 같은 거인도 두 팔로 다 감싸 안을 수 없을 것 같다. 또 녹색과 회색빛을 띠는 통나무 껍질은 사람의 피부처럼 부드럽고, 연한 노란빛이 나는 절단면은 진한 향기를 풍긴다. 나이테도 선명하게 보이는데, 100년 이상은 돼 보인다.

"단풍나무요." 고테가 말한다. "조각용으로 이보다 더 좋은 나무는 없소."

도라는 어떤 농부가 1차 세계대전이 끝나고 집 뒤쪽 정원에 어린 묘목을 심는 모습을 상상하며 몸을 부들부들 떤다. 아마 부인이 아들을 낳아서 혹은 전쟁이 끝나 모든 게 좋아질 거라서 그랬던 모양이다. 단풍나무 그루터기가 사람 허벅지만큼 두꺼워졌을 때, 2차 세계대전이 지구를 뒤덮는다. 농부의 아들은 전쟁 중에 징집 명령을 받지만 이를 거부하는 바람에 총살당하고, 다른 가족 몇몇은 항복 후 서쪽으로 도망간다. 고향에 남은 농부는 사회주의자들에게 재산을 몰수당하고 스스로 목을 매어 자살한다. 농부가 심어놓은 단풍나무는 쑥쑥 자라서 구동독도, 무너지는 농가도, 황폐해지는 정원도 묵묵히 지켜본다. 동독과 서독이 통일된 후엔 20미터나 되는 단풍나무가 하늘 높이 솟아 있다. 봄이 되자 거대한 단풍나무 꼭대기에 벌 군단이 윙윙거리며 날아든다. 매년 가을엔 이 단풍나무가 씨앗 프로펠러를 빙글빙글 돌리곤 한다. 그 후 단풍나무 주변의 온 땅 위로 흩어진 수많은 씨앗이 무럭무럭 자란다. 새 집주인이 이사를 오면 그때마다 단풍나무는 잎사귀를 살랑살랑 흔들며 맞이하지만, 결국 그들은 단풍나무 때문에 집을 팔아버렸다. 쓰러져가는 농가에 위풍당당한 그림자를 드리우는 단 하나의 존재가 있다면 바로 단풍나무의 거대한 형체다. 단풍나무는 새 주인들이 사방에 흩어져 자라는 어린나무를 뽑아버리고 황무지를 다시 정원으로 바꿔놓아도 화를 내지 않는다. 지금은 글로벌화된 터보 자본주의의 한가운데에 서 있지만 이미 다른 체제 아래서도 살아남은 게 이 단풍나무다. 나치와 사회주의, 도주와 추방은 단풍나무에게 아무런 피해도 끼치지 않았다.

결국 그 단풍나무를 쓰러뜨린 건 21세기 '쾌락의 극대화'로, 정확히 말하자면 열정적인 조경사의 모습을 한 사람 때문이다. 그 사람은 집주인들에게 앞으로 언젠가 거대한 나무뿌리가 집 주춧돌을 위태롭게 할 거라는 전망을 내놓는다. 게다가 가을이면 바닥에 떨어진 단풍잎을 치우는 일도 만만찮으며 폭풍에 나뭇가지가 부러지기라도 하면 누군가 맞을 수도 있다고 한다. 그 말에 그 집 남자 주인은 허가서를 발급받는다. 그러고는 마침내 단풍나무가 베여 쓰러지던 날, 그 집 부인은 흐느껴 운다.

"아주 싸게 얻었소." 고테가 말한다. "주변에 좋은 친구 녀석들을 둬야 하지."

도라가 작은 판지 상자 두 개를 꺼내 알루미늄 포일에 싸인 알약을 누른다. 고용량의 코르티손과 강한 진통제다. 고테가 불쑥 손을 내민다. 도라가 손에 알약을 올려놓자 그가 입에 떨어 넣고 물도 마시지 않고 삼킨다. 마치 두 사람이 평생 한쪽이 알약을 내밀면 다른 한쪽이 받으며 사는 듯한 모습이다.

"박피 칼 조심해라, 날카롭다!"

그제야 도라는 프란치가 뭐에 정신이 팔려 있는지 깨닫는다. 땅바닥에 여러 가지 공구가 든 가죽 케이스가 하나 놓여 있다. 다양한 크기의 조각용 칼과 목공용 끌, 심지어 작은 도끼도 여러 개 들어 있다.

"난 늘 두 번째 조각상을 만들고 싶었소." 고테가 말한다.

도라의 시선이 트레일러로 올라가는 계단 옆에 놓인 나무 조각 상으로 향한다. 기대에 가득 찬 표정으로 늑대 조각상이 그들 세 사람을 쳐다보고 있다.

"나도 조각해볼래요." 프란치가 말한다.

"잠시 기다려봐라. 껍질이 많이 떨어져 나올 거다."

고테가 집 뒷문을 향해 걸어가더니 아무렇지 않게 거침없이 집 안으로 들어간다. 잠시 후 그가 장난감처럼 전기톱을 한 손에 들고 돌아온다. 도라는 그의 노랫소리를 듣는다. "난 유니콘이고, 그렇게 태어났어." 그녀는 터져 나오는 웃음을 간신히 참는다.

"목살 스테이크 사 왔소?" 그가 묻는다.

그녀는 그 말이 무슨 뜻인지 되씹어보고는 고개를 가로젓는다.

"그럼 다시 가시오." 그가 비어 있는 손을 바지 주머니에 넣더니 구겨진 20유로 지폐 한 장을 꺼낸다. "엘베 쇼핑센터 말고 반도에 있는 정육점에 가시오. 허브와 마리네이드 소스에 절인 거 여섯 덩이."

그 말이 끝나기 무섭게 고테가 전기톱을 켜자 야생동물이 내는 듯한 요란한 소리가 난다.

38장

목살 스테이크

오후 내내 드르륵거리는 전기톱 소리가 공기를 가득 채운다. 끊임없이 들려오는 소리에 도라는 급기야 정원 일을 포기하고 집 안으로 들어가 창문을 전부 닫아보지만 안에서도 들리는 건 마찬가지다. 날카로운 치과용 전동드릴 소리처럼 뇌를 갉아 먹는 것만 같다. 결국 산책 나가기로 마음먹고 집을 나와 숲 쪽으로 가는데도 귀에 전기톱 소리가 한동안 계속 들려온다. 요헨은 산책하는 내내 뒤에서 1미터쯤 떨어져 느릿느릿 따라온다. 쓸데없이 산책을 왜 하냐며 노골적으로 싫은 기색을 보이면서 말이다. 프란치가 몇 시간 전부터 고테의 정원 바닥에 쪼그리고 앉아 다른 사람들이 보지 못하게 팔로 가리며 조각하는 데 빠져 있어서 요헨은 빈정이 상해 있었다.

저녁 8시쯤에 도라는 다시 옆집으로 건너간다. 이번엔 평소와 달리 담장 너머로 염탐하는 것도 사라져버린 개를 찾으러 가는 것도 아니고, 자동차를 훔칠 계획도 없다. 마치 파티에 가듯 샐러드 그릇을 들고 간다. 심지어 운동화 대신 샌들로 갈아 신고서. 투덜대는 어조로 "들를 수 있겠소, 그림 하러?" 딱 이 다섯 마디로 식사에 초대했을지언정.

대문 안으로 들어가자 고테는 하던 일에서 눈을 떼지도 않고 도라를 향해 가볍게 고개를 끄덕인다. 그는 양손으로 칼을 쥐고 수직으로 서 있는 통나무의 껍질을 길게 벗겨낸다. 껍질이 하나하나 벗겨져 나가는 통나무는 원뿔 모양에 가깝게 변해간다. 이윽고 전기톱 소리가 멎자 도라는 기쁘다. 근데 그림을 할 게 아무것도 없다. 그녀는 샐러드를 탁자 위에 올려놓고 앉는다. 요헨은 프란치 옆에 웅크리고 앉아 뾰로통한 표정을 짓고 있다.

사실 도라는 기다리는 걸 좋아하지 않는다. 그녀에게 기다림은 항상 시간 낭비의 극치이고 완전히 무의미하며 자존심 구기는 짓이다. 기다리게 하는 사람은 기다리는 모든 사람에게 필요한 존재이므로. 근데 그녀는 지금 캠핑 의자에 앉아 세상과 하나 된 느낌이 드는 게, 마치 새로운 운명을 발견한 것만 같다. 아무도 거들떠보지 않는 존재여도 좋고, 무슨 일이 일어날지 모르는 것도 좋다. 그리고 쉴 새 없이 부지런히 일하는 다른 사람들의 모습을 그저 지켜보는 것도 좋다.

30분 후, 고테가 공구를 옆으로 치우고 종이로 만든 것처럼 통나무를 두 팔로 안아 풀밭에 비스듬히 내려놓는다. 그러고는 나무토막이 쌓여 있는 화환 모양의 돌화덕 가장자리로 굴려서 옮겨놓고는 원하는지 물어보지도 않고 도라에게 불쑥 담배 한 대를 내민다. 이어 긴 나무 조각에 불을 붙여 두 사람의 담배에 불을 붙인 후 서서히 타기 시작하는 화덕 속 나무토막 더미에 그 조각을 내던진다. 그때 프란치가 껑충껑충 뛰어와서 불이 활활 타오를 때까지 마른 나뭇가지를 집어넣고는 어딘가에 잘 보관해둔 두꺼운 장작을 가져온다. 그러자 고테가 익숙한 손놀림으로 화덕 안 적당한 곳에 장작을 집어넣는다.

숨이 막힐 정도로 불길이 활활 타오른다. 도라는 화덕가 공기가 너무 뜨거워 뒤로 물러선다. 타닥타닥 장작불 타는 소리가 나고, 화덕에서 불꽃이 뿜어져 나와 하늘 높이 치솟는다. 그 모습에 프란치가 환호성을 지르며 연신 새 장작을 가져오고, 고테도 흔쾌히 장작을 받아서 불길 속에 집어넣는다. 좋은 냄새가 난다. 연기와 자유 냄새 같다. 도라는 불가에 마지막으로 앉아본 게 언제였는지 기억조차 나지 않는다. 그러나 불꽃을 바라보는 동안 사람들 모두 질문 하나 하지 않는다는 건 기억하고 있다. 바다에서 파도를 바라볼 때와 똑같이 말이다.

어느 순간 고테는 딸아이가 더는 장작을 가져오지 못하게 하고, 화덕 속 불길이 잦아들게 내버려둔다. 그러고는 영화에서나 볼 법한 중세시대 사슬 여러 개와 다리 세 개가 달린 그릴용 석쇠를 들고 와 화덕 위에 얹는다. 그사이 프란치는 도라가 낮에 반도에서 사 온 연한 고기를 가져온다. 고테가 맨손으로 스테이크를 석쇠 위에 올려놓고 포크를 사용하여 뒤집는다. 문득 도라는 하이니와 우주왕복선처럼 생긴 가스용 그릴기를 떠올린다.

스테이크 맛이 환상적이다. 최근 들어 도라가 요리한 그 어떤 음식보다 맛있다. 심지어 베를린 레스토랑에서 먹는 대부분의 음식들보다 더 맛있는 것 같다. 고기는 육즙이 풍부하고 마리네이드 소스는 마늘과 로즈마리 맛이 난다. 세 사람은 미래에 늑대 조각상으로 변할 통나무 위에 앉아 접시가 기울어지지 않게 무릎에 놓고 서로 팔꿈치를 부딪혀가며 큼직한 스테이크 덩이를 크게 자른다. 식사 중간중간에 고테가 일어나 새로 올려놓은 스테이크를 뒤집는다. 고기 이외에 다른 음식은 없다. 샐러드 그릇은 손도 안 댄 채 캠핑 탁자 위에 놓여 있다. 고테는 프란치가 고기 자르는 걸 도와준 다음, 발치에 웅크리고 앉아 방금 하늘에서 내려온 새 구세주라도 되듯 자신을 숭배하는 요헨에게 비계를 던져준다.

식사를 마치고 프란치가 다시 조각 작업을 이어가는 동안, 도라와 고테는 불가에 그대로 앉아 있다. 그녀는 옆에 앉아 있는 고테의 존재를, 그리고 프란치와 자기 자신의 존재를 차분하게 느낀다. 한데 벼랑 끝에 섰을 때의 현기증 같은 느낌이 아니라 결정체처럼 투명하게 보이는 얼어붙은 풍경처럼 느껴진다.

대학 다닐 때 도라는 마르틴 하이데거의 글을 읽은 적이 있다.

그녀가 이해하기로, 그 글의 핵심 내용은 존재란 불안을 통해서 만 제대로 이해할 수 있다는 거였다. 어쩌면 틀린 말일지 모른다. 존재는 인간이 익숙해질 수 있는 것일 테니. 그렇다면 **실행시간 오류 0×0**은 더는 오류가 아니고 그저 **0×0**일 뿐이다. 모든 질문에 대한 대답. 더글러스 애덤스*의 말처럼. 설령 애덤스의 슈퍼컴퓨터가 삶, 우주, 그 밖의 모든 것에 대한 질문을 처리할 때 0×0이 아니라 42라는 답을 내놓는다 해도 말이다.

도라는 "플라우지츠에서 무슨 일이 있었어요?"라고 묻는 자신의 목소리를 듣는다.

"뭐?" 고테가 되묻는다.

"칼 사건요."

"누가 그 얘길 했소?"

"자디요."

"그래서 뭐."

그는 눈썹을 치켜뜨며 불을 응시한다. 평화로운 분위기가 사라져버려도 이제 와 질문을 되돌리기엔 너무 늦다. 계속 이어가는 게 좋을 것 같다.

"얘기해줘요."

---

*   영국의 각본가이자 소설가로, 대표작인 《은하수를 여행하는 히치하이커를 위한 안내서》에는 슈퍼컴퓨터 개발 관련 이야기가 나온다.

고테가 한숨을 쉬며 일어난다. 그러고는 맞은편에 앉아 조각에 한창인 프란치에게 몇 가지 조언을 하며 아이의 어깨에 손을 살짝 얹고는 다시 불가로 돌아와 재차 한숨을 쉰다.

"뭘 알고 싶은 거요?"

"무슨 일이 있어났는지."

"모든 게 순식간에 일어났소."

"처음부터 얘기해줘요."

그가 무릎에 팔꿈치를 괴고는 마치 바람이 세게 부는 것처럼 담배를 손에 꼭 쥔다. 그러고는 줄곧 불꽃을 바라보며 그 일을 이야기한다. 9월 어느 화창한 날이었다. 그는 크리세의 연설을 들으려고 미케, 데니스와 함께 플라우지츠에 있었다. 크리세는 문화 센터 계단 위에 서서 휴대용 확성기에 대고 앙겔라 메르켈은 소방대에 지원할 돈도 없으면서 왜 수백만 명의 외국인들을 독일에 들여놓느냐며 분노를 쏟아냈다. 그의 연설에 청중들은 환호를 보내고, 고테와 그의 친구들은 맥주를 몇 병 해치우고 있었다. 그때 커플 한 쌍이 광장을 거닐고 있었는데, 남자는 오래전에 알던 사람이었다. 반대로 고급스러워 보이는 스커트와 알록달록한 상의를 입은 여자는 분명 포츠담이나 베를린에서 온 거 같았다.

"그 여자 이름은 카렌이고 코흘리츠 출신이에요."

"아니오."

"기사에 그렇게 났어요."

"기사에 나오면 맞는 거요?"

도라가 어깨를 으쓱해 보이자 그가 계속 말을 이어간다.

사실 그들은 그 커플과 무관한 사이였다. 근데 그 커플이 그들을 지나가면서 여자가 "빌어먹을 나치"라고 말했다. 엄청 큰 소리는 아니었지만 충분히 들릴 정도였다.

"나치인 당신들의 이상한 점은 나치라고 부르면 화를 낸다는 거죠." 도라가 말한다.

"난 나치가 아니오."

"이것 봐요!"

"난 약간 옛날 사람일 뿐이오."

도라는 맥주를 마시다 사레들린다.

"난 외국인에 대해 아무 감정도 없소." 그가 강하게 말한다. "그들이 있어야 할 곳에 있는 한. 나도 여기 이곳에 있잖소. 누구든 원래 살던 곳에 살아야 해."

"그 말은 나도 브라켄에 오면 안 된다는 뜻이군요."

"아마 그럴지도 모르지."

그가 트레일러 밑 상자에서 맥주를 두 병 가져와서는 뚜껑을 따서 도라에게 하나를 내민다. 그녀는 코르티손, 진통제와 함께 술을 마셔도 되는지 잠깐 생각해보지만 그런 얘기를 꺼내고 싶지가 않다.

"당신들 대도시 여자들은 의견이 다른 사람을 모두 나치라 부르는군."

"고테, 당신은 '호르스트 베셀의 노래'를 부르잖아요. 당신이 부르는 걸 들었다고요."

"그게 뭐요?"

"호르스트 베셀." 도라가 나지막이 멜로디를 휘파람으로 분다.

"아, 그거. 그냥 노래일 뿐이잖소."

"나치 노래예요. 심지어 금지곡이고요."

"우리가 여기 앉아 있는 것도 금지돼 있소."

그가 옳다. 그녀는 또다시 팬데믹을 잊고 있었다. 어쩌면 현재의 삶에 새롭게 적응한다는 건 현실성을 상실하는 것에 지나지 않을지 모른다.

"그러니까 당신도 대도시 여자잖소."

"그렇지 않아요. 베를린에서 나오고 싶었을 뿐이에요."

"대도시 여자들인 당신들의 이상한 점은 대도시 여자라고 부르면 화를 낸다는 거요." 고테가 말한다.

도라는 담배를 한 대 피우고 싶다. 그런 그녀의 생각을 읽었는지 고테가 담배를 내민다.

"우리도 공통점이 있는 모양이군." 그가 이렇게 말하더니 건배하려고 맥주병을 들어 올린다. "우린 다른 사람들이 생각하는 그런 인간이 아니오."

적절한 말을 찾는 데 힘들어하는 모습이 없다. 그의 입에서 말이 술술 나온다. 그는 맥주를 한 모금 더 마시고 플라우지츠 사건 얘기를 계속 이어간다.

데니스가 벌떡 일어나 달려든 것, 요나스라는 남자가 여자 친구 앞으로 나선 것, 그들이 서로 고함치며 상대방 가슴을 치기 시작한 것, 얘기가 끊임없이 쏟아져 나왔다.

"3대 1로." 도라가 말한다.

"난 그저 옆에 서 있었을 뿐이오."

"네, 아니, 알겠어요."

급기야 맥주병 하나가 땅바닥에 떨어져 산산조각이 났고, 여자는 비명을 질러대기 시작했다. 데니스는 진드기 같은 좌파 새끼라고 고함을 질러댔고, 요나스라는 남자는 돼지 같은 나치 새끼라고 맞고함을 질렀다. 그러다 불쑥 칼이 튀어나왔다.

"누구 칼이요?"

"그 남자."

"어떤 남자요? 요나스?"

"그렇소. 그가 칼을 지니고 있었소."

"당신, 나한테 거짓말하고 있어요."

"아, 그래?"

"신문 기사엔 당신 친구 미케가 칼을 빼 든 걸로 나와 있었어요."

"그럼 나 말고 언론과 얘기하시오."

한동안 그들은 완강하게 입을 다물고 있다. 그러다 고테가 다시 말을 이어가기 시작한다.

"법정에서 사람들은 자기 칼이 아니라는 그 요나스라는 남자 말을 믿었소. 아, 맙소사, 근데 그 칼 일부는 네스무크*에서 만든 거였소. 손잡이는 올리브나무로 만든 거고. 그런 걸 미케는 갖고 있지 않았소."

"당신, 칼에 대해 잘 알고 있네요."

"누구나 뭐든 하나는 잘 알지." 고테는 맥주를 한 모금 마시고 말을 계속 이어간다. "미케는 남자가 칼을 펴기 전에 잽싸게 낚아챘소."

"그러곤 좌파 진드기를 찔렀군요."

"정당방위였소."

"진짜 그리 생각하는 거 아니죠."

"여자는 우리를 향해 페퍼 스프레이도 마구 뿌려댔지. 그리고 얼마 지나지 않아 경찰이 출동했소."

도라는 하마터면 웃을 뻔했다. 이야기가 빌어먹을 너무 비극적이면서도 또 너무 웃겼기 때문이다. 이게 독일연방공화국의 현실이다. 9월 어느 화창한 날, 시민들이 광장 한가운데서 칼과 페퍼 스프레이를 들고 서로를 향해 달려든다. 그리고 얼마 지나지 않

---

*   칼 제조 회사.

아 경찰이 출동한다.

"그 칼은 요나스라는 남자의 갈비뼈 사이를 관통했어요."

"그것도 신문 기사에 나와 있었던 모양이군."

"그 남자는 죽을 수도 있었어요."

"사실 난 아무 짓도 안 했소."

그가 나쁜 사람으로 비쳐지는 게 싫어서 거짓말을 하는 건 아닌지, 혹은 정말로 부당한 판결을 받았다고 믿고 있는 건 아닌지 도라는 깊이 생각해본다. 가치관을 깨지 않는 범위 내에서 얼마나 많은 다양한 현실이 공존할 수 있을까?

"예전의 우리는 여기서 완전 다른 일들을 했소. 그땐 아무도 관심을 갖지 않았지. 좌파들은 주말마다 박수를 쳐대고."

"그럼 외국인은요?"

"거의 없었소."

"말하지 않는 게 좋겠어요."

고테가 히죽 웃는다. "그럼 다음에 하지."

"달리 표현할 말이 없군요." 도라가 말한다. "당신이 얼마나 형편없는지."

그녀는 그들 사이에 놓인 통나무 위 담뱃갑에서 담배 한 개비를 새로 꺼낸다. 고테는 부지깽이로 불을 쑤셔 장작을 더 넣는다. 그는 평소와 완전히 다른 움직임을 보인다. 훨씬 더 확신에 차 있고 자유롭다.

"웃기는군, 안 그렇소?"

"뭐가요?" 도라가 묻는다.

"우리 말이오." 고테가 말한다.

"아빠, 이거 봐요!" 프란치가 외친다.

그가 잠시 도라의 어깨에 손을 얹는가 싶더니 이내 딸아이 쪽으로 걸어간다. 그러고는 프란치가 가리키는 걸 보며 웃음을 터뜨리더니 높이 들어 올린다.

"도라" 하고 그가 부른다. "프란치가 뼈다귀를 조각했소. 요헨을 위해!"

39장

푸딩

그날 이후, 도라는 단조롭고 판에 박힌 일상을 개선하는 데 집중한다. 마술의 속임수는 일상에 대한 일상의 부재를 설명하는 데 있다. 집 밖에는 팬데믹이 기세를 떨치고, 집 안에는 실업자가 어슬렁거리고, 옆집엔 교아종을 앓는 나치 이웃이 트레일러에 처박혀 있다. 아무 문제 없다. 소소한 그릴 파티 이후 '일요일' '월요일' '화요일'이 차례로 찾아든다. 직접 만든 스티커가 요일별로 붙어 있는 고테의 작은 알약 상자 칸 순서대로, 주중 요일이 하루하루 무사히 지나간다. 매일 아침 7시 정각엔 알람시계도 울린다. 아마 그 시각에 똑같은 소리가 독일연방공화국에 사는 수많은 다른 여자들 집에서도 날 거다. 도라는 침대에서 일어나 제일 먼저 정원으로 나가 담장 옆 의자 위에 올라간다. 담장 너머 캠핑 탁자에 고테가 커피를 마시고 담배를 피우며 앉아 있는데, 마치 그녀를 기다리고 있는 듯하다. 예전에는 스스로 일어나본 적 없을 거 같은 그 시각에 말이다. 도라가 휘파람을 불면 그가 쳐다보며 담장으로 다가와 과일 상자 위에 올라온다. 그러고는 그녀가 내미는 알약을 받아 아무 말 없이 그 자리에서 물도 없이 삼킨다. 그 사이 요헨데어로헨은 옥외계단으로 나와 아침 햇볕을 받으며 누워서 프란치가 깎아서 만들어준 나무 뼈다귀를 입에 물고 씹어댄다. 씹다 남은 잔해는 나중에 주방에 가서 토해낸다. 그래서 도라는 요헨을 내심 "뼈다귀 있는 요헨"이라고 부르기 시작한다.

도라는 커피를 끓이고 샤워를 하고 아침을 먹고 30분 정도 인터넷 뉴스를 읽는다. 평범한 사람들이 평소 아침에 늘 하는 일이므로. 며칠 전까지만 해도 국민경제, 기본권, 집단 정신 건강을 보호하기 위해 엄격한 집합금지와 영업금지를 풀어줄 것을 요구했던 몇몇 기자들이 국가의 적으로 여겨져 댓글 테러를 당했다. 근데 지금은 주 정부 총리들이 봉쇄령을 풀자고 서로 앞다투어 제안하는 사이, 국민들은 오순절과 여름휴가 계획을 급하게 짠다. 보아하니 언젠가 학교 폐쇄, 집합금지, 재택근무, 경제위기도 지나갈 거 같다. 또 휴가철이 시작되면 팬데믹도 수그러들 거다. 여전히 댓글창에서 봉쇄령 완화 지지자들에게 죽으라고 기원하던 사람들이 이제 발트해에서 엄청난 휴가 인파와 맞닥뜨리고 싶어한다. 이와 동시에 정치가들은 일상의 포기로 국민들을 위협하거나 혹은 '일상으로의 복귀' '새로운 일상 시작' '빠른 일상 복귀'

'다시는 예전의 일상으로 돌아가지 못한다' 같은 설문조사 질문 항목의 해석에 따라 지지율 재탈환에 환호할 것이다.

인터넷 뉴스의 가장 흥미로운 점은 도라가 읽을 만하다는 거다. 살짝 간질거리지만 참을 만하다. 그녀는 분명 더는 황당무계한 일에 화낼 처지가 아닌 모양이다. 이제 그런 건 다른 사람들이 해도 될 테니. 동참하라는 지시도 명령도 없고, 또 반항할 것도 없으니까. 도라는 격앙된 사태를 지켜보다 다시 시선을 돌린다.

의무처럼 뉴스를 보고 난 데 이어 텃밭 일을 시작한다. 주기적으로 물을 주고부터 텃밭이 녹색 오아시스로 변신하는 사이, 텃밭 바깥쪽 땅은 바짝 마르고 바닥은 심하게 갈라져 있다. 녹색 풀들이 전멸하면 제일 먼저 파란 하늘의 화창한 날씨도 끝장이 날 모양이다. 분수대가 있는 옆집 고테의 정원에는 여러 개의 스프링클러가 물을 내뿜고 있다. 오전이면 도라는 배경음악으로 흐르는 이 리드미컬한 쓰르륵 쏴아 하는 소리를 듣곤 한다.

도라는 휴식이 필요하면 의자에 올라가 고테가 일하는 모습을 바라본다. 그는 통나무 속에 숨어 있는 커다란 동물의 모습을 하나하나 조금씩 조심스럽게 드러내고 있다. 위쪽엔 이미 뾰족한 귀 두 개가 드러나 있고 이마의 일부도 보인다. 고테는 작업하다 말고 자꾸 뒤로 한 발 물러서서 통나무를 찬찬히 바라보곤 하는데, 그 모습이 마치 그다음에 무엇을 해야 할지 알려주길 기다리는 것만 같다. 그러다 어느 순간 전언을 들었는지 도구를 골라 다시 작업을 한다. 늑대 형상에 필요 없어 보이는 부분을 신중하게 모조리 깎아낸다.

낮 12시 30분, 도라는 집 안으로 들어가 점심을 만든다. 고테의 픽업트럭을 운전해 장을 보고 온 후 냉장고는 가득 채워져 있다. 반면 앞으로 두 달 정도 생활비로 쓸 수 있을 만큼 남아 있던 통장 잔액이 햇볕에 눈 녹듯이 점점 줄어들고 있다. 그래서 가끔 도라는 라디오 광고 일을 해보면 어떨까 생각해보지만 실제로 행동으로 옮기지도 않고, 아버지에게 전화하는 것도 미룬다. 도라가 기름이 끓어오르는 프라이팬에 날갈을 몇 개 깨뜨려 넣고 있는데, 프란치와 요헨이 집으로 달려온다. 그걸 보면 둘은 뛰어난 후각을 가지고 있거나, 아니면 밥 먹을 때를 귀신같이 아는 게 틀림없다. 뛰어오느라 얼굴이 벌겋게 상기된 프란치와 요헨은 온몸에 톱밥을 묻힌 채 차가운 타일 바닥에 앉아 도라가 점심으로 만든 달걀프라이 대부분을 급히 먹어치운다. 그 와중에 안에 든 야채는 하나하나 다 골라낸다. 식사를 마치자 둘은 또다시 담장 너머 재밌는 일이 기다리고 있는 곳으로 가버린다.

그래도 괜찮다. 중요한 건 모두 괜찮다는 거다. 기관실 작업자인 도라는 눈에 띄진 않지만 자신의 본분인 현실 세계가 최대한 잘 돌아가게 하는 중대한 책임을 떠안고 있다. 그리고 실제로 잘 돌아가고 있다. 프란치가 그 증거다. 그 아이는 완전히 달라진 모습이다. 며칠 전부터는 갓난아기가 쓰는 말도 사용하지 않는다.

프란치가 산더미 같은 음식을 급하게 먹어치우고 요헨과 다시 집 밖으로 뛰어나갈 때면 자기 딸인 것처럼 도라는 행복하다.

어느 날 밤 도라가 어머니 꿈을 꾼 건 아마 프란치 때문일 거다. 요리를 하는 동안 어머니는 새 지저귀는 소리를 들으려고 열린 주방 창가에 서 있다. 그때 도라는 프란치 나이의 어린 소녀 모습이다. 그녀는 문틀에 기대어 어머니가 이따금 빵 껍질이나 잘게 썬 사과 껍질을 창밖으로 던지는 걸 바라보고 있다. 지빠귀, 곤줄박이, 작은부리울새, 녹색방울새가 맛있는 모이를 받아먹으려고 나무 꼭대기에서 날개를 펄럭이며 내려온다. 그러자 거실에서 아버지가 음식물 쓰레기를 자꾸 정원에 내던지면 쥐도 몰려들 거라고 소리친다. 하지만 어머니는 웃을 때 머리가 터지지 않게 꽉 잡고 있어야 하는 것처럼 손바닥으로 뺨을 감싸며 웃기만 할 뿐이다. 도라는 자신이 그런 어머니를 얼마나 사랑하는지 느낀다. 원기 왕성하고 유쾌한 이 여인을.

"얘, 아가야?" 어머니가 부른다. "저녁 대신 푸딩을 만들 거야. 큰 냄비에."

기분 좋은 어머니가 '제대로 된' 요리를 하고 싶지 않을 때면, 가끔 저녁 대신 푸딩이 나온다. 악셀과 도라에게 이런 날은 언제나 축제 날이다. 초콜릿을 먹을 수 있을 만큼 잔뜩 먹을 수 있으니까. 이따금 익힌 체리나 바닐라 소스도 얹혀 있다. 도라는 꿈에서도 입에 침이 고이는 걸 느낀다. 어머니가 아직은 멀건 뜨거운 푸딩 한 숟가락을 떠먹여주려고 가까이 다가오자, 그녀는 문득 자신이 더는 어린아이가 아니라는 걸 깨닫는다. 둘은 같은 눈높이로 마주 보고 서 있다. 키도 같고 나이도 같다. 혹 도라가 어머니보다 나이가 더 많은 건 아닐까? 그게 가능할까? 자연법칙을 거스르는 죄일까?

어머니가 푸딩을 숟가락에 담아 호호 불고는 도라의 얼굴 앞으로 내민다. 그녀가 얌전하게 입을 열고 받아먹는다. 엄청 맛있다. 혀, 입천장, 온몸이 이 맛을 기억하고 있다.

"맛있어요." 그녀가 말한다.

"네 아이들을 부르렴." 어머니가 말한다. "식사 준비가 다 됐어."

도라는 흠칫한다. 프란치가 떠오른다. 하지만 프란치는 그녀의 딸이 아니다.

"난 아이가 없는 거 같아요." 그녀가 대답한다.

이번엔 어머니가 흠칫한다. "아, 그러지 말고 어서."

"진짜요." 도라가 말한다.

"아니, 왜 없어?"

도라는 생각에 잠긴 채 또다시 숟가락에 담긴 푸딩을 받아먹는다. 이어 한 숟가락 더. 어머니가 푸딩을 떠먹여주는 게 싫지는 않지만 사실 좀 너무 과하게 많이 준다.

"엄청 겁나요." 도라가 푸딩을 입에 한가득 넣고 말한다. "내 아이들만 홀로 세상에 남겨놓고 죽을까 봐. 엄마처럼."

어머니가 웃음을 터뜨린다. 손을 관자놀이에 대고 너무 격렬하게 웃는 바람에 도라는 화들짝 놀란다. 이어 숟가락이 바닥에 떨어지고, 어머니가 허리를 숙이고 숨을 몰아쉰다.

"그럴 순……." 어머니는 헐떡이며 말을 잇지 못한다. "그럴 순 없어. 단지……."

그때 어치 한 마리가 날아와 창턱에 앉더니 경고하듯 날카로운 울음소리를 낸다. 일순간 어머니가 주방 바닥에 쓰러진다.

"단지 나 때문에……." 어머니가 내뱉는다. 그러고는 흩어져버린다.

땀에 흠뻑 젖어 잠에서 깨어난 도라는 티셔츠를 갈아입는다. 다행히 새벽 5시가 지난 시각이라 다시 잠들려고 애쓰지 않아도 된다. 그녀는 커피를 들고 옥외계단으로 나와 지평선 위로 해가 떠오르기를 기다린다. 잠재의식이란 녀석은 바보 멍청이다. 아이를 원치 않은 건 바로 로베르트였다. 물론 그녀도 아이를 거부하는 그에 맞서 적극적으로 싸운 건 아니었지만. 그리고 지금 그녀 곁에 남은 사람이라곤 아무도 없다. 사실 도라는 째깍거리는 생체시계에 신경 쓰는 여자들과는 다르다. 그래도 나이가 서른여섯 살이다. 오늘이라도 적당한 남자를 만나 부지런히 서두른다면 임신할 가능성이 있다. 문득 그녀는 발 뻗을 공간과 손에 박인 굳은살뿐 아니라 스스로 택한 시골 마을의 쓸쓸함이 어떤 의미인지를 분명히 깨닫는다. 그녀가 당분간 계속 상종해야 할 남자들은 고테, 하이니, 톰과 슈테펜이다. 그들과 다른 부류의 남자를 찾는다면 틴더에 가입해야 한다.

가끔은 저녁이 되면 고테가 담장 옆에서 그녀를 휘파람으로 부르며 그릴 하러 건너오라고 초대한다. 또 가끔은 담장 위에 그녀를 위해 준비한, 삶은 햇감자가 든 냄비가 놓여 있다. 도라도 잠자러 가기 전에 마지막으로 담장으로 가 휘파람을 분다. 그 소리에 고테도 담장으로 와 과일 상자 위에 올라온다. 그리고 두 사람은 말없이 함께 담배를 피운다.

40장

짹 짹

일주일 후 통장 잔고가 바닥났다.

토요일 아침 장 보러 나온 도라는 진열대에서 생필품만 집는
다. 카트엔 산더미 같은 스파게티 면 봉지와 차곡차곡 쌓여 있는
토마토소스 병조림 외에 우유, 빵, 그리고 맥주 두 상자가 들어 있
다. 카트를 끌고 계산대로 와서 창살 모양 진열대에서 담배 다섯
갑을 꺼낸 그녀는 돈이 모자란다는 사실을 알고 식은땀이 나기
시작한다. 외출할 때 쓰고 나온 마스크 때문에 숨을 쉬기도 힘들
고, 지갑에서 EC카드를 꺼내려고 고개를 숙일 때는 마스크가 눈
도 가린다. 그 바람에 동전 칸에 들어 있던 내용물이 바닥에 주르
륵 떨어진다. 다행히 뒤에 서 있는 사람들이 그녀가 소지품을 주
워 담는 걸 참을성 있게 기다려준다. 자기 자신을 감당할 수 없는
사람을 너그럽게 봐주는 전형적인 브란덴부르크 지역의 스토아

주의적 태도로 말이다. 도라는 EC카드를 지갑의 카드 수납 칸에 꽂아 넣으면서 잠시 숨을 멈춘다. 자기 자신이 속임수를 쓰는 사기꾼 같은 느낌이 든다. 카드 결제가 안 된다고 거부당하면 "왜 그래요?" "이해가 안 되네"라고 외칠 거다. 그사이 다른 사람들은 무표정하게 허공을 쳐다보고 있겠지. 순간 도라는 얼굴을 가리고 있어 다행이라는 생각이 든다. 파란 작은 심장이 찍힌 하얀 포커페이스*는 이베이에서 주문한 거다. 결제 성공. 마침내 안도의 숨을 내쉰다. 그녀는 장 본 물건으로 반쯤 찬 자동차를 몰고 황급히 쇼핑센터를 벗어난다.

집에 도착한 도라는 온라인 뱅킹에 접속한다. 통장에 마이너스 4.34유로가 찍혀 있다. 페이지를 새로고침 해보지만 여전히 마이너스 4.34유로가 찍혀 나온다. 4.34유로, 숫자가 아니라 선고 같다. 이제 도라는 신용카드 결제 대금 연기 신청도 해야 하고 일자리센터에도 가야 하고 아버지에게 전화도 해야 한다. 언젠가가 아닌 지금 당장.

이웃집 정원에서 즐거운 목소리가 들려온다. 도라는 담장으로 가서 의자 위에 올라간다. 축구 경기가 한창이다. 고테 대 프란치와 요헨. 어린 소녀와 강아지 팀의 전술은 달리는 걸 막으려고 고테 다리를 꽉 껴안거나 그의 장화를 물고 늘어지는 거다. 둘이 한

---

* 마스크를 뜻한다.

꺼번에 맥주 상자 두 개로 표시한 골문 방향으로 밀고 들어가지만 공은 중요하지 않은 듯 신경 쓰지 않는다. 이어 프란치의 웃음소리가 크게 울려 퍼진다.

문득 도라는 부모와 자녀 사이에 존재하는 게 뭔지 깨닫는다. 거기에 존재하는 사랑은 한없이 깊고 무한해서 이성적인 이해력을 뛰어넘는다. 그 사랑의 이면에는 서로를 잃을지 모른다는 불안감이 도사리고 있다. 이 불안감 역시 무한하고 한없이 깊어서 인간이 견딜 수 있는 한계를 넘어선다. 지나친 과장, 자연 재앙. 어쩌면 자신의 목숨을 걸고 새끼들을 지켜야 하는 동물에게 걸맞을지 모른다. 하지만 인간에겐 아니다. 동물은 미래에 대해 아무것도 모른다. 동물은 여기저기 돌아다니며 그다음에 무슨 일이 일어날지 끊임없이 궁금해하지 않는다. 또 새끼들을 위협할 수 있는 여러 다양한 재앙을 생각하지 않고 그들을 돌보고 보호할 수 있다. 그러나 진화를 통해 의식과 시간감각을 가지고 만물의 무상함에 대한 깨달음을 얻은 생명체는 이러한 무한한 감정이 없다. 역겹다. 인간이 점점 신경질적으로 변해가는 게 놀라운 일도 아니다.

도라는 프란치와 고테의 시선을 더는 견딜 수 없어 의자에서 뛰어내린다.

프란치는 네 아이도 아니고 더군다나 고테는 네 남편도 아니잖아, 라고 그녀는 자기 자신에게 말한다. 넌 여기서 그저 물품 구입을 맡고 있을 뿐이야.

그녀는 어쩔 수 없이 아버지의 전화번호를 누른다. 바로 전화를 받는 그는 기분이 좋은 것 같다. 토요일 늦은 점심시간인데도 분명 가운 차림으로 주방 식탁에 앉아 〈FAZ〉* 주말판을 읽고 있을 것이다. 성공한 삶의 이상적인 이미지를 구체적으로 구현해내면서. 단, 긴급 전화가 오지 않는다는 전제하에. 아마 그는 잠도 몇 시간 잤을 거다.

"얘야, 무슨 일 있냐?"

"좋아요. 엄청 좋아요."

도라는 자신의 대답이 질문에 맞지 않는다는 걸 뒤늦게 알아차린다. 그녀는 아버지가 앉아 있는 집을 눈앞에 그려본다. 예전에 주방이던 곳이 지금은 손님방으로 사용되고 있고, 식당, 거실, 개방형 구조의 주방 겸 거실로 이어진 복도 일부는 아일랜드 식탁과 연결되어 있다. 집 안 가구들은 예전처럼 알록달록하게 뒤섞여 있지 않고 잘 어우러져 있다. 검은 가죽과 은빛 갈대는 아버지가 애착을 갖는 거지만, 벽에 걸린 알록달록한 직물들은 불교에 대한 지빌레의 취향의 세계를 드러내고 있다.

"부탁이 있어요."

"돈이 필요하냐?"

---

* 〈프랑크푸르트 알게마이네 차이퉁〉. 독일에서 가장 영향력 있는 일간지.

가끔 도라는 의대생들은 수업 시간에 다른 사람의 생각을 읽는 법을 배우는 건 아닌지 스스로에게 묻곤 한다. 그건 어쩌면 뇌 전문가의 숨은 능력일지 모른다.

"괜찮다, 애야." 그녀의 침묵도 올바르게 해석했다. "어쨌든 이제 넌 집도 있고 단기 일자리도 있잖니."

"해고당했어요."

아버지가 도라 귀에 들릴 정도로 침을 꿀꺽 삼키고는 헛기침을 한다.

"그러니까, 내가 못 하는 게…… 그런 뜻이 아니라……."

이제야 도라가 알던 아버지 같다. 그는 앞으로 10년간 그녀를 부양해야 할까 봐 두려워한다. 관대한 제스처는 그의 자아상의 일부다. 근데 그 대가가 너무 비싸도 안 된다.

"내가 널 도와주고 싶지 않다는 게 아니다. 내 생각에 그저……."

"됐어요, 요요." 도라가 재빨리 말한다.

"한꺼번에 보내는 게 더 좋겠다는 생각을 했어."

"저도요."

"좀 보내주마."

"고마워요, 요요."

"별말을 다 하는구나."

도라는 얼마를 보내줄 건지 묻지 않는다. 그는 인색하진 않겠지만 그렇다고 특별히 통이 크지도 않다. 아버지가 보내준 돈으로 한동안 그럭저럭 지낼 수 있을 것이다. 아마 이번 달 말까지는.

왠지 모르게 대화가 어색해졌다. 아버지도 그리 생각한 듯 화제를 돌린다.

"근데, 네 형씨는 어떻게 지내냐?"

"축구를 해요."

"과대평가하면 안 된다." 아버지가 말한다.

그때 막 도라는 담장 너머에서 나는 유쾌한 목소리가 아버지 귀에도 들리게 전화기를 높이 쳐들까 생각하고 있던 중이었다. 근데 지금 그녀는 별안간 화가 치밀어 오른다. 마치 그녀의 신경계에 분노 스위치라도 있는 것처럼 말이다. 어린 시절 에피소드 하나가 떠오른다. 오래전부터 갖고 싶었던 플레이모빌 마차를 부활절 날 정원에서 발견했을 때 도라 나이는 예닐곱 살이었다. 뛸 듯이 기뻐하며 장난감을 들고 집 안으로 들어와 아버지에게 보여주었다.

"이상하구나." 아버지가 말했다. "이 마차와 똑같은 게 쾨니히 장난감 가게에 있던데."

도라는 부활절 토끼가 거기서 사서 가져다 놨을 거라고 대답했다.

"토끼가?" 아버지가 외친다. "쾨니히 장난감 가게에서? 토끼가 제 발로 진열대에서 마차를 꺼냈다고? 토끼 털 안에 돈이 든 주머니가 있다고?"

도라는 지금도 당시 아버지 말 때문에 받은 고통이 느껴진다. 심지어 눈물이 어린 자신을 보고 아버지가 웃어댄 것도 기억난다.

"그럴 수 있어요." 도라가 당돌하게 말한다.

"뭐가?" 아버지가 묻는다.

부활절 토끼가 쾨니히 장난감 가게에 플레이모빌 마차를 사러 가는 거요, 라고 도라는 마음속으로 생각한다.

"프로크슈가 좋아질 거라는 거요." 그녀가 큰 소리로 말한다.

"일시적일 뿐이야."

"암은 인공 물질일지 몰라요."

인공 물질은 MRI에 의미 없는 밝은 반점으로 나타날 수 있다. 기술적으로 나타나는 착시현상이다. 인공 물질을 교아종으로 생각했는지 아버지에게 묻는 건 마치 수의사가 고양이와 개를 구분할 수 있는지 그의 능력을 의심하는 것과 같다.

"도라……." 아버지가 망설이듯 입을 연다.

"고테는 친절해요. 웃기도 해요. 아세요? 완전 다른 사람이 됐어요. 나무도 다시 조각하기 시작했어요. 조각을 얼마나 멋지게 잘하는지 보셔야 하는데."

"도라." 아버지가 반복해서 부른다.

그녀는 아버지가 담배에 불을 붙이는 소리를 듣는다. 아버지의 새 부인은 그가 집 안에서 담배 피우는 걸 싫어한다. 그래서 도라가 눈치채지 못하는 사이 어느새 정원으로 나가 있을지 모른다. 그러고는 수풀 너머에 서 있는 마차를 바라보고 있을지도. 수풀이 아직도 거기 있다면 말이다.

"가끔 우린 함께 그림을 해요. 그의 어린 딸아이는 행복해요. 더없이 행복해요. 정말이에요."

마치 프란치의 행복이 증거라도 되는 듯이, 아버지가 말하기 전에 재빨리 그렇게 얘기하는 게 중요하다는 듯이, 아버지가 그다음에 무슨 말을 할지 마치 몰랐다는 듯이 도라는 주절주절 늘어놓는다.

도라는 또 다른 에피소드도 기억하고 있다. 부활절 토끼를 믿을 나이를 지나 성장한 그녀는 핍스라는 이름의 잉꼬 새를 선물받은 적이 있다. 그 작은 새는 너무 말을 잘 들어서 검지손가락 위에 앉기도 하고 아이방에 놓인 침대의 금속 다리에 비친 자신의 모습에 감탄하며 방바닥을 돌아다니기도 했다. 근데 언제부턴가 핍스는 모이도 먹지 않고 새장 밖으로 나오는 것도 싫어했다. 아버지는 핍스가 아픈 거라고 했지만, 그녀는 그 사실을 믿고 싶지 않았다. 그래서 핍스는 피곤할 뿐이라고, 그게 아니면 그녀가 핍스와 놀아줄 시간이 별로 없어서 그런 거라고 강하게 맞섰다. 그런데도 아버지는 줄곧 핍스가 곧 죽을 거라고 얘기했다. 하지만 그녀는 늘 새로운 해명거리를 찾았다. 그러고는 얼마 후, 잉꼬 새가 새장 바닥에 쓰러져 있었다. 도라는 그게 다 아버지의 잘못이라고 확신했다. 그래서 그를 미워했다.

이제 그가 담배 한 모금을 깊이 빨아들였다가 연기를 내뿜는 소리가 들린다. 말하지 마, 빌어먹을 주둥이를 그냥 다물고 있어, 라고 도라는 생각한다.

"교아종 주위에 뇌 물질을 압박하는 부종이 자주 생긴다." 아버지가 말한다. "코르티손을 사용해 부기가 가라앉으면 환자가 제일 먼저 안심을 하지."

아버지의 말이 수류탄처럼 도라 주변 바닥으로 떨어진다. 특히 '제일 먼저'란 단어는 수소폭탄 같다. 그녀는 그저 도망치고 싶다.

"하지만 다른 경우도 있잖아요……." 그녀는 목에 뭐가 걸린 듯 기침을 한다. "아버지 환자 중에 암 덩어리가 자라지 않은 환자를 기억해요. 그는 암 덩어리를 안고 수십 년을 살았잖아요. 종종 샤워 중에도, 보도를 걷다가도 의식을 잃었던 적이 있다고 얘기해준 걸 지금도 기억하고 있어요. 모두가 이제 끝이라고 생각했지만 그는 계속 그렇게 살았잖아요."

"그런 경우도 있긴 하지." 아버지가 인정한다. "하지만 그런 경우는 드물어. 극히 드물단다, 알겠니."

도라는 목구멍에 걸린 것이 커지는 듯한 느낌이다. 금방이라도 그녀를 질식시켜 죽일 거 같은 그것은 암 덩어리일지 모른다. 아마 이 암 덩어리는 햇감자처럼 사방 어디에서나 걷잡을 수 없이 자라나 커질 것이다. 도라는 울부짖고 싶은 심정이다. 그녀는 '제일 먼저' '극히 드물다'라는 단어에 대고 소리치고 싶다. 이런 일이 일어나는 세상은 고약하고 엉망진창이고 불완전하다. 인간과 동물은 한순간에 병들고 죽을 것이다. 그래서 뭐 어쩌라고? 가정 기기에 이런 일이 일어난다면 사람들은 당장 싹 다 생산자에게 되돌려 보낼 것이다. 총체적인 설계 결함, 14일 이내에 교환하기 바랍니다.

"너무 많은 책임을 떠안지 않도록 주의해야 한다." 아버지가 말한다. "프로크슈 씨는 네 이웃이야. 그를 돕는 건 좋아. 그런 그를 대부분의 사람들은 외면할 테지. 하지만 그와 널 동일시해선 안 돼. 결국 이 모든 건 너와 아무 상관도 없어."

빌어먹을 옳은 소리긴 하지만 어리석기 짝이 없는 헛소리다. 모든 게 그녀와 상관이 있는데, 어떻게 상관하지 않을 수 있단 말인가? 결국 모든 인간은 한 명 한 명이 세상으로 통하는 창이다. 그녀는 간신히 "알겠어요, 요요. 생각해볼게요"라고 대답한다. 그러고는 스마트폰에 저장된 대화 내용을 지운다.

41장

포효

늦대 암컷이 자란다. 머리부터 발끝까지 자란다. 귀 두 개에 이어 이마, 뒤통수가 잇따라 보이더니 마지막으로 미소를 머금은 살짝 열린 주둥이가 있는 얼굴이 드러난다. 조각상을 깎는 고테를 바라보고 있는 건 즐겁다. 그의 몸놀림은 노련하고 집요하고 집중돼 있다. 그가 늦대 암컷의 머리를 쓰다듬는 모습이 마치 살아 있는 생명체를 만지는 듯하다.

수요일에 세 사람은 또다시 그릴 파티를 연다. 도라는 더는 먹을 수 없을 때까지 고기를 실컷 먹어댄다. 마침내 탄식하듯 한숨을 내쉬며 의자에 털썩 주저앉자 평온하고 배부른 느낌이 몰려온다. 나흘 전에 나눴던 아버지와의 대화는 바야흐로 역사적 에피소드가 될 것이다. 지금 요헨은 뼈다귀를 씹고 고테는 담배를 피우고 프란치는 알록달록한 카드 뭉치를 가져와 도라에게 놀이 규칙을 설명하고 있다. 재밌는 놀이다. 고테는 맥주 두 병과 레몬수 한 병을 따서 내밀고는 고수처럼 참견을 해댄다. 손에 마지막 카드 한 장이 남으면 셋은 목이 터지도록 '우노(Uno)!'를 외친다. 또 상대방이 카드 넉 장을 가져가면 남의 불행을 기뻐하며 웃어 댄다. 하지만 이런 불행이 자신에게 닥치면 진심으로 화를 낸다. 주먹을 불끈 쥔 고테가 탁자를 내리치고 프란치의 팔을 살짝 꼬집고는 새 레몬수와 신선한 맥주를 가져온다.

실컷 놀고 나자 거의 자정이 다 돼간다. 장작불은 사그라들고, 하이니 집 앞 가로등은 주황색 물빛을 뿜어내고 있다. 작별 인사로 프란치의 머리를 쓰다듬고 고테에게 손을 내미는 도라는 모기에 물린 다리가 슬슬 간지러워지는 걸 느낀다. 카드놀이에 빠져 모기를 쫓아내지 않아 그만 물려버린 거다.

도라는 잠이 오지 않는다. 모기에 물린 자국이 가려워 자꾸 긁는 바람에 화산처럼 시뻘게지고, 머릿속 생각은 끝없이 돌고 돈다. 게다가 후텁지근하다. 침대에서 일어나 담배를 피우려고 집 밖으로 나가려는데 요헨데어로헨이 문밖으로 따라 나온다.

처음엔 소리보단 예감에 가까웠다. 도라는 어떤 소리를 들은 거 같기도 하고, 아닌 거 같기도 하다. 멀리서 울부짖는 소리를 들은 듯했으나 이어 정적이 흐르자, 잘못 들었다고 생각한다. 그러나 그 뒤에 또다시 울부짖는 소리가 들리는데 아주 크게 들린다. 확실히 잘못 들은 게 아니다. 그녀는 황급히 옥외계단을 뛰어 내려가 안마당을 지나 거리로 뛰쳐나간다. 그러고는 도롯가를 따라 한밤중의 마을을 돌아다닌다. 요헨이 뒤에 바짝 붙어서 따라간다.

멀리서 그의 모습이 보인다. 그는 톰과 슈테펜 집 앞 가로등 아래 서 있다. 오른팔을 쭉 뻗은, 거대한 몸집의 시커먼 형체가 마치 역광에 비친 종이 세공품 같다. 엉망진창인 자유의 여신상이 횃불 대신 꽉 쥔 주먹을 흔들다가 평평하게 쭉 뻗는다.

"에이이이!" 그가 포효한다. "에이이이!"

대문이 열릴 때 도라는 벌써 남자 옆에 와 있다. 톰이 맨발에 웃통을 벗은 채로 밖으로 나온다. 검은 조깅 바지만 걸친 모습이 마치 유도선수 같다. 그의 모든 게 단단해 보이는 게 다부진 몸에 힘이 엄청 숨겨져 있는 것 같다. 톰이 팔짱을 끼고 고테의 얼굴을 말없이 쳐다본다.

"또 시작이에요?" 톰이 묻는다.

"네 카나케를 쫓아 보내, 이 게이 놈아!" 고테가 외친다. "모두 두들겨 패줄 거야!"

톰은 도라가 고테의 쭉 뻗은 팔을 아래로 끌어 내리려 애쓰는 모습을 냉담하게 쳐다본다. 그 정도로 애를 쓰면 그녀는 떡갈나무의 가장 두꺼운 나뭇가지도 부러뜨릴 수 있을 거 같았다. 그 와중에 요헨이 고테에게 인사하려다 무시당하자 실망하고 그만둔다.

"이 빌어먹을 게이 놈아! 이 빌어먹을 카나케 놈아!"

"이 고주망태 싸움견을 집까지 데려다줘요." 톰이 도라에게 말한다.

도라는 인종차별적인 표현을 쏟아내는 데 인간의 뇌에 알코올이나 암 덩어리가 필요한지 잠시 생각해본다. 슬프게도 그녀는 이미 답을 알고 있다. 건강한 머리로도 가능한 일이다. 그 순간 고테가 그녀를 뿌리치듯 옆으로 던져버린다.

"주둥이를 날려버릴 테다!" 그가 고함친다.

"조용히 하지 않으면 경찰을 부르겠어요." 톰이 맞받아친다.

"말도 안 돼요." 도라가 말한다. "경찰은 필요 없어요."

"아니, 필요할 거 같은데."

"이 개 같은 놈들아!" 고테가 외친다.

"고테" 하고 도라가 부른다. "날 봐요!"

고테는 그녀를 전혀 알아보지 못하는 거 같다. 그는 마치 평행 세계에 있는 듯하다. 이번엔 술 냄새가 심하게 난다. 이런 상태로 경찰과 마주하면 그를 체포하려 할 거고 집행유예도 철회하고 교도소에 처넣을 거다. 아버지 말이 옳다면 그는 살아서 그곳을 빠져나오지 못한다. 그럼 지난밤의 즐거운 우노 게임은 프란치가 아빠와 함께한 마지막이 될 거다. 어떤 경우에도 그런 일이 생기게 해선 안 된다.

"왜 그래요, 고테." 도라가 부드럽게 달랜다. "집에 가요."

순간 그가 그녀를 알아본다. 잘 안 보이는 것처럼 실눈을 살짝 뜨고 쳐다본다. 그러고는 고개를 흔들고 살짝 비켜서더니 비틀거리며 도롯가 널찍한 떼잔디 위로 걸어가 돌아다닌다. 뭔가 찾고 있는 듯 바닥에 시선을 떨구고서.

"저기서 뭘 하는 거예요?" 톰이 묻는다.

도라는 고테가 뭘 하는지 알아챈다. 그는 나무 몽둥이나 돌덩이를 찾고 있는 것이다.

"집으로 들어가 문을 잠가요." 그녀가 톰에게 말한다. "시간을 좀 줘요. 아무것도 부수지 못하게 할게요."

톰이 코를 씩씩거린다. 그는 집 밖에서 누군가 난동을 부리는데 집 안에 숨어 있을 사람이 아니다.

"당신은 언제부터 고테의 부인이 된 거예요?"

"당신은 언제부터 자신의 일을 경찰과 의논했어요?"

고테가 허리를 굽혀 뭔가를 집어 든다.

"카나케 놈들, 이 개 같은 놈들아." 그가 중얼거린다.

톰이 조깅 바지 주머니에서 휴대폰을 꺼내 든다.

"안 돼요!"라고 도라가 외치며 톰에게 달려가 멈춰 선다. 요헨이 그 틈을 노려 문틈을 통해 집 안으로 들어가 사라진다. 도라가 손에 든 휴대폰을 뺏으려 하자, 그가 그녀를 거칠게 옆으로 밀어버린다. 그 바람에 그녀는 비틀거리지 않으려고 집 외벽을 붙잡는다. 그때 슈테펜이 안경을 벗고 헝클어진 머리로 문 쪽으로 오고 있다. 요헨을 발로 자기 앞으로 밀면서.

"무슨 일이야?"

"고테가 또 난동을 부리고 있어." 톰이 대답한다. "그리고 도라는 나치 호스티스 놀이를 하고 있고."

슈테펜이 마지막으로 한 번 더 밀어서 집 밖으로 밀쳐내자 요헨이 낑낑거린다.

또다시 도라는 화가 치밀어 오른다. 아버지와 통화할 때보다 더 불쾌하다. 모든 사람들과 빌어먹을 온 세상이 그녀에게 적대적이다. 아버지도, 톰과 슈테펜도, 로베르트도, 주자네도, 펜데믹과 교아종도. 고테, 이 바보 멍청이. 그녀는 더는 이런 불쾌한 일을 순순히 받아들이고 싶지 않다. 톰을 바닥에 내동댕이질 기회가 있다면 그녀는 그렇게 할 것이다. 하지만 너무 약한 나머지 소리만 질러댄다.

"그럼 경찰을 불러요." 그녀가 소리친다. "당신들이 노점을 차려 장사하는 것도 얘기하죠, 뭐. 세무조사에도 관심 있을 거예요."

사실 그녀는 그렇게 되길 원치 않는다. 괜히 문제를 만들고 싶지도 않고, 위협도 협박도 하고 싶지 않다. 하지만 끊임없이 일어나는 이 빌어먹을 온갖 일들에 대항할 수 있는 다른 방법이 없다.

"당신들은 거짓말을 했어!" 그녀가 악을 쓴다. "AfD를 뽑으면서 나치가 문 앞에 서 있으면 경찰을 부르는군!"

톰과 슈테펜이 깜짝 놀란 표정으로 그녀를 쳐다본다. 그녀는 두 사람에게 침 뱉을 생각도 한다. 그러면 재미있을 것 같다.

"이게 당최 뭔 일인지 모르겠군." 톰이 말한다. "당신이 무슨 상관이라고 참견인데?"

"고테는 아파요." 도라가 말한다. "머리가."

톰이 웃는다. "생각지도 못했군요!"

"그는 죽을 거예요."

"난 상관없어요!" 톰이 소리 높여 웃는다.

"잠깐만." 슈테펜이 톰에게 웃음을 멈추라고 신호를 보낸다. "뭔가 다른 문제인 거 같아."

그녀는 아무에게도 말할 수 없다. 특히 눈앞에 있는 이 멍청이들에겐 더더욱 말해선 안 된다. 고테가 원치 않을뿐더러 아버지도 다른 사람들에게 말하는 걸 금지시켰다. 근데 그보다 더 급한건 경찰이 오는 걸 막아야 한다.

"난 그가 남아 있는 시간을 집에서 보냈으면 해요. 프란치와 함께. 알겠어요?"

톰과 슈테펜이 의심의 눈초리로 서로 쳐다본다. 완전 당황한 표정이다.

"왜…… 저러는 거죠?" 슈테펜이 묻는다.

"당신들과 상관없는 일이에요." 도라가 말한다. "그저 인간답게 행동하려 해봐요."

고테가 갑자기 끙끙거리며 신음한다. 가로등 아래 서서 양손으로 머리를 누르고 있다. 요헨데어로헨이 달려가 그의 종아리에 코를 대고 끙끙거린다. 고테가 한쪽 무릎을 꿇고 주저앉는다. 그

때 또 그 일이 벌어진다. 시간이 멈추고 현실이 차갑게 얼어붙는다. 한밤중, 마을 거리, 가로등. 그리스의 사상가 동상 앞에서 코를 끙끙거리며 냄새를 맡는 요헨. 톰과 슈테펜도 뭔가 평소와 다르다는 걸 눈치챈 것 같다. 그들은 말없이 서서 그 광경을 바라본다. 고테가 한 손으로 이마를 짚고 한쪽 무릎을 꿇고 앉아 있다. 아무도 입을 열지 않는다. 이제 제작진 소개가 있을 거라고 도라는 생각한다. 조금 더 바라보며 꿈을 꾼 후 일어나 나가는 대신, 그녀는 다시 행동해야 한다. 그녀는 고테에게 다가가 어깨에 손을 살짝 얹는다. 그가 얼굴을 들고 흐린 눈으로 그녀를 찾는다.

"이제 가요." 도라가 말한다.

그가 비틀거리며 일어나 이끄는 대로 따라온다. 그의 팔이 그녀 어깨에 무겁게 얹혀 있다. 두 사람은 한 발 한 발 옮기며 천천히 걸어간다. 등 뒤에 톰과 슈테펜의 시선이 느껴지지만 그녀는 뒤돌아보지 않는다.

42장

플로이드*

다음 날 아침, 평소와 달리 고테가 캠핑 탁자에 앉아 도라가 약을 갖고 오길 기다리고 있지 않다. 트레일러는 사방으로 막아놓은 것 같고 정원은 쓸쓸해 보인다. 깎여 나간 통나무엔 완성된 늑대 머리가 툭 튀어나와 있다. 진짜 살아 있는 것만 같다. 그래서인지 도라는 늑대가 금방이라도 고개를 돌려 통나무 속에 갇힌 나머지 몸 부위를 빼냈으면 하는 마음이다. 시선을 돌려 다시 한번 주변을 둘러보던 도라는 그제야 프란치가 집 뒷문 앞에 앉아 있는 걸 알아차린다. 아이는 허공을 멍하니 바라보고 있다. 적어도 지금 이 순간 확실한 건 뭔가 심상치 않다는 거다.

---

*   2020년 5월 25일, 미국 미네소타주 미니애폴리스에서 체포 도중 경찰에 살해당한 아프리카계 미국인 조지 플로이드를 가리킨다.

도라는 프란치를 담장으로 불러, 건너와 아침을 먹으라고 한다. 아이가 대농장 관리인의 집 안으로 사라지자, 그녀는 고테 집 마당으로 가서 트레일러 문손잡이를 누른다. 열려 있다. 도라는 빼꼼히 문을 열고 고테가 어스름한 불빛 속에 양손을 머리 뒤로 깍지 끼고 나무 침대에 누워 있는 걸 본다. 평화로운 모습이다. 그녀가 깨울지 말지 고민하고 있는 바로 그때, 그가 스스로 눈을 뜨고 쳐다본다. 그는 뭔가 말하려고 애써보지만 한마디도 못 한다. 그러고는 미소를 짓는다. 고통스러운 미소, 그러나 엄청 다정하게.

미소를 보는 순간, 고테가 자신의 상태가 어떤지 알고 있지 않을까, 하는 의구심이 싹 사라진다. 도라는 가까이 다가가 나무 침대 끝에 걸터앉는다. 그러고는 아무 일도 아닌 일에 어깨를 들썩이며 흐느낀다. 들키지 않으려고 입술을 꼭 다물어보지만 흐느끼는 소리가 난다. 그때 고테의 손이 머리에 와 닿는 걸 느낀다. 그가 그녀 머리를 쓰다듬고는 마치 사레라도 들린 것처럼 등도 두드려준다. 그녀는 일어선다. 바지 주머니에 든 알약을 꺼내 들고 개수대에 놓인 유리잔에 물을 절반쯤 채운다. 이어 그의 머리를 들어 올려 알약을 삼키는 걸 도와준다. 그러고 나서 아버지에게 왓츠앱 메시지를 보낸다.

"복용량을 늘려도 돼요?"

그녀는 정리를 좀 하고 난 다음 작은 식탁 위에 놓인 구식 CD 플레이어를 튼다. 그 옆에 놓인 CD 케이스에 '울프 퍼레이드'*라는 밴드 이름이 찍혀 있다. 도라는 설거지를 하면서 창문을 통해 계단에 놓인 완성된 나무 늑대 조각상을 바라본다. 나무 늑대는 머리 부분을 제외한 나머지 몸 부분이 아직 통나무 속에 갇혀 있는 여자 친구인 암컷 늑대 조각상 쪽을 쳐다보고 있다.

넌 죽지 않기로 결정했어 / 괜찮아 / 싸우자 / 밤에게 분노하자.[**]

도라의 위는 마치 돌을 씹어 먹은 듯한 느낌이다. 그녀가 막 개수대 건조망에 마지막 접시를 세워놓고 있을 때, 스마트폰이 울린다. 아버지는 수술실에 들어가 있지 않을 땐 자신의 그림자보다 더 빨리 움직이는 사람이다.

"그래도 돼. 근데 별 소용 없을 거다."

그녀는 전화기를 바닥에 내동댕이친 다음 벌레를 발로 밟아 죽이듯 밟아 깨뜨리고 싶다. 고테의 입가에 여전히 불가사의한 미소가 번져 있다. 도라는 그에게 다가가 이마에 손을 얹는다.

"누워 있어요." 그녀가 말한다. "좀 더 쉬어요."

그녀는 손으로 그의 눈을 감겨주고 싶은 충동을 억누른다.

아침 식사 후, 도라는 프란치와 함께 숲으로 산책을 나간다. 자기 생각에 빠져 있는 도라 곁에서 아이가 말없이 걷고 있다. 다행이다.

---

[*] 2003년 결성된 캐나다의 인디 록밴드.
[**] '라자루스 온라인(Lazarus Online)'이라는 노래의 일부 가사.

그녀는 삶이 계속된다는 걸 잘 알고 있는 어치나 다른 새들이 나타나길 기다려보지만 그 어떤 새도 모습을 보이지 않는다. 게다가 날씨도 너무 후텁지근하다. 아침부터 기온이 올라가는 게, 정오쯤엔 30도에 육박할 기세다. 이제 봄도 싫증이 나서 여름에게 들판을 넘겨주려고 한다.

교차로에 다다르자 도라의 티셔츠가 등에 찰싹 달라붙어 있다. 기진맥진해진 도라는 벤치에 털썩 주저앉는다. 프란치를 처음 만난 곳이 여기였다. 처음엔 소관목 덤불 속에서 바스락거리는 소리와 킥킥거리며 웃는 소리에 지나지 않던 그 아이가 지금은 요헨데어로헨의 광팬으로, 성가신 존재가 돼버렸다. 그녀는 프란치와 만난 게 몇 년 전에 일어난 일처럼 여겨진다. 브라켄 마을에 이사 온 직후엔 로베르트와 관계가 깨진 게 가장 큰 문제라고 생각했다.

프란치가 옆 벤치에 앉아 양손으로 벤치 바닥을 쓰다듬는다. 도라는 아이의 옆모습을 바라본다. 삶은 분명 계속될 것이다. 지금도 어딘가에 프란치와 미래를 함께할 사람들이 돌아다니고 있을 거다. 한 소년이 코로나 방역 완화를 반기며 베를린의 축구장에서 축구공을 갖고 놀고 있을 것이다. 미래의 어느 날 브라켄 출신의 엄청 긴 금발 머리 아가씨와 결혼하게 될 걸 꿈에도 모른 채. 또 어딘가에서 곧 프란치의 절친이 될 소녀가 색연필로 그림을 그리고 있을 것이다. 그리고 어쩌면 30년 후에 자동차 사고를 당해 양팔이 부러지게 될 청년이 마스크와 헤드폰을 쓰고 지하철에 앉아 있을지 모른다. 모든 것이 이미 존재하며 세상에 새겨져 있고 준비하면서 적당한 때를 기다리고 있다. 이 모든 건 저절로 이루어진다. 인간이 돌릴 바퀴도, 잡아당길 레버도 없다. 그저 가만히 있을 뿐이다. 이 같은 생각에 도라는 긴장이 살짝 풀리는 걸 느낀다.

프란치가 숨을 들이쉬며 무슨 말을 하려 하자 도라는 끔찍한 갓난아기 목소리로 말할 것을 상상하니 또다시 긴장된다. 하지만 아이의 목소리는 정상이다.

"이거 아빠가 만들었어요." 아이가 말한다.

도라도 그 생각을 했으면 좋았을 텐데. 당연히 이 벤치는 고테의 작품이지. 이웃집 여자는 의자가 없고 숲엔 벤치가 없다. 그러니 빨리 가져다 놔야지. 그를 알게 되기 전 여기 처음 앉았을 때도 도라는 이미 그의 존재를 느끼고 있었다.

"저거 봐요."

프란치가 옆으로 몸을 기울이며 도라의 무릎에 거의 눕다시피 한다. 앉는 부분을 못으로 박아 붙인 통나무 안쪽을 아이가 가리킨다. 도라가 허리를 숙인다. 거기에 상표, 서명처럼 보이는 삼각형 두 개를 이은 선 하나가 새겨져 있다.

"돛단배니?" 그녀가 묻는다.

프란치가 가엾은 어린아이의 눈빛으로 그녀를 쳐다보는데, 마치 '이렇게 멍청할 수 있는 건 정말이지 어른들뿐이야'라고 말하는 듯하다.

"아줌마, 이건 귀예요."

그제야 도라도 단순화한 늑대 귀를 알아본다. 어떤 일이 일어날지 한껏 기대하며 쫑긋 세우고 있는 모양이다. 왠지 이곳에서는 귀를 쫑긋 세우고 미래를 똑바로 직시해야 할 것 같다.

"그때만 해도 우린 브라켄에 살았어요. 엄마, 아빠, 그리고 나. 모두 함께요."

도라는 뒤따르는 말이 있으리라고 느낀다. 프란치는 생각에 깊이 잠겨 있다. 아주 특별한 말. 세상의 모든 문제에 대한 해답. 그래서 아이는 말없이 여기까지 따라온 거다.

"결혼해도 돼요."

"누구와?"

"우리 아빠요."

그 말이구나. 프란치가 생각해낸 건 그거였다. 도라는 헛기침을 한다.

"안 될 거 같은데."

"우리 아빠 좋아하지 않아요?"

놀랍게도 대답하기가 힘들다. 도라가 브라켄에 살면서부터 많은 문제가 일어난다. 하지만 누군가를 좋아하는 건 가장 작은 문제다. '좋아한다'는 건 도시 사람들이나 열중할 일이지 않나 싶다.

결국 그녀는 "좋아하지"라고 대답한다. "어떤 점에서 보면 좋아해."

"그걸로 된 거 아니에요?" 프란치가 목소리를 높인다. "그거면 충분하지 않아요?"

도라가 앞으로 벌어질 일이 다가오고 있다고 생각한 순간, 이미 눈앞에 펼쳐져 있다. 폭풍우처럼 엄청 빠르게 와 있다. 방금 전까지 파란 하늘에 햇살이 비쳤는데 갑자기 검은 구름이 잔뜩 끼고 폭풍이 몰려온다. 프란치가 벤치에서 뛰어내려 도라 앞에 우뚝 선다.

"그냥 해요!" 아이가 외친다. "그럼 우린 진짜 가족이 되잖아요!"

"프란치……." 도라가 손을 뻗자 아이가 툭 친다. "우린 이미 가족이나 다름없잖니. 안 그래? 너, 네 아빠, 요헨, 그리고 나 말이야."

"진짜가 아니잖아요. 코로나 방학 같은 거잖아요. 난 코로나가 영원히 끝나지 않았으면 좋겠어요." 프란치가 발을 쿵쿵 굴러댄다. "난 다시는 베를린으로 돌아가고 싶지 않아요!" 아이가 외친다. "학교에 가면 애들이 멍청이라고 놀려요. 같이 놀 동물도 없어요. 더구나 요헨도 없잖아요."

요헨이 자기 이름을 들은 모양인지 가까이 다가와 프란치 다리에 달라붙는다. 그러자 아이가 무릎을 꿇고 앉아 강아지를 품에 안고 털 속에 얼굴을 파묻고 울음을 터뜨린다. 요헨은 프란치가 실컷 울게 내버려둔다.

"갓난아기를 가질 수도 있잖아요." 프란치가 흐느껴 운다. "난 항상 남동생을 원했단 말이에요."

도라는 프란치 옆 땅바닥에 앉는다. 모래, 솔방울, 작은 나뭇가지, 메마른 풀 냄새가 향수처럼 진하게 난다.

"혹 아기를 원하지 않아요?"

놀랍지만 이 질문에 대해 대답하기란 아주 쉽다.

"원하고말고." 도라가 말한다. "하나 갖고 싶어."

"거봐요." 프란치가 얼굴을 든다. 울어서 뺨이 젖어 있고 눈은 부어 있다. "우리 아빠도 분명 그럴 거예요."

도라는 웃지 않을 수 없다. 프란치는 그 웃음을 좋은 신호라고 생각하고 마주 보며 살짝 웃는다.

"물어볼까요?"

"그만둬." 도라가 대꾸한다. "먼저 생각 좀 해보고."

"약속해요?"

"약속해."

프란치는 팔을 뻗으며 다가와 도라의 뺨에 눈물 젖은 키스를 한다. 그러고는 티셔츠 솔기로 얼굴을 문지르고는 벌떡 일어선다.

"이리 와, 요헨!"

프란치와 요헨이 숲속으로 달려가 나무 사이를 뛰어다니며 논다. 프란치는 소리를 지르며 깔깔대고 웃는다. 절망이 순식간에 찾아온 것처럼 사라지는 것도 금방이었다. 여러 감정들이 서로를 내쫓는 유년기. 도라는 땅바닥에 앉은 채로 이끼를 만지고 모래를 손가락 사이로 흘려보낸다. 지금 앉아 있는 자리에서 나무 벤치에 새겨진 귀 그림이 보인다.

고테가 입가에 담배를 물고 정원에 서서 그들을 향해 손짓한다. 그가 덜거덕거리는 괴물의 엔진을 끄고 상냥하게 "좋은 아침이오" 하고 큰 소리로 인사한다. 낮 12시가 다 되어가는데도 말이다.

"어이, 푸들! 너 줄려고 나무 잘라놨어. 요헨을 위해 뼈다귀를 몇 개 더 깎고 싶어 할지 몰라서."

그의 발 옆에 껍질을 벗기고 원통형으로 만든, 작은 무더기의 나무토막이 있다. 그걸 본 프란치가 사흘을 굶은 후 보게 된 음식이라도 되는 것처럼 장작더미로 달려간다. 그때까지 도라는 고테가 자신의 딸아이를 '푸들'이라고 부르는 걸 단 한 번도 들어보지 못했다.

도라는 가까이 다가가 암컷 늑대를 바라본다. 목뿐 아니라 가슴 털도 조금 보인다. 지난 몇 시간 동안 고테가 엄청 열심히 일했나 보다. 암컷 늑대의 모습은 지금도 충분히 위풍당당하다. 머리를 치켜든 자세로, 조용히 주의를 기울여 바라보는 이의 시선을 사로잡는다. 약간 곱슬곱슬한 털은 손가락 사이로 걸리지 않고 지나갈 수 있을 것 같다. 최근엔 트레일러 입구에 서 있는 완성된 늑대 조각상도 세상을 한층 더 행복하게 바라보고 있다. 아마 자신의 동반자가 완성되길 고대하고 있는 듯하다.

오후 내내 도라는 여러 번 노트북을 켜서 통장 잔고를 확인한다. 6시쯤에 아버지가 보낸 돈이 들어왔다. 예상한 대로 그는 통이 크지도 작지도 않은 보통이었다. 하지만 관리만 좀 잘하면 두 달은 충분히 버틸 수 있는 돈이다. 모든 문제가 거의 해결된 듯 기분이 좋다.

그때 마침 컴퓨터 앞에 앉아 있어서 도라는 재빨리 뉴스포털 사이트를 클릭한다. 메르켈과 장관들. 코로나 시위. 나라가 분열된 거 말고 또 뭐가 있겠는가.

진짜 보고 싶은 뉴스는 지나칠 뻔했다. 사흘 전에 일어난 일이었는데 코로나 말고는 언론이 관심을 가질 만큼 중요하지 않았던 모양이다. 도라는 제목을 보고 깜짝 놀라 짤막한 기사를 읽는다. 미국 미니애폴리스에서 한 경찰관이 무릎으로 46세 남자의 목을 무려 8분간 눌러 의식을 잃게 만들었다. 그 남자는 살려달라고 애원하며 여러 번 **"숨을 못 쉬겠어요"**를 외쳤다. 얼마 후, 그는 병원에서 숨을 거두었다. 누군가 그 일을 휴대폰으로 찍었다. 희생자는 흑인 남성이고 가해자는 백인 경찰이다.

도라는 구글에서 휴대폰으로 찍은 동영상을 찾아낸다. 잠시 망설이다 결국 동영상을 클릭한다. 그 흑인 남자는 연신 **"숨을 못 쉬겠어요"**를 외쳐대며 엄마를 부른다. 그 남자의 목을 무릎으로 짓누르고 있는 경찰의 외모가 고테와 비슷하다. 사실 그는 고테와 닮지 않았다. 짧게 깎은 머리에 사흘은 면도하지 않은 듯한 그 경찰은 이마에 선글라스를 끼고 있었다. 양손으로 허벅지를 짚은 채로 아주 느긋하게 목을 누르고 있다. 아무렇지 않게, 아무 일도 일어나지 않는다는 듯. 그는 연신 고개를 들어 카메라를 똑바로 쳐다본다. 약간 미소를 머금고 편안한 모습으로 말이다. 또 다른 경찰관은 길가를 왔다 갔다 한다. 그 역시 편안해 보인다. 훤한 대낮에. 보행자들은 그저 지나갈 뿐 아무도 이의 제기를 하지 않는다. 무섭다. 장면 속에 흐르는 정적. 일상적인 모습. 얼마 후, 누군가 희생자의 맥을 짚어본다. 그러고는 남자의 몸을 끌어당겨 들것에 싣는다. 약간 소동이 있지만 심각하진 않다.

도라는 동영상을 처음부터 다시 돌려보며 손이 부들부들 떨리는 걸 느낀다. 손을 떨면 안 된다. 더군다나 이렇게나 큰 손을 떨면 안 된다. 그러나 그 뒤에도 몇 시간이나 떨림이 멈추지 않는다. 몇 번이고 그녀는 스스로 해명한다. 미니애폴리스의 그 경찰은 고테가 아니고, 그 사건은 고테와는 아무 상관 없는 일이었다고. 그녀는 독일과 미국의 인종차별의 차이점을 이성적으로 이해하려고 애쓴다. 다른 관점에서 보면 두 사안은 서로 관련이 없다. 하지만 특정한 사람들을 가치 없는 존재라고 여기는 게 인종차별이다. 끔찍하지만 세계 곳곳에서 일어나는 일이다.

늦은 저녁 시간에 도라가 다시 담장으로 가 옆집을 살펴본다.

육중한 몸의 고테가 캠핑 탁자 옆에 누워 있는 게 보인다. 그 모습을 보자 갑자기 몸에 변화가 생긴다. 손 떨림이 사라진 거다. 그녀의 손은 여전히 크다. 딱 보기 좋게 크다. 문제 해결을 위해 꽉 움켜쥐는 두 손. 문득 도라는 그 일을 할 수 있다는 걸 깨닫는다. 그 일을 하는 데 감정도 분노도 필요 없고 불안해하거나 겁먹을 필요도 없다. 이 망가진 세상의 온갖 광기가 어떤 감정도 들지 않게 한다. 그뿐인가. 특별한 티셔츠도 자동차 스티커도 특별한 음악도 필요 없다. 그저 그 일을 하면 된다. 고테는 미동도 하지 않는다. 도라는 가까이 다가가 무릎으로 그의 목을 짓누르면 된다. 8분 46초간. 그 상태로 주위를 잠시 살펴보거나 스마트폰으로 기사도 읽을 수 있다. 그리고 얼마 후 맥을 짚어본다. 그럼 문제는 해결된다. 의미 있는 일이 될지 모른다. 그녀 자신뿐 아니라 프란치, 브라켄 마을, 그리고 온 세상을 고테로부터 해방할 수 있으니까. 어쩌면 더 심각한 문제를 막을 수 있을지 누가 알겠는가.

프란치가 고테에게 달려간다. 곁에 웅크리고 앉아 어깨를 잡고 흔들며 울면서 그의 이름을 불러댄다. 그 모습에 방금 전과 달리 좀 더 이성적인 생각이 든다. 인간이 할 수 있는 게 무엇이고, 또 누가 무엇을 할 자격이 있는지는 중요하지 않다. 나치를 반대하든 지지하든, 그것 역시 중요하지 않다. '그럼에도 불구하고'는 마법 같은 단어다. 그럼에도 계속 나아가고, 그럼에도 살아 있다. 그 모든 것에도 불구하고 저기 옆집에 한 인간이 쓰러져 있다.

그런 이유로 도라는 담장을 단숨에 뛰어넘어 쓰러져 있는 고테에게 달려가 맥을 짚어본다. 정신을 잃은 그에게 마구 소리 지르며 힘껏 따귀를 몇 대 때리고 급기야 물 반 양동이를 끼얹어 의식을 차리게 한다. 이어 그를 업다시피 부축해서 트레일러까지 데리고 가서 입구의 계단 세 개를 몇 번이고 쉬면서 힘겹게 올라간다. 겨우 트레일러 안으로 들어온 그녀는 침대 위에 그를 올려놓을 수 없어서 바닥에 눕힌 다음 알약을 몇 알 가져다준다. 그러고는 프란치에게 다가가 아빠가 푹 쉬어야 다음 날 아침에 괜찮아질 거라고 말한다. 제발 그렇게 되길 바란다. 그 모든 것에도 불구하고 말이다.

43장

피어나는 우정

이제 겨우 아침 6시 반이다. 그 시각에 담장으로 향하는 도라 귀에 옆집 고테의 노랫소리가 들린다. '나는 유니콘이다'라는 노래가 아니라 '늑대 행렬'이라는 노래로, 그녀가 최근 그의 CD플레이어에서 발견한 CD에 수록된 곡이다. 듣기 좋은 저음으로 놀랄 만큼 안정적으로 음정을 맞춰 부른다.

한동안 도라는 의자에 서서 일하는 모습을 지켜본다. 열심히 암컷 늑대를 조각하고 있는 그는 한 번도 본 적 없는 짧은 소매의 파란색 검정색 체크무늬 셔츠를 입고 있다. 새로 밀어버린 머리며 멀리서 봐도 깔끔해 보이는 모습이 아침에 일어나 정원용 호스로 샤워를 한 거 같다. 이 남자가 전날 저녁에 미동도 없이 풀밭에 쓰러져 있던 사람이라곤 믿어지지 않는다.

그는 한창 늑대의 등 라인을 마무리하는 데 열중하고 있다. 처음으로 도라는 암컷 늑대가 서 있는 오른쪽 바닥이 불룩하다는 걸 알아차린다. 고테가 그 부분의 나무껍질을 깎아내는 걸 잊어버린 모양이다. 아니면 안정감을 좀 더 주려고 만든 받침대일지 모른다. 그녀는 기회가 되면 그 부분이 왜 그런지 물어볼 생각이다.

도라가 휘파람을 불자 그가 곧장 담장으로 와서 과일 상자 위로 올라온다. 그 모습이 절도 있는 군인 같아서 그다음엔 경례를 하려는 것처럼 보인다. 실제로 그는 알약을 내미는 도라를 향해 모자를 쓴 것처럼 차양에 손가락 두 개를 갖다 대며 인사를 한다. 그러고는 제자리로 돌아가 조각 작업을 이어가는데, 하루 종일 쨍쨍 내리쬐는 햇볕 아래서 일하는 게 그리 좋은 생각은 아닌 거 같다. 게다가 커피나 맥주 외에 다른 음료를 마시는 것도 못 본 거 같다. 근데 다른 한편으로 생각해보면 이제 그런 건 중요해 보이지 않는다.

아침 식사 때 도라는 뉴스포털을 클릭해 조지 플로이드, 그러니까 더 정확히는 미국에서 조직적으로 벌어지는 반인종차별 시위 관련 헤드라인 뉴스를 계속 찾아본다. 미니애폴리스 주지사는 주 방위군을 동원하고 미니애폴리스와 그 주변 지역에 긴급사태를 선언했다. 또 트럼프는 늘 하던 헛소리를 해대며 위협을 가하고 경찰 조직의 구조적인 문제를 인정하지 않는다. 독일에서는 평소처럼 당황스러운 익숙한 반응이 나온다. 도라가 보기에 안도감도 뒤섞여 있는 거 같다. 고집불통인 독일 사람들이 서양 세계를 방어하는 일보다 코로나를 부정하는 데 더 몰두하고 있는 사이, 다른 곳에서 인종차별이 일어나고 있으니 말이다.

도라는 스마트폰을 내려놓고 밖으로 나와 감자밭에 물을 준다. 주방에서 물뿌리개에 물을 채워 뒷문을 통해 텃밭으로 끌고 가는 수밖에 없다. 급기야 열한 번, 열두 번째로 물뿌리개를 들어 올릴 때는 팔이 몇 센티미터 늘어난 느낌이다. 그래서 도로에서 하얀 소형 화물차의 브레이크 밟는 소리가 들리자, 그녀는 물 주는 일을 멈출 수 있어 기쁘다. 물뿌리개를 바닥에 놓고 집 앞마당을 지나 울타리로 간다. 톰과 슈테펜이 화물트럭에서 내려 맞은편 울타리 쪽으로 걸어온다. 그 와중에 트럭 엔진이 공전하며 통통 소리를 낸다. 울타리 앞에 나란히 서 있는 그들의 모습이 선포라도 하려는 것처럼 엄숙해 보인다.

"좋은 아침이에요." 슈테펜이 인사한다.

"안녕하세요." 톰도 인사한다.

"물 주는 건 저녁이 더 좋아요." 슈테펜이 말한다.

잠시 침묵이 흐른다. 도라는 그들이 이처럼 공식적이다시피 알리고 싶어 하는 게 나쁜 일일지 모른다는 생각을 한다.

"장 보러 가는 중이에요." 톰이 말한다. "필요한 게 있나요?"

"아뇨, 고마워요." 도라가 대답한다. "고테 차로 가면 돼요."

"당신 그의……." 톰이 또 시작이다.

"닥쳐." 슈테펜이 끼어든다.

또다시 침묵이 흐른다. 그사이 다른 볼일이 있어 온 게 분명해진다. 마침내 침묵을 깨고 톰이 헛기침을 한다.

"잘 들어요. 우리가 생각을 좀 해봤어요. 파티를 열려고요. 마을 파티를."

"이제 다시 허용되니." 슈테펜이 말한다. "거리두기와 그 밖의 것도."

도라는 정말 그런지 확신이 서지 않는다. 그리고 그들이 원하는 게 뭔지, 그게 더 이해가 안 간다. 마을 파티를 열어 뭘 하겠다는 걸까?

"이봐요." 톰이 말한다. "중요한 건…… 고테가 참석하는 거예요."

"그러니까 그를 위한 파티라고 할 수 있죠."

"그런데 우리가 초대하면 그는 분명 오지 않을 거예요. 그래서 말인데 당신이 그를 데려오는 게 좋겠어요."

무슨 말인지 차츰 이해가 간다. 고테를 위한 파티.

"미친 생각이에요." 그녀가 대꾸한다. "그래도 멋지군요."

"오순절 이후가 어때요?" 톰이 묻는다. "다음 주말에?"

도라가 적당한 말을 찾지만 슈테펜은 이미 눈치채고 있다.

"물론 그 전에도 괜찮아요." 그가 말한다. "가급적 빨리. 모레는 어떨까요?"

갑자기 도라는 나름대로 옳은 일을 해보려고 노력하는 두 사람의 모습이 눈물겹도록 고맙다.

"모레가 좋겠어요." 그녀가 대답한다.

"그가 올 거 같아요?"

"내가 데려갈게요."

"좋아요. 그럼, 이만 가볼게요." 슈테펜이 말한다.

"한 가지 일이 더 있어요." 톰이 말한다.

도라는 로즈마리 화분을 떠올린다. 지난번 깨뜨린 로즈마리 화분을 변상해주는 걸 완전 잊고 있었다. 근데 도라 생각과 달리 완전 다른 일이다. 톰이 도라에게 일자리를 제안한다. 꽤 괜찮은 시간제 일자리다. 작별 인사로 울타리 너머로 내미는 그의 팔꿈치를 그녀는 자신의 팔꿈치로 툭 친다. 잠시 후, 배달 트럭이 멀어져 간다.

그들이 돌아간 후, 그녀는 큰 사이즈의 밀크커피 한 잔을 옆에 놓고 무릎에 노트북을 올려놓은 채 옥외계단에 앉아 있다. 그 와중에 까맣게 잊어버린 물뿌리개는 감자밭 옆에 그대로 놓여 있다. 그녀는 단 1분도 기다릴 수 없었다. 음식에 굶주려 있는 사람처럼 톰이 의뢰한 일에 바로 뛰어든다. 머리를 쓰니 너무 좋다. 결국 정원에 들여놓은 강아지들처럼 여러 가지 생각이 한데 뒤섞인다. 모든 게 머릿속에 다 있다. 무엇보다 온라인상에 등장하는 상호명은 '피어나는 우정'이어야 한다. 코로나와 다른 여러 이유로 톰은 온라인 꽃 가게를 개설 중이라고 설명했다. 슈테펜의 꽃꽂이가 날개 돋친 듯이 팔리니 그걸 기반으로 온라인 가게를 구축할 수 있을 것이다. 제일 먼저 소비자층은 젊은 사람들을 타깃으로 해야 한다. 꽃은 누구나 좋아하지만 꽃꽂이는 시대에 맞게 재해석할 필요가 있다. 이미 생각해놓은 아이디어도 있다. 〈독일 만세〉라는 90년대 풍자 방송에 등장한 헬무트 콜 전 총리를 닮은 인형을 지금 다시 사용하는 거다. 지금까지 콜이 제시한 '꽃이 만발한 풍경'*은 그 어디에도 없지만 브라켄 마을의 피어오르는 우정은 존재한다. 이미 도라 머릿속엔 콜 인형이 독일 통일을 약속하고서 혼나는 무수히 많은 재밌는 영상뿐 아니라 연금 생활자들, 실업자들, 전일제 직업을 가진 젊은 엄마들을 만나는 영상들도 있다. 모든 영상의 마지막 부분에서 콜이 화난 사람들에게 꽃꽂이를 하나씩 선물한다. 기념으로 그를 닮은 고무 인형을 등장시키는 풍자적인 포맷은 홍보 소재가 될 정도로 황당무계하다. 도라는 톰은 이 아이디어를 이해 못하겠지만 슈테펜은 좋아할 거라고 확신한다.

　다음 날도 도라는 광고 도입부를 구상하며 하루를 보낸다. 옆에선 고테가 늑대 조각상을 깎고 있다. 플로이드 시위가 확산되고 있다. 날씨는 점점 더 따뜻해지고 소나기가 예고되지만 실제

---

*　1990년에 헬무트 콜 전 총리가 신연방주를 위한 미래 경제 전망으로 제시한 비전 구상이다.

로 내리진 않는다. 아버지에게서 전화가 온다. 그가 설명하기론, 고속도로는 캠핑 애호가, 보트, 말 혹은 비행기를 싣고 일대를 지나는 SUV 차량으로 가득하고, 국도는 오토바이 무리들이 굉음을 내며 질주하며, 발트해 해수욕장은 휴양객들로 미어터질 지경이라는 거다.

"이 시국에 어떤 사람이 해변가 흔들의자에 앉아 있을지 상상해보렴." 아버지가 말한다. "지난 몇 주간 코로나 일기를 쓰고 코로나 규칙을 지키고 코로나 토크쇼를 보고 코로나 대화를 나누고 코로나 비판가들에게 고함을 질러댄 사람들 모두 다 그러고 있지. 근데 지금은 오순절이잖아."

아버지가 웃는다. 도라는 그가 고개를 가로저으며 웃는 소리를 실제로 듣는 것만 같다. 급히 휴가를 가는 것에 열을 내는 게 웃기기도 하지만 그걸 또 비꼬는 유머에도 관심이 없다. 아버지는 오순절 이후 화요일에 들러 "우파를" 보러 오겠다고 한다. 그 와중에 통화하기 전에 미리 생각해둔 듯한 말장난을 치며 한껏 즐거워한다. 도라는 고맙다는 말과 함께 전화를 끊고 하던 일을 계속해나간다.

저녁이 되어서야 도라는 아버지의 전화가 뭘 의미하는지 깨닫는다. 집 앞 너도밤나무에 어치 한 마리가 앉아 고개를 이리저리 돌리고 있어서 그녀는 어치의 오른쪽 왼쪽 눈을 번갈아 본다. 이제껏 한 번도 어치가 정원으로 날아든 적이 없다. 근데 지금 어치가 저기 나무 위에 앉아서 그녀에게 '모든 게 잘될 거야'라는 메시지를 보내고 있다. 이제 반환점을 지나왔다. 지금 도라는 실업자도 아니고 지역 광고 에이전트가 되기 직전에 있다. 생활비를 벌면서 새 고향인 마을을 위해 일도 할 수 있다. 톰과 슈테펜은 적이아니라 친구들이다. 그들이 고테를 위해 계획하는 건 앞당겨 치르는 장례식이 아니라 새로운 삶을 시작하는 환영 파티다.

아버지는 아무 이유 없이 어떤 일을 할 사람이 아니다. 그가 브라켄을 방문하겠다고 알려왔다. 이는 분명 어떤 의미가 있다. 더정확히 말하자면, 그가 치료법을 알아낸 거라는 단 한 가지 의미밖에 없을 거다. 치료법에 관한 거라면 아버지는 블러드하운드처럼 냄새를 잘 맡는다. 화요일이면 아버지는 드물지만 간혹 나오는 경우로 암이 커지지 않고 그대로인 걸 확인할 수 있을 거다. 큰희망을 주지 않으려 애쓰겠지만 치료를 시작하라고 강력하게 권고할 거다. 도라 역시 고테를 설득해 정기적으로 항암 치료를 받으러 가는 데 따라갈 거고. 그럼 우리 일상에 새로운 루틴이 생길테지. 도라는 '피어나는 우정' 프로젝트를 성공시켜 지역 다른 작은 회사들을 고객으로 유치할 거다. 그리고 언젠가 학교가 다시열리고, 주말과 가을 방학이 되면 프란치가 놀러 올 테지. 혹여 고테가 완치되면 도라는 브라켄으로 아예 옮겨 올 수도 있다. 그런생각에 잠긴 그녀를 보고 어치가 미소 짓는다. 아니, 히죽 웃는 걸지도 모른다. 사실 어치 부리로 히죽 웃는 게 불가능한 일이지만.

44장

파티

일요일 저녁, 그들 넷은 함께 마을 광장으로 간다. 양손에 맥주가 가득 든 상자를 하나씩 들고 가는 그의 모습이 자연스럽고 아주 손쉬워 보인다. 도라도 빈손으로 파티에 가지 않으려고 방금전 플라우지츠에 있는 아랄 주유소 매점에서 산 커다란 빵 봉지두 개를 안고 있다. 신문 잡지 진열대에 놓인 일간지 1면에 몇 주만에 처음으로 마스크를 쓴 사람들 모습이 아니라, 한밤중 도로위에서 불타는 자동차들이, 쭉 뻗은 주먹들이, 세계 곳곳에서 점점 더 많은 사람이 조지 플로이드 살해 사건 시위에 나와 외치는 **"흑인의 목숨도 중요하다"** 슬로건이 등장했다. 베를린에서도 시위가예정돼 있다. 그 소식을 듣는 것만으로도 숨 막히는 방 창문을 열어젖히는 기분이다.

프란치는 목줄을 채운 요헨을 데리고 거리를 따라 껑충껑충 뛰어가며 노래를 부른다. "우린 파티에 가요, 우린 파티에 가요." 요헨은 프란치가 왜 그리 기분이 좋은지 모르지만 덩달아 기뻐하며 춤추며 따라간다.

고테는 마을 파티 아이디어에 반대하지 않았다. 도라가 같이 가겠느냐고 물었을 때 그는 바야흐로 암컷 늑대 머리를 매끈하게 다듬고 있었다. 저녁을 어떻게 보내든 상관없으므로 귀담아듣지도 않고 들을 필요도 없다는 듯 이해할 수 없는 말을 중얼거린다. 그러나 그는 지금 도라와 나란히 걸으며 차들이 지나가는 도로를 자신의 몸으로 막아 그녀를 보호해주고 있다. 그녀가 차도 쪽으로 밀려나가면 그가 다시 차도 반대쪽으로 밀어낸다. 그런 행동에 또다시 그를 어떻게 대해야 할지 몰라 당황해하는 그녀를 놀리듯 그는 이따금 애매한 미소를 지으며 내려다본다. 조지 플로이드 사건이 한창인 이때 나치와 함께 파티에 가는 그녀는 어떤 태도를 취해야 할지 몰라 그저 난감할 뿐이다. 어쩌면 안전하게 일정 거리를 유지한 채 사물을 바라보는 것처럼 어떤 태도를 취하는 게 옳고 중요한지 모른다는 생각이 든다.

마을 광장은 작은 도로에 둘러싸인, 잘 다듬어진 잔디밭보다 더 못한 장소로, 떡갈나무 몇 그루와 썩은 벤치, 망가진 축구 골대 두 개만 덩그러니 서 있다. 광장 한가운데엔 모닥불이 활활 타고 있는 화덕이 놓여 있다. 그들이 약속 시간보다 좀 더 일찍 도착했는데도 파티가 한창 진행 중이다. 톰과 슈테펜이 음료가 즐비한 탁자 가장자리에 서서 주인처럼 주위를 빙 둘러보고는 목소리를 높여 유쾌한 입담으로 분위기를 띄우려 애쓴다. 아이들을 데려온 자디는 머리를 백금색에서 코발트블루로 염색한 모습으로 커피를 마시고 있다. 그녀 가까이엔 다섯 명의 소방대원들이 맥주병을 부딪치며 담소를 나누고 있다. 그리고 벤치엔 나이 든 몇몇 부인들이 모여 앉아 낄낄 웃으며 작은 잔에 든 진한 핑크색 음료를 마시고 있다. 다른 별에서 가져온 것 같은 음료다. 또 떡갈나무 뒤 덤불 속에선 아이들의 바스락거리는 소리가 들린다.

모닥불 옆에선 하이니가 우주왕복선 모양의 그릴기를 설치해 놓았다. 그는 '연쇄 그릴러' 문구가 찍힌 앞치마를 두르고 길게 줄지어 있는 소시지, 프리카델레*, 목살 스테이크를 뒤집으며 인사 대신 "당신이 드시오"라고 하는데, 주유소에서 가져온 빵을 두고 한 말이다.

고테는 음료가 즐비한 탁자 밑에 맥주 상자를 밀어 넣은 다음 브란덴부르크식으로 한 사람씩 인사하려고 광장을 한 바퀴 돈다. 몇몇 사람들이 코로나 시대 인사법으로 팔꿈치를 들어 보이지만, 나머지 사람들은 잠시 주저하는가 싶더니 결국 손을 내밀어 악수를 한다. 프란치도 고테를 똑같이 따라 한다. 도라는 파티도 악수도 싫지만 고테와 프란치 뒤를 따를 수밖에 없다. 한 사람씩 인사

---

* 다진 돼지고기에 양파, 달걀, 빵가루 등을 넣어 만든 미트볼.

를 나누며 어색하게 고개를 끄덕이는 그녀에게 사람들은 "안녕" 혹은 "좋은 저녁이에요"라고 말할 뿐 아무도 자기소개를 하지 않는다. 도라는 여기 모여 있는 사람들이 누군지 모르지만 그들 모두는 그녀 이름을 알고 있다는 확신이 강하게 든다.

뒤이어 오는 다른 손님들은 풀밭 위로 뿔뿔이 흩어진다. 도라는 사람들을 피해 안전하게 있을 수 있는, 그릴기와 음료 탁자 사이의 자리를 찾아내 기쁘다. 고테도 그녀 옆에 서서 한 손에 종이 접시를 들고 평소 속도로 구운 소시지를 먹고 있다.

"난 코로나를 걱정하지 않아요." 하이니가 말한다. "오래가진 않을걸. 그래 봤자 **중국산**이니." 보아하니 그는 새로운 농담을 준비한 모양이다. 그 와중에 도라는 그릴기 옆에 자리 잡은 게 정말 잘한 선택인지 의문이 든다.

모든 말에 점잖게 고개를 끄덕이며 아무렇지 않게 음식을 계속 먹는 고테와 함께 톰이 얘기를 나누고 있다. 날씨와 가뭄, 3년 연속 이어지는 건조한 여름, 흉년, 농업의 수난 시대를 주제로. 고테가 연신 고개를 끄덕인다. 시간이 흐르며 점점 더 많은 이웃 사람들이 모여들어 반원을 그린다. 고테를 제외하고 여기 있는 모든 사람들이 이 파티가 그를 위한 거란 걸 알고 있는 듯하다. 고테는 고개를 끄덕이며 하이니가 내미는 새로 구운 소시지를 받아 든다. 나무좀, 죽어가는 숲. 거름을 주면 안 되는 산성화된 토양.

"사재기를 한다면 동물에게도 먹이를 줘야 한다는 걸 잊지 마시길." 하이니는 코로나 유머 세계에 들어왔다. 빙 둘러서 있는 사람들은 흔쾌히 그 제안을 받아들인다. 이젠 아이들이 학교나 유치원을 가지 않으면 일을 어떻게 할지, 일하지 않고 어떻게 살아남을지가 화제에 오른다. 혹여 모든 사람들이 갑자기 휴가를 가면 봉쇄령이 그리 중요할까. 고테는 음식을 먹으며 고개를 끄덕인다. 도라가 제대로 센 거라면 그는 방금 구운 소시지를 네 개째 해치우고 있다. 바야흐로 대화는 조만간 디젤 차량이 금지되면 뭘 타고 일하러 가느냐는 문제로 흘러간다.

"그럼 우리 모두 전기차를 사야겠군!" 한 소방대원이 외친다. 그러자 빙 둘러서 있던 사람들이 한바탕 웃음을 터뜨린다.

도라는 맥주 두 병을 가져와 하나를 고테에게 내민다. 맥주를 받아 든 그는 담뱃갑에서 담배를 꺼내더니 잊지 않고 그녀에게도 한 대 건넨다. 서서히 긴장이 풀리기 시작한다. 그녀 자신을 제외하고 아무도 그녀가 누군지, 여기서 뭘 하려는지, 고테와는 어떤 관계인지 궁금해하지 않는 거 같다. 그녀는 맥주 한 병을 한 번에 다 들이켠다. 그러고는 문득 요헨과 프란치가 근처에 없다는 걸 깨닫는다. 둘은 마을 아이들과 함께 덤불 속을 뛰어다니며 놀고 있다. 그때 누군가 그녀 손에 핑크빛이 도는 작은 유리잔을 쥐여준다. 유리잔 속 액체는 딸기 향 껌 맛이 난다. 시간이 지날수록 사람들은 상냥해지고 파티는 재밌어진다.

이곳에서 두 마을 떨어진 곳에 있는 시골 병원이 문을 닫았다.

그래서 노인들은 어디서 당뇨병 처방전을 받아야 할지 모른다.

"근데 중요한 건 바이에른주에선 코로나 검사를 한다는 거죠" 라고 자디가 말하자 모두 웃음을 터뜨린다.

어떤 사람이 지난 몇 주간 근방에 있는 가스트호프 세 곳이 문을 닫았다고 얘기한다.

"그래서 우린 캠프파이어에 모여 앉아 술을 마셔야 해." 또 다른 누군가가 말한다.

"당국이 그것도 못 하게 금지시킬 때까지."

"그럼 앞으로 길가에 서서 얘기해야겠네."

그 말에 살짝 기분이 상한 하이니가 쳐다보자, 빙 둘러서 있는 사람들이 박장대소한다. 그 바람에 몇몇 사람들이 손에 든 맥주병을 바닥에 떨어뜨린다. 도라는 슈테펜이 주머니에서 작은 수첩을 꺼내 몰래 메모하는 걸 본다.

"근데 그놈의 카나케 놈들 없이"라고 고테가 슈테펜을 쳐다보며 단언한다. 오늘 이곳 파티에서 그가 처음으로 입 밖에 낸 말이다. 슈테펜은 고테의 말을 무시해버린다. 도라는 식탁에 놓인 햄한 조각을 훔친 개에게 하듯 고테의 팔을 툭 치며 "자, 자"라고 말한다. 그 말에 주위에 서 있던 사람들이 또다시 웃음을 터뜨린다. 도라는 그들이 진정할 때까지 "자, 자!"라고 반복한다.

도라는 자신과 고테가 하나의 패키지로 묶여 사람들의 웃음거리가 되면 그와 친구가 될 수 있을까, 하고 스스로 묻는다. 아니면 그런 일은 그냥 일어나는 걸까? 주위에 서 있던 사람들 모두 맥주를 치켜들고 건배한다. 지금 막 그들의 일부가 된 그녀도 그 속에 섞여 잔을 부딪치고 있다. 사실 무엇의 일부가 됐는지 제대로 모른 채로.

평소 도라는 파티를 좋아하지 않지만 이번 파티는 성공적이란 걸 인정하지 않을 수 없다. 만족스러운 듯한 표정의 고테는 두통도 탈락증상도 보이지 않는다. 프란치도 브라켄을 떠나본 적 없는 아이처럼 다른 아이들과 어울려 마을 광장을 뛰어다니며 놀고 있다. 요헨도 아이들 속에 섞여 열정적으로 공중제비를 돌며 충성을 다해 프란치를 스타로 만든다.

소방대원 한 명이 도라에게 소시지와 맥주를 하나 더 가져다주고는 잘했다는 듯 어깨를 두드린다. 이제 사람들은 화제를 바꿔 누가 집에 변화를 줬는지, 누가 차가 들어오는 진입로에 포장 공사를 했는지, 누가 창고를 새로 지었는지, 감자가 어떻게 자라고, 건축자재 마트에서 파는 할인 제품이 뭐가 있는지 얘기한다. 슈테펜은 메모를 하고 있던 수첩을 다시 주머니에 집어넣고는 다른 무리 쪽으로 천천히 걸어간다.

프란치는 플라우지츠에 있는 학교에 다닐 수도 있다. 그럼 도라와 요헨이 매일 아침 아이를 버스 정류장까지 배웅할 수도 있을 테고. 버스를 놓치면 도라가 픽업트럭을 운전해 아이를 시내에 데려다줄 수도 있다. 그럼 시내에 나온 김에 쇼핑도 하러 가고, 쇼핑 후에는 마실 자격이 충분히 있는 커피를 한잔 마시며 난방업체 W.와 재단소 F., 그리고 지역 다른 업체로부터 새로 의뢰받은 일을 시작할 테지. 어쩜 그녀는 광고 전략뿐 아니라 포스트 코로나 시대를 위해 새로운 사업 모델도 발전시킬 수 있을지 모른다.

고테는 벤치에 못 박힌 듯 앉아 담배를 피우며 이따금 고개를 끄덕인다. 며칠 전에 의식을 잃고 정원에 쓰러져 있던 사람이라곤 상상이 안 된다. 증상이 처음으로 악화되고 난 이후 지금은 나아지고 있다. 하이니가 원숭이 한 마리가 비행기에 타고 있다는 긴 유머를 시작으로 쉴 새 없이 떠들어대지만 그의 이야기에 귀 기울이는 사람은 아무도 없다.

도라는 '피어나는 우정' 캠페인 얘기를 하려고 오순절 이후로 톰과 만날 약속을 잡았다. 그녀의 일에 만족한다면 분명 다른 사람들에게도 추천하겠지. 톰은 많은 사람들을 알고 지내는 것 같다. 그녀는 스멀거리며 올라오는 작은 기포를 마지막으로 느낀 게 언젠지 생각해보지만 기억이 나질 않는다. 아버지가 모레 들르겠다고 했다. 그사이 도라는 아버지가 새 소식을 가져올 거라고 확신한다. MRI를 다시 본 그는 의학 전문 잡지를 꼼꼼히 살펴본 다음 그 분야의 친한 전문가와 얘기해봤을 게 틀림없다. 이제 아버지가 브라켄에 와서 자기 머릿속에 무슨 일이 벌어지고 있는지 알고 싶어 하지 않는 프로크슈 씨를 치료받도록 설득할 것이다.

도라는 잔디 깎는 로봇의 성능에 대한 이야기를 쫓아가며 실제로 양극화가 얼마나 적은지 생각해본다. 동쪽과 서쪽도 아래쪽과 위쪽도 좌도 우도 없다. 언론과 정치계가 자주 묘사하는 대로 파라다이스도 세계 종말도 없지만, 서로를 조금이나마 좋아하고 만나면 헤어지는 사람들이 나란히 서 있다. 도라도 고테도 그 부류의 사람들에 속한다. 한자리에 서서 별로 움직이지도 않고 말도 거의 하지 않아도, 모든 사람이 그가 교도소에 있었다는 걸 알고 있고 그녀가 그의 새 여자 친구라는 걸 생각하고 있으면서도 말이다. 그들은 자신들 모두 이 지구라는 행성에 지금 여기에 함께 있다는 그 사실만을 축하하기 위해 파티를 하고 있다. 생존 공동체로서. 지구가 돌고 태양이 지고 불이 사그라드는 동안, 앉아 있든 서 있든 침묵하든 떠들어대든 술을 마시든 담배를 피우든 상관없다. 이 얼마나 기적 같은 일인가. 이런 순간에 분열을 상상하는 건 그저 착각에 지나지 않는다.

도라는 자신이 어느 날 고테의 생명을 구한다면 그가 훗날 언젠가 한 흑인의 목을 무릎으로 짓누를까, 베를린에 있는 스시 바에 쳐들어가 총으로 이민자들을 쏠까 자문해본다. 그녀는 적군의 생명을 구한 군 병원 의사들을 떠올린다. 신경계에서 발생하는 오류는 생명 구조가 아니라 전쟁이다.

불꽃이 사그라들고 해가 지자, 파티에 온 손님들 대부분이 돌아갔다. 남아 있는 사람들은 화덕가에 모여 뜨거운 불길을 응시하며 어둠 속에서 밤이 멈추면 안 되는 것처럼 목소리를 낮춘다.

그러고는 맑은 액체가 든 작은 유리잔을 돌리고, 도라는 자기 차례가 될 때마다 화주를 한 잔씩 비운다. 떡갈나무 꼭대기에서 어린 올빼미들의 애걸하는 듯한 비명 소리가 울려 퍼지고, 박쥐들은 소리 없이 조용히 사냥을 한다. 그사이 그릴판은 사랑을 바라며 지글지글거린다. 도라는 고테도 함께 만들었을 거 같은 벤치 하나에 앉아 있다. 그때 프란치가 다가와 무릎 위로 올라온다. 도라는 아이의 따뜻한 몸에 팔을 두르고 꼭 껴안는다. 기진맥진한 요헨은 그녀 발치에 털썩 주저앉아 '가오리 자세'를 취하며 뒷다리를 쭉 뻗는다. 셋은 소방대원 한 명이 불을 쑤셔 불꽃이 하늘로 올라가는 광경을 함께 지켜본다.

"불이 꺼지면 저기 위로 올라가죠, 그쵸? 하늘로?" 프란치가 묻는다.

"그럴 거야."

"그럼 사람도 죽으면 그러겠네요."

"많은 사람들이 그럴 거라고 믿지."

"아줌마는 뭘 믿어요?"

뜻밖의 질문이라 도라는 깊이 생각해보려고 한다. 하지만 술마신 상태에서 머리가 잘 돌아가지 않는다. 게다가 그녀는 자신이 뭘 믿는지도 모른다. 하느님을 믿진 않지만 연관성은 믿는다.

"내 생각엔 자연 속 그 어떤 것도 사라지지 않아. 우리 모두 여기 그대로 남아 있을 거야. 우린 그저 모습을 바꿀 뿐이지."

"예를 들어 어치로?" 프란치가 묻는다. 그 목소리가 어찌나 평온하게 들리는지 도라는 아이를 재차 꼭 껴안는다.

이후 도라와 프란치는 침묵한다. 이윽고 그녀는 아이가 잠들었다고 말한다. 그 말에 고테가 옆에 와 "가자"라고 하자 프란치는 바로 도라 품에서 벗어나 일어선다. 집으로 돌아가는 길에 도라의 손을 잡고 도롯가를 따라 걷는 프란치 뒤를 요헨이 터벅터벅 쫓아간다. 고테는 지금 이 시각에 지나가지도 않을 차들로부터 자신의 몸으로 막아 그들을 보호한다. 프란치 손을 잡고 걸어가면서 도라는 팔다리에서 화주 냄새가 나는 걸 느낀다. 그녀 기억이 맞다면 작은 유리잔을 계속 내밀던 고테보다 자신이 술을 더 마신 거 같다. 그녀는 자기도 모르는 사이에 어느새 고테, 프란치와 함께 대문을 지나고 있었다. 옛 대농장 관리인 집인 자기 집으로 가지 않고.

"잠깐." 고테가 불쑥 말한다. "내가 프란치를 재우겠소."

그 말과 함께 고테가 팔을 뻗는 인형 같은 프란치를 안아 들고 간다. 한쪽 발로 집 뒷문을 열고 아이와 함께 들어가는 게 평소 늘 그러는 듯한 모습이다. 도라는 약간 비틀거리며 정원에 서서 그가 쿵쿵대며 계단을 올라가는 소리를 듣는다. 이어 그가 프란치를 침대에 눕히고 이불을 덮어주고 이마에 키스하는 모습을 상상해본다. 그런 상상을 하며 아이의 행복을 느껴본다.

잠시 후, 고테가 돌아와 "함께 담배 한 대 더 피우고 싶소"라고 말한다.

"좋아요."

"담장에서, 괜찮소?"

도라는 고개를 끄덕이지만 그의 말뜻을 얼른 알아듣지 못한다. 그녀는 몸을 움직여 정원을 벗어나 도로를 따라 자신의 집터로 걸어간다. 그러고는 담장으로 가 정원 의자 위에 올라간다. 담장 너머엔 이미 고테가 과일 상자 위에 올라와 있다. 이런 그의 모습을 보는 건 처음이었다. '이곳 마을 나치인 게 좋군.' 그는 담뱃갑에서 담배 두 대를 꺼내 입에 물고 불을 붙이더니 한 대를 그녀에게 내민다. 그리고 두 사람은 말없이 담배를 피운다. 그들 머리 위에 떠 있는 별들이 대부분 금방이라도 땅 위로 쏟아져 내릴 것처럼 환하게 빛나고 있다. 고테가 너무 가까이 서 있어 숨소리가 들리고 목에 맥박 뛰는 것도 보인다. 0×0. 오류 없음. 도라는 많은 일들을 심사숙고해야 한다는 생각이 든다. 하지만 잘되지 않는다. 술에 너무 취한 탓이다. 그들은 담뱃불이 필터까지 타 들어가서 더는 빨 수 없을 때까지 피우고는 동시에 꽁초를 멀리 내던진다.

"좋소." 고테가 말한다.

45장

슈테

도라가 커피를 끓이고 있는데 누군가 현관문을 꽝꽝 두드린다. 문을 여니 고테가 서 있다. 이번에도 노란색 파란색 줄무늬가 있는 짧은 소매의 새 셔츠를 입고서. 셔츠 색깔이 너무 끔찍해서 카니발이 떠오른다.

"안녕하시오."

대답 없이 그녀는 자신이 오늘 가장 먹고 싶은 알약을 내민다. 관자놀이 부근이 욱신거리는 두통 때문에 그녀는 왼쪽 눈도 거의 뜰 수 없고, 말하려고 입을 떼는 순간 언어장애를 겪을 수도 있다. 마을 파티에서 술을 얼마나 많이 마셨는지 기억나지 않았다. 게다가 날씨도 후텁지근했고 담배도 많이 피웠다. 지난밤의 일들이 부분적으로 흐릿하게 기억날 뿐이다. 근데 담배 한 대 더 피우자고 고테가 그녀를 담장으로 오라고 한 게 정말일까? 만약 그게 사실이라면 그녀는 어떻게 정원 의자에서 넘어지지 않았을까?

고테가 도라의 안색을 확인하고 히죽 웃어 보인다. 그러고는 더는 의미가 없다는 듯 아무렇지 않게 약을 삼킨다. 그저 둘 사이의 오래된 습관일 뿐이다.

"자." 그가 말한다. "자동차 열쇠 가져오시오."

그가 문밖에서 기다리는 동안, 도라는 집 안으로 들어가 야자수 화분에 들어 있는 열쇠를 찾아 들고 테이크아웃 컵에 커피를 가득 채운 다음 욕실 거울 앞에 서서 머리를 하나로 묶는다. 그러고는 집 밖으로 나와 길가를 따라 몇 걸음 걸어가면서 그녀는 자신의 생각만큼은 명확해지길 바라며 들고 나온 커피를 거의 다비운다. 고테 집 대문은 열려 있다. 지난밤이 짧았는데도 잠을 푹잔 듯한 프란치가 픽업트럭 옆에서 껑충껑충 뛰고 있다. 도라와 함께 들어온 요헨을 보고 인사도 하지 않고 "우리 소풍 가요, 우리 소풍 가요!"라고 연신 외쳐댄다. 도라는 다시 자러 가고 싶다.

고테가 손을 내민다. "내가 운전하겠소."

지금은 그가 그녀보다 더 안전하게 운전할지 모른다. 숙취가 있어도 도라는 그의 상태가 어떤지 알 수 있다. 또렷한 눈빛에 편안해 보이는 얼굴 표정이며 살짝 처진 입꼬리. 어쨌든 그는 그녀보단 기분이 더 좋아 보인다.

"어디 가는데요?"

"알게 될 거요."

그가 차에 올라타 시동을 건다. 도라는 힘겹게 조수석에 올라타고 프란치와 요헨은 뒷자리에 탄다. 담장 위에 앉아 있던 주황색 고양이가 경멸하듯 그들을 내려다보고 있다. 고양이의 그런 시선을 받으며 도라는 인간의 행동이 얼마나 번거롭고 촌스러운지 확실히 느낀다.

그들은 코흘리츠를 향해 달린다. 열린 차창으로 따뜻한 바람이 지나간다. 고테는 마치 '이달의 통행자'가 되고 싶은 듯 운전에 집중하며 천천히 달린다. 코흘리츠로 진입하기 직전에 핸들을 꺾어 숲으로 이어진 길로 들어선다. 한동안 고테가 속도를 줄이며 왼쪽 도롯가를 주시하는 걸로 봐서 분기점이 나오기를 기다리는 모양이다. 마침내 찾던 분기점을 발견한 그는 브레이크를 밟고 핸들을 꺾어 픽업트럭을 숲속 깊은 곳으로 나 있는 울퉁불퉁한 길로 몰고 간다. 최근에 대형 굴삭기로 땅을 파헤쳐놓은 게 분명하다. 그렇게 파 뒤집힌 흙덩이는 햇볕을 받아 굳어서 언덕으로 변해 있었다. 심한 파도에 모터보트 앞머리가 붕 떴다 내려가는 것처럼 픽업트럭 앞 범퍼가 오르락내리락한다. 도라는 머리를 부딪치지 않으려고 계기판에 양손을 짚지만, 뒷자리에 있던 프란치는 롤러코스터를 탄 것처럼 환호성을 질러댄다. 길 중간중간에 널린 모래 바닥을 달릴 때는 타이어가 빠져 픽업트럭 후미 부분이 옆으로 미끄러진다. 그럴 때마다 도라는 차가 멈춰 설 것만 같다. 하지만 운전에 능숙한 고테가 클러치와 액셀을 사용해가며 적절한 타이밍에 핸들을 돌려 단단한 땅 위로 다시 올라온다.

길 상태가 좀 나아지자 도라는 드라이브를 즐기기 시작한다. 오전 햇볕으로 잡목 숲이 빛과 그림자로 구성된 3차원의 그림으로 변신한다. 그녀는 따뜻한 나무와 건조한 이끼 냄새를 맡으며 커피를 한 모금 마신다. 완벽한 아침 식사다. 이어 백미러를 통해 프란치가 열린 차창 밖으로 상반신을 절반쯤 내밀고 스쳐 지나가는 나무 꼭대기를 감상하는 걸 본다.

마침내 고테가 픽업트럭을 풀밭 위로 몰고 가 멈춰서더니 엔진을 끈다. 일순 흐르는 정적에 도라는 귀가 멍멍해지는가 싶더니 이내 숲에서 나는 일정하게 바스락거리는 나뭇잎 소리, 귀청이 찢어질 듯 윙윙대는 벌레 소리, 불협화음의 새소리, 부지런한 딱따구리 한 마리가 딱따그르르거리는 소리를 감지한다. 잠시 그들은 차에 앉은 채로 숲의 콘서트에 귀를 기울인다. 그때 뒷자리에 있던 프란치가 문을 휙 열어젖히며 "소풍, 소풍!"이라고 외친다.

"여기 좋군요." 도라가 말한다. 근데 그는 못 들은 척한다.

프란치와 요헨은 이미 숲속으로 사라지고 없다. 아이가 입고 있는 알록달록한 티셔츠가 여기저기 나무 사이로 반짝인다. 이윽고 고테도 짐칸에 놓인 바구니를 집어 들고 밖으로 나가고, 도라도 따라 내려서 그 옆에서 나란히 걷는다. 차를 타고 30분이 채 안 걸리는 곳으로 나왔는데, 이곳 숲은 브라켄 부근과는 달라 보인다. 이곳에는 소나무 재배지는 없지만 큰 활엽수 고목, 떡갈나무,

너도밤나무, 자작나무가 있다. 또 사람들 기억에서 사라진 나무 더미도 보이는데, 절반이 썩어서 푹 꺼져 있다. 이젠 그 나무를 가져가는 사람은 없다. 거기서 조금 떨어진 곳에 아무도 짓지 않고 내버려둔 야생 울타리용 철조망들이 널브러져 있고, 사냥꾼이 숨어서 망보는 오두막도 있지만, 폭삭 주저앉은 게 수리하는 사람 하나 없는 모양이다. 그뿐인가. 숲속 길은 노루와 사슴 발굽 한 쌍 모양으로 나 있고, 딱따구리는 지치지도 않고 나무를 쪼아댄다.

풀밭 사이로 예전에 도로가 있던 자리가 보인다. 그들은 숲속으로 나 있는 그 도로의 흔적을 따라 수백 미터를 걸어간다. 그리고 마침내 눈앞에 광활한 평지가 펼쳐진다. 숲속 빈터가 아니라 광활한 지대인 그곳은 잡초가 무성한 황무지 같고 사방엔 덤불이 가득하다. 무성하게 우거진 잡초 사이사이엔 무수히 많은 꽃들이 자라나 알록달록한 물웅덩이처럼 보이고, 야생 당아욱꽃과 토끼풀에는 벌들이 떼를 지어 날아든다. 갑자기 앞만 보고 가던 고테가 발걸음을 멈춘다.

"예전엔 논밭이었소." 그가 팔을 뻗어 그 일대 전체를 가리킨다. "저 뒤에 마구간이 여럿 있었소. 지금은 터만 남아 있지."

고테가 도라를 들판으로 데리고 간다. 거기서 조금 떨어진, 높이 자란 풀 속에서 프란치와 요헨이 껑충껑충 뛰어다니며 놀고 있다. 도라는 향기로운 공기를 맡아본다. 차 가게에서 나는 향기 같다. 그녀가 지금껏 가본 곳 중 가장 아름다운 장소다. 지나간 과거이고 동물의 터전에 지나지 않는 이 땅은 평화롭고 향기로운 마법 같은 곳이다.

"저 건너편에 농가가 있었소."

도라가 손으로 햇빛을 가리고 그가 가리키는 쪽을 보니 무성하게 자란 잡초에 뒤덮인 담장 잔해가 보인다. 그 옆으로 세 그루의 보리수나무 꽃봉오리가 힘차게 하늘 높이 솟아 있다. 한때 농가에 그늘을 드리워주던 그 나무들은 농가보다 더 오래 살아남았다.

"농가 건물이 하나하나 뜯겨나갔소. 다 뜯겨나가고 텅 비자 브라켄 마을 사람들이 잔해 속에서 쓸 만한 물건을 주워 갔지."

고테가 비교적 키가 작은 나무들이 나란히 빼곡하게 서 있는 곳을 가리킨다. 무성하게 자라는 이 나무들의 습성 때문에 울창한 덤불숲을 이루고 있다.

"저긴 과수원이었소. 체리나무, 사과나무, 자두나무."

옛 대농장 전체가 끝이 뾰족한 은빛 작은 가지가 무수히 달린 이끼에 뒤덮여 있다. 요정들, 난쟁이들 혹은 우화 속 다른 동물들이 사는 삶의 터전이다.

"땔감 창고, 우물, 작업장, 농기구 창고."

고테가 여러 군데를 가리키지만 아무것도 보이지 않는다. 그들은 몇 걸음 더 옮겨 30년 전에도 벤치로 사용했을 것 같은 거대한 떡갈나무 그루터기에 자리 잡고 앉는다. 서로의 팔이 닿는다. 저만치서 들리는 프란치의 웃음소리가 이글거리는 태양이 비치는 구름 위로 높이 울려 퍼진다.

그사이 도라는 0×0가 나타날 낌새가 있으면 사전에 알아차린다. 문득 지금 이 순간 자신이 살아 있다는 확신이 든다. 속이 진정되고 머리가 가벼워지며 눈빛이 맑아진다. 3차원의 주변 환경. 어쩜 0×0는 죽음과 비슷할지 모른다. 처음부터 도라는 고테와 관련 있을 거라고 의심했다. 그가 현재를 끌어당긴다. 특별한 형태의 중력. 아무리 영리한 사람이라도 고테 같은 사람에게 서사가 있을 거라고 생각하지 못한다.

"이곳을 잘 아는군요." 그녀가 말한다.

"여기서 살았소."

그 생각을 해야 했다. 그가 이번엔 어린 시절 추억이 서린 장소로 데리고 왔다. 지금은 사라지고 없는 그의 부모님 집으로. 갑자기 그녀는 누군가 빔 프로젝터에 새 슬라이드를 올려놓은 것처럼 방금 전과 다른 눈으로 주변을 바라본다. 그녀는 어린 남자아이 모습으로 밀밭을 뛰어다니고, 큰 과일 농장에서 자두를 따고, 아버지와 함께 트랙터에 앉아 있는 고테를 본다.

"브라켄 마을 판잣집, 슈테 마을 오두막집. 학교에서 항상 이 노래를 불렀지. 근데 가는 게 쉽지 않았소. 내 말은 학교에 가는 거 말이오."

도라가 위키피디아에 실린 '사람이 살지 않는 정착지 슈테'를 기억해내는 데 시간이 좀 걸린다.

"통일 후에도 한동안 변하지 않았소. 그러다 갑자기 여기 이곳이 다른 사람의 소유가 됐다고 하더군." 그가 마치 이 들판과 옛 경작지를 옆으로 밀쳐두려는 듯한 제스처를 취한다. "살던 곳에서 쫓겨났을 때 내 나이 열세 살이었소."

마침내 도라는 어치를 발견한다. 왠지 모르지만 줄곧 어치가 나타나길 기다리고 있었다. 어치는 어린 단풍나무 가지에 앉아 그들 쪽을 바라본다.

"이곳을 떠나 우린 플라우지츠로 옮겨 갔소. 아버지는 일자리를 찾아다녔지. 그땐 학교에 갈 형편이 아니었소. 우리 가족 모두 작은 판잣집에 처박혀 지냈소. 감옥보다 더 심했소. 거긴 혼자 있을 때라도 있는데."

나뭇가지 위에 앉아 있던 어치가 폴짝거리며 가까이 다가온다. 인간들과 친해지고 싶어 하는 거 같다.

"92년 여름에 아버지가 날 데리고 로스토크*로 갔지. 바르카스**에서 관광객처럼 지냈지. 좋았소. 마침내 판잣집에서 나왔으니까. 저녁엔 불꽃놀이도 보고 맥주도 마시고 분위기도 근사했지. 도시 축제가 열린 거 같았지. 이 말 외에 달리 표현할 방법이 없소."

---

* 구동독 메클렌부르크포어포메른주에서 가장 큰 도시.
** 로스토크의 자치구 도시.

도라는 그가 무슨 말을 하는지 금방 알아듣지 못한다. 하지만 이내 말뜻을 알아차리고 내심 놀라움을 금치 못한다. 높은 곳에서의 추락. 로스토크 리히텐하겐, 해바라기 하우스.* 2차 세계대전 이후 가장 심각한 인종차별적인 폭력 행위.

"부활과도 같았소. 드디어 또 다른 일이 터졌지."

도라는 그가 자신의 행동을 정당화하려는 건지, 왜 나치가 됐는지 해명하려고 슈테 마을을 보여주는 건지 곰곰이 생각해보지만, 그건 고테에게 어울리지 않는 일이다. 근데 문제는 그가 뭘 의도하느냐가 아니라, 도라가 계속 회피하는 데 있다. 희미한 자아 발견의 꿈, **실행시간 오류**, 살아 있는 느낌. 열서너 살에 벌써 베트남 계약직 노동자들이 기거하는 숙소에 불을 지르는 행위를 부활이라고 생각한 사람 옆에서 살아 있다는 걸 느끼는 건 멋진 일이다.

도라는 그가 내미는 담배를 거절한다. 아무것도 아닌 척할 수 없다. 속이 안 좋다.

어쨌든 고테는 제국 시민이 아니라고 그녀는 스스로에게 말한다. 그는 부정하는 것도 없고 큐아논**을 신봉하지도 않으며 무장

---

* 1992년 8월 22일~26일 로스토크 북서쪽 리히텐하겐에서 망명신청자 중앙 접수 센터와 이른바 '해바라기 하우스'에 기거하는 전 베트남 계약직 노동자를 대상으로 일어난, 2차 세계대전 이후 독일에서 일어난 최대 규모의 인종차별주의 폭동.
** 온라인에서 활동하는 미국 극우 음모론 집단.

한 지하조직에 가담하지도 않고 NPD*** 당원도 아니다. 리히텐하겐 사건은 30년 전의 일이다.

근데 왠지 이런 생각을 해도 소용이 없다. 도라는 벌떡 일어나 이곳에서 사라져야 한다. 걸어서 브라켄으로 돌아가 집 문을 걸어 잠가야 한다. 마음이 약하지만 않았으면. 빌어먹을 마을 파티. 치밀어 오르는 빌어먹을 메스꺼움. 고테의 말을 듣고 나니 가슴에 돌덩이를 얹어놓은 거 같다.

"리히텐하겐 사건 이후에도 우린 계속 떠돌아다녔지. 차를 타고 돌아다녔소. 비스마르, 귀스트로, 크뢰펠린****으로 진짜 여행을 했지. 호수에서 목욕을 하고 차에서 자면서. 저녁엔 숙소 앞에서 소동을 피우고. 아크릴로 만든 마스크를 쓴 짭새들 얼굴이 잊히지가 않아. 우릴 무서워했지. 아버지는 내가 시위대 선봉에 서는 걸 허락한 적이 없소. 뭐든 그들을 향해 던지는 것도 허락하지 않았소. 근데 한번은 경찰차를 뒤엎는 걸 도와준 적이 있소. 몇몇 사람들과 힘을 모아 쉽사리 뒤엎어버렸지. 몇몇 사람들과 함께라면 그 어떤 일도 쉽게 해치울 수 있지. 당신들이 잊어버린 게 바로 그거요."

도라는 '당신들'이 누구인지 모를뿐더러 알고 싶지도 않다. 그

*** 독일 국민민주당. 1964년 창당한 극우 정당이다.
**** 구동독 메클렌부르크어포메른주에 있는 도시들.

녀는 푸드덕거리며 땅바닥에 내려앉아 머리를 비스듬히 기울여 모이를 받아먹으려는 비둘기처럼 자신을 빤히 쳐다보는 어치에 게 시선을 고정한다.

"그걸 왜 내게 얘기하죠?" 그녀가 묻는다.

"우린 친구라고 생각했소." 고테가 대답한다.

"그들에 대한 증오가 이해가 안 돼요."

"누구나 싫어하는 사람이 있지. 안 그러면 결코 앞으로 나아갈 수 없소."

"말도 안 돼요."

"당신도 나치를 싫어하잖소."

"난 아무도 싫어하지 않아요."

도라는 벌떡 일어난다. 갑자기 또다시 미칠 듯한 분노가 솟구친다. 지금이야말로 고테에게 자신의 의견을 말할 절호의 기회다. 그는 무슨 생각으로 그녀를 이곳에 데려와서 이런 식으로 눈물샘을 자극하는 걸까? "우린 친구라고 생각했소." 이 불쌍한 마을 나치에게 연민이라도 느껴야 하는 걸까? 그녀는 그가 얼마나 나쁜 사람인지 말하고 싶다. 또 그가 얼마나 인간을 경멸하며 폭력적인지, 그가 거리에 내건 깃발을 그녀가 얼마나 창피하게 생각하는지. 그의 친구들이 유튜브에서 얼마나 말도 안 되는 멍청한 소리를 지껄여대는지, 그가 자신의 증오를 그런 일이 아닌 다른 데에 쏟아부을 수 있다는 것도. 무엇보다 그가 얼마나 형편없는 아버지인지를.

하지만 그녀 머릿속에 떠오른 건 단 두 문장이고, 그걸 큰 소리로 내뱉는다.

"물론 내가 낫죠! 당신보다 백배 낫죠!"

그가 반응을 보이지 않지만 그녀는 뭔가 분명해지는 걸 느낀다. 그 말이 맞는 거 같고, 그 말을 큰 소리로 내뱉으니 기분이 아주 좋았다. "물론 내가 낫죠!" 근데 언뜻 보면 이 말은 모든 문제의 근원이다. 브라켄 마을 근교에서, 전 세계에서 발생하는 문제의 근원, 전 인류를 갉아먹는, 장기간에 걸쳐 퍼져나가는 독이라고 할까.

당황한 도라는 다시 나무 그루터기에 주저앉는다. 그사이 분노가 싹 사라졌다. 고테가 손잡이 달린 바구니에서 빵 하나를 꺼내 작게 한 입 베어 물더니 어치를 향해 던진다. 그 모습을 본 어치가 잠시 주춤거리더니 급기야 폴짝폴짝 뛰어와 빵 부스러기를 덥석 문다. 그 와중에 도라의 운동화를 살짝 건드린다.

"울지 말고, 뚝 그쳐." 고테가 속삭인다.

"어치가 빵을 먹는지 몰랐어요." 도라도 속삭인다.

"누구나 빵을 먹지."

"그리고 누군가를 싫어하죠."

"예전에 여기서 항상 새 모이를 줬지. 새들도 기억하는 거 같소."

"어치는 몇 살이에요?"

"아주 많진 않소."

고테가 내미는 빵을 받아 든 도라는 빵 부스러기를 바닥에 던져주고 빵 조각을 떼어 어치를 향해 내민다. 그러자 어치가 폴싹 폴싹 뛰어오는가 싶더니 다시 뒤로 물러나서 고개를 홱 돌린다. 이어 푸드덕 날갯짓을 하며 그녀 손에 놓인 더 큰 빵 조각을 먹을지 고심한다. 탐욕에 대한 두려움 때문에.

46장

오두막

"저쪽이오."

도라는 쿵쿵거리며 앞서 걸어가는 고테를 쫓아 언덕을 내려가 들판을 가로질러 간다. 프란치와 요헨도 따라온다. 그들 넷은 숲 가장자리를 따라가다가 나무 사이로 난 모랫길로 접어든다. 보아 하니 목적지가 있는 거 같다. 이어 또 다른 숲이 나오자 그들은 멈 춰 선다.

"여기도 경작지예요?"

"감자밭이었소. 과거에."

도라가 끝까지 읽지 않을 책 제목 같다. 거기서 조금 떨어진 곳에 작은 호수가 있고, 그 호숫가에 갈대밭이 있다. 고테가 긴 사다리를 타고 올라갈 수 있는 오두막으로 그녀를 데리고 간다. 오두막에 오르기 전에 고테는 손잡이 달린 바구니에서 쌍안경 세 개를 꺼내 도라와 프란치 목에 하나씩 걸어주고 자기 목에도 하나를 건다. 어느새 프란치는 사다리를 타고 위로 올라가고 있다.

"걔는 내게 주시오."

도라는 잠시 머뭇거리다 요헨을 바닥에서 안아 올려 고테에게 건넨다. 요헨은 그의 턱을 핥으며 가만히 품에 안겨 있다. 요헨을 안은 채 바구니를 손에 든 고테는 천천히 사다리를 올라간다. 맨 마지막으로 도라가 올라오자 그가 검지손가락을 입술에 갖다 댄다.

"자, 이제 조용히."

그들은 오래 기다릴 필요가 없다. 거기서 조금 떨어진 곳에 왜가리 한 쌍이 내려와 긴 다리로 성큼성큼 갈대밭을 향해 유유히 걸어가 먹잇감이 나타나길 기다린다. 쌍안경을 통해 보이는 왜가리들은 손에 잡힐 만큼 가까이 있는 것 같다. 회색빛 날개 아래쪽 거무스름한 부분, 흰 목, 강도가 쓴 마스크처럼 얼굴 위 검은 띠.

"저기 황새가 있어요!" 프란치가 속삭인다.

진짜로 또 다른 새가 날아든다. 왜가리보다 몸집이 더 큰, 특유의 검은색과 흰색 깃털이 있는 황새로, 머리를 까닥거리며 붉은색 다리로 높이 자란 풀밭을 헤집고 다닌다.

그다음엔 두루미들이 날아드는데, 엄청나게 큰 키에 도라는 깜짝 놀란다. 긴 다리, 머리 위 붉은 점, 곤두세운 꼬리를 가진 두루미들은 외래종 같다. 이번엔 포동포동한 기러기들이 호수로 나와 헤엄을 치고 다닌다. 그 모습을 본 오리들이 화가 나 꽥꽥, 꽥꽥거리며 시위를 벌인다.

"꿩들이오"라고 고테가 말하는 사이에 벌써 수컷 세 마리가 날개를 푸드덕거리며 날아간다.

도라는 여기 있는 모든 새들이 참 크다는 생각을 한다. 특히, 어머니와 함께 주방 창문을 통해 관찰했던 아주 작은 박새, 울새, 굴뚝새에 비하면 말이다. 당시 그들 눈엔 검은색 흰색 깃털의 까치가 엄청 커 보였다.

"저기!" 고테가 앉은 자리에서 몸을 반쯤 일으켜 무릎을 구부린 상태에서 쌍안경을 눈에 대고 조절 휠을 돌려 초점을 선명하게 맞춘다. "세상에 이런 일이."

"뭐가요? 뭐가요?"라고 프란치가 외치다 큰 소리 내지 말라는 엄한 주의를 듣는다.

도라는 고테의 시선을 좇아 목에 메고 있는 쌍안경을 눈에 갖다 댄다. 갈색 깃털의 볼품없는, 자고새보다 작은 새 한 마리가 눈에 들어온다. 중간 길이 정도 되는 가느다란 새 부리는 외과용 수술 기구 모양 같다. 그 부리로 풀밭 여기저기를 쪼아대고 다닌다. 고테가 흥분하지 않았다면 도라는 그 새를 거들떠보지도 않았을 거다. 볼품없어 보이는 그 새는 도요새나 섭금류에 속하는 종인 거 같다.

"목도리도요라는 새요." 고테가 속삭인다. "아주 드문 새지. 총 30쌍 정도 남아 있소. 여기서 그리 멀지 않은 곳에 거대한 자연보호구역이 있소. 근데 야생에서 사는 목도리도요는 아직 한 번도 본 적 없소."

"새 관찰 하러 여기 자주 와요?" 도라가 묻는다.

그 말이 딱딱하고 가식적으로 들린다. 방금 전의 흥분으로 인해 마음에 긴 여운이 남는다. 고테보다 더 나은 게 뭐가 있나. 평소처럼 정상적으로 행동하는 게 쉽지 않다. 근데 고테는 또다시 못 들은 체하며 딸아이가 쌍안경 초점 조절하는 걸 도와준다. 이윽고 프란치가 쌍안경을 들여다보며 "새가 보여요, 보인다고요!" 라고 외칠 때 아이가 거짓말을 하고 있다고 확신한다.

다 같이 새를 실컷 관찰하고 나자 고테가 바구니를 무릎에 올려놓고 싸 온 음식을 꺼낸다. 그는 도라에겐 커피가 든 보온병을, 프란치에겐 오렌지 레모네이드 한 병을 내민다. 마실 것 외에 짭조름한 약드부어어스트*와 마을 파티 때 주유소 내 매점에서 사 갔으나 포장도 뜯지 않고 그대로 가져온 겉이 단단한 롤빵도 있다. 커피는 너무 달고 롤빵은 전날 구입한 거지만 너무 맛있어서 도라는 눈을 감고 음미한다.

"내 인생에서 가장 아름다운 날이에요." 프란치가 말한다.

"헛소리 마." 고테가 무뚝뚝하게 대꾸한다.

순간 도라도 움찔한다. 그러나 프란치는 흐느껴 울면서도 용감하게 고테에게 가까이 다가간다.

---

* 독일 소시지.

"정말이에요." 아이가 고집스럽게 말한다.

그 말에 고테가 프란치 어깨에 팔을 얹고 가까이 끌어당긴다. 그 둘이 그러고 있는 동안 도라는 흔적도 없이 사라진 듯 조용히 앉아 있다. 어쩌면 그럴 수 있는 적절한 순간일지 모른다.

집으로 돌아오는 길에도 프란치는 차창 밖으로 몸을 반쯤 내밀고, 모굴 스키를 타고 활강하며 공중회전할 때처럼 즐거운 나머지 소리를 질러댄다.

"사람이 바뀔 수 있다고 생각해요?" 도라가 묻는다.

"죽을 수 있지." 고테가 대꾸한다.

"그 말이 아니에요."

"꽤 큰 변화긴 하지."

그가 자조 섞인 웃음을 짓는다. 그사이 그녀는 그에게서 뭘 더 알고 싶은지 곰곰이 생각해본다.

"아직도 생각에 잠겨 있군." 고테가 말한다. "세상을 있는 그대로 내버려두시오."

도라는 바지 주머니에서 휴대폰을 꺼내 아버지에게 문자를 보낸다.

"그는 잘 지내고 있어요. 아무 증상도 없어요. 사색도 하고 있어요."

1분도 채 안 돼서 바로 답장이 온다.

"내일 저녁 7시쯤 가마. 스시 사 갈게."

새벽 3시쯤 불현듯 잠에서 깬 도라는 문밖으로 나간다. 담장 너머에서 영화가 촬영 중이다. 아니면 UFO가 착륙했는지 모르지. 고테의 정원 위에 눈부시게 밝은 빛이 머물고 있다. 나무 꼭대기를 비추고 밤의 어둠과 뚜렷한 대조를 이루고 있는 빛이. 마법에 이끌리듯 담장으로 가서 의자 위에 올라간다. 트레일러 발판 위에 커다란 전조등 하나가 놓여 있다. 작업 공간 전체를 환하게 비출 만큼 밝다. 고테는 암컷 늑대의 등 아랫부분, 뒷다리, 꼬리를 조각하느라 여념이 없다. 팔의 움직임에 따라 그의 상반신이 흔들린다. 늑대를 조각하는 데 완전 빠져 시공간을 초월한 상태다. 늑대가 귀를 쫑긋 세우고 웃으려고 주둥이를 벌린 채 상냥하면서도 호시탐탐 기회를 노리는 듯한 표정으로 도라를 쳐다보고 있다. 고테가 발을 자유롭게 풀어주면 당장이라도 덤벼들 기세다.

도라는 한참을 바라본다. 시선을 돌릴 수가 없다. 무릎과 등이 아파오기 시작할 때까지 꼼짝 않고 그대로 의자 위에 서 있다. 다시 자러 가려고 시계를 보니 벌써 4시가 지나 있었다. 그 시각에도 고테는 미친 듯이 조각상을 깎고 있다. 거기서 몇 미터 떨어진 담장 위에 주황색 고양이가 앞발을 오므리고 누워 있다. 지금 이 순간에 푹 빠져서.

47장

파워 플라워[*]

파워 플라워. 삶의 에너지를 쪽쪽 빨아먹는 숙주를 발견한 듯이 두 단어가 도라의 머릿속에서 떠나질 않는다. 머릿속을 돌아다니며 다른 모든 생각으로 옮아간다. 쐐기풀은 무자비한 적이다. 파워 플라워. 벌써부터 도라 다리가 피라냐의 공격을 받은 거 같다. 파워 플라워. 아버지는 저녁 7시쯤에 도착할 예정인데 이제 겨우 4시다. 파워 플라워.

집터 뒤쪽 모퉁이를 개간하겠다는 생각은 얼마나 멍청한지. 이처럼 넓은 집터 뒤쪽 모퉁이 땅이 필요한 사람은 없다. 거기엔 나비들과 자연을 해치지 않는 선에서 번식하는 아주 중요한 다른 곤충들이 살고 있다. 또 우주에서 온 괴물같이 생긴, 가시 돋친 굵

---

[*] 스티비 원더의 1979년 노래.

은 줄기와 수많은 꽃술이 달린 어른 키만 한 엉겅퀴도 자라고 있
다. 땅에서 이 엉겅퀴를 뽑아버리려고 할 때마다 도라는 집터 뒤
쪽 모퉁이 땅이 자기 소유가 아니라는 생각이 뚜렷해진다. 파워
플라워.

도라는 톰이 의뢰한 캠페인 작업을 처음부터 다시 손본다. 고
무 인형 총리를 등장시키는 건 너무 도발적이고 '피어나는 우정'
이란 상호명은 너무 신랄한 거 같다. 그래서 이제 상호명을 '파워
플라워(Power Flower)'로 바꾼다. 내일 예정된 프레젠테이션에
서 다룰 요구사항, 소셜미디어 콘셉트, 콘텐츠 아이디어도 준비
했다. 그 자리에서 톰에게 주기적으로 독창적인 새 아이디어를
소개하는 고객용 뉴스레터를 만들자고 제안할 생각이다. 동영상
과 DIY 코너도 추가할 수 있을 거다. 그런 생각에 파워 플라워 도
메인을 저장하고 난 후 작업 표시줄에 고정해놓는다.

도라는 하루 종일 신경이 곤두서 있다. 잠도 거의 안 자고 먹지
도 않고 땡볕 아래서 장시간 무성한 잡초를 뽑았다. 프란치와 요헨
은 그녀가 짜증 내기 전에 숲속으로 도망간 모습을 드러내지 않
았다.

도라는 생일날 선물이 놓여 있는 탁자에 못 가게 해, 저녁때까
지 기다려야 하는 아이처럼 느껴진다. 그 선물 탁자는 아버지이
고, 탁자 위 선물은 그가 가지고 올 소식이다. 하루 종일 도라는
아버지의 방문이 아무 의미 없을지 모른다고 스스로 확신을 가지

려 해도 흥분된 마음이 진정되지 않는다. 아버지가 그저 스시를 함께 먹으려고 '이 시국에도 불구하고' '지금 같은 시기에' 오기 싫은 이 지방 마을에 오는 건 아니다. 그는 계획이 있고, 어쩌면 그 계획으로 인해 모든 게 바뀔지 모른다. 그는 좋은 아버지는 아닐지 모르지만 언제나 좋은 의사였다. 아버지가 생명을 구한 사람 수만 해도 마라톤 선수가 달리는 시간만큼 많다. 고테가 아버지의 수술용 메스를 한 단계 더 끌어올릴 수 있으면, 어떤 위험을 무릅쓰더라도 고테를 구하기 위해 모든 걸 할 것이다.

도라는 커다란 낫으로 큰엉겅퀴를 몇 포기 베어낸다. 베여 나간 엉겅퀴는 원망하듯 힘없이 바닥에 쓰러진다. 뿌리를 완전히 뽑아내지 못해 실망스럽지만 엉겅퀴가 다시 자라날 걸 안다. 그녀는 팔로 이마의 땀을 훔친다. 단단한 땅을 갈아엎어 거대한 텃밭을 만들려고 마음먹은 첫날처럼 등이 아파오기 시작한다.

5시쯤 도라는 샤워를 하며 몸을 타고 흘러내리는 차가운 물을 만끽한다. 머리카락에 맺힌 땀도 씻어내고 굳은살 박인 손도 진정시키고 풀에 긁힌 종아리의 열기도 가라앉힌다. 도라는 양손을 사발 모양으로 만들어 물을 받아 마신다. 큰 낫이나 삽을 들고 자연에 맞서 싸워보지 않은 사람은 물이 뭔지 모른다. 아버지가 올 때까지 그대로 샤워기 아래 서 있고 싶다. 근데 시간이 좀 지나자 한기가 든다. 도라는 샤워 부스에서 나와 수건으로 머리를 둘둘 감고 젖은 몸에 큰 수건을 걸친다. 그 모습으로 욕실 매트 위에 미동도 없이 서 있다. 갑자기 초조해진다.

그사이 도라는 여러 다양한 종류의 폭동, 공포, 흥분에 대해 알게 된다. 다양한 상황을 관찰하고 분석하고 분류도 했다. 이젠 다양한 신경질적인 반응을 수집하고 기록하는 연구관이 다 됐다. 그녀는 앞으로 언젠가 스멀스멀 올라오는 작은 기포나 벌레가 버글거리는 듯한 긴장감은 물론이고 고통스럽고 슬픈 시달림, 공황발작을 일으킬 듯한 파괴적인 분노 같은 다양한 감정을 유리 진열대 너머로 감상할 수 있는 '폭동 박물관'을 열 거다. 지금 그녀 몸속에 퍼져나가는 건 평소 습관적으로 느끼는 근질거림이 아니나. 그렇다고 근거 없는 공황발작도 아니다. 그보다는 근거 있는 불안감이라고 하는 편이 맞다. 그 말인즉슨, 뭔가 이상하다는 거다.

이사 박스를 차곡차곡 쌓아 만든 옷장이 놓인 옆방으로 들어간 도라는 뭔가 이상하다는 걸 곧바로 알아차린다. 옷 무더기가 뒤죽박죽 쌓여 있고, 바닥엔 바지 두 벌이 떨어져 있다. 누군가 이사 상자 속 옷가지를 뒤져놓았다.

믿어지지 않는 표정으로 도라는 삐져나온 옷더미를 바라본다. 이리 뒤져놓은 사람이 자신이라는 생각이 당장이라도 떠오를 것처럼 말이다. 근데 그녀 짓이 아니다. 그녀는 늘 옷가지를 가지런히 정돈해놓으니까. 그렇다면 누군가 침입한 게 분명하다. 아까 정원에서 들어왔을 때 집 안에 특별히 눈에 띈 점은 없었다. 물론 곧장 욕실로 들어가는 바람에 다른 방들을 살펴보지 않았지만.

그럼 이제라도 살펴봐야겠다고 생각한다. 그녀는 옷 무더기에서 속옷, 청바지, 줄무늬 티셔츠를 끄집어내어 눈 깜짝할 사이에 갈아입는다. 최악은 누군가 아직 집 안에 있을 경우다. 그럼에도 분명 악의 없는, 설명 가능한 이유가 있을 거라는 생각을 떨쳐버리지 못한다. 어쩜 프란치가 변장 놀이 하기 전에 허락받는 걸 깜빡했는지 모른다.

도라는 방바닥이 자신의 몸무게를 지탱하지 못하고 무너져 내리기라도 하듯 조심스러운 발걸음으로 맨 먼저 아직 제대로 갖춰져 있지 않은 주방으로 간다. 찬찬히 살펴보니 달라진 점이 보인다. 서랍은 열어보고 잘 닫아두지 않은 상태이고, 아로마 향이 날아가지 않도록 뚜껑이 닫혀 있는지 늘 확인하는 커피 통은 열려 있다. 잡지 더미도 기존과 다르게 놓여 있다.

복도 벽걸이에 걸린 재킷도 바닥에 떨어져 있고, 침실 매트리스도 비스듬히 놓여 있고, 침대 위 이불도 절반 정도 삐져나와 있다. 도라의 집에 물건이 별로 없어서인지 집 안을 샅샅이 뒤지진 않은 모양이다. 당연히 프란치가 이 지경으로 만들어놓았을 거 같진 않다. 누가 여기서 뭘 찾았든 간에 체계적으로 뒤졌다. 게다가 침입한 걸 숨기지 않으면서 조금이라도 덜 엉망으로 만들려고 애쓴 거 같다.

서재는 최후의 보루로 남겨둔 방이다. 중요한 건 모두 거기 다 있다. 근데 일하는 데 필요한 노트북, 태블릿, 스마트폰이 없어졌으면 어쩌지. 그녀는 도난손해보험에 가입했는지조차 기억나지 않는다.

도라는 약간 열려 있는 문을 발로 밀어 연다. 노트북은 놓아둔 바닥에 그대로 있다. 근데 어딘가 모르게 달라진 모습을 보니 안도감이 놀라움으로 바뀐다. 지금은 노트북이 없어졌으면 하고 바랄 지경이다. 그러면 이 사건은 멍청하기 짝이 없는 평범한 주거 침입 사건으로 신고해 경찰 조서를 작성하고 속수무책으로 새로운 조사 결과가 나오면 알려주겠다는 의미 없는 약속으로 이어질 테지.

큰 야자수 나무가 마룻바닥에 쓰러져 있다. 사방으로 쭉 뻗은 나뭇가지가 방 절반을 차지하고서. 파워 플라워, 바닥에 쓰러졌다. 누군가 야자수 나무를 화분에서 꺼내 바닥에 내동댕이친 거다. 어떻게든 찾겠다는 의지와 힘센 팔을 가진 누군가가 자신이 원하는 걸 찾아 헤매는 모습이라니. 침입자는 바닥에 떨어진 배양토를 신발에 묻히고 방 안을 돌아다닌 모양이다. 누구 신발인지 알아내는 데 범죄 과학수사는 필요 없다. 뭐가 없어졌는지 이제 아니까. 그런데도 그녀는 확인하러 화분이 있는 곳으로 간다. 자동차 열쇠는 사라지고 텅 빈 화분만 덩그러니 놓여 있다.

48장

교통체증

 그는 잠깐 어디 좀 가고 싶었을 거다. 도라에게 물어볼 수도 있었지만 거절하리라는 걸 알고 있었다. 아니면 컨디션이 너무 좋아서 운전 금지라는 말뜻을 새까맣게 까먹었는지 모른다. 어제는 함께 숲속에 있었다. 고테는 별문제 없이 운전석에 앉아 식사를 했다. 아마 나치 친구들에게 갔을 거다. 아니면 혼자서 슈테로 다시 갔거나, 그것도 아니면 프란치를 놀라게 할 심산인지 모른다. 혹 곧 있으면 프란치 생일인 걸까? 도라는 아이 생일이 언젠지 모른다. 한 시간 반이 지나면 그녀는 아버지에게 엄격한 자동차 운전 금지를 살짝 풀어줄 수 있는지 물어볼 거다. 그러면 고테가 드라이브를 하고 싶을 때마다 도둑처럼 그녀 집에 몰래 들어오지 않아도 된다.

 도라는 심호흡을 하고 다시 욕실로 들어가 드라이기로 말리지 않은 젖은 머리를 그대로 빗는다. 별로 걱정을 하지 않는다는 걸 스스로 증명하려고 먼저 집 안 청소를 했는데 생각보다 빨리 끝이 난다. 그러고는 바닥에 쓰러져 있는 야자수 나무를 일으켜 세운다.

잠시 후 도라는 담장으로 달려가 의자 위에 올라가서 옆집을 살핀다. 정원에 픽업트럭이 보이지 않는다. 당연히 없지. 근데 도라는 엔진 소리를 들은 기억이 나지 않는다. 하긴 집터 뒤쪽 모퉁이에서 한동안 잡초와 전쟁을 치르고는 곧장 샤워하러 들어가 물소리를 듣고 있었으니.

프란치가 그늘에 앉아 조각칼을 들고 나무를 깎고 있고, 그 옆에서 요헨이 곧 완성될 나무 뼈다귀를 기다리고 있다.

"아빠 어디 계시니?"

아이와 개가 고개를 든다.

"나갔어요."

"그래." 도라는 아무렇지 않은 척한다. 사실 아무렇지 않다. 그다지 나쁘지 않다. 아무 문제 없다. "언제 나가셨니?"

프란치가 곰곰이 생각해보고는 어깨를 으쓱한다. "방금 나간 거 같아요."

의미가 있을 수도 없을 수도 있는 말이다. 지금 프란치는 유효한 시간관념이 발달하기 전의 행복한 시기에 있다. 지금 뭘 하고 있느냐에 따라서 아이에겐 5분이 한 시간 같기도 하고 그 반대일 수도 있다. 아담과 이브가 에덴동산에서 내쫓긴 것도 사과를 따 먹어서가 아니라 시간의 발명 때문이다.

"어디 갔는지 아니?"

프란치가 고개를 가로젓는다. 아이는 이상하게 생각하지 않는 다. 아니, 이상하게 생각할 이유도 없다. 아이를 혼자 남겨두고 나 갔다가 언젠가 다시 돌아올 테니. 그래서 아이는 걱정하지 않는 다. 다행이다. 도라도 걱정하지 않는다. 진짜로. 중요한 건 아버지 가 왔을 때 고테가 집에 있으면 된다. 아버지가 그를 진찰해보고 싶어 한다면, 정말 그러길 원하면, 정 안 되면 기다려야지 뭐. 아 버지는 자지 않고 오래 깨어 있어도 아무 문제 없다. 꼭 필요하면 자정까지, 아니 자정이 지나서도 깨어 있을 수 있다. 좋은 와인만 있다면. 타이밍이 안 좋긴 하지만, 그렇다고 아주 나쁜 건 아니다. 고테는 그녀에게 물어볼 수도 있었을 텐데, 그랬다면 해결책을 찾았을 거다. 하지만 그렇게 하지 않는 게 바로 고테다. 그는 나름 의 이유가 있고 자기 일은 스스로 알아서 한다.

다른 사람이었으면 그녀는 휴대폰으로 전화를 할 거다. 혹은 왓츠앱에 들어가 메시지를 보낼 거다. "빌어먹을, 어디 처박혀 있 어요?" 하지만 도라는 고테가 휴대폰을 갖고 있는지조차 모른다. 그는 그녀가 알고 있는 휴대폰 없이 살 수 있는 유일한 사람이다. 거기에 그가 특별한 존재라는 비밀이 있는 거 같다. 그래도 지금 이 순간 그녀는 그에게 연락하려고 엄청 애를 쓸 거다.

도라는 집 안으로 들어가 2인용 식탁을 차리고 레드와인 한 병을 따서 아버지가 좋아하는 방식대로 디캔팅을 한다. 그다음엔 뭘 더 해야 할지 막막하다. 그녀는 줄곧 밖에서 나는 소리에 귀를 기울인다. 부르릉거리는 우아한 재규어 소리가 아니라 드르릉거리는 픽업트럭 소리가 나는 건 아닌지 하고. 불안한 마음에 서재, 침실, 복도, 주방, 욕실을 들락날락거리며 온 집 안을 돌아다닌다. 얼마 전 이 코스를 따라 고테, 프란치와 함께 술래잡기를 한 적 있다. 마치 몇 년 전에 있었던 일인 것만 같다. 그때만 해도 세상은 지금과는 달랐다. 도라는 코로나 망명 중인 도시 여자였고, 고테는 담장 너머에 사는 훼방꾼이었다. 근데 지금의 그녀는 양딸을 둔, 혼자 사는 독립적인 시골 마을 여자이고, 고테는 암에 걸린 친구다.

친구. 이제 도라는 정말로 그렇게 생각했다. 그녀는 또다시 서재, 침실, 복도, 주방, 욕실로 빠르게 뛰어간다. "절벽 끝에서 일상으로 다시 도망치는 건 해결책이 아니다"라고 말한 사람이 하이데거였나? 아마 하이데거는 **오류 0×0**을 알지 못했을 거다. 0×0은 하이데거가 말하는 절벽 끝에 있는, 손수 만든 나무 벤치다. 여기서 절벽 끝은 모든 존재가 '아직 존재하지 않음'과 '더 이상 존재하지 않음' 사이에 있는 존재일 뿐이라는 앎이다. 사람들은 함께 절벽 아래를 내려다보려고 잠시 나무 벤치에 나란히 앉아 있을 수 있다.

6시 반이 조금 지났을 때 전화기가 울린다.

"미안하다, 얘야." 아버지가 말한다. "조금 늦을 거 같구나. 정체가 심해 국도에 갇혔어."

'화요일 저녁, 통근 차량들이군.' 도라는 생각한다.

"이상하구나." 아버지가 말한다. "이 시각에 통근 차량은 없을 텐데. 일부 사람들은 재택근무를 할 거고 또 다른 일부는 발트해에서 휴가를 즐기고 있을 텐데." 그는 어이없다는 듯 콧방귀를 뀐다. "사고가 난 게 분명해. 그래서 도로를 폐쇄한 거 같구나."

국도에선 늘 사고가 발생한다. 그곳은 신식 집단 묘지 같은 데다. 좁은 차도, 빽빽이 늘어선 가로수 나무들. 도로에서 무모한 추월을 일삼는 트랙터, 화물차, 오토바이, 특수 수송차량들. 도롯가에 흰색 십자가들이 서 있고, 그 앞엔 꽃이나 양초가 놓여 있다. 이따금 도라는 사람들이 국도에서 겁 없이 시속 140킬로로 달리면서 질병을 두려워한다는 게 재밌다는 생각이 든다. 하지만 오늘은 그렇지 않다.

"스시를 좀 먹어도 괜찮겠냐?" 아버지가 묻는다. "배가 엄청 고프구나."

국도에서 일어난 또 다른 사고가 아무 의미 없다는 걸 도라는 잘 알고 있다. 하지만 그녀는 자신이 알고 있는 걸 믿지 않는다.

"앞쪽으로 가봐요." 그녀가 말한다.

"뭐?"

"차에서 내려 앞쪽으로 가서 무슨 일이 있는지 살펴봐요."

"뭔 엉뚱한 생각이냐?"

"제발요."

"도라야, 이게 다 뭔 일인지 이해가 안 되는구나. 구경꾼에겐 벌금이 부과돼. 게다가……"

"제기랄, 의사잖아요." 도라가 날선 목소리로 말한다. "앞쪽으로 가봐도 돼요. 그냥 부탁하는 걸 들어주면 안 돼요?"

아버지가 잠시 침묵한다.

"알았다." 그는 짧게 대답하고는 전화를 끊는다.

도라는 또다시 집 안을 돌아다녀보지만 그걸로는 성에 차지 않는다. 그래서 정원으로 나가 뒤쪽 제일 구석 모퉁이로 가서 커다란 낫을 들고 남아 있는 큰엉겅퀴를 벤다. 그래도 변하는 건 아무것도 없다. 그녀는 생각을 통제할 수 없다. 아버지가 줄지어 기다리는 자동차 행렬을 따라가는 모습을 그려본다. 자동차 방풍 유리 너머로 마음이 조급해져도 차에서 내릴 엄두도 못내는 운전자들의 얼굴이 보인다. 대부분의 운전자들이 자동차 옆 창문을 열어놓고 전자 담배를 피우는 바람에 연기 구름이 잔뜩 끼어 있어 마치 자동차가 불타는 듯하다. 백미러에 매달아둔 마스크를 그대로 두고 아버지가 차에서 내려 앞쪽으로 걸어간다. 맨 앞에 구급차, 경찰, 소방대원들이 보인다. 근데 헬리콥터는 없다. 그건 좋은 신호일 수도, 나쁜 신호일 수도 있다. 출발하지 않고 사고 현장 주위에 서 있는 구급차처럼. 상태가 아주 좋거나 아주 나쁠 수 있다. 국도 위에서 유니폼 차림의 남자들이 분주하게 움직인다. 그들은 길게 늘어서 기다리는 자동차를 한 대씩 사고 현장 옆으로 통과시킬 채비를 한다. 아버지는 세워둔 재규어가 교통에 방해가 되지 않게 하려면 서둘러야 한다. 이제 그는 사고 차량의 후미 부분이 높이 솟구쳐 있는 걸 본다. 픽업트럭이다. 구덩이에 이상하게 처박힌 차량 모습이 거대한 금속 조각상 같다.

도라는 낫을 내팽개치고 정원을 가로질러 거리로 나와 고테 집으로 달려간다. 아직도 방바닥에 앉아 있는 프란치와 요헨은 고개를 들어 쳐다보지도 않는다. 도라는 바닥에 뿌리 내린 듯 서 있다. 방금 전 담장 너머로 살펴볼 때 못 보고 지나친 점을 발견한다. 암컷 늑대 조각상이 늘 있던 자리에 없다. 바닥에 카펫처럼 잔뜩 깔린 나무껍질이 고테가 야간에도 열심히 작업했다는 걸 방증한다. 근데 사라졌다고 생각한 그 암컷 늑대는 트레일러 계단에서 몇 미터 떨어진, 자신과 짝을 이루는 다른 늑대 조각상 옆에 웅크리고 있다. 귀를 쫑긋 세우고 즐거운 얼굴 표정의 암컷 늑대는 수컷에 비해 몸집은 좀 작지만 날씬하고 아름답다. 그제야 도라는 조각상 받침대의 불룩한 부분이 뭔지 알아차린다. 새끼 늑대 한 마리가 암컷 늑대 발치에 웅크리고 있다는 걸. 토실토실하고 귀여운 새끼 늑대는 사랑에 빠진 눈빛으로 엄마 늑대를 쳐다보고 있다. 거기 그렇게 엄마 늑대, 아빠 늑대, 새끼 늑대가 함께 모여 있다. 그 셋에게 부족한 건 아무것도 없다. 앞으로도 없을 거다.

늑대 가족을 바라보며 도라는 무슨 일이 일어났는지 직감한다. 그래도 확신이 필요하다. 도라는 빠른 걸음으로 트레일러로 가서 격자무늬 발판을 올라가 문을 밀어본다. 열려 있다. 안으로 들어간 그녀는 온몸이 마비되는 거 같다. 모든 색이 뿌옇게 보이고 소리는 멀리서 들리는 듯하다. 깨끗하게 정돈된 트레일러 내 나무 침대도 깔끔하게 정리돼 있다. 작은 식탁 한가운데엔 선물용으로 보이는 또 다른 나무 조각상이 서 있는데, 손바닥 안에 쏙 들어올 정도로 작다.

그 조각상은 퍼그를 닮은 잡종 암컷 강아지로, 꼬리가 엄청 짧다. 바닥에 엎드린 채 숨을 헐떡이며 구경꾼을 향해 얼굴을 치켜들고 있는 모습이 행복하게 웃고 있는 거 같다. 뒷발은 옆으로 쭉 뻗고 있어 땅딸막한 몸통이 요헨의 삼각형 가오리 몸통 모양과 비슷해 보인다. 도라는 이리저리 살피다 거꾸로 돌려본다. 바닥 부분에 두 개의 삼각형이 새겨져 있는데, 뾰족한 늑대 귀 같다.

이제 바보 멍청이 고테가 무슨 짓을 했는지 확실히 알 거 같다. 터무니없이 어리석은 생각에 빠져 좋은 아이디어라고 생각한 그 짓을 한 거다.

"빌어먹을 바보 멍청이 같으니라고." 도라는 큰 소리로 말한다. 하지만 바깥에 들릴 만큼 크진 않다.

의자에 털썩 주저앉은 도라는 굳은 표정으로 요헨을 닮은 작은 나무 조각상이 살아 있는 것처럼 꼭 끌어안는다. 거대한 공포가 희생자를 집어삼키기 전에 한참을 바라본다.

스마트폰이 울리자 도라는 눈시울이 뜨거워져 문자를 읽을 수가 없다. 아버지가 보낸 문자다.

"프로크슈가 죽었다."

49장

프로크슈가 죽었다

두 시간 후, 아버지가 가져온 납작한 플라스틱 상자 속 귀한 스시는 세팅한 주방 식탁 위에 손도 안 댄 채 놓여 있다. 그들은 스시를 냉장고에 넣어놓을 생각조차 못 했다. 요헨데어로헨만 스시에 관심을 갖고 연신 끙끙거리며 고개를 치켜든다. 상식적으로 지금 이 시간에 사람이 먹지 않고 남겨둔 음식은 강아지 몫이다.

집 외관과 사건 윤곽은 물론 도라 주변의 모든 게 희미해진다. 아버지조차 주변 환경에 이질감 없이 자연스럽게 녹아든다. 자연스럽게 욕실도 사용하고, 물어보지도 않고 맥주도 더 꺼내 오는데, 브라켄 마을이 와인을 마시기에 적당한 장소가 아니라고 생각한 모양이다. 게다가 요헨의 물그릇에 물도 가득 채워준다. 아직 그녀 집이 될지 안 될지 모를 새 보금자리가 편하게 느껴지는 모양이다. 지난번에 왔을 때 아버지는 집 내부는 보지 못했다. 그러나 이번엔 집 안을 둘러보며 널찍한 마룻바닥에 감탄하고 질 좋은 건축자재가 사용된 것이며 내부를 미니멀 스타일로 꾸미고 주방에서 담배를 피울 수 있다는 것에 칭찬을 아끼지 않는다. 아버지의 냉담한 태도에 우주가 안정될 거다. 또 그는 경험 많은 의사가 매일 환자 유가족들과 대화할 때 사용하는, 위기에도 끄떡 없는 침착한 화법을 구사한다. 심지어 그는 스시를 갈구하는 요헨을 놀리기도 한다.

그의 행동에 마음이 누그러진다. 그걸 깨닫는 순간 도라는 더 깊은 수렁으로 빠져든다. 고테를 두 번 다시 못 볼 거라는 멍청한 생각도 머리 위 검은 천장처럼 시시각각 옅어진다. 고테는 그녀가 알고 있는 다른 그 누구보다 '거기' 더 많이 가본 사람이다. 그리 쉽게 사라질 순 없다. 그럴 순 없다. 있을 수 없는 일이다.

프로크슈가 죽었다. 완전 틀린 말이다. 도라는 아버지가 잘못 알고 있을 수 있지 않느냐고 몇 번이고 묻는다. 하지만 아버지는 끈기 있게 대답한다. "애야, 의심의 여지가 없다. 자동차와 남자를 보고 바로 알아봤어. 아니, 자동차와 남자의 잔해를 보고 말이다."

주방 식탁 위 스시 접시 옆에 놓인 작은 나무 강아지를 쳐다보기 전까지 도라는 아버지 말을 믿을 수가 없다. 근데 양손으로 나무 강아지를 들고 감싸 쥐는 순간 고테가 이 세상 사람이 아니라는 사실을 새삼 깨닫는다. 고테는 사라져 이제 다시 돌아오지 않는다. 두 번 다시 담장을 마주하고 서서 담배를 피울 수도 없고,

두 번 다시 함께 새를 관찰하거나 자동차를 탈 수도 없고, 두 번 다시 프란치가 아빠와 함께 있을 때 행복해하는 모습도 못 볼 것이다. 말도 안 된다.

도라는 여러 가지 생각을 혼자 중얼거려본다. '넌 그를 잘 아는 것도 아니잖아.' '이제 브라켄에 마을 나치는 없겠군.' '어쨌든 넌 그 일을 막을 수 없었어.'

별 효과가 없다. 요헨을 닮은 나무 조각상을 만지자 그녀는 나락으로 떨어지는 심정이다.

어머니의 시신을 운구할 때 아무도 울지 않았다. 가족 모두 각자 자기 방에 앉아 침묵을 지켰다. 끔찍한 정적이 집 안에 감돌았다. 마치 어머니가 사랑, 안정감, 가족을 비롯하여 모든 걸 가져간 거처럼 말이다. 지난날의 잔상들과 밤 이외에 남은 거라곤 없었다. 정원의 새들조차 침묵했다.

이러면 안 된다. 그런 일을 떠올려선 안 된다. 적어도 과거는 망각의 상자에 그대로 들어 있어야 한다. 젖 먹던 힘까지 짜내서 도라는 뚜껑을 힘껏 누른다. 그러고는 종이 냅킨으로 얼굴을 닦은 후 아버지가 꺼내놓은 필터 없는 담배를 한 대 더 피운다. 근데 벌써 목이 아프다.

약 한 시간 전에 도라는 프란치에게 소시지 없은 빵 한 접시를 가져다주며 남은 저녁 시간을 자기 집에서 보내라고 했다. 하지만 프란치는 조각을 계속하고 싶다고 하면서도 아빠가 언제 돌아오는지는 묻지 않았다.

잠시 후, 아버지가 나디네의 전화번호를 찾아보라고 했다. 도라는 싫다며 거부한다. 그러고는 자신이 직접 프란치에게 설명해줄 거라고 말했다. 그래야 할 의무가 있고, 그사이 다른 누구보다 자신이 아이를 더 잘 알고 있고, 지난 몇 주간 가족처럼 함께 지냈다면서. 그녀는 프란치를 자기 집에 데려와 고테가 없는 첫 번째 밤을 함께 보낼 거다. 그 후에도 프란치는 남은 코로나 방학뿐 아니라 여름방학도 도라 집에서 함께 보내도 된다. 아이는 영원히 그녀 집에 머물러 있을 수 있고 플라우지츠에 있는 학교에 다닐수도 있다. 도라와 요헨이 매일 아침 아이를 버스 정류장까지 바래다줄 거다. 혹 버스를 놓치면 도라가 픽업트럭에 아이를 태우고 플라우지츠에 데려다줄 거다. 외출한 김에 그녀는 쇼핑을 하고, 마실 자격이 충분히 있는 커피를 마시며, 새로 의뢰받은, 지역 소기업들의 사업 모델을 완전 새롭게 발전시키는 일도 할 것이다.

"프란치는 베를린으로 돌아가고 싶어 하지 않는다고요!" 도라가 외쳤다. "아이는 절대로 베를린으로 돌아가지 않아요."

아버지가 미친 사람 보듯 도라를 쳐다보았다. 그러고는 그녀의 어깨를 잡고 프란치 엄마가 아니라고 날카롭게 외쳤다. "넌― 그 아이― 엄마가― 아니다! 지금 당장, 그 나디네라는 여자에게 전화해!"

거역할 힘이 더는 없어지자 도라는 톰에게 전화해 자디의 번호를 물어본다. 잠시 후, 자디에게서 프로크슈 부인의 전화번호를 얻는다.

프로크슈 부인은 '지금(jetze)', '왜냐하면(denne)', '보다(als wie)', '거시기(Dingens)'* 같은 브란덴부르크 사투리를 사용하지 않았다. 사투리를 쓰지 않으려는, 살짝 가식이 섞인 조심스러운 말투였다. 그녀는 새 이웃을 알게 되고 프란치가 잘 지낸다는 소식을 들어 기뻐한다. 도라는 그녀와 얘기하고 싶지 않았다. 나디네 프로크슈는 이제 고테의 부인도 아니고 무슨 일이 있는지도 전혀 모르고 있지 않는가. 브라켄 마을에 있는 도라가 일상으로 돌아갈 수 있게 힘든 일을 모두 떠맡아 처리하고 있다. 여기 이건 도라 이야기지 나디네 프로크슈의 이야기가 아니다. 아버지가 옆에 없었더라면 당장 전화를 끊어버렸을 거다.

고테가 사고를 당했어요.

그 말이 얼마나 천진난만하게 들리던지. 귀엽기까지 하다.

나디네 프로크슈는 말을 많이 하지 않았다. 그저 당장 차를 몰고 가겠다면서 휴대폰을 들고 벌써 현관문을 나서는 중이라고 했다.

시계를 보고 도라는 일어선다. 오래 걸리지 않을 거다. 아버지가 현관문을 나서는 그녀를 쫓아간다. 하지만 요헨은 남는다. 그게 더 낫다. 도라가 아버지와 함께 옥외계단에 서 있다. 잠시 후,

---

* 표준어는 jetzt, denn, als, Dings이다.

혼다 시빅 차량이 플라우지츠 국도를 따라 아래쪽으로 질주해 오더니 마을 표지판이 있는 곳에서 급브레이크를 밟아 하이니 집 앞에 멈춰 선다. 이어 금발 머리 여자가 차에서 내려 도로를 가로질러 달려온다. 엄청 길게 땋은 머리가 등 뒤에서 좌우로 찰랑찰랑거린다. 그녀는 도라와 요요에겐 인사조차 않는다. 그들을 보지도 못했다. 도라는 담장으로 가볼까 생각해보다가 가지 않기로 한다. 이 정도도 이미 견디기 힘들다. 그때 프란치가 깜짝 놀란 행복한 목소리로 마마, 마마 하며 부르고는 잠시 멈칫한다. 이어 격렬하게 항의하는 아이의 외침이 들린다.

"아냐." 프란치가 외친다. "같이 안 가! 가기 싫어!"

도라와 아버지는 나디네 프로크슈가 울부짖는 딸아이를 끌고 길을 건너가 반강제로 자동차에 태우는 것을 바라본다. 프란치는 나디네가 왜 그러는지 모른다. 아는 거라곤 갑자기 엄마가 데리러 왔다는 것뿐이다. 브라켄을 떠나 베를린으로 데려가려고. 프란치는 도라와 요헨뿐 아니라 고테와도 작별 인사를 못 한다. 이제 아이도 나디네 프로크슈도 소리를 질러댄다. 옥신각신 끝에 마침내 문이 닫히고 차가 출발한다.

아버지가 보낸 "프로크슈가 죽었다"는 문자는 나쁜 소식이었다. 나무를 깎아 만든 작은 강아지를 발견한 건 끔찍했다. 하지만 여기 이건 최악 중에 최악이다. 그 이후로 도라는 울지 않는다. 이런 엄청난 재앙이 덮친 상황에서 우는 건 적절하지 않다. 정말이지 말도 안 된다.

밤 10시쯤, 주방에서도 들릴 만큼 아버지 배에서 꼬르륵거리는 소리가 아주 크게 난다. 아버지가 뭘 좀 먹어도 괜찮겠냐고 묻는다. 도라는 아버지와 마주 앉아 플라스틱 상자를 열고 나무젓가락 포장을 뜯고 와사비를 간장에 넣어 휘젓는다. 한 입도 삼키지 못할 걸 잘 알면서. 두 번 다시 음식을 먹을 수 없을 것만 같다. 동시에 그녀는 경험을 통해 인생은 계속된다는 놀라운 특징이 있다는 걸 잘 알고 있다. 태양은 하늘을 떠돌고, 강은 흐르고, 생물은 먹고 잠을 잔다. 그 전날과 완전 똑같이 말이다. 아버지는 니기리 스시와 마끼 롤을 젓가락으로 능숙하게 집어서 간장에 찍어 생강 초절임과 함께 통째로 입안에 밀어 넣는다. 그러고는 오래 씹어서 삼킨다. 도라는 그 모습을 곁에서 말없이 지켜본다. 스시에 들어간 물고기는 한때 살아 있는 존재였다. 근데 아버지는 그 생물 고기를 무덤덤하게 먹어치운다. 대형 사고가 일어난 상황에서 많은 양의 스시를 먹어치우는 그의 이성과 능력은 진정제와 같다. 아마 병원에서 만나는 환자 유가족들에게도 똑같이 행동할 거다. 그들 앞에서도 입에 음식물을 넣고 씹으면서 인생은 계속된다는 걸 몸소 보여준다. 아버지는 근육을 단련하듯 이런 능력을 훈련했다. 그의 모든 제스처에는, 하물며 의도적으로 음식을 삼키는 방식에도 삶의 비밀을 깨우친 메시지가 담겨 있다. 그것의 본질은 삶이란 비밀스러운 게 아니라, 삶 그 자체가 끝날 때까지 습관적으로 지속될 뿐이라는 거다. 계속된다는 건 앞으로 나아가는 데 있어 의미 있는 유일한 해법이고 엄청난 운명에 순응하는 유일한 기회인 거다.

도라는 아버지가 행복한지 궁금하다. 짐작건대 그가 아무렇지 않아 보이는 비결은 스스로 그런 질문을 하지 않는 데 있는 거 같다. 행복을 갈구하지 않는 사람은 불행이란 벌을 받지 않는다. 아버지 같은 사람의 배 속에는 작은 기포가 스멀스멀 올라오지 않는다. 아버지는 스시를 먹고 맥주를 마시며 눈을 감고 맛을 음미한다. 그는 배가 고프고, 지금 이 순간 중요한 건 그게 다다. 그는 도라 몫으로 남겨둔 스시를 절반 정도 더 먹고 나머지는 요헨에게 내준다. 이제, 지금 이 순간 중요한 건 먹을 음식이 전부인 거처럼 행세하는 존재가 둘로 늘어난 것이다.

아버지가 담배에 불을 붙여 한 모금 빨더니 천장을 향해 연기를 내뿜는다. 폐쇄된 공간에서 담배 피우는 걸 즐기는 거 같다. 짧은 시간 여행을 하고 싶은 사람은 브라켄으로 와야 한다. 뮌스터나 베를린에선 이런 행위가 금지돼 있다.

"왜 그가 그랬다고 생각하냐?" 아버지가 묻는다.

도라는 재빨리 당돌하게 대꾸한다. "그는 아무 짓도 안했어요. 그건 사고였어요."

"얘야, 브레이크를 밟은 흔적이 없었어."

"아마 탈락증상이 일어났나 보죠. 그래서 브레이크를 밟지 못했고요."

"브레이크를 밟은 흔적도 없고 지그재그로 달린 자국도 없고 충돌한 차량도 없어. 시속 120킬로로 나무를 향해 돌진했어."

도라는 요헨을 닮은 작은 나무 피규어를 바라본다. 이 피규어는 작별 선물인 거다. 어떤 식으로든 그를 기억해달라는 부탁이다. 도라는 "당신 개가 또다시 내 감자밭을 파헤쳐놓으면 짓밟아버릴 거요"라는 그의 말을 떠올린다. 게다가 늑대 가족도 남아 있다. 무슨 일이 있어도 늑대 가족을 완성하고 싶은 마음에 고테는 지난밤 뜬눈으로 밤새 조각상을 마무리 지었던 거다. 엄마 늑대, 아빠 늑대, 아기 늑대.

"어쨌든 곧 죽을 사람이었어." 아버지가 말한다.

도라는 웃을 뻔했다. 이런 말은 코로나 논쟁의 불씨 중 하나다. 하필 의사들이 이런 말을 하는 것에는 비교적 별문제 없어 보인다. 근데 문제는 이 말이 고테에게 해당되지 않는다는 거다.

"그걸 어떻게 아세요?"

"그 방면 전문가잖니."

"그는 좋아지고 있었어요."

"코르티손 때문이었어."

"엄청 호전됐다고요!"

"안됐지만 일시적인 현상이야."

"요요는 그를 잘 몰라요!" 도라가 거의 외치듯 말한다. "그를 겪어보지도 않았잖아요!"

"다른 많은 사람들을 겪어봤단다."

"그럼 여기 왜 왔어요?" 이제 그녀는 진짜로 외치고 있다. 잠시 이성의 끈이 풀린다. 거의 안심이 된다. "다시 그를 살펴보려고 왔잖아요! 치료할 방법이 있다는 걸 알고 있었잖아요! 재미로 여기까지 절 찾아오지 않아요. 그러지 않잖아요!"

"도라." 아버지가 깜짝 놀란 것처럼 보인다. "그 모든 건 네 생각일 뿐이야."

"왜 내 생각이라는 건가요? 내 생각이 뭔데요?"

영역 요구는 네 생각 속에만 있어. 이 이웃 남자는 네가 생각하는 그 이상으로 영역을 요구하고 있어. 넌 생각할 여지가 더 필요해. 도라는 다른 생각을 하려고 애쓰며 필사적으로 파워 플라워를 떠올린다.

"프로크슈 때문에 여기 온 게 아니라 너 때문이야." 아버지가 양손을 뻗어 도라의 손을 잡는다. "난 널 지원해주고 싶다. 넌 여기서 고통 완화 치료를 잘해냈어. 그걸 배운 사람조차도 그렇게 하는 게 쉽지 않지."

"고통 완화 치료요!"

도라는 그 단어를 입 밖으로 내뱉는다. 또다시 그런 단어라니. 삶을 독살하는 이런 단어들은 늘 있고, 그걸 사용하는 사람도 늘 아버지다. 이런 단어는 바이러스처럼 확산된다. 어쩌면 코로나보다 이런 단어로 인해 죽는 사람이 더 많을지 모른다.

"난 아무것도 해내지 못했어요. 우린 그림을 하고 새들을 관찰했어요."

정말로 겨우 어제 있었던 일이었나? 슈테로 드라이브 나간 일이? 분명한 건 '어제'라는 단어는 시간적인 범위가 아니라 다른 차원의 이름이라는 거다. 도라는 다시 울기 시작한다. 일정하게 조금씩 내리는 빗방울처럼 이번엔 좀 더 나직이 흐느끼며 쉬지 않고 운다. 아버지가 맞잡은 손을 쓰다듬는다.

"어쩌면 그는 마지막 남은 몇 주간 너희들에게 고통을 주지 않으려고 그랬을지 모르겠구나. 그의 어린 딸아이에게, 그리고 아마 너에게도. 나아졌는데도 그가 그리한 게 아니라 나아져서 그랬을 거다. 지금은 그리할 수 있으니까. 시름시름 앓다 죽어가는 것도 산송장으로 사라져가는 것도 아니고, 병원에서 괴로운 인생의 마지막 장을 보내지도 않고 말이다. 빌어먹을, 죽는다는 건 추악한 일일 거다."

도라는 잡혀 있는 양손을 빼고 싶지만 그럴 힘이 없다. 아버지는 이런 얘기를 하면 안 되지만 그래도 한다. 지금 이 순간 그가 엄마를 생각하고 있다는 걸 도라는 알고 있다. 근데 이런 식으로 엄마를 떠올리면 안 된다.

"지금 프란치는 한순간에 비극적인 교통사고로 아버지를 잃은 어린 소녀다. 얼마 전까지 아빠와 함께 즐겁게 놀고 난 뒤에."

"조각을 했어요."

"그래, 조각을 하고 난 뒤에."

잠시 침묵하는 사이 도라는 다시 흐느껴 운다.

"괜찮아." 이윽고 아버지가 나지막이 말한다. "그는 그저 이웃일 뿐이야."

"그는 내……." 도라의 분노가 끓어오르다 이내 잦아든다. 여하튼 고테가 그녀에게 어떤 의미였는지 표현할 단어가 없다. 그리고 아버지에게 그와의 관계를 해명할 이유도 없고.

"방금 전 사고 현장에서 나 스스로에게 뭘 물었을 거 같니?"

도라가 고개를 가로젓는다.

"언제 네 형씨가 자살하러 베를린 유대교당 앞으로 쳐들어오느냐였다."

사실 이런 말을 한 아버지는 따귀를 맞을 만했지만 도라는 그저 눈물을 흘리며 미소를 지을 뿐이다.

"저도 이미 그런 생각을 해봤어요." 그녀는 인정한다.

아버지가 그녀의 손을 꼭 쥔다.

"그는 너희들을 사랑해서 그런 거다." 아버지가 말한다. "틀림없이."

도라가 고개를 끄덕인다.

"두고 봐라, 고통이 사라질 테니. 네 생각보다 더 빨리. 그 고통이란 게 오늘만 심각할 뿐이다." 그가 재차 손을 잡는데, 이번엔

'우린 얘기도 하고 감정도 표했어. 이젠 일상으로 돌아가자'라고 말하듯 마지막으로 꽉 힘을 준다.

도라는 몇 년 전에 일어난 사소한 상황을 하나 떠올린다. 아버지와 악셀이 자녀 교육을 두고 다투었고, 늘 그렇듯 아버지는 모든 방면에서 더 많이 알고 있었다. 당시 도라는 아버지에게 자식이 있느냐고 충동적으로 묻고 싶은 마음을 가까스로 억눌렀다.

아버지가 일어선다.

"이제 가야겠다. 몇 시간 내로 수술실에 들어가야 해."

시계를 보니 자정이 다 돼간다. 도라는 아버지가 말한 수술실이 베를린인지 뮌스터인지 모르지만 물어보지 않는다. 어떻게든 그는 시간 안에 도착할 테니까. 그녀는 뒤따라 현관문을 나가 아버지가 앞마당을 지나 정원 출입문을 여는 걸 지켜본다. 그는 다시 돌아서서 손을 들어 흔든다. 도라는 난생처음으로 '요요'가 아니라 '아빠'라고 부르고 싶다. 그리고 실제로 그렇게 부른다.

"잘 가요, 아빠! 그러니까, 조심히 가시라고요."

아버지는 그 말을 듣지 못한다. 벌써 자동차에 올라탄 그는 작별 인사로 경적을 울린다. 이어 그를 태운 재규어가 마을 도로를 내려가 고속도로 쪽으로 사라진다.

도라는 담장으로 가고 싶다. 작은 올빼미 같은 프란치가 아직 정원에 있는지 살펴보고 싶다. 하루가 가기 전에 마지막 담배를 함께 피우려고 고테가 또다시 담장 위로 머리를 내밀기를 바란다. 하지만 이제 거기 담장 너머엔 아무것도 없고 공허한 침묵만 흐르고 있다.

뭘 생각을 하는 거야. 네가 원한 게 바로 이거잖아. 넌 모든 것에서 벗어나고 싶어 했잖아. 가족. 관계. 책임. 친밀감. 짜증 나는 일들. 베를린. 로베르트. 에이전시. 코로나. 악셀 그리고 한 가장의 영웅적 생애에 얽힌 일화. 친구들과 지인들. 대혼잡, 잡담, 각종 화면, 스피드와 흥분. 미디어의 불안 조장. 대도시의 오만. 개줄 착용이 의무화되는 공원들. 카 셰어링, 자전거 셰어링, 킥보드 셰어링. 스멀스멀거리는 작은 기포와 불면증. 빌어먹을 일에서. 게다가 넌 담장 너머에 사는 나치도 싫어하고 짜증 나는 양딸도 원치 않았잖아. 넌 아무것도 원치 않았어. 이제 네가 원하는 대로 됐어. 기뻐해.

도라는 주방으로 간다. 표범 모양의 작은 바구니 속에서 요헨이 도넛처럼 몸을 돌돌 감고 미세하게 떨고 있다. 날씨가 따뜻하니 기온 탓은 아니다. 그렇다고 배가 고파서도 아닌 게 조금 전에 스시를 많이 먹지 않았나. 호흡할 때마다 요헨이 낑낑대는 소리가 나지막이 들린다. 벌써 프란치와 고테가 그리운 모양이다. 이제 남은 건 그리움뿐이다. 커다란 해방의 결과물은 슬픔에 빠진 작은 강아지, 요헨이다.

50장

비

절대 그럴 리가 없다. 도라는 우레 소리에 잠을 깬다. 침대에 누워 이곳에 살면서 지금껏 들어보지 못한 소리에 귀를 기울인다. 후드득 쏟아지는 소리와 쏴쏴 물 흐르는 소리 하나하나가 귓가를 때린다. 게다가 이따금 철컥하는 쇳소리도 더해진다. 침실이 평소와 달라 보인다. 희미한 불빛이 방 안 벽을 회색빛으로 물들이고 그림자 하나 드리우지 않는 몇 점 안 되는 가구는 군데군데 놓여 있다. 또, 평소와 달리 축축하고 음울한 냄새도 난다. 도라가 이사 온 후 브라켄 마을엔 매일 해가 났다. 마치 구름, 바람, 비는 도시에서만 볼 수 있는 것처럼 혹은 마을 안 전체가 파란색의 커다란 종에 덮여 있는 것처럼. 근데 몇 달간 계속된 건조한 날씨가, 아니 가뭄이 끝나고 하필 오늘 장례식 날에 비가 내린다. 날씨 앱에 비 예고는 없었다. 새털구름이 모이지도 남풍이 불지도 않았다. 제비들이 낮게 나는 것도 아니고 멀리 내다보이는 풍경이 특별하지도 않았다. 전날 저녁의 일몰은 여느 때와 다름없이 장관이었다. 뭔가 착오가 생긴 게 분명하다.

도라는 침대에서 나와 창가로 간다. 비다. 틀림없다. 약간 비스듬한 긴 실처럼 하늘에서 떨어지고 있다. 그 빗줄기에 나뭇잎이 살랑살랑거리고, 모래땅이 일순 시커멓게 변하고 무겁게 내려앉는다. 새들도 침묵한다. 아마 깃털을 곤두세우고 날개를 뒤로 젖히고 둥지 안에 웅크리고 앉아서 도톰한 깃털을 펼쳐 빗방울 세례를 받고 있을 거다.

마을 파티 때 날씨가 화제에 오르자, 어떤 여자가 도라에게 브라켄은 사막 같은 곳으로, 비가 내리기만 하면 생동감 넘치는 자연으로 변해 완전히 다른 모습을 보이니 기다려보라고, 직접 보게 될 거라고 했다.

도라는 그 모습을 직접 보게 될지 궁금하다. 그녀는 앞으로 뭘 해야 할지 막막하다. 지난 며칠간 이번 주 일요일에 일어날 일들만 내내 생각했다. 그다음 날인 월요일이 이제는 오지 않을 것처럼, 6월의 비 오는 일요일에 이야기가 끝날 것처럼 말이다. 그녀는 고트프리트 프로크슈를 만나려고 브라켄으로 이사 온 건 아니었다. 그러나 지금은 고테 없이 계속 살아갈 수 있을지 막막하다.

현관문으로 간 도라는 비가 오면 밖에 나가기 싫어하는 요헨을 발로 밀어 문밖으로 내보낸다. 그녀는 숨을 들이마시며 어린 시절로 시간 여행을 온 듯한 정원에서 나는 축축한 냄새를 만끽한다. 당시 그녀의 고향에 대해 사람들이 "뮌스터엔 비가 내리거나 종이 울린다"라고들 했다. 그녀는 아직도 비 내리는 수많은 날의 느낌이 어땠는지 기억한다. 일정하게 들리는 쏴쏴 하는 소리, 희미한 불빛, 나쁜 날씨 때문에 삶이 인간에게 특별한 걸 바라지 않을 때 즉각 나타나는 게으름. 인간은 뭔가 의미 있는 할 일이 있지 않을까 자문하지 않고 홀로 살아갈 수 있다. 비는 세상을 스탠바이 상태로 만든다. 도라는 엄마 자동차 뒷좌석에서 악셀 옆에 앉아 오후반 피아노 수업인지 체육 수업인지 모를 강좌를 들으러 가면서 일정하게 쓱쓱거리는 와이퍼 소리에 홀린 채 졸음이 몰려올 때까지 내키지 않지만 가만히 있었던 걸 기억한다. 차창 너머로 형형색색의 신호등 불빛이 별빛이 되어 흩어졌다. 도라는 빗방울이 떨어진 수평 부분 흔적을 따라 손으로 그려본다. 자동차에서 비에 젖은 동물 냄새가 난다. 게다가 낮게 웅얼거리는 라디오 소리와 다른 운전자들의 태도에 화를 내며 욕하는 엄마도 있다. 지루함과 나쁜 기분도 고향의 한 조각일 수 있다.

도라는 요헨을 다시 집 안으로 들여보낸 다음 커피를 끓이려 주방으로 간다. 흠씬 두들겨 맞은 기분이다. 지난 며칠간 그녀는 장례식 준비에 빠져 있다시피 했다. 아버지의 조언이 없었더라면 완전 절망했을 거다. 아버지는 왓츠앱으로 지시 사항을 전달했고, 그녀는 고맙게 여기며 시키는 대로 했다.

이 상황에서도 제일 먼저 아버지는 톰과 슈테펜에게 '파워 플라워' 프로젝트를 프레젠테이션하라고 했다. 도라는 내심 톰이 자신이 낸 아이디어가 마음에 들어 당장 실행에 옮기는 작업을 맡긴 거라고 생각하고 있었다. 프레젠테이션을 먼저 해두면 아버지의 계획대로 장례식 이후에 일을 시작할 수 있을 거다. 그다음엔 플라우지츠 종합병원에 전화해 프로크슈 부인 행세를 하는 거였다. 다행히 병원에선 아무도 도라의 신원을 확인하지 않았다. 두말 않고 고테가 아직 병원 시신 냉동고에 안치돼 있다는 걸 알려주었다. 그러면서 냉동고 빈자리를 확보하는 데 신경 써야 해서 가능한 한 빨리 자리를 비워야 한다고 했다. 또 부검 지시도 없고 경찰 조사 결과도 확실하다고 했다. 시속 127킬로미터, 가로수 나무, 고테 이외 사고에 관련된 다른 사람이 없는 것으로 보아 명백한 사고라는 거다. 그래서 병원에선 "마침내" 시신을 인도할 사람이 연락하기를 "줄곧" 기다려왔다고 했다.

전화를 끊고 도라는 시신을 부검하지 않으면 살아생전 바랐던 대로 고테의 비밀이 그대로 간직될 거라고 생각했다. 아버지가 주장한 대로 그가 "어쨌든 죽을 거라는" 걸 아무도 알지 못할 거다.

세 번째로 '마지막 여행'이라는 이름의 장례업체에 전화하는 거였다. 아버지의 지시에 따라 통화를 하면서 도라는 펑펑 울었다. 그 바람에 장례업체는 그녀의 신원을 확인하지 못했다. 울음을 그치고 다시 제대로 말을 할 수 있게 되자, 그녀는 모든 절차를 전화나 이메일로 처리해달라고 요청했다. 코로나 때문에 '마지막 여행'도 그녀의 요청을 기꺼이 수용했다. 인터넷에서 관은 물론이고 꽃 장식과 부고장에 들어갈 적당한 문구와 디자인도 고를 수 있다고 했다. 그녀는 사망 후 '프로크슈 씨'로만 불리는 고테가 입관식도 추모 연설도 신문 부고도 원하지 않는다는 점을 몇 번이고 확인해주어야 했다. 이걸 하나하나 거절할 때마다 '마지막 여행'은 실망감을 드러냈다. 이 와중에 도라는 결혼식을 계획하고 있는 느낌이 들었다. 비록 '지금 이 시국에' 같은 문구가 작은 글씨체로 쓰여 있을 뿐인데도 말이다. 그녀는 아직 누군가의 아내도 아닐뿐더러 하물며 미망인은 더더욱 아니었다. 근데 고테가 죽고 난 이후 두 사람은 마치 공식적인 연인 같다.

브라켄 마을 공동묘지 측과 모든 문제를 깔끔하게 처리한 '마지막 여행'은 도라와 전화로 일정을 정하고 우편으로 고테 집으로 계약 서류를 보내왔다. 그러고는 잊지 말고 의뢰인의 신분증 복사본을 보내달라고 했지만 그녀는 또다시 그 일을 새까맣게 잊어버렸다.

톰과 슈테펜이 도라에게 화환을 기부하겠다는 말을 하려고 들렀다.

"그는 멍청이였어요." 슈테펜이 말한다. "하지만 우리 중 하나였죠."

이어 화환 리본에 쓸 조의 문구가 화제에 오른다. 톰은 "한 사람

줄어들었다"라는 의견을 내고 도라는 "여기 마을 나치가 영면에 들다"로 하자고 했다. 그 제안에 그들은 일제히 웃음을 터뜨렸고, 기분도 한결 좋아졌다. 결국 그들은 "우리의 친구이자 이웃에게", 그리고 또 다른 작은 리본에는 "사랑하는 아빠에게, 프란치가"라고 쓰기로 했다.

도라가 전화를 걸어 화환 주문을 취소하자, '마지막 여행'은 완전 실망스러워했다. 관은 가장 저렴한 소나무 관으로 결정했다. 고테라면 너도밤나무나 떡갈나무 관을 선호했을 테지만. 근데 돈을 어디서 마련해야 할지 막막했다.

도라가 가장 오래 고민한 건 장례업체에 보내야 하는 조문객 목록이었다. 그녀는 목록에 '나디네와 프란치스카 프로크슈' '자디' '톰 & 슈테펜' 그리고 '하인리히 씨'를 써넣었다. 한번은 나디네 프로크슈가 문자메시지를 보내왔다. 그 문자를 받고서 그녀는 고테의 부모님이 돌아가셨고 몇 년 전부터는 형과도 교류가 없다는 사실을 알게 되었다. 근데 프란치가 어떻게 지내냐는 질문엔 대답이 없었다. 목록에 넣을 만한 사람이 더는 생각나지 않자 그녀는 급기야 마을을 돌아다니며 몇몇 우편함에 적힌 이름과 집주소를 집어넣었다. 그렇게 해서 명단에 열 명을 써넣었는데, 코로나 덕분에 이 정도면 부족하지 않고 적당해 보였다.

아버지의 다음 지시는 느낌표가 여러 개 붙은 말이었다. "옆집을 깨끗이 치워라. 서류도 찾아보고!!"

그때부터 본격적으로 일이 시작되었다. 도라는 고테 집으로 건너가 식료품을 버리고 집과 트레일러를 쓸고 닦으면서 꼬박 이틀을 보냈다. 그러고는 나머지 열쇠를 챙기고 가정용 양수기를 차단했다. 서류도 찾아냈다. 놀랍게도 깔끔하게 정리된 서류가 가득 든 링 바인더 파일, 여러 개의 자동차 운전면허증, 주택소유증서, 이혼 서류, 여러 장의 예전 연금증서, 신분증 외에 사용한 적 없는 여권도 있었다. 그녀는 서류를 전부 챙겨 집으로 와 오후 내내 정리했다. 그러고는 여기저기 전화를 걸어 계약을 해지했다. 이제 고테는 인간 세상에서 완전히 지워졌다. 요헨을 닮은 작은 나무 피규어가 노트북에 바싹 다가앉아 있다. 그 모습이 마치 화면을 같이 들여다보고 싶어 하는 것 같았다.

그사이 도라는 많은 생각을 했다. 가령, 사랑에 대해. 그녀는 항상 영화나 소설에서 말하는 '사랑'이라는 것이 현실 세계에는 존재하지 않는다고 믿었다. 여하튼 그런 데서 나오는 형태의 사랑은 없다고 말이다. 도라에게 그런 사랑은 없었다. 자기 짝을 찾아 헤매는 사람들은 함께할 운명이라는 걸 바로 알아차린다. 영원히 함께하고 서로 행복하게 해주고 상대방을 보며 흥분을 느끼고, 서로 다투고 화해하고, 시도 때도 없이 멋진 섹스를 하고, 한동안 서로를 못 보면 상사병에 걸려 죽어가리라는 걸. 나이가 들어서는 공원 벤치에 나란히 앉아 손을 꼭 잡으리라는 것도. 도라는 자신이 로베르트를 진짜 사랑했는지, 자신이 아는 부부나 연인들이 서로를 진짜 사랑하는지도 잘 모르겠다. 애당초 누가 누구와 어울리는지가 늘 중요한 거 같다. 동등한 교육 수준, 잘생긴 남자와 예쁜 여자, 비슷한 스포츠, 음악, 정치 취향. 순위를 매기듯이. 매개변수, 백분위. "그 남자와 그 여자는 전혀 어울리지 않아"라는 말에서 이야깃거리가 생긴다. 그 여자는 다른 남자에게 더 잘 어울렸어. 남자는 다시 어울리는 사람을 찾을 수 있을까?

어머니가 세상을 떠나고 난 후, 도라는 가끔 마음이 고장 났다고 생각한다. 언젠가 죽을 거라는 걸 알면서도 누군가를 진정으로 사랑할 수 있는 마음이 말이다. 가끔은 그 책임이 21세기라는 생각도 한다. 순위를 매겨 줄을 세우는 짓. 어울리느냐 어울리지 않느냐. 근데 그녀는 대개 소설과 영화에서 거짓말을 한다고 생각한다.

도라와 로베르트는 잘 어울리는 한 쌍이었다. 말도 잘 통하고 아름다운 공동주택도 있었다. 그런데도 뭔가 부족했다. 그들은 알맹이가 빠진 커다란 껍데기에 지나지 않았고, 결국 그 껍데기마저 사라져버렸다.

그리고 얼마 후, 담장 너머에 사는 나치인 이웃 남자가 그녀의 삶에 끼어들어 참견을 해댔다. 그는 못생기고 악취를 풍겼다. 만약 그가 사람이 아니라 물건이었으면 아마존 고객 평점에서 별한 개만 얻었을 거다. 그는 끔찍한 친구들을 둔 술주정뱅이이고, 의도적 살인죄로 처벌도 받았다. 도라는 그를 좋아하지 않았다.

그가 무서웠다. 아무리 생각해도 그들은 전혀 어울리지 않았다. 데이팅 앱에서 그 둘이 만날 가능성이 없었다. 알고리즘이 연결하지 않았을 테니까.

결혼 상대로 형편없는데도 불구하고 고테는 그냥 사라지지 않았다. 그는 원래 있던 자리에 그대로 있었다. 어느 순간 도라는 그와 원래 있던 자리에 남는 게 의미 있다는 걸 깨달았다. 공유가 가능하다. 고테의 존재가 도라에게 전달됐고, 그는 자신의 존재를 그녀와 공유했다. 결국 두 사람은 그들 사이를 가르는 담장으로 연결되어 공존했던 거다.

이제 그는 멀리 떠났다. 하지만 남기고 간 게 있었다. 만약 고테를 만나는 게 가능하다면 다른 사람도 만날 수 있을 거라는 작은 확신이 다시 생겼다.

사실, 점수, 백분위 혹은 별점을 보지 않는다면 이 세상 어딘가에 그녀에게 어울리는 사람이 있을 것이다. 지금 이 순간 그는 쾰른 집에서 홈스쿨링 문제로 자녀들과 다투고 있거나, 라이프치히 공항 비행기 화물칸에 커다란 상자를 싣고 있거나, 몰디브에서 잠수복을 세탁하고 있을지 모른다. 어느 날 우연히 그녀와 마주치게 될 걸 아직 모르는 그 사람이.

도라는 하이니에게 물어 마을에서 누가 로더 트럭을 운전할 수 있는지 알아냈다. 그저 몇 마디 주고받았을 뿐인데, 금요일 저녁에 커다란 로더의 굉음이 점점 가깝게 들려왔다. 도라는 로더 앞에 달린 거대한 삽 위에 얹힌 늑대 가족이 공중에 들려 거리를 내려가 마을 중간 지점에 있는 공동묘지로 옮겨지는 걸 지켜보았다. 늑대 가족이 무사하니 고테도 이 아이디어를 마음에 들어 했을 거다.

어제 도라는 고테의 정원에서 그릴을 했다. 근데 불이 활활 타오르지 않았다. 맥주는 반만 마시고 목살 스테이크는 요헨에게 먹였다. 그냥 맛이 없었다.

잠자러 가기 전에 도라는 몇 번이나 담장 앞 의자 위에 올라가 담배를 피웠다. 담장 너머 옆집엔 고테와 프란치는 물론이고 지금은 늑대 가족도 없다. 그녀는 담배를 끊을까 고민한다. 제기랄, 이 얼마나 슬픈 일인가.

비가 내린다. 도라가 커피를 마시는 사이 고테는 더 강해질 것이다. 그녀는 창가에 서서 커피 잔을 들고 비를 바라보며 추위에 살짝 떠는 게 좋다. 살아 있다는 의미니까. 그녀는 우산도 우비도 고무장화도 없다. 그뿐인가. 캡 모자는 물론 다른 모자도 없다. 출발할 시간이 되자 그녀는 두툼한 풀오버를 입고 레베 마트 이름이 박힌 종이봉투를 머리에 쓴다. 정원 출입문으로 나가면서 이 종이봉투로는 안 되겠다는 생각이 든다. 몇 분 지나지 않아 온몸이 흠뻑 젖는다. 최고 기온이 10도. 요헨이 꼼짝도 않고 가만히 서 있는 바람에 목줄을 끌고 풀밭을 지나가야 한다.

도라는 잠시 망설이다가 도로를 건너 하이니 집 초인종을 누른다. 마치 기다리고 있었다는 듯 그가 바로 문을 연다. 그를 뒤따라 한 여자가 복도를 가로질러 와서 상냥하게 "안녕" 하고 인사를 하고 다시 사라진다. 분명 처음 보는 여자였다. 아마 여자는 야간 근무를 하거나, 아니면 숨겨놓은 애인인 모양이다. 도라가 잘못 본 게 아니라면 여자는 하이니보다 머리 하나 차이가 날 정도로 키가 더 크다.

"젠장, 빌어먹을." 하이니가 투덜댄다.

처음에 날씨를 두고 하는 말이거니 생각한 도라는 그 대상이 고테라는 걸 깨닫는다. 이어 하이니가 그녀를 안으려다 순간 멈칫한다. 코로나가 다시 생각난 모양이다. 어쩌면 그는 남자고 더욱이 브란덴부르크 사람이라는 사실이 떠오른 건지 모른다. 그가 당황한 표정으로 도라를 쳐다본다. 그녀가 우비가 있냐고 묻는다. 그 말에 그는 다시 부산하게 움직인다. 황급히 집 안으로 들어가 한참 동안 나오질 않는다. 도라는 처마 위에 똑똑 떨어지는 빗방울 소리에 귀를 기울이며 시계를 보곤 한다.

잠시 후, 하이니가 다시 나타나서 "우리 없이 시작할 수 없을 거요"라고 말한다. 도라는 그 말이 농담인지 아닌지 생각해본다.

다시 돌아온 하이니는 노란 방수복에 재킷과 바지를 입고 같은 색의 고무장화를 신고 있다. 게다가 후드도 깊숙이 덮어쓰고 있다. 그를 뒤따라 조금 전에 본 키 큰 여자가 짙은 녹색의 왁스코트를 입고 챙 넓은 모자를 쓰고 나타난다. 모자 때문에 사냥 나가는 영국의 귀족 기사처럼 보인다. 하이니는 몸에 걸치고 있는 노란 방수복에서 같은 색의 고무장화 한 켤레와 우비를 꺼내 내민다. 거기에 더해 도라는 노란 방수모도 건네받는다. 우비와 방수모를 쓰고 장화를 신은 그녀는 바닥에 있는 요헨을 안아 들고 우비 속에 집어넣는다. 이윽고 세 사람이 함께 길을 나선다. 도롯가에 보도블록이 거의 깔려 있지 않다. 뭐, 브라켄 마을에선 흔한 모습이지만.

하수구도 없어 차도가 강으로 변해 마을 한가운데로 물이 흘러간다. 우장을 갖춘 하이니와 그의 애인 옆에서 걸어가는 도라는 바다표범 떼를 보러 곧 슈피커오크*로 떠날 어린 소녀처럼 느껴진다.

공동묘지에 도착하자, 방금 든 상상이 순식간에 깨진다. 열린 무덤을 본 도라는 너무 놀라 겁에 질린다. 지난 며칠간 다양한 형태의 애도가 있은 이후라 그리 겁먹을 거라고 생각하지 않았다. 오늘 아침에도 "죽음을 받아들이는 사람은 감당하며 살아갈 수 있다"라는 아버지의 문자가 왔다. 아버지의 말이 옳고 그녀는 어떤 경우에도 잘 이겨낼 거라고 생각했다.

그렇다고 그 말이 열린 무덤을 닫을 수는 없다. 활짝 열린 구덩이가 거기 모인 사람들을 비웃고 있다. 도라는 품속의 작고 따뜻

---

* 독일 북해 연안에 있는 동프리슬란트섬 중 하나.

한 몸뚱이가 조롱하듯 비웃고 있는 구덩이로부터 자신을 지켜줄 수 있을 것처럼 요헨을 꽉 끌어안는다.

도라가 고테를 위해 인터넷에서 고른 관이 꽃에 뒤덮여 트럭 위에 놓여 있다. 톰과 슈테펜이 그 모든 일을 맡아서 했다. 늑대 조각상 두 개는 일찍 도착한 조문객들처럼 무덤 위쪽에 이미 자리 잡고 있다.

도라는 고테가 이 세상에 없다는 게 정말로 믿기지 않는다. 살아 있다면 아무도 여기 모이지 않았을 테지. 인적 없는 공동묘지 위 고테가 누워 있는 관이 마치 소품 같다. 어쩌면 이 무덤도 무대 장치의 일부일지 모른다. 작은 연극이 상연될 예정이었으나 우천으로 취소되었다. 도라는 집에 가고 싶다. 공연이 취소되었다.

그러나 잠시 후, 돌로 지은 교회 안에서 비를 피하고 있던 많은 사람들이 밖으로 쏟아져 나온다. 우산을 든 채 혹은 머리에 후드 모자를 뒤집어쓰고 끈을 단단히 묶은 채로. 그 수가 얼마나 많은지 직접 눈으로 본 도라는 온몸에 따스한 기운을 느낀다. 그들이 이렇게 와준 게 도라에게 의미가 있을 거라곤 생각지도 못했다. 톰과 슈테펜은 손을 잡고 걸어가고 있다. 예전에 한 번도 못 본 모습이었다. 자디는 마을 파티에도 왔던 여자 두 명을 데리고 왔고, 소방대원들도 있었다. 검은색 우산을 쓴 또 다른 두 사람이 서로에게 다가간다. 수염이 덥수룩한 남자와 신사복 상의 재킷을 입은 남자로 고테의 친구들이다. 그 두 사람이 고테가 죽은 걸 어떻게 알았는지 의문이다. 근데 이 지역에는 모래 바닥에도 듣는 귀가 있다. 주변 사람들을 향해 고개를 끄덕이던 두 사람은 코로나 방역 지침에 따라 옆으로 비켜선다. 적응 모드에 들어간 범법자. 크리세는 남몰래 눈물을 훔친다.

조문객들이 미동도 없이 열린 무덤가에 빙 둘러서 있다. 그 뒤로 조각상 속 늑대들이 미소 짓고 있다. 빗줄기가 조금씩 잦아들고 약해지더니 비는 점차 멈추고 스프레이 안개를 분사한 듯 사방이 자욱하다. 이제 목사만 도착하면 된다. 도라는 목사를 섭외하는 일을 깜빡했을지 모른다는 생각에 화들짝 놀란다. 그러다가 '마지막 여행'이 보낸 문자를 떠올린다. "프로크슈 씨에게 종파는 없지만 개신교 교구가 장례 예배를 맡을 용의가 있다고 합니다. 하인리히 목사가 집례할 겁니다."

주위를 둘러본 도라는 시계를 보고는 우비 속에서 버둥거리는 요헨을 바닥에 내려놓는다. 옆 사람이 움직이는 걸 느낀 그녀는 키 큰 여자가 방수모를 벗어 하이니에게 내미는 모습을 본다. 여자의 한 갈래로 꽉 묶은 머리에 금방 가느다란 빗방울이 떨어진다. 이어 여자가 왁스코트 지퍼를 여는데 그 안에 흰색 목깃이 달린 검은색 가운이 보인다. 이 변화의 과정에는 비논리적인 면이 있다. 여자 목사 하인리히와 연쇄 그릴러. 두 사람이 데이팅 앱에서 만나진 않았을 거 같다. 알고리즘이 연결해주지 않았을 테니까.

"우린 이곳에 모였습니다." 하인리히 목사가 예배를 시작한다.

문득 도라는 옆자리가 비어 있는 걸 느끼는데, 암흑물질처럼 강력하다. 자연법칙에 위배되는 부재, 그 부재의 그림자는 어린 소녀의 그림자와 일치한다. "잠시만요. 지금 시작하면 안 돼요!"라고 외치려는 순간, 자동차 한 대가 달려와 급브레이크 밟는 소리를 듣는다. 빨간 혼다 시빅 차량이 공동묘지를 둘러싸고 있는 철조망 울타리 앞에 멈춰 선다. 이어 조수석 문이 열리고, 요헨이 목밴드를 풀고 나가려는 것처럼 목줄을 잡아당긴다. 프란치가 출입문을 지나 자갈길을 껑충껑충 뛰어온다. 가위로 자른 짧은 청바지와 연보라색 소프트셸 재킷을 입고 긴 금발 머리가 안 보이게 후드 모자를 푹 뒤집어쓴 채 핑크색 운동화를 신은 아이의 모습이 도라와 하이니가 입고 있는 노란 방수복과 멋진 대조를 이룬다. 하인리히 목사는 아이에게 미소를 지어 보이고, 요헨은 흥분해서 펄쩍펄쩍 뛰며 인사하려고 애쓴다. 도라도 작은 친구를 안아볼 기회를 엿보지만 그럴 가능성은 전혀 없을 거 같다.

상황이 진정되자 도라는 아이의 손에 요헨의 목줄을 쥐어주는 정도에 그친다. 그러자 프란치가 멍한 미소로 화답한다. 아이는 저 하늘의 달만큼이나 아주 멀리 떨어져 있다. 지금 이곳엔 베를린이 잠시 뱉어냈다가 가능한 빨리 다시 빨아들이려는 프란치의 육체만 와 있다. 도라는 숲속 나무 사이로 반짝이는 한 갈래로 땋은 금발 머리를 떠올린다. 이어 풀밭에 비치는 태양의 흑점을 보며 그녀는 프란치와 요헨이 들판을 뛰어다니는 모습을 그려본다.

전나무 잎과 버섯 냄새가 난다. 그때 밖에서 기다리고 있던 혼다 차량이 시동을 건다. 세상에서 가장 역겨운 소리다.

"작별하기 위해 우리는 이곳에 모였습니다."

아무도 울지 않는다. 조문객들은 돌처럼 굳게 침묵한다. 그들 뒤로 늑대 가족인 엄마 늑대, 아빠 늑대, 아기 늑대가 미소 짓고 있다. 어느덧 하인리히 목사가 인사말을 하고 있다. 그사이 도라는 베를린에 어떤 종류의 새들이 있는지, 더 정확히 말하자면 그 새의 수가 적당한지 생각해본다. 흔한 종이라 중요하지 않은 비둘기나 참새처럼 엄청 많진 않을 것이다. 그렇다고 희귀종이라 존재조차도 새까맣게 잊은 굴뚝새만큼 적지도 않을 것이다. 그럼 멸종 위기에 있는 지빠귀만큼 될까? 엄청 시끄럽고 섬뜩하고 수가 많은 까마귀만큼은? 엄청 공격적인 까치만큼은? 아주 높은 곳에 있는 제비만큼은? 알아보기 엄청 힘든 황조롱이만큼은?

무덤 사이사이에 서 있는 가문비나무에 어른거리는 그림자를 감지한 도라는 해결책을 알고 있다. 그녀는 프란치의 팔을 잡는다.

"저기 보렴." 그녀가 속삭인다.

나쁜 날씨에도 불구하고 주황색 작은 다람쥐 한 마리가 가문비나무 가지에 웅크리고 앉아 둥근 까만 눈을 반짝이며 장례식을 주시하고 있다.

"네 아빠야." 도라가 속삭인다. "가능한 한 자주 널 만나러 올 거야. 또 항상 널 지켜줄 거야. 아빠 널 엄청 사랑한단다."

프란치는 이해가 안 된다는 듯 가문비나무를 본다. 아이는 도라가 하는 말을 전혀 듣고 있지 않은 모양이다. 도라를 쳐다보지도 않고 늑대 가족들도 알아채지 못하는 거 같다. 아이는 멍한 시선으로 목사의 말을 들으며 자신의 무릎을 핥는 요헨마저 무시해 버린다.

장례식이 끝나자 남자 넷이 나타나 관을 밧줄로 끌어 구덩이 안으로 내려놓는다. 이어 참석한 모든 조문객이 관 위에 흙을 뿌린다. 프란치도 삽으로 흙을 두세 덩이 떠서 뿌린다. 나무 관 뚜껑에 흙덩이가 쿵 하고 떨어진다. 도라가 아이 쪽으로 몸을 기울인다. "언제든 와도 돼." 그녀가 말한다. "우리 집에. 요헨 보러. 방학 때. 원할 때 언제라도. 그럼 기쁠 거야."

프란치가 고개를 끄덕인다. 하지만 그 순간 도라는 이 아이를 영영 다시 볼 수 없을 거라는 걸 깨닫는다. 혼다 차량이 경적을 울린다. 프란치가 그녀 손에 요헨 목줄을 쥐여주고 품에서 빠져나와 자갈밭을 지나 자동차가 있는 곳으로 달려간다. 아이가 차에 올라타는 걸 지켜보고 있을 수 없어서 도라는 돌아보지 않는다. 요란한 엔진 소리가 듣고 싶지 않아 귀를 틀어막고 싶다.

도라가 프로크슈의 진짜 미망인이라도 되는 듯 조문객들이 다가와 손을 내미는 대신 살짝 몸을 숙여 조의를 표한다.

"고마워요, 도라." 톰이 말한다. 처음엔 그의 말이 무슨 의미인지 이해가 안 되지만 왠지 모르게 알 것도 같다.

돌아올 땐 도라 혼자다. 하이니는 애인을 따라 교회 안으로 들어가고 다른 조문객들은 뿔뿔이 흩어졌다. 앞서 달려가던 요헨이 마른 땅을 내딛자 신나 한다. 오늘 화목 난로를 피우기에 좋은 날인데. 고테가 도와줄 텐데. 묻기도 전에 그가 장작더미를 한 아름 안고 건너와 불을 피워줄 텐데.

비가 차츰 잦아든다. 축축이 젖은 얇은 막처럼 안개 같은 게 얼굴과 손에 끼어 있다. 거리에 넘쳐흐르던 빗물도 말라간다. 나무에선 물방울이 똑똑 떨어진다. 맨 먼저 둥지 밖으로 나온 새들이 다시 노래를 부른다. 어디선가 황새 울음소리도 들려온다. 탁탁 타르르 탁탁. 톰과 슈테펜 집 앞 커다란 물웅덩이 가장자리에 포르투갈 사람 둘이 서서 잡담을 하며 담배를 피우다 도라가 지나가자 손을 들어 인사를 한다. 고테의 집은 말이 없다.

앞으로 누군가 이 집에 이상이 없는지 살펴야 한다. 금요일마다 창문을 들여다봐야겠군. 환기도 시키고 난방도 켜고 수도꼭지도 열었다 잠그고. 인터넷으로 찾아볼 수 있는 여러 가지 잔손도 많이 들어갈지 모른다. 도라는 집 열쇠를 갖고 있다. 문득 도라가 시선을 옮겨 담장 위를 보니 주황색 고양이가 웅크리고 앉아 쳐다보고 있다.

옮긴이의 말

코로나가 발발하고 우리 인간은 불안에 떨며 그 어느 때보다 고립되어가는 시대를 살고 있다. 이 시기에 출간된 최초의 코로나 소설로 평가받는 율리 체의 신작《인간에 대하여》는 주인공 도라를 통해 현 사회 현상을 이성적이고 객관적으로 바라보며 그것에 지난하게 매몰되지 않으려는 한 인간의 고뇌, 공포, 인간애, 우정을 긴장감 있고 현실적으로 그리고 있다. 특히 인간을 흑백논리로만 판단해선 안 된다는 점을 분명히 보여주면서.

독립적이고 이성적이며 세상사에 늘 의구심을 품는 도라는 다른 사람의 판단과 요구에 휘둘리지 않는 자기 생각이 분명한 인물로, 선입견을 갖지 않고 사람을 대하며 인종차별 무감증, (민족, 개인의) 우월성을 부끄럽게 여긴다. 그런 그녀가 한번은 화를 참지 못하고 자신을 더 나은 인간이라고 생각하는 속마음을 표현하며 내면에 감춰진 또 다른 일면을 드러내는 듯하다.

"물론 내가 낫죠! 당신보다 백배 낫죠!"(453쪽) 도라가 격앙하여 이웃집 남자 고테를 향해 "브라켄 마을 근교에서, 전 세계에서 발생하는 문제의 근원, 전 인류를 갉아먹는, 장기간에 걸쳐 퍼져 나가는 독"(453쪽)과 같은 이 말을 결국 내뱉고 만 것이다. 한데 도시 출신의 좌파 자유주의자인 도라뿐 아니라 이 세상 많은 사람들이 이 말을 마음속에 품고 있거나 한 번쯤 내뱉은 적이 있을 것이다.

광고 카피라이터로 일하며 '선한 사람'을 주인공으로 내세워 광고 시안을 만들고 (미국 미니애폴리스에서 일어난) 조지 플로이드 사건에 분개하고 인종차별 무감증에 부끄러움을 느끼는 도라는 쉽게 인정하지 않겠지만, 담장 너머 마을 나치 고테 같은 인간에 비해 자신이 더 낫다고 생각하는 거 같다. 머리를 박박 깎고 집 밖에 거대한 독일 국기를 내걸고 밤에는 나치 당가를 불러대며 인간은 자신이 원래 살던 곳에 살아야 한다고 주장하는 극우주의자인 그보다는 나은 인간이라고. 설령 가구를 만들어 선물하고 집 벽면 페인트칠을 도와주고 함께 쇼핑, 드라이브, 그릴 파티를 하고 소풍을 가는 등 무뚝뚝하고 거친 태도와 달리 도움과 친절을 베풀고 함께 시간을 보낼지언정.

사실 도라와 고테는 성장 및 교육 환경, 직업, 정치 성향이 다르며 데이팅 앱에서조차 연결될 가능성이 없을 정도로 어울리지 않는 한 쌍이다. 그런 두 사람이 인간 대 인간으로, 남자 대 여자로 서로를 이해하고 존중할 수 있을까? 도라 역시 마을 나치인 고테 같은 인간이 친절할 수 있을지, 또 그와 어울려 지낼 수 있을지, 끊임없이 스스로에게 물으며 내적 갈등을 겪지 않는가.

어려서부터 거친 삶을 살아온 고테는 인간에 대한 존중과 이해 심 없이 자기중심적인 사고와 행동으로 적을 만들며 점점 고립되어온 인물이다. 때론 인간에 대한 경멸과 증오, 과격한 행동으로 스스로 삶을 망가뜨리면서. 도라는 그런 그가 두렵지만 인간적으로 감싸 안으려 애쓴다. 그 과정에서 여러 가지 감정과 혼란, 우정과 인간애를 느끼는 동시에 그를 '나쁜 사람'이라고 단정 지으며 자신이 그보다 나은 인간이라고, 백배는 낫다고 외쳐보기도 한다.

그가 어느 날 대낮에 광장을 거니는 한 커플과 칼부림을 벌여 '의도적 살인, 심각한 상해'라는 죄명으로 교도소까지 다녀오고, 이따금 이웃집 동성애자인 톰과 슈테펜을 찾아가 난동을 부리는 걸 본 사람이라면 도라의 이 말에 공감하지 않을 수 없을 것이다. 그러나 카피라이터라는 직업 때문에 사회 시스템에 중요한 인물이 아니라는 아버지 요요의 무시와 쓰레기를 분리할 때조차 사소한 실수라도 하면 심하게 나무라는 남자친구 로베르트의 질책을 받으며 살아온 도라가 그런 말을 서슴없이 내뱉는 모습에는 다소 놀랍기도 하다.

이쯤에서 우리는 다음과 같은 의문이 든다. 왜 이처럼 인간

은—의식적이든 무의식적이든—다른 사람과의 관계에서 우월
적인 위치를 차지하고, 또 그것을 확인하려 들까? 인류가 사라지
기 전까지 이 문제는 해결되지 않는 걸까? 그렇다면 도라가 고테
에게서 느낀 연민과 인간애는 내심 우월하다는 생각에서 나온 걸
까? 그건 아닌 듯하다. 도라는 고테를 무시하지도 않고 자신의 주
장을 관철시키지도 않으면서 우정과 (혼자만의 마음이긴 하지
만) 사랑을 쌓아가니까. 고테가 세상을 떠난 이후에도 남겨진 연
인의 역할을 충실히 수행하며 그의 비밀을 지켜주기 위해 온갖
노력을 마다하지 않으면서 말이다.

소설 속 등장인물 도라, 고테, 베를린 사람들, 브라켄 마을 사
람들처럼 현재 우리도 봉쇄령, 폐쇄, 사회적 거리두기, 사적 모임
금지, 마스크 같은 단어에 둘러싸여 현실에 수긍하거나 반발하
거나 자포자기한 채로 일상이 회복되기를 손꼽아 기다리며 살고
있다. 이런 우리의 다양한 모습이 고스란히 담긴 이 책《인간에
대하여》를 통해 인간의 본질, 공포와 고뇌, 편견과 약점, 그리고
위기 때 드러나는 강점을 통찰해볼 기회가 지금이 아닌가 싶다.

2022년 3월
서울에서 권상희

은행나무세계문학 에세 • 3

인간에 대하여

1판 1쇄 발행　2022년 3월 23일

지은이 · 율리 체
옮긴이 · 권상희
펴낸이 · 주연선

(주)은행나무

04035 서울특별시 마포구 양화로11길 54
전화 · 02)3143-0651~3 ｜ 팩스 · 02)3143-0654
신고번호 · 제 1997—000168호(1997. 12. 12)
www.ehbook.co.kr
ehbook@ehbook.co.kr

ISBN 979-11-6737-136-2 (04800)
ISBN 979-11-6737-117-1 (세트)